DAS GEHEIMNIS DER REFORMATORIN

AF197306

Bettina Lausen, Jahrgang 1985, hat einen Bachelor in Kulturwissenschaften mit den Schwerpunkten Literatur und Geschichte. Nach »Das vermisste Mädchen« und »Die Reformatorin von Köln« erscheint nun ihr zweiter historischer Roman. www.bettinalausen.de

BETTINA LAUSEN

DAS GEHEIMNIS
DER REFORMATORIN

HISTORISCHER ROMAN

emons:

Lust auf mehr? Laden Sie sich die »LChoice«-App runter, scannen Sie den QR-Code und bestellen Sie weitere Bücher direkt in Ihrer Buchhandlung.

Bibliografische Information der Deutschen Nationalbibliothek
Die Deutsche Nationalbibliothek verzeichnet diese Publikation in der Deutschen Nationalbibliografie; detaillierte bibliografische Daten sind im Internet über http://dnb.d-nb.de abrufbar.

© Emons Verlag GmbH
Alle Rechte vorbehalten
Umschlagmotiv: Malgorzata Maj/Arcangel.com
Umschlaggestaltung: Nina Schäfer
Gestaltung Innenteil: César Satz & Grafik GmbH, Köln
Lektorat: Hilla Czinczoll
Druck und Bindung: CPI – Clausen & Bosse, Leck
Printed in Germany 2020
ISBN 978-3-7408-0964-5
Historischer Roman
Originalausgabe

Unser Newsletter informiert Sie
regelmäßig über Neues von emons:
Kostenlos bestellen unter
www.emons-verlag.de

Dieser Roman wurde vermittelt durch die
Literarische Agentur Kossack GbR.

Für Frida

KAPITEL 1

Auf dem Alter Markt herrschte buntes Treiben. Es war, als seien alle Bewohner Kölns an diesem Vormittag unterwegs. Der beleibte Verkäufer hinter dem Stand mit den Süßspeisen pries lauthals seine Mandelküchlein und das Konfekt an. Figen lief das Wasser im Mund zusammen. Eine Mutter kaufte ihrem Sohn einen Rosinenwecken. Der Bengel hüpfte freudig auf und ab und nahm die Leckerei mit funkelnden Augen entgegen.

»Ich will auch«, bettelte Kuntz und zog an Figens Kleid.

Sie sah den neunjährigen Sohn ihres Hausherrn mitfühlend an. »Das können wir uns nicht leisten.«

»Aber ich will, ich will!« Kuntz stampfte auf den Boden, Matsch spritzte hoch.

Figen wich zurück, damit ihr Kleid nicht dreckig wurde. »Hör auf!«, rügte sie ihn, doch Kuntz ließ seiner Wut weiter freien Lauf. Figen seufzte. Sie sah zum Rathausturm mit den vielen steinernen Figuren und dem Platzjabbeck, einem finster dreinschauenden Holzkopf mit Bart und Hut, empor. War er genauso zermürbt von dem Jungen wie sie?

Kuntz war ein Sturkopf. Sie hatte es aufgegeben, ihn in solchen Situationen besänftigen zu wollen. Außerdem begriff er den Ernst ihrer Lage nicht. Er lebte in seiner eigenen Welt. Nichts war wichtiger als ein schillernder Stein oder das Glitzern der Sonne auf dem Rhein. Er hatte keinen Sinn für die Probleme der Erwachsenen, zudem lernte er viel langsamer als seine Altersgenossen. Seine Schwester Jonata hatte sie zur Nachsicht angehalten, doch Figen fiel es schwer. Sie griff an ihren Beutel. Hoffentlich würden die Münzen für das Gemüse reichen.

An der nächsten Verkaufsbude gab es Schweine- und Ziegenfleisch. In einem Käfig drängten sich um die zwanzig Wachteln. Sie gurrten und steckten die Schnäbel durch das Gitter. Wie gern hätte Figen ein Stück Speck für die Suppe gekauft, doch daran war schon lange nicht mehr zu denken. Ihre Kleider hingen ihr mittlerweile viel zu locker um die Hüften. Vor allem seit sie letzten Winter an der unerhörten Hustenkrankheit gelitten hatte. Noch mal würde sie dieses Leiden nicht überstehen.

Wo sollte das nur hinführen? Die Münzen in der Schatulle ihres Herrn waren nahezu aufgebraucht. Keinen einzigen Krug Bier hatte Bechtolt von Menden in diesem Jahr gebraut. Der Bierkeller war leer gefegt, genauso wie die Vorratskammer. Er hatte sich nicht einmal mehr bemüht, Gerste und Hopfen für einen neuen Brauvorgang zu erstehen. Figen hatte mehrmals versucht, ihn zur Vernunft zu bringen, doch er wollte nichts davon hören. Meist verschanzte er sich den ganzen Tag in der Brauerei, hatte sich dort ein provisorisches Lager eingerichtet, um sich nicht zum Schlafen ins Haus begeben zu müssen.

Seit Jonata vor vier Jahren aus Köln geflohen war, war es mit ihrem Vater stetig bergab gegangen. Es hatte ihm das Herz gebrochen, dass seine Tochter ihn ohne eine Verabschiedung verlassen hatte. Figen hatte ihrer Freundin gegenüber in den Briefen nur Andeutungen gemacht, aber nie geschrieben, wie es ihm wirklich erging. Was sollte Jonata auch aus dem fernen Sachsen ausrichten? Sie durfte Köln nicht betreten, sonst drohten ihr der Ketzerprozess und womöglich der Tod. Nein, Figen musste selbst mit dem Problem fertigwerden.

»Warte«, rief Kuntz und kam hinter ihr hergeeilt, rempelte eine alte Frau an, die sich gebückt auf einen Stock stützte und ihm empört hinterhersah, aber er schien nicht zu bemerken, welchen Unmut er bei ihr hervorgerufen hatte.

Figen dirigierte ihn zum Stand eines Bauern. Das Gemüse wirkte appetitlich und frisch. Sie ließ sich Möhren, Lauch und Zwiebeln in ihren Korb geben.

»Drei Pfennige«, verlangte die junge Bäuerin.

Figen brach der Schweiß aus, sie öffnete die Verschnürung ihres Beutels und zog die beiden Münzen heraus. »Überlässt du mir das Gemüse für zwei? Mehr habe ich nicht.« Sie reichte der Bäuerin das Geld.

Diese zog die Stirn in Falten und betrachtete die Münzen in ihrer Hand wie einen Brotkäfer. »Das ist erstbeste Ware.«

Figen nickte. »Das habe ich gesehen, deswegen werde ich zukünftig das Gemüse nur noch bei dir kaufen. Nur heute habe ich nicht so viel dabei.« Sie sah der Frau fest in die Augen.

Die Verkäuferin überlegte. »Woher weiß ich, dass du dein Wort hältst?«

Figen schluckte, hatte keine passende Erwiderung parat. Sie konnte sich nicht auf das Haus ihres Herrn berufen, der in der Stadt seinen guten Ruf verloren hatte. Kuntz trat neben sie, griff nach einem Apfel von dem Verkaufsstand und biss genüsslich hinein. Fassungslos sah Figen ihn an.

»Gehört der zu dir?«, fragte die Bäuerin.

Bevor Figen etwas erwidern konnte, plapperte Kuntz mit vollem Mund: »Gehen wir jetzt?«

Figens Schultern spannten sich an.

»Aha! Also wenn ihr den Apfel auch noch nehmt, dann –«

Figen fasste Kuntz an der Hand und zog ihn hinter sich her. »Komm, schnell!«

»He!«, rief die Bäuerin. »Bleibt stehen!«

Figen drängte sich mit dem Jungen durch die Marktbesucher.

»Diebe!«, ertönte es hinter ihr.

Nein! Bitte nicht! Dafür mochte man ihr die Hand abschlagen. Sie wurde am Arm gepackt und herumgewirbelt. Die Bäuerin hatte sie eingeholt und sah sie wutentbrannt an. »Ich verlange noch einen Pfennig!«

»Aber ich sagte doch, dass ich nicht mehr habe.« Figen sah zu Boden. »Ich komme wieder und –«

»Nein«, fauchte die Verkäuferin.

»Kann ich helfen?« Ein Mann trat zu ihnen.

Figen sah auf, und ihr Herz schlug einen Takt schneller. Es war Seitz von Rosenberg. Er las in den geheimen Versammlungen die Texte Luthers vor. Bei der letzten Lesung hatte er ihr verstohlene Blicke zugeworfen und sie schließlich angesprochen. Sie hatten über Jonata und den Luthertext geredet. Figen war dankbar, ein bekanntes und freundliches Gesicht zu sehen.

»Diese Frau schuldet mir noch einen Pfennig«, sagte die Bäuerin mit fester Stimme, trat aber einen Schritt zurück. Seitz war einen Kopf größer als sie, trug eine Tunika und einen Gürtel mit Prägungen und Ziernieten. Daran hingen ein Messer und ein Beutel mit Pelzbesatz und einer aufwendig geschmiedeten Schnalle. Er schien mit seiner Erscheinung Eindruck bei der Bäuerin zu schinden.

Seitz hob eine Augenbraue, dann zog er eine Münze aus dem Beutel und gab sie der Bäuerin. »Das sollte für die Einkäufe im nächsten Monat reichen. Behandele die Frau wie deine beste Kundin. Ich will keine Beschwerden hören.«

Die Bäuerin machte einen Knicks. »Sehr wohl. Habt Dank«, sagte sie und zog davon.

Seitz von Rosenberg hatte ihr einen Schilling in die Hand gedrückt. Das waren zwölf Pfennige! »Ich stehe tief in Eurer Schuld«, sagte Figen mit gesenktem Kopf und schob eine Haarsträhne unter die Bundhaube. Wie sollte sie das nur zurückzahlen?

Seitz winkte ab. »Schon vergessen.«

»Ich zahle es Euch zurück.« Konnte er so leicht auf einen Schilling verzichten? Wie wohlhabend musste er sein?

»Keine Eile.«

Sie betrachtete ihn verstohlen. Das lange braune Haar hatte er zu einem Zopf zusammengebunden. Seine Muskeln waren durch den Stoff der Tunika gut zu erkennen, und er überragte sie um Haupteslänge.

Er trat näher und neigte den Kopf zu ihr hinunter. Sie spürte seinen Atem an ihrem Hals. Ein wohliger Schauer lief ihr über den Rücken. »Man sagt, Luther arbeitet an einer deutschen Übersetzung des Neuen Testaments. Sobald ich es habe, wird es erneut eine Versammlung geben. Ihr werdet doch kommen, oder?« Er trat zurück. Seine Augen glühten vor Begeisterung.

Es war ungewöhnlich, dass ein Bürger eine Magd mit solcher Höflichkeit anredete, und Figen fühlte sich jedes Mal geschmeichelt. »Wenn ich davon erfahre, werde ich es sicherlich einrichten können«, antwortete sie.

»Daran soll es nicht scheitern. Ich werde Euch eine Nachricht zukommen lassen oder Euch selbst unterrichten.«

Sie hätte sich in seinen braunen Augen verlieren können, dabei wusste sie, dass es nicht gut war, diesem Mann ihr Herz zu schenken. Er war der Sohn des Laternenmachers, eines angesehenen Bürgers, und sie eine Magd.

Vor vier Jahren hatte man ihm ketzerische Äußerungen vorgeworfen. Er war zu Peitschenhieben verurteilt und aus der Stadt gejagt worden. Doch seit ein paar Monaten hielt er sich wieder in Köln auf. Sie hätte ihn gern gefragt, wie er es geschafft hatte, nun innerhalb der Stadtmauern geduldet zu werden, doch es geziemte sich in ihrer Stellung nicht, solche Fragen zu äußern.

Kuntz sprang herbei, legte den Apfelbutzen in ihren Korb, schlenderte an den Ständen entlang und blieb vor dem der Garnmacherin stehen. Er betrachtete das kölnische Garn, den blau gefärbten Zwirn, für den Köln weit über die Stadtgrenzen hinaus bekannt war.

»Wie geht es Eurem Herrn?«, fragte Seitz von Rosenberg heiter.

Figen schluckte. Was sollte sie auf diese Frage antworten? Sie ließ den Korb von einer Hand in die andere gleiten.

»Was bin ich nur für ein Tölpel?« Seitz nahm ihr den Korb ab, bevor sie etwas einwenden konnte. »Das ist viel zu schwer. Wenn Ihr es erlaubt, werde ich Euch den Korb nach Hause tragen.«

»Aber der Weg ist weit«, wandte sie ein.

»Dann erst recht«, gab er zurück.

Sie sammelten Kuntz ein und machten sich auf den Weg. Der Junge lief ein paar Schritte voraus und sprang von einer Matschpfütze in die andere. Seine Kleidung war bereits schmutzig. Wenigstens konnte Figen den Spritzern ausweichen.

Sie dachte fieberhaft nach, was sie auf Seitz' Frage antworten sollte, und entschied sich für eine Andeutung. »Bechtolt vermisst seine Tochter.«

Seitz von Rosenberg brummte zustimmend.

Figen hatte ihm nicht erzählt, dass sie mit Jonata in Briefkontakt stand. Auch wenn er auf geheimen Versammlungen Texte von Luther vorlas und Figens Gesinnung teilte, wollte sie nicht preisgeben, wo sich ihre Freundin aufhielt. Sie würde sich nie verzeihen, wenn sie Jonata durch eine unbedachte Bemerkung in Gefahr brächte, zumal sie ihr geschworen hatte, zu schweigen.

»Bechtolt hat keine Ahnung, wo sich seine Tochter aufhält«, sagte sie, was noch nicht einmal eine Lüge war. Ihr Herr fragte sich jeden Tag, wo seine Tochter geblieben war.

Seitz nickte. »Ein Jammer und ein großer Verlust für die Stadt – genauso wie bei dem Drucker Simon von Werden. Keiner der hiesigen Drucker traut sich mehr, Luthers Schriften zu vervielfältigen, wir sind auf die fahrenden Buchführer angewiesen. Und Mathes Roht ist viel zu selten in der Stadt.«

Figen nickte. »Er wollte bald wieder hier sein.« Der Buchführer Mathes Roht war der Einzige, der Jonatas Aufenthaltsort ebenfalls kannte und ihre Briefe übergab. Jedes Mal wenn er in der Stadt war, besuchte er Figen und brachte Kunde aus Sachsen mit. Figen vermisste ihre Freundin – wie gern würde sie diese wieder in die Arme schließen. Mit ihr könnte sie ihre Sorgen teilen und auf Beistand hoffen.

»Ihr kauft also auch Schriften bei ihm? Könnt Ihr denn lesen?«, fragte Seitz.

»Ja. Jonata hat es mir beigebracht.«

Seitz machte ein überraschtes Gesicht.

Figen drückte den Rücken durch. »Jeder sollte die Chance bekommen, die geschriebenen und gedruckten Worte zu lesen, und nicht darauf angewiesen sein, dass die Pfaffen es einem vorpredigen. Sogar die Frauen.« Sie biss sich auf die Unterlippe. Hatte sie zu vorschnell ihre Meinung geäußert?

Doch anstatt Ablehnung zu ernten, hörte sie Seitz herzhaft lachen. »Gewiss hat es Vorteile, wenn die Frauen den Kindern geistliche Texte vorlesen oder die Geschäftsbücher führen können. Aber es gibt kaum Möglichkeiten für sie, das Lesen zu lernen.«

»Die Beginen führen doch eine Mädchenschule«, sagte sie.

»Das tun sie, ja.« Er lachte bitter auf. »Meine älteste Schwester war dort. Die neue Beginenmutter lässt ihre Schützlinge lieber im Garten schuften, als sie die Buchstaben zu lehren. Viele Bürger beschweren sich.«

»Dann muss sie zur Vernunft gebracht werden.«

Seitz von Rosenberg schnaubte. »Das wird schwierig sein.«

»Oder jemand anders muss eine Mädchenschule eröffnen.«

Er zuckte mit den Schultern. »Tja, und wer? Bestimmt nicht die Pfaffen.«

Köln war für seine gute Bildung im ganzen Lande bekannt. Es gab die Klosterschulen, die Lese- und Schreibschulen, Lateinschulen, das Gymnasium und die Universität. Fürsten und Kaufleute hatten schon lange den Wert der Bildung erkannt. Und seit einiger Zeit schickten auch die Bürgersleute ihre Kinder zur Schule, doch viele andere hatten das Nachsehen – erst recht Mädchen und Frauen.

In den letzten Wochen hatte immer wieder ein Gedanke von Figen Besitz ergriffen: Sie wollte ihre Fähigkeit gern an andere Mädchen weitergeben, doch sie wusste nicht, wie sie es angehen sollte.

»Meine Schwestern sollen auch das Lesen lernen – nur wie? Ich kann es nicht allen beibringen.«

»Wie viele habt Ihr denn?«

Er grinste. »Sechs.«

Figen sah zum Himmel. Dicke Wolken schoben sich über die Stadt. War es an der Zeit, ihren Gedanken zu offenbaren? Wenn die Bürger von der Beginenschule enttäuscht waren und es keine andere Möglichkeit für die Mädchen dieser Stadt gab, das Lesen zu lernen, dann war es womöglich ein Wink Gottes. Schließlich waren die Garnmacherinnen, Goldspinnerinnen und Seidenweberinnen darauf angewiesen, dass ihre Lehrmädchen lesen und schreiben lernten. Sie unterrichteten ihre Zöglinge selbst, aber viel Zeit hatten die Meisterinnen dafür nicht. Es gab keine Männer in den Gewerken, und irgendwer musste die Geschäftsbücher führen.

Der Gedanke nahm Gestalt an wie ein Stein unter der Hand eines Bildhauers. Die Schenke in Bechtolts Haus stand leer, dort gab es genug Tische und Bänke. War das eine Möglichkeit, um für ihren Unterhalt zu sorgen, bis Bechtolt aus seiner Lethargie erwachte?

Als sie ihr Haus erreichten, hielt Seitz ihr den Korb hin. Dankend nahm sie ihn an. »Wie kann ich es Euch vergelten?«

»Indem Ihr zur nächsten Versammlung erscheint.« Er lächelte sie breit an.

Hitze stieg Figen ins Gesicht. Sie senkte den Kopf. Wieso brachte er sie nur so in Verlegenheit? Sie sollte sich wie eine erwachsene Frau benehmen, doch sie kam sich vor wie ein törichtes Mädchen. »Sehr gern«, flüsterte sie.

»Gehabt Euch wohl!« Er deutete eine Verbeugung an und machte kehrt. Sie sah ihm nach, bis er hinter der Biegung der Weyerstraße verschwunden war.

»Komm schon!«, rief Kuntz und zog an ihrem Kleid. Sie folgte dem Jungen ins Haus. Seitz' Gesicht schwebte vor ihrem inneren Auge. Sie sollte ihre Schwärmerei schnell wieder vergessen! Sie hatte andere Sorgen, nämlich wie sie den nächsten Winter überstehen würden.

Ein markerschütternder Schrei ließ das Blut in ihren Adern gefrieren. Kuntz! Vor Schreck ließ sie den Korb fallen, die Zwiebeln kullerten über den Boden. Der Junge kam mit schreckgeweiteten Augen zu ihr gerannt, als wäre er dem Leibhaftigen persönlich begegnet. Er zitterte am ganzen Körper.

»Was ist los?«, fragte sie.

»Er ist … er ist … er ist …«, stammelte Kuntz.

Sie ging erst in die Stube, dann in die Küche. Dort raubte ihr der Anblick den Atem. Ihr schwindelte, und sie musste sich an der Wand abstützen. Blut! Überall Blut! Sie bemerkte, wie die Beine unter ihr nachgaben. Das konnte nicht sein! Das musste ein Traum sein. Die Dämonen ihrer Erinnerung mussten ihr einen Streich spielen.

Sie rieb sich die Augen und sah erneut hin. Kein Traum. Keine Erinnerung. Dort lag Bechtolt von Menden in einer

Blutlache. Das Gesicht ihr zugewandt, die Zunge hing schräg heraus, er schien sie anzustarren und gleichzeitig ins Leere zu blicken. Seelenlose Augen.

Der Tod sah sie an und jagte ihr durch Mark und Bein.

**

Enderlin robbte über den Boden des Refektoriums und schrubbte die Tonfliesen. Trotz des Skapuliers war sein weißer Habit bereits durchnässt und schmutzig. Seine Knie und der rechte Arm schmerzten. Am liebsten hätte er geflucht, doch damit würde er sich vor Gott schuldig machen. Außerdem bereitete Bruder Franz in der angrenzenden Kochstube das Mittagsmahl vor; er würde ihn sicherlich hören und diese Verfehlung in der Kapitelversammlung kundtun.

Da Enderlin beim Prior Jakob Hochstraten in Ungnade gefallen war, bekam er für die kleinsten Verfehlungen viel zu hohe Strafen auferlegt. Als ihm vor einer Woche beim Putzen der Schreibstube im Priorhaus die Vase heruntergefallen und zerbrochen war, hatte Jakob Hochstraten ihm die Reinigung der Latrinen aufgetragen. Enderlin hatte immer noch den penetranten Geruch in der Nase. Und was hatte eigentlich eine Vase dort zu suchen? Der Prior sollte sich lieber an das Gelübde der Armut halten.

»Hach!«, brummte er und klatschte den Lappen in den Putzeimer. Es war zum Auswachsen. Nachdem der zum Tode verurteilte Ketzer Simon von Werden aus der Turmhaft entkommen und mit Enderlins Schwester Jonata verschwunden war, hatte der Prior ihm vier Wochen eingeräumt, die Sache in Ordnung zu bringen. Es war doch nicht seine Schuld, dass unter den Henkersknechten eine Verschwörung im Gange gewesen war. Wie sonst hatte der Drucker Simon von Werden fliehen können?

Enderlin hatte damals alles darangesetzt, den Schuldigen ausfindig zu machen, doch alle Befragungen waren ins Leere gelaufen. Keiner schien etwas gesehen oder gewusst zu haben.

Auch der Henker war ihm keine Hilfe gewesen. Daraufhin hatte Jakob Hochstraten ihn des Amtes des Subpriors enthoben und ihm strenge Wahrung der Klausur verordnet. Das Amt des Gehilfen des Inquisitors und die geistliche Leitung der Brauerbruderschaft hatte Enderlin damit ebenfalls verloren. Jonata! Es war alles nur ihre Schuld.

»Hexe!«, entfuhr es ihm. Er fischte den Lappen aus dem Eimer, wrang ihn aus und schrubbte weiter.

»Bist du endlich fertig?«

Enderlin schreckte hoch. Franz stand in der Tür, die Arme vor die Brust gelegt und die Hände in den Ärmeln verborgen. Enderlin spürte, wie ihm Zornesröte in die Wangen stieg. Jetzt hatte er sich doch nicht beherrschen können. Schon wieder nicht. Hatte ihn Bruder Franz gehört? Bestimmt. Hatte er denn nichts zu tun, als ihn zu beobachten?

Enderlin schluckte seinen Ärger hinunter und schüttelte den Kopf. Für diesen Bärenhäuter würde er das Schweigegebot während der Arbeit nicht noch mal brechen.

»Beeil dich, gleich läuten die Glocken zur Sext, und du hast noch nicht mal den halben Saal geschafft. Hier!« Franz trat mit dem Fuß gegen ein Stück Brot, das zu Enderlin herüberkullerte, und verschwand.

Konnte sich der Bruder nicht um seine eigenen Angelegenheiten kümmern? Enderlin erhob sich, griff nach dem Besen, kehrte die Brotreste zusammen und gab sie in den Eimer mit dem Unrat. Die Glocken läuteten. Hatte er wirklich so lange für den halben Saal gebraucht? Hoffentlich würde Jakob Hochstraten seine Nachlässigkeit nicht auffallen.

Schnell räumte er die Putzutensilien zusammen und begab sich in die Abteikirche. Wie sehr er sich jedes Mal auf die Horen freute. Da konnte er Gott nahe sein, nicht wie bei diesen niederen Aufgaben.

Als der Prior das Stundengebet eröffnete, flackerten die Altarkerzen wie in einem Luftzug. Hatte sich der HERR in diesem Moment zu ihnen gesellt?

Nach Versikel und Hymnus folgte die Psalmodie. Der Organist spielte die ersten Töne, und Enderlin schloss die Augen, konzentrierte sich auf die Psalmgesänge.

»Ad te Domine levavi animam meam. Deus meus in te confido non erubescam. Neque inrideant me inimici mei etenim universi qui sustinent te non confundentur.« – Zu dir, HERR, erhebe ich meinen Geist. Mein Gott, ich hoffe auf dich, dass ich nicht zuschanden werde. Lass meine Feinde nicht frohlocken über mich, und auch alle, die zu dir stehen, sollen nicht zuschanden werden.

Seine Schwester Jonata lachte sicherlich über ihn. Doch das würde sich bald ändern. Er brauchte nur einen Verbündeten außerhalb der Klostermauern. Der Brief unter seiner Kutte brannte. Es war an der Zeit, etwas zu unternehmen. Und schon bald würde sich eine Gelegenheit für ihn ergeben.

***

Figen ging zu Boden, sie konnte den Anblick nicht ertragen. Die Bilder der Vergangenheit stürmten auf sie ein. Sie sah ihre tote Mutter vor sich, das Messer im Bauch und das viele Blut. Ein eiskalter Schauer erfasste sie, sie atmete hektisch, konnte den Blick nicht heben. Wollte nicht sehen, was sich sowieso bereits in ihren Kopf gebrannt hatte: die Fratze des Todes! Blut. Ein Schnitt im Hals. Ein Messer! Es steckte nicht im Leib wie bei ihrer Mutter, sondern lag an Bechtolts Seite, als sei es ihm bloß aus der Hand gefallen.

Kuntz tapste neben ihr herum.

»Komm her.« Sie drückte den Jungen an sich und strich ihm über den Rücken. Ihre Hände zitterten, sie schloss die Augen und atmete tief ein. Sie brauchte Hilfe. Elisabeth und Margret. Bei allen Heiligen, wie würde Margret reagieren, wenn sie vom Ableben ihres Gemahls erfuhr? Wo waren die beiden nur? Ach ja, sie wollten beim Meister der Brauerbruderschaft um Beistand in diesen schweren Zeiten bitten. Jemand hatte Bechtolt zur Vernunft bringen, ihn an seine Pflicht erinnern sollen. Jetzt war alles zu spät.

»Wir müssen zu Meister Mergentheim«, sagte Figen mehr zu sich selbst als zu Kuntz. An einem Schemel stemmte sie sich hoch auf die Beine. Nicht noch einmal hinsehen! Den Würgereiz unterdrückend wandte sie sich ab. »Komm!« Sie torkelte ins Freie, Kuntz folgte ihr. Die kühle Luft ließ sie frösteln. Figen atmete tief durch und zog den Mantel eng um sich.

Schnellen Schrittes liefen sie durch die Gassen, mussten einem vorbeirumpelnden Fuhrwerk ausweichen. Kuntz hatte keine Muße mehr, in die Pfützen zu springen. Sie griff nach seiner Hand und drückte sie. Er hielt den Blick gesenkt. Der arme Junge! Sie konnte gut nachempfinden, wie er sich fühlen musste. Ohnmächtig und verloren. Wie mit zittrigen Beinen vor dem Abgrund eines hohen Berges stehend.

Am Haus von Mergentheim verabschiedeten sich Elisabeth, die ältere Magd, und Margret, einstige Magd und seit zwei Jahren Bechtolts Eheweib, gerade von dem Meister der Brauerbruderschaft.

»Figen!«, sagte Elisabeth überrascht. »Was ist passiert?«

Sie schluckte, suchte nach den richtigen Worten.

Kuntz sprang wieder von einem Fuß auf den anderen. »Blut. Überall Blut!«

»Was?« Margret trat zu ihrem Sohn und fasste ihn am Arm. »Was sagst du da?« Als er nicht antwortete, sah sie Figen erwartungsvoll an.

»Es ist … Bechtolt.« Ihr Mund war so trocken, dass sie kaum ein Wort herausbekam. »Er ist … im Jenseits.«

Margret riss die Augen auf.

»Was erzählst du da?« Das war die dunkle Stimme von Wendel Mergentheim. Er trat die drei Stufen hinunter. Er trug ein rotes Wams mit goldbestickten Rändern, darüber eine mit Pelz besetzte Schaube und einen Lederhut mit hochgeschlagenem Rand, der farblich zum Wams passte. Mergentheim schien keine Geldsorgen zu haben.

Figen sah zu ihm auf. »Eine große Blutlache, neben ihm liegt ein Messer«, sagte sie mit zittriger Stimme.

»Das kann nicht sein.« Margret schüttelte den Kopf und drückte Kuntz an sich.

Figens Beine gaben nach, Elisabeth bemerkte es und nahm sie in den Arm. Es tat so gut, gehalten zu werden. Die ältere Magd roch nach dem vertrauten Lavendelwasser. Figen unterdrückte die aufsteigenden Tränen.

»Das ist ein Fall für den Gewaltrichter und seine Diener«, sagte der Meister der Bruderschaft. »Ich werde mich darum kümmern.«

Figen nahm kaum wahr, wie sie nach Hause gingen. Dort angekommen, setzte sie sich auf die Bank in der Stube und starrte den Lehnstuhl an, auf dem Bechtolt stets Platz genommen hatte. Er würde nun für immer leer bleiben. Was würde aus ihnen werden?

Sie hörte Margrets Weinen aus der Küche. Kurze Zeit später schob Elisabeth sie in die Stube hinein und reichte ihnen beiden einen Krug Dünnbier. Kuntz setzte sich neben den Kamin. Er bewegte sein hölzernes Rollpferd über den Boden und wieherte.

»Sei doch leise!«, rief Margret ihm zu und verzog gequält das Gesicht.

Kuntz blickte auf und verließ stampfend die Stube. Diese Maßregelung hatte er nicht verdient. Es war seine Art, den Verlust des Vaters zu verwinden. Er war zwar neun Jahre alt, jedoch in der Entwicklung verzögert. Margret wusste nicht, wie sie damit umgehen sollte.

»Wer tut so etwas Grausames?«, fragte Elisabeth mit zittriger Stimme.

Figen wusste darauf keine Antwort. Sie vermochte sich nicht vorzustellen, wie man einem anderen Menschen den Garaus machen konnte.

»Ich verstehe das nicht.« Margret rieb sich fassungslos über die Stirn.

Sie hingen alle ihren Gedanken nach, bis es an der Tür klopfte und Meister Mergentheim mit den zwei Gewaltdienern eintrat. Die beiden breitschultrigen Männer steuerten sofort die Küche an. Sie trugen Gewänder in den Stadtfarben Rot und Weiß. Der ältere überragte Wendel Mergentheim um einen halben Kopf, sein Bart reichte ihm bis zur Brust. Der jüngere war kaum größer als Figen, hatte blonde Locken und mehrere Narben im Gesicht.

»Wer hat ihn gefunden?«, rief der jüngere Gewaltdiener.

Elisabeth schob Figen in die Kochstube. Diese sah kurz auf Bechtolt, der unverändert am Boden lag. Die leeren Augen starrten sie an, als wollten sie sie anklagen. Ein Schauer erfasste sie, und sie wandte den Blick ab. »Ich habe ihn gefunden«, sagte sie leise.

»Zu welcher Stunde?«, fragte der Gewaltdiener mit dem Rauschebart. Er trat auf Figen zu. Sie konnte seinen schlechten Atem riechen. Sein lederner Schulterkragen mit der Kapuze war fleckig. Jedoch war sein Gürtel mit reichlich Verzierungen versehen, zwei hochwertige Beutel hingen daran. Wie konnte sich ein Gewaltdiener solche Kostbarkeiten leisten?

»Es ist nicht lange her. Als ich vom Markt heimkehrte.«

»Ist dir etwas aufgefallen? Hast du jemanden gesehen?«

»Nein.«

Der andere Gewaltdiener mit den blond gelockten Haaren ging neben Bechtolt in die Knie. »Die Kehle ist durchtrennt.«

Saure Galle kroch Figen den Hals hinauf, sie wollte es nicht hören.

Der Gewaltdiener befingerte das Blut. »Das Blut ist noch klebrig, so lange kann er nicht hier liegen.«

Der Rauschebärtige packte sie am Arm. »Hast du deinen Herrn auf dem Gewissen?« Seine braunen Augen blitzten bedrohlich auf.

Figen sog scharf die Luft ein, es war, als drückte ihr jemand den Hals zu. »Nein! Niemals würde ich einem Menschen etwas zuleide tun.«

»Warst du allein?«

Sie schüttelte den Kopf. »Nein. Kuntz … der Sohn meines Herrn war mit mir auf dem Markt und hat ihn zuerst entdeckt.«

»Also hast du ihn gar nicht gefunden? Bringt mir den Bengel«, befahl der Gewaltdiener.

Hoffentlich würde Kuntz nicht wieder wirres Zeug faseln wie so oft. Elisabeth holte den Jungen, der das Holzpferd umklammerte. Margret stellte sich neben ihn. »Seid nachsichtig mit ihm, er ist nicht mit Klugheit gesegnet.«

»Sag, Junge, was ist dir aufgefallen? Hast du jemanden gesehen?«, fragte der Gewaltdiener.

Kuntz tapste wieder von einem Bein auf das andere. Sein Blick wanderte zwischen Bechtolt und dem Gewaltdiener hin und her. »Blut ... überall Blut.«

Der Bärtige nickte. »Was noch?«

»Tot! Vater ... ist tot.«

Margret und Elisabeth bekreuzigten sich. Das bloße Aussprechen des Wortes konnte Unheil heraufbeschwören.

Der Schrecken stand Kuntz ins Gesicht geschrieben. Verständlich, dass der Anblick Bechtolts ihn verstörte! Und so entließen die Gewaltdiener ihn. Elisabeth nahm den Jungen in den Arm und brachte ihn zurück in die Stube.

Der Lockenkopf hob das Messer auf und hielt es hoch. »Weiß jemand, wem das gehört?«

»Es ist das meines Gatten«, sagte Margret und zeigte auf Bechtolt.

»Euer Gatte?« Der Rauschebärtige zog die Stirn in Falten. »Und ich dachte, Bechtolt von Menden war Witwer.«

Margret nickte. »Sehr wohl. Sein geliebtes Weib ist bei der Geburt seiner Tochter vor Jahren ums Leben gekommen. Vor zwei Jahren hat er mich zu seinem neuen Eheweib genommen.«

Der Gewaltdiener brummte zustimmend. »Könnt Ihr Euch vorstellen, wer Euren Gatten ermordet haben könnte?«

»Ich habe keine Ahnung.«

»In den Tavernen Kölns munkelt man, Bechtolt habe seine Pflichten vernachlässigt, die Brauerei heruntergewirtschaftet und den Ruf der ganzen Bruderschaft in Mitleidenschaft gezogen. Was sagt Ihr dazu?« Der Lockenschopf wandte sich an Mergentheim, der bisher unbeteiligt danebengestanden hatte.

Zögerlich nickte dieser. »Es stimmt, dass Bechtolt schwere Zeiten durchlitt, aber –«

Der Gewaltdiener hob die Hand. »Man sagt, er habe all seine Münzen verprasst, und die Bierbottiche seien seit Langem leer geblieben. So viele Sorgen, vielleicht hat er selbst die Schwelle ins Jenseits überschritten.«

»Was? Nein!«, rief Margret. »Er hätte niemals Hand an sich gelegt.«

»Was macht Euch so sicher?«, fragte der Bärtige.

»Seine Gottesfürchtigkeit natürlich.« Margret stockte und strich über ihren Bauch. »Außerdem trage ich sein Kind unter dem Herzen. Er hat sich darauf gefreut.«

Der Lockenschopf zog die Augenbrauen hoch. »Ein Kind, sagt Ihr?«

Figens Beine wurden weich. Sie ließ sich auf einen Schemel sinken. Margret war schwanger! Das hatte sie bisher verschwiegen, der Bauch zeigte zwar eine Wölbung, aber bei Margrets Statur war das nicht sonderlich aufgefallen. Dieses Kind würde ohne Vater aufwachsen, in einem mittellosen Haushalt.

»Und wer schneidet sich eigenhändig die Kehle auf?«, keifte Margret und trat auf den Gewaltdiener zu. Es sah aus, als wolle sie ihm gleich an die Gurgel springen.

»Das geschieht weit öfter, als Ihr denken mögt.«

Die Gewaltdiener stellten noch weitere Fragen und ließen sich durchs Haus führen. Sie mussten ihnen folgen und berichten, ob etwas fehlte. Als sie die Brauerei betraten und Figens Blick auf die leere Münzschatulle fiel, musste sie sich am Türbalken abstützen. Die Luke im Boden, in der Bechtolt sie versteckt hatte, stand offen, genauso wie die Schatulle selbst. Die restlichen Münzen waren fort. Nun hatten sie gar nichts mehr.

»Jemand hat die Münzen gestohlen«, sagte Margret energisch. »Wovon sollen wir nun leben?«

Der Bärtige zuckte mit den Schultern. »Er war doch bereits mittellos. Wer sagt, dass sich darin überhaupt noch Münzen befunden haben? Vielleicht hat Bechtolt selbst nach Geld gesucht und war so verzweifelt, dass –«

»Heute Morgen waren noch ein paar Münzen darin. Ich habe zwei Pfennige entnommen, um auf dem Markt Gemüse zu kaufen«, meldete sich Figen zu Wort. Die Männer konnten doch nicht ernsthaft annehmen, Bechtolt hätte sich eigenhändig das Leben genommen.

Margret warf ihr einen bösen Blick zu. Wovon hätte sie denn sonst das Gemüse auf dem Markt bezahlen sollen?

»Ach! Habt Ihr das Geld gar entwendet?«, fragte der Bärtige.

Mergentheim trat vor. »Jetzt hört auf, die Frauenzimmer zu verdächtigen! Man sieht doch auf den ersten Blick, dass das kein Werk einer Frau gewesen sein kann.«

Die Männer diskutierten eine Weile. Figen wandte sich ab und trat in den Hof, sie konnte das Geschwätz nicht ertragen. Sie setzte sich auf die Bank, schloss die Augen und streckte den Kopf dem Nieselregen entgegen, der sich haarfein auf ihr Gesicht legte. Wie sollte sie Jonata nur das Ableben ihres Vaters erklären?

Figen hatte keine Eltern mehr und wusste, wie es sich anfühlte, geliebte Menschen zu verlieren – vor allem wenn sie gewaltsam aus dem diesseitigen Leben gerissen wurden. Sie dachte an ihre Mutter, ihren Vater und ihre Kindheit auf dem Lande, als sie noch unbeschwerte Tage erleben durfte. An den umherstreunenden Hund, dem sie heimlich Fleischreste zugesteckt hatte, und an die riesige Eiche, auf der sie mit dem Nachbarskind umhergeklettert war.

»Kommst du mit?«, rief Elisabeth, als sie mit Margret zurück zum Haus ging. Auch die Gewaltdiener kamen mit Mergentheim aus der Brauerei und verschwanden.

Figen rührte sich nicht, genoss die wohltuende Kühle auf ihrer Haut. Irgendwann setzte sich Kuntz neben sie. Sie wischte sich die Tränen ab, die sich auf ihr Gesicht gestohlen und mit dem Regenwasser vermischt hatten. Kuntz sah sie mit großen Augen an. Sie legte einen Arm um ihn und drückte ihn an sich. »Es war etwas viel heute, nicht wahr?«

Er zog etwas aus seinem Beutel und hielt es ihr auf der flachen Hand hin. Eine Münze.

»Wo hast du die her?«, fragte sie und griff instinktiv danach.

»Sie lag neben Vater.«

»Wann? Als wir ihn nach dem Marktbesuch gefunden haben?«

Kuntz nickte.

»Wieso hast du sie den Gewaltdienern nicht gegeben?«

Er zuckte mit den Schultern. »Sie waren unfreundlich.«

Das waren sie in der Tat gewesen. Figen betrachtete das Geldstück. Es war eine Prägung aus Bonn. Es handelte sich nicht um eine Münze aus Bechtolts Schatulle, so viel stand fest. Hatte der Mörder sie verloren?

Die Gewaltdiener hatten nicht den Anschein gemacht, als wollten sie nach dem wahren Täter forschen. Vielleicht war es besser, wenn sie selbst im Besitz des Geldstückes blieb. So mochte sie möglicherweise ergründen können, wer Bechtolt die Kehle durchgeschnitten hatte. Sie verstaute die Münze in ihrem Beutel.

»Das ist meine!«, protestierte Kuntz.

»Ich verwahre sie für dich, und sobald wir wissen, wer deinen Vater auf dem Gewissen hat, gebe ich sie dir zurück. Versprochen!«

Er verzog den Mund. »Wann wird das sein?«

Sie strich ihm über den Kopf. »Bald! Ganz bald.«

Hoffentlich würde es wirklich so sein.

KAPITEL 2

Während der Lobgesänge der Terz schielte Enderlin zu den Klosterschülern, die sich in den hinteren Reihen aneinanderquetschten. Viele junge Bengel und zwei Ältere, die wohl zehn Lenze zählten. Einer mit schwarzen Haaren, aufmerksamen Augen und einer kräftigen Stimme. Der andere blond und schmächtig. Er ließ die Schultern hängen, den Blick nach unten gerichtet, hielt den Mund bei den Gesängen geschlossen.

Ja, der Blonde schien ihm geeignet. Sicherlich benötigte er noch ein geistliches Vorbild und würde sich an ein Versprechen und Verschwiegenheit halten, wenn er im Gegenzug in die Gebete eines Mönches eingeschlossen wurde. Bei den Fürbitten bat Enderlin in Gedanken um Gottes Beistand und Führung für sein Vorhaben. Heute war der Tag. Hoffentlich würde der Brief sein Ziel erreichen.

Während des Auszuges aus der Abteikirche behielt Enderlin den Blondschopf im Auge. Der Schwarzhaarige flüsterte ihm etwas zu. Brachte Bruder Gregor seinen Zöglingen keine gottesfürchtige Demut bei?

Enderlin holte die Putzsachen und folgte den Scholaren in das Schulgebäude. Heute war er für die Säuberung des Eingangsbereichs zuständig. Er seufzte. Dicke Lehmklumpen und Stroh klebten am Boden. Die Schüler hatten noch nicht gelernt, ihre Schritte mit Bedacht zu setzen, und trugen den ganzen Morast mit herein.

Enderlin fegte den groben Schmutz zusammen. In der angrenzenden Kammer sangen die Zöglinge den vierten Psalm.

»Irascimini et nolite peccare quae dicitis in cordibus vestris in cubilibus vestris conpungimini diapsalma.« – Zürnet und sündigt nicht! Denkt nach in eurem Herzen und auf eurem Lager und werdet still.

Da sangen sie vom Schweigegebot Gottes. Wieso hielten sie

sich nicht daran? Wenn er die Scholaren unterrichten würde, würden sie lernen, Gottes Gebote zu wahren.

Was dachte er da nur? Er war ja kein Magister. Aber alles war besser als das Putzen. Gern hätte er wieder im Brauhaus gearbeitet wie vor fünf Jahren, bevor er als Subprior die rechte Hand des Inquisitors geworden war. Doch auch diese Tätigkeit gedachte ihm der Prior nicht wieder zu übertragen.

Enderlin kehrte den Dreck nach draußen, gab Scheuersand und Wasser auf den Boden und machte sich daran, die Steinplatten zu bearbeiten. Lange würde es nicht mehr dauern. Dann konnte ein anderer Bruder das Putzen übernehmen, und der Prior würde ihm die Füße küssen und ihm jede Tätigkeit zusprechen, die er erbat.

Es wurde still in der Schulstube, wahrscheinlich mussten die Schüler nun den Psalm auf ihre Wachstafeln schreiben. Bald würden sie hier an ihm vorbeikommen. Bruder Gregor ließ seine Zöglinge jeden Tag im Klostergarten arbeiten. Doch heute schien der Ordensbruder die Bengel lange an den Schreibübungen sitzen zu lassen.

Auch als Enderlin mit dem Boden fertig war, hatte sich die Tür noch nicht gerührt. Musste er sein Vorhaben verschieben? Er brachte das Putzzeug in den Schuppen und begab sich zu den zwei Brüdern im Klostergarten. Der süßlich-herbe Braugeruch wehte vom angrenzenden Brauhaus herüber und entführte ihn in vergangene Zeiten, als der Erdkreis noch an seiner richtigen Stelle schwamm.

Enderlin schob die Gedanken beiseite. Mit schnellen Bewegungen zupfte er das Unkraut aus der Erde und hielt dabei die Schule im Auge.

Endlich kam Gregor mit den Scholaren heraus. Die Zöglinge gesellten sich zu ihnen und begannen mit der Gartenarbeit. Der Magister begab sich zur Latrine, während die zwei großen Jungen mit Eimern zum Brunnen schlenderten, der sich zehn Schritte neben dem Abort befand. Enderlin folgte den beiden. In Gedanken bat er Gott um Vergebung für das Brechen des Schweigegebots.

Die Scholaren ließen einen Eimer in den Brunnen hinab. Sie sahen Enderlin überrascht an, als er zu ihnen trat. »Auf ein Wort«, sagte er an den Blonden gewandt. Die zwei tauschten verwirrte Blicke. Enderlin machte dem Schwarzhaarigen mit einer Kopfbewegung deutlich, dass er zurück in den Garten verschwinden sollte. Kurz zögerte er, dann zog er ab. Enderlin half dem Blondschopf, den vollen Bottich hinaufzuziehen.

»Kennst du den Brauer Sebalt Magnus?«, flüsterte er, damit die Brüder im Klostergarten ihn nicht hören konnten. Er schielte zur Latrine, doch Bruder Gregor war noch nicht herausgekommen.

Der Junge schüttelte den Kopf.

»Kennst du die Schaafenpforte nahe Sankt Aposteln?«

Diesmal nickte der Kleine. Dem HERRN sei Dank.

»Frag nach dem Haus an der alten Eiche. Dort wirst du Familie Magnus antreffen.«

Ob Magnus immer noch im Heim seiner Eltern weilte, war fraglich, doch würde die Nachricht dennoch ihren Empfänger erreichen. Geschwind zog Enderlin den Brief aus der Kutte und hielt ihn dem Jungen hin. Dieser starrte das Papier an und rührte sich nicht.

»Verwahre ihn gut und sprich mit niemandem ein Wort darüber. Dann werde ich dich in meine Gebete einschließen, und Gott wird dich mit Klugheit und Weisheit segnen, sodass dir die Schreibübungen bald zügiger von der Hand gehen als deinem Freund.«

Der Junge schielte zu den anderen Scholaren im Garten, mit einer ungeahnten Sehnsucht in den Augen. Gott hatte Enderlin anscheinend die richtigen Worte in den Mund gelegt.

In dem Moment, als der Junge den Brief an sich nahm und unter sein Wams steckte, trat Gregor aus der Latrine und sah zu ihnen herüber. Hoffentlich hatte er nichts gesehen. Die anderen beiden Brüder waren so in ihre Gartenarbeit vertieft, sie hatten sicherlich nichts von der Übergabe mitbekommen. Geschwind ließ Enderlin den zweiten Eimer in den Brunnen und zog ihn gefüllt wieder nach oben. Das Herz pochte heftig in seiner Brust. Er schielte zu Bruder Gregor, doch der machte sich bereits am Kräuterbeet zu schaffen.

Enderlin arbeitete weiter im Garten, bis die Glocken zur Sext läuteten. Nach dem Mittagsmahl widmete er sich zufrieden dem Buch Daniel, das ihm zum Studium überlassen wurde. Er las von Daniel, wie er zum König gebracht und gebeten wurde, diesem die Schrift zu deuten. Enderlin vergaß sich in dem Wort Gottes, bis die Glocken ihn zur Non riefen. Bevor er die Abteikirche betreten konnte, fing ihn der Prior ab. »Hiernach kommst du zu mir.«

Enderlin schlug das Herz bis zum Hals. Gregor musste doch etwas gesehen haben. Vielleicht hatten sie dem Jungen den Brief abgenommen. Enderlin atmete tief durch, sah bereits die Latrinen vor sich, die er wieder ausleeren und säubern musste. Was hatte er nur getan?

Und doch hatte er mit dem Brief im Sinne des Priors gehandelt, nur sah dieser es wahrscheinlich nicht ein. Enderlins Knie wurden weich, er musste sich während der Lobgesänge an der Kirchenbank abstützen. Er hatte keinen Fehler begangen, redete er sich ein. Die einzige Verfehlung, die der Prior ihm nachsagen konnte, war, dass er einen Bogen Papier und Tinte aus dem Skriptorium entwendet hatte.

Nach der Hore begab er sich mit Prior Jakob Hochstraten zum Priorhaus. Dieser sprach auf dem Weg kein Wort, verbarg die Hände in den Ärmeln der Kutte. Enderlin wagte nicht, ihn anzusehen. Jakob Hochstraten führte ihn in die Kemenate und bot ihm einen Lehnstuhl vor dem Kamin an. »Setz dich«, sagte der Prior und legte zwei Holzscheite nach.

Enderlin nahm auf dem Stuhl Platz, auf dem ein Schaffell lag und der keinesfalls zur Bescheidenheit eines Klosters passte. Zu den gotteslästerlichen Prunkstücken wie den aufwendig geschmiedeten Kerzenhaltern und dem imposanten Wandteppich mit der Abbildung des Paradieses war ein neues, mannshohes Gemälde hinzugekommen. Es zeigte das Jüngste Gericht und musste ein Vermögen gekostet haben. Enderlin löste den Blick von diesen blasphemischen Gegenständen und wandte sich dem Prior zu. Dessen Miene war ernst und undurchdringlich. Enderlin rieb seine feuchten Hände an dem Habit trocken.

»Ich muss dir was sagen«, begann der Prior. Er faltete die Hände vor dem Bauch. Das große Kreuz um seinen Hals flackerte im Schein des aufflammenden Feuers. Enderlin atmete tief ein, konnte es kaum abwarten, bis Jakob Hochstraten endlich sagte, welche Verfehlung ihm aufgefallen war. Wieso hatte er mit der Maßregelung nicht bis zur Kapitelversammlung gewartet? Wollte er ihn gar in den Klosterkerker werfen? Noch bevor er die Gedanken sortieren konnte, sprach der Prior weiter: »Dein Vater hat diese Welt verlassen.«

Die Nachricht traf ihn wie ein Hammerschlag. Es ging um seinen Vater? Damit hatte er nicht gerechnet. Seine Hände krampften sich um die Armlehnen.

»Entweder hat er sich selbst gerichtet, oder jemand anders hat ihn dran glauben lassen.«

»Was?« Was ging in der Welt außerhalb des Klosters nur vor sich? Enderlin hatte seinen Vater seit vier Jahren nicht mehr gesehen, und nun sollte es auf ewig so bleiben? Er rief sich das Gesicht seines Vaters ins Gedächtnis. Entschlossen, stolz. Und zu gutmütig, wenn es um Jonata ging.

Der Prior hob die Hände. »Nun, es ist nicht sicher.«

Enderlin ließ sich in den Stuhl sinken. »Was geschieht mit dem Haus und der Brauerei?« Seine Mutter und sein Bruder Lucas hatten das Zeitliche gesegnet, Jonata war verschwunden und sein Halbbruder Kuntz ein Schwachkopf. Außerdem noch viel zu jung, um einen Hausstand zu führen.

»Das weiß ich nicht«, sagte der Prior. Er räusperte sich. »Du hast die geistliche Leitung der Brauerbruderschaft einst innegehabt. Ist es dir ein Wunsch, die Andachtsmesse für deinen verstorbenen Vater zu halten?«

Enderlin lächelte innerlich. Der Prior schien doch noch Vertrauen in ihn zu setzen. Wenn Sebalt Magnus zu der Beisetzung erscheinen würde, könnte er von Angesicht zu Angesicht mit dem Brauerssohn sprechen und ihn von seinem Anliegen überzeugen. Vielleicht würde das Ableben seines Vaters Jonata aber auch von selbst nach Köln zurücktreiben.

»Es wäre mir eine große Freude, meinem Vater die letzten Worte zu sprechen«, sagte Enderlin und entspannte sich. Warum hatte er mit Gott gehadert? Er würde alles zum Guten richten.

***

Margret hatte Bechtolt gewaschen, und zu dritt hatten sie ihn in das beste Gewand gekleidet. Figen hatte ihm nicht ins Gesicht blicken können aus Angst, der Tod würde ihr Herz zu Eis gefrieren lassen. Sie hatten ihn in der Brauerei aufgebahrt, damit sich Freunde und Mitglieder der Bruderschaft von ihm verabschieden konnten, doch kaum jemand erschien, um ihm die letzte Ehre zu erweisen. Selbst die Braumeister ließen sich nur spärlich blicken. Auch für die Totenwache fühlte sich keiner der Brauer verantwortlich, wie es in einer Bruderschaft normalerweise üblich war. Also wechselten sich Margret, Elisabeth und Figen ab.

Nun saßen sie in der Stube, um zu besprechen, wie es weitergehen sollte. Die Bruderschaft hatte Margret einen Gulden aus der Büchse als Witwengeld überlassen. Mehr hatten sie nicht zu erwarten, da Bechtolt zum Schluss sein Gewerk nicht mehr zur Zufriedenheit Mergentheims ausgeführt hatte. Zudem hatte der Meister der Bruderschaft Margret auferlegt, innerhalb eines halben Jahres einen Brauer zu ehelichen, um das Gewerk weiterführen zu können. Ohne Lehrlinge und Gesellen konnten sie selbst sowieso keine Bottiche anfeuern, ganz zu schweigen davon, dass sie zuerst Gerste und Hopfen für den Brauvorgang erstehen mussten.

»Du musst dir schnell einen neuen Gatten suchen«, betonte Elisabeth noch einmal.

Margret schüttelte entschieden den Kopf. »Ich lasse mir keine Vorschriften machen! Und ich werde keinen von den Brauern heiraten.«

»Wie sollen wir sonst über den Winter kommen? Das Witwengeld von der Bruderschaft wird nicht ewig reichen.«

»Dann müssen wir eben sparsam sein«, entgegnete Margret.

Das sagte die Richtige! Sie war doch diejenige, die sich bisher jedes halbe Jahr neue Stoffe kaufte, aus denen sie sich aufwendige Kleider schneidern ließ. Heute trug sie ihr grünes Kleid mit dem kleinen Schulterkragen und den bauschigen Ärmeln. Das Mieder war aus klein gepunkteter Seide, der Rock aus Samt mit einem roten Seidenbesatz. Figen wollte nicht wissen, wie viel es gekostet haben mochte. Vielleicht war das auch ein Grund, warum kein Geld mehr in der Münzschatulle war.

»In diesem Haus sind vier hungrige Mäuler zu stopfen«, widersprach Elisabeth.

»Dann müsste sich eine von euch beiden wohl eine andere Anstellung suchen.«

Figens Knie wurden weich. Wo sollte sie denn hin? Ihre Eltern waren entschlafen, ihre zwei Geschwister im Kindsbett verstorben. Es gab nur noch ihre Base Fronica, doch die Schwester ihres Vaters verdingte sich als Hübschlerin und war ihr nicht wohlgesonnen. Sie hatte Figen vorgeworfen, für den Tod ihres Bruders verantwortlich zu sein, da sie sich nicht um ihn gekümmert habe. Als ob Figen ihren Vater vernachlässigt hätte! Sie hatte vor dem Nichts gestanden, als sie ihn verlor, war froh gewesen, in diesem Haus eine Bleibe gefunden zu haben. Und nun sollte sie sich eine neue Anstellung suchen? Wer würde sie nehmen, wenn sie aus dem Hause kam, in dem der Herr ermordet worden war?

»Wer nimmt mich in meinem Alter noch als Magd?«, jammerte Elisabeth. Sie würde es noch schwerer haben, sie zählte an die fünfzig Lenze. »Außerdem brauchst du Hilfe, wenn dein Kind auf der Welt ist.«

Jetzt war für Figen der Zeitpunkt gekommen, ihre Gedanken mit den beiden zu teilen. »Ich habe mir etwas überlegt.«

Margret und Elisabeth sahen sie überrascht an. »Dann erzähl mal«, forderte Margret sie mit hochgezogenen Brauen auf.

Figen ballte die Hand unter dem Tisch zur Faust. Wie hatte

Margret nur so hochnäsig werden können, seitdem sie Bechtolt geheiratet hatte? Schließlich hatten sie früher auf einer Stufe gestanden und zusammen Töpfe geschrubbt oder Wäsche gewaschen.

»Ich habe gehört, dass die Bürger Kölns unzufrieden mit der Mädchenschule der Beginen sind. Unsere Schenke liegt brach, und ich bin des Lesens und Schreibens mächtig. Ich dachte mir …« Sie stockte, wollte die richtigen Worte finden.

»Was? Du willst eine Mädchenschule eröffnen?«, fragte Margret mit einem Gesichtsausdruck, als hätte sie eine verendete Ratte in der Vorratskammer entdeckt.

Figen nickte. »Wenn ich es richtig angehe, können wir viele Schülerinnen gewinnen.«

»Du bist doch keine Magistra!«, widersprach Elisabeth. »Und hast keine Erfahrung als Schulmeisterin.«

Figen drückte den Rücken durch. »Es wird schon nicht so schwierig sein.«

»Und warum sollten die Mädchen das Lesen und Schreiben lernen? Sie müssen nur einen Haushalt führen können«, wandte Elisabeth ein.

»Denkt nur an die Garnmacherinnen und Seidmacherinnen. Ihre Kinder und Lehrlingstöchter müssen die Bücher führen können.«

Elisabeth machte eine abwertende Handbewegung. »Um die paar Mädchen können sich die Beginen kümmern.«

»Auch anderen Frauen kann es das Leben erleichtern. Sie können Flugschriften selbst lesen oder ihre Kinder die geistlichen Texte lehren.«

»Pah!«, sagte Elisabeth.

»Außerdem hole ich mir Hilfe.«

»Bei wem denn?«, fragte Margret scharf.

»Bei Seitz von Rosenberg. Er hat mir erzählt –«

»Bei dem verurteilten Ketzer?«, brach es aus Margret heraus. »Lass dich bloß nicht mit diesem Ungläubigen ein!«

»Er hat seine Strafe bekommen und kann sich wieder frei in der Stadt bewegen«, wandte Figen ein.

»Wenn du mit ihm gesehen wirst, bringst du unser Haus in Verruf«, keifte Margret. »Ich will ihn hier nicht haben.«

»Und was ist mit einem Lehrangebot für Mädchen? Bist du etwa auch dagegen?«

Margret nahm die Haube vom Kopf, strich sich durch die blonden, strähnigen Haare und machte ein nachdenkliches Gesicht.

»Wer braucht schon eine Mädchenschule?«, murmelte Elisabeth.

»Die Schenke steht leer, und solange sich die Bottiche nicht mit frisch gebrautem Bier füllen, wird dies auch so bleiben. Wieso sollten wir sie ungenutzt lassen?«, fuhr Figen fort.

Margret zuckte mit den Schultern. »Wenn die Schule uns Geld einbringt, soll es mir recht sein.«

Figen fiel ein Stein vom Herzen. Hauptsache, Margret war damit einverstanden. Wenn Elisabeth dagegen war, konnte sie damit leben.

»Aber diesen Ketzer will ich in diesem Haus nicht sehen«, sagte Margret und stand auf.

Figen nickte. Trotzdem würde sie ihn aufsuchen, um mit ihm ihren Plan durchzusprechen.

Es klopfte an der Haustür. Wahrscheinlich die nächsten Trauergäste, die sich von Bechtolt verabschieden wollten. Doch als Figen die Tür öffnete, stand vor ihr der Buchführer Mathes Roht. Über seinen Schultern lag das Fuchsfell, seine rötlichen Haare schienen noch länger geworden zu sein.

»Grüß dich Gott«, erwiderte sie seinen Gruß. »Du kommst genau zur rechten Zeit.«

Er kräuselte die Stirn und lächelte. »Was meinst du?«

Figen schluckte. Bald würde ihm das Lachen vergehen. »Das wirst du gleich erfahren.«

»Vielleicht kann ich deine Laune etwas heben!« Er klopfte auf seine Brust. Sie wusste, was das bedeutete. Unter dem Wams trug er einen Brief von Jonata. Figens Herz wurde schwer. Ihr graute davor, die schreckliche Nachricht zu Papier bringen zu müssen.

Sie tat einen Schritt zur Seite und ließ den Buchführer eintreten. Elisabeth hatte sich wieder ans Tagwerk begeben, und Margret war in die Brauerei zu Bechtolt gegangen, um die Totenwache fortzuführen, also bat Figen Mathes Roht in die Stube. Sie brachte ihm einen Krug Bier, Suppe und einen Kanten Brot. Sie hätte ihm gern ein reichhaltigeres Mahl dargeboten, aber ihre Vorratskammer gab nicht viel her. Mathes Roht machte sich dankbar über das Essen her und schob Figen den Brief hin. Sie blickte sich vorsichtig um und ließ ihn schnell unter ihrem Mieder verschwinden.

»Was ist los? Sonst kannst du es doch kaum abwarten.«

Sie seufzte. »Ich muss dir etwas sagen.«

»Was bedrückt dich?« Roht biss von dem Brot ab.

Figen sammelte Kraft für die nächsten Worte. »Bechtolt ist verstorben. Wahrscheinlich ermordet.«

Er ließ den Löffel in die Schüssel fallen. »Was sagst du da?« Das blanke Entsetzen schwamm in seinen Augen.

»Wir haben ihn in der Brauerei aufgebahrt, wenn du –«

»Ich muss noch heute aufbrechen, zurück nach Wittenberg. Jonata muss es erfahren. Aber zuerst bring mich zu ihm.«

**

Jonata streichelte ihrer Tochter über den Kopf. Ells schlief tief und fest. Dem HERRN sei Dank hatte sie die Nase ihrer Mutter geerbt und nicht die ihres leiblichen Vaters. Jonata hasste es, dass sie immer wieder an ihren Peiniger erinnert wurde, aber Ells' unschuldiges Lachen entschädigte sie Tag für Tag. Jonata schlüpfte zu Simon unter die Decke.

»Da bist du ja endlich«, hauchte er und zog sie an sich.

»Ich musste noch kurz nach ihr sehen.« Sie war so froh, dass Simon Ells als seine eigene Tochter anerkannte. Und die Bürger in Wittenberg glaubten sowieso, dass es sich um die Tochter ihres Ehegatten handelte. Die zotteligen, welligen Haare, die bei Ells kaum zu bändigen waren und an Simons Frisur erinnerten, machten dies umso leichter.

Sie hatten ihre Sorgen in Köln zurückgelassen und in Wittenberg ein neues Leben angefangen. Hier waren sie angesehene Bürger, keiner wusste von ihrer Vergangenheit und der Anklage der Ketzerei. Zudem hielt Martin Luther seine schützende Hand über sie. Nur ein gemeinsames Kind fehlte noch zu ihrem vollendeten Glück. Jonata betete jeden Tag für die Frucht ihres Leibes, doch bisher hatte sie jeden Monat vergeblich auf das Ausbleiben ihrer Blutung gewartet.

Simon schob ihr eine Haarsträhne hinters Ohr und kitzelte sie dabei am Hals. »Weißt du eigentlich, was morgen für ein Tag ist?«

»Nein, was habe ich vergessen?«

Simon lächelte verschmitzt. »Ich werde morgen Luthers Übersetzung des Neuen Testaments mitbringen.«

»Ist es endlich so weit?« Sie kuschelte sich an Simon.

Martin hatte sein Versprechen eingelöst und dem Volk das Wort Gottes in deutscher Sprache geschenkt. Sie war so froh, dass Martin seit dem Frühjahr wieder in Wittenberg weilte. Seitdem er nach dem Reichstag zu Worms im April letzten Jahres verschwunden war, hatten sie das Schlimmste befürchtet. Umso erstaunlicher war es, dass er mit dieser Übersetzung zurückgekehrt war. Und Simon arbeitete in der Druckerei, die mit den Aufträgen Martin Luthers betraut wurde. So hatte Jonata sich als Kind ihre Zukunft vorgestellt – an der Seite eines Mannes, den sie liebte, mit Kindern und einem gesicherten Einkommen. Jonata fuhr über die Brandmale auf Simons Brust, die immer wieder die Bilder der Vergangenheit heraufbeschworen.

Simon hob ihr Kinn an und strich ihr über die Lippen. »Denk nicht daran.«

Sie lächelte und küsste ihn.

»Wieso trägst du eigentlich noch dieses Gewand?«, fragte er neckisch.

»Heute ist der Tag von Sankt –«

»Was schert es dich?«, fragte Simon und schob die Hand unter das Leinen. Ein wohltuender Schauer erfasste sie. Er hatte recht. Heute war ein guter Tag für eine Empfängnis. Sie sollten ihn nicht ungenutzt verstreichen lassen.

Oder wurde sie nicht schwanger, weil Gott sie wegen ihrer Vergehen strafen wollte? Vielleicht hätte sie ihren Vater nicht verlassen dürfen, oder war es dem HERRN ein Gräuel, dass sie sich Sebalt hingegeben hatte, um Simon aus der Turmhaft zu retten? Sie schob die Gedanken beiseite. Es mochte andere Gründe haben, die sie nicht verstand.

Sie streichelte Simons Rücken und fuhr mit den Fingern durch seine Haare, zog seinen Kopf zu sich heran. Sie öffnete den Mund und umspielte mit der Zunge seine Lippen, sie wollte ihn spüren und nicht an die Kirchenverbote denken, denen sie sowieso kaum noch Beachtung schenkte. Als es heftig an der Tür klopfte, schreckte sie hoch. »Wer mag das sein?«

Simon richtete sich auf und lauschte. »Zu dieser Stunde. Das kann nichts Gutes verheißen.«

Erneutes Klopfen, lauter und energischer.

»Ich werde nachsehen.« Simon sprang auf, streifte sich Beinlinge und Gewand über und lief die Treppen hinunter.

Als Jonata eine bekannte Stimme vernahm, zog sie den grünen Mantel über und folgte ihrem Mann in die Stube. Dort stand der Buchführer Mathes Roht. Seine Haare und das Fuchsfell um seine Schultern waren klatschnass. Er sah müde und abgekämpft aus, hatte dunkle Ringe unter den Augen. Seine Rückkehr nach so kurzer Zeit konnte nur Unheil bedeuten.

»Was ist passiert?« Jonata trat näher. Sie hätte ihren alten Freund gern umarmt, doch seine ernste Miene hielt sie davon ab.

»Setz dich doch erst mal«, sagte Simon und zeigte auf die Bank.

Mathes warf ihr einen traurigen und bemitleidenden Blick zu. Was war nur los? Brachte er schlechte Kunde aus der Heimat? War ihnen die Kölner Inquisition nun auch hier auf den Fersen? Seit Simon der Ketzerei angeklagt gewesen und sie mit ihm aus Köln geflohen war, fühlte sie sich nie ganz sicher.

Sie reichte ihrem alten Freund einen Becher Bier. Mathes

nahm ihn dankbar an und setzte sich. »Und?«, fragte sie ungeduldig.

Er wich ihrem Blick aus. Ihr Herz schlug schneller. Sie rechnete mit dem Schlimmsten und war doch nicht auf die Worte gefasst, die auf sie niedersausten wie das unbarmherzige Richtschwert eines Henkers. »Jonata, dein Vater wurde ermordet.«

»Was?«, krächzte sie und musste sich am Stuhl festhalten. Es war, als drückte ihr jemand den Hals zu und nähme ihr die Luft zum Atmen. Ihr Herz versuchte, die Hiobsbotschaft zu begreifen. Das konnte doch nicht, durfte nicht sein!

KAPITEL 3

Jonata drehte ihren Becher in den Händen. Ihr Kopf fühlte sich dumpf an, und in ihrem Inneren herrschte diese unendliche Leere. Vater! Sie hatte geglaubt, sich irgendwann von ihm verabschieden zu können, hätte nicht gedacht, dass ihr die Zeit davonlief. Sie hatte mal mit dem Gedanken gespielt, Figen zu bitten, ihm von ihr zu erzählen. Nun war es zu spät.

Wie hatte sie nur glauben können, dass er sie an die Inquisition hätte verraten können? Sie liebte ihn doch! Und er hatte sie geliebt. Sie konnte sich immer noch nicht vorstellen, dass er nicht mehr im Diesseits weilte.

Hatte er seine Sünden vor Gott bereut? Als sie Köln verlassen hatte, hatte er am Glauben der feigen Gottesmänner festgehalten, dass der Erwerb eines Ablasses einem die Zeit im Fegefeuer verkürzen würde. Anstatt der Lehre Luthers zu folgen und darauf zu vertrauen, dass Gott den Menschen allein aus Gnade vor der Hölle bewahren würde – wenn er dieses Geschenk des Himmels annehmen und daran glauben möge. Ihre Hände zitterten. Wieder einmal quälte sie die Frage, ob der geliebte Mensch, der aus dem Leben geschieden war, in der Hölle den Qualen ausgesetzt war oder im Himmel bei Gott weilte.

Tränen brannten in ihren Augen, doch sie unterdrückte sie mit einem schweren Schlucken, als Mathes' polternde Schritte auf der Treppe ertönten. Sie hatte ihre Magd Cristina am vorigen Abend geweckt und ihr aufgetragen, ein Lager in der leeren Kammer herzurichten – der Kammer, die irgendwann für das nächste Kind bestimmt war. Jonata hätte es selbst gemacht, doch nach dem Schock hatte sie nicht die Kraft dafür aufbringen können. Und sie hatten Mathes nach der Reise nicht in eine Gaststube schicken wollen. Schließlich hatte der Regen immer noch gegen die geschlossenen Fensterläden geprasselt.

Mathes setzte sich mit einem Becher Dünnbier zu ihr. Es

wäre ihre Aufgabe gewesen, ihm etwas zu trinken anzubieten. »Was bin ich nur für eine Gastgeberin. Warte«, begann sie.

Er griff nach ihrer Hand und schüttelte den Kopf. »Bleib sitzen.«

Sie zögerte, nickte dann. »Hast du gut geschlafen?«

»Viel zu gut!« Er lächelte.

Er musste einen Bärenhunger haben, doch Cristina war nicht da, um das Frühmahl vorzubereiten. Jonata hatte sie zum Markt geschickt, und Simon war mit Ells zum Brunnen gegangen, um Wasser zu holen. Jonata wollte Mathes einen Zuber herrichten, das war das Mindeste, was sie für ihn tun konnte, wenn er sich so beeilt hatte, nach Sachsen zu kommen.

Er hatte auf die Sicherheit einer Reisegruppe verzichtet und war Tag und Nacht mit seinem Pferd geritten. Sechs Tage hatte er für die Reise benötigt, für die man normalerweise zwei Wochen brauchte. Sie war ihm so dankbar. Nun hatte sie noch die Aussicht, rechtzeitig zur Beerdigung in Köln einzutreffen. Das war jedoch nur möglich, wenn er sich heute mit ihr auf den Rückweg machte – in gleicher Eile. Aber sie musste es versuchen, sie wollte ihren Vater noch einmal sehen und sich von ihm verabschieden.

»Wie sah mein Vater aus?«, fragte sie leise.

Mathes seufzte. »Behalte ihn so in Erinnerung, wie du ihn kennst.«

»War es so schlimm?« Ihre Knie wurden weich. Wieso hatte sie ihren Vater all die Jahre allein gelassen und nie besucht? Mathes hatte ihr gestern gesagt, dass ihr Vater durch ein Messer gestorben war, doch nicht, was genau passiert war.

»Es war kein schöner Anblick.« Er nahm sein Fuchsfell vom Lehnstuhl und befühlte, ob es noch feucht war.

»Wie ist er verschieden?«

Mathes legte sich das Fell um die Schultern. »Lass es gut sein.«

»Bitte! Ich muss wissen, wie es mit ihm zu Ende gegangen ist.«

Der Buchführer blickte sie durchdringend an. Die grünen

Augen mit den auffälligen goldenen Sprenkeln darin wirkten traurig und besorgt. »Jonata, ich weiß, du machst dir Vorwürfe, aber –«

»Bitte«, flehte sie. Aufsteigende Tränen verschleierten ihren Blick.

Er nickte. »Also gut. Wenn du drauf bestehst!« Er seufzte und strich sich über den Nacken. »Ihm … also … ihm wurde die Kehle durchgeschnitten.«

Jonata schluckte. »Wer tut so etwas Grausames? Warum mein Vater? Das ergibt keinen Sinn.« Vielleicht war es wirklich besser, wenn sie ihn nicht noch einmal sähe. Und doch wollte sie ihm nahe sein.

Mathes' Stirn zog sich zusammen, er räusperte sich.

»Was ist los?«, fragte sie irritiert.

»Ich weiß nicht, was Figen dir geschrieben hat.«

»Was meinst du? Was hast du mir verschwiegen?«

Er hob abwehrend die Hände. »Gar nichts! Ich habe erst vor ein paar Tagen davon erfahren. Ich hatte Bechtolt lange nicht mehr zu Gesicht bekommen, und jetzt weiß ich auch, warum.« Nervös fuhr er sich durch die rötlichen Haare. »Er …« Mathes zögerte. »… hat sich wohl … immer mehr zurückgezogen und keine Freunde mehr gehabt.«

Es war, als spräche Mathes von einem anderen Menschen. Ihr Vater war zwar streng, aber bei den Brauern und Mitbürgern geachtet gewesen. »Das glaube ich nicht. Figen hat nie etwas erwähnt.«

»Sie wollte dich nicht belasten. Schließlich hättest du hier aus Sachsen nichts ausrichten können, und sie wusste, dass du niemals nach Köln zurückkehren konntest.«

»Jetzt muss ich hin! Würdest du mich begleiten?«

»Das hast du nicht wirklich vor!« Mathes sah sie mit hochgezogenen Augenbrauen an.

»Ich muss mich von meinem Vater verabschieden! Und herausfinden, wer ihn auf dem Gewissen hat.«

»Was willst du?«, ertönte eine Stimme hinter ihr. Simon war mit Ells zurückgekehrt.

Ihre Tochter kam auf sie zugerannt, hielt einen Stock mit drei kleinen Zapfen in die Höhe. »Schau, Mama, ein Geschenk für dich.«

Jonata hob Ells auf den Schoß und strich ihr über den Lockenkopf. »Ich muss zurück nach Köln.«

Simon kam zum Tisch, stützte sich mit den Armen ab und beugte sich zu ihr. »Nach Köln? Hast du den Verstand verloren?«

»Simon, ich muss.«

»Du bist kaum durchs Stadttor, schon landest du im Frankenturm! Was glaubst du, wie lange es dauern wird, bis Enderlin Wind davon bekommt, dass du wieder in der Stadt bist?«

»Ich werde vorsichtig sein, keiner wird mich erkennen.«

»Der lauert doch nur darauf, dass du einen Fehler machst!«

Ein Schauer jagte über ihren Rücken. Sie konnte seine Angst verstehen. Schließlich war es ihrem Bruder zu verdanken, dass Simon fast zu Tode gefoltert worden war. Aber Enderlin würde nie erfahren, dass sie in der Stadt war.

»Ich habe Enderlin seit Jahren nicht mehr gesehen«, mischte sich Mathes ein.

»Hörst du? Köln ist kein Dorf, Simon. Hunderte von Händlern und Pilgern kommen täglich in die Stadt, da falle ich nicht auf.«

Simon trat auf sie zu, umfasste ihre Schultern und drehte sie zu Ells um. »Was ist mit ihr, wenn dir etwas zustößt? Unsere Tochter, dein Fleisch und Blut. Willst du sie zur Halbwaise machen, nur um deinen Kopf durchzusetzen?«

»Mein Vater ist auch mein Fleisch und Blut!«

»Natürlich, aber deine Familie ist nun hier.« Er zeigte auf Ells.

»Mathes, würdest du mit mir zurückreiten? Dann wäre mein Ehemann sicherlich beruhigter.«

Simon rollte mit den Augen.

»Ebenso schnell, wie du hergekommen bist?«, ergänzte Jonata.

»Ohne Reisegruppe? Willst du den Wegelagerern direkt in die Arme laufen?«, polterte ihr Ehemann.

»Mathes wird auf mich aufpassen. Oder?« Sie sah den Buchführer flehend an. Dieser blickte zwischen ihr und Simon hin und her, rieb sich über den Nacken, wusste anscheinend nicht, was er antworten sollte.

»Mama, was sind Wegelagerer?«, fragte Ells.

»Gleich, mein Engelchen.« Jonata küsste sie auf die Stirn.

»Jonata, du bleibst hier! Das ist mein letztes Wort«, sagte Simon scharf. Sie hatte noch nie diese Strenge in seinen Augen gesehen.

»Du wirst es mir nicht verbieten.«

»Und ob! Ich bin dein Mann!« Auf diesem Argument hatte er bisher nie beharrt.

»Ich bin es meinem Vater schuldig. Ich hätte schon viel früher mit ihm in Verbindung treten sollen, und jetzt ist es zu spät.«

»Du hättest nicht nach Köln reiten können.«

»Aber er nach Wittenberg. Und jetzt hat er das Zeitliche gesegnet.« Sie sprang auf und sah Simon wütend an.

»Du sagst es. Du kannst nichts mehr für ihn tun.«

»Das kann ich wohl! Ihm die letzte Ehre erweisen.« Sie wandte sich ab und stürmte hinaus in den Innenhof. Dort lehnte sie sich an die Hauswand. Der Wind zerrte an ihrem Kleid. Ihre Kehle schnürte sich zu. Ihr Vater war tot! Ermordet. Sie wusste, dass es ein Wagnis war, nach Köln zurückzukehren, aber die Situation hatte sich geändert. Wieso konnte Simon sie nicht verstehen?

Tränen brannten in ihren Augen und liefen ihr über die Wangen. Die Tür ging auf, und Simon kam heraus. Er stand vor ihr, zögernd, knetete die Hände. Sie sah in seine Augen, die von ein paar zotteligen Strähnen verdeckt wurden. Aus ihnen schwappte tiefe Besorgnis zu ihr herüber. Ihr Herz wurde schwer. In Köln drohte Gefahr, das wusste sie ebenso wie Simon. Und sie würde ihren Ehemann und ihre Tochter schrecklich vermissen, dennoch zog es sie in ihre Heimatstadt. Gott würde auf sie achtgeben.

Sie wischte sich eine Träne von der Wange und trat einen Schritt auf ihn zu. »Ach Simon, ich wollte doch nicht …«

Er nahm sie in den Arm und drückte sie an sich. »Ich habe Angst um dich, Jonata! Enderlin wartet nur auf dich. Er will dich brennen sehen. Und ich werde dich nicht retten können, wenn du in Gefahr schwebst.«

»Ich weiß. Trotzdem muss ich hin.«

»Jonata –«

»Pst!« Sie legte Simon einen Finger auf die Lippen. »Hab Vertrauen. Gott wird mich beschützen.«

Er öffnete den Mund, um erneut zu widersprechen, doch schloss ihn wieder. Er schien mit sich zu ringen, sah sie liebevoll und gleichzeitig verärgert an.

»Ich muss mich von meinem Vater verabschieden. Damit habe ich viel zu lange gewartet.« Sie legte den Kopf an Simons Schulter.

✳✳✳

»Wo willst du hin?«, fragte Elisabeth, als Figen mit dem leeren Korb aus der Vorratskammer trat.

»Zum Markt.«

»Hat Margret dir etwa Geld gegeben?«

Figen ließ den Korb von einer Hand in die andere gleiten. »Nein«, sagte sie. Margret hatte ihr klargemacht, dass sie keine Münzen herausgeben würde. Schließlich hätten sie noch genug Hirse und Hafer, um Brei zu kochen. Doch nach fünf Tagen mit gleicher Kost konnte Figen den Fraß nicht mehr sehen. »Ich werde schon was bekommen.«

»Und wie willst du das anstellen? Wenn sie dich erwischen, hacken sie dir die Hand ab.« Elisabeth klang besorgt. Sie trug wieder ihr blau-rotes Kleid, auf das sie viele Flicken genäht hatte, um die Löcher zu überdecken.

Figen winkte ab. »Ich bin doch keine Diebin, nein, eine Bäuerin schuldet mir noch einen Gefallen.«

Elisabeth zog die Brauen hoch. »Was soll das denn bedeuten?«

»Lass das meine Sorge sein.«

»Bring dich doch nicht in Schwierigkeiten!« Elisabeth wollte nach dem Korb greifen, aber Figen wich zurück.

»Vertrau mir!« Sie wandte sich zum Gehen. »Du kannst schon mal Wasser aus dem Brunnen holen, dann können wir eine Suppe aufsetzen, sobald ich zurück bin.«

»Pass auf dich auf.«

Figen griff nach ihrem Mantel und stürmte hinaus. Sie wollte Elisabeth nicht erzählen, dass sie bei Seitz von Rosenberg in großer Schuld stand. Wie sie ihm den Schilling zurückzahlen sollte, wusste sie noch nicht, aber vielleicht würde sie selbst bald über Geld verfügen. Dafür musste sie mit ihm sprechen. Das war der eigentliche Grund, warum sie das Haus verließ. Ob Seitz ihr bei der Eröffnung der Mädchenschule helfen würde?

Geschwind lief sie die Gassen entlang. An einem Pütz standen fünf Weiber und tratschten. Sie ließen die Jüngste von ihnen den Eimer aus dem Ziehbrunnen hervorholen. Figen wandte sich ab. Eisiger Wind peitschte über die Felder und wirbelte vergilbte Blätter auf. Hätte sie doch den wärmeren Wollmantel aus ihrer Kammer geholt! Sie beschleunigte den Schritt, so würde ihr wenigstens von innen warm werden, aber als der Weg zwischen Häusern hindurchführte, ließ der Wind nach.

Je näher sie dem Rosenhaus in der Spielmannsgasse kam, desto weicher wurden ihre Knie. Ein Kribbeln breitete sich in ihrem Unterleib aus, als sie an den Sohn des Laternenmachers dachte. Sie unterdrückte das Gefühl, sie brauchte bloß seine Hilfe.

Als sie in die Gasse einbog, atmete sie tief durch. Eine Katze steckte den Kopf in eine Kiste mit verfaultem Salat. Sie sprang über einen Zaun und verschwand, als sie Figen gewahr wurde.

Das Haus, in der Familie von Rosenberg wohnte, nannte man das Rosenhaus, da an der vorderen Fassade ein Rosenbusch prangte. Wie gut es zum Familiennamen passte. Sogar jetzt im September verzückten vereinzelte Blüten noch die Vorbeilaufenden. Figen war es schleierhaft, wie Frau von Rosenberg neben den vielen Kindern Zeit für Blumen hatte – zumal sie sich keine Magd leistete, wie Figen gehört hatte. Recht ungewöhnlich für eine gut situierte Bürgersfamilie. Figen sprang die drei Stufen zur Haustür hinauf, doch bevor sie den Türklopfer betätigen konnte, wurde die Tür bereits aufgerissen.

»Oh!«, entfuhr es Seitz' Mutter, deren Gesichtshaut von den Sorgen der Zeit gezeichnet war. Sie roch nach gebratenem Fleisch und Schweiß, hatte anscheinend in der Küche gestanden. Sie trug ein braunes Kleid mit bauschigen Ärmeln und einem breiten Gürtel, an dem zwei Lederbeutel baumelten, am Arm hing ein leerer Korb. Ihr überraschter Gesichtsausdruck wich einem Lächeln, das Figen zu gut von ihrem Sohn kannte. »Ach, Fräulein Winters.«

Figen presste die Lippen zusammen. Wieso kannte Katharina von Rosenberg ihren Namen? Sie hatte geglaubt, bei den geheimen Versammlungen in der Menge namenlos geblieben zu sein. Hatte sie je ihren Namen Frau von Rosenberg gegenüber erwähnt? Oder hatte Seitz von ihr gesprochen?

»Ich würde gern ein Wort mit Eurem Sohn wechseln.« Figen merkte, wie ihr die Röte ins Gesicht schoss. »Ist er zugegen?«

Katharina von Rosenberg schüttelte den Kopf und zog die Tür hinter sich zu. »Er ist zum Alter Markt aufgebrochen. Ich muss auch dorthin. Willst du mich begleiten? Wie ich sehe, ist dein Korb ebenfalls leer.«

Unsicher sah Figen auf ihren Korb. Sie schien für diese Frau ein offenes Buch zu sein und fühlte sich unwohl, doch jetzt konnte sie keinen Rückzieher mehr machen. Was sollte sie schon sagen, wo sie mit ihrem leeren Korb hinwollte? Also nickte sie.

»Dann komm, mein Kind.« Katharina von Rosenberg ging strammen Schrittes voran. Trotz ihrer Leibesfülle war sie schnell und wendig. Figen musste zusehen, dass sie mithielt. »Gibt es einen bestimmten Grund, warum du meinen Sohn aufsuchen willst?«, fragte Frau von Rosenberg.

Was sollte sie erwidern? Sie konnte schlecht von der Mädchenschule erzählen. Nicht, bevor sie mit Seitz gesprochen hatte.

»Du willst doch sicher keine Laterne bei uns erwerben, oder?« Katharina von Rosenberg lachte.

»Nein.« Dafür hatte sie nicht annähernd genug Geld.

»Ist es wegen deines ermordeten Herrn? Schrecklich, was Bechtolt zugestoßen ist. Die arme Jonata. Das hat sie nicht verdient.«

Figen war erleichtert und nickte. Das schien ein guter Grund zu sein. »Nein, das hat sie nicht.«

»Hast du Kontakt zu ihr? Weißt du, wie es ihr ergeht? Wird sie zur Beerdigung kommen?«

»Ihr wisst doch, dass ihr das nicht möglich sein wird.«

Katharina von Rosenberg brummte zustimmend. »Eine Schande! Sie fehlt uns.«

»Uns auch«, sagte Figen und war froh, dass sie nun eine Weile schweigend nebeneinander hergingen.

»Wer soll denn das Haus erben?«, fragte Frau von Rosenberg schließlich.

»Margret, Bechtolts Frau.«

Frau von Rosenberg nickte. »Hat er euch genug hinterlassen, dass ihr euer Auskommen habt?«

Figen schluckte, dachte an die leere Schatulle in der Brauerei. »Der Mörder hat unsere letzten Münzreserven gestohlen.«

»Ach, wie schrecklich! Und die Bruderschaft?«

»Hat uns einen kläglichen Betrag überlassen, der uns vielleicht bis zum Winter über Wasser hält.«

»Bei allen Heiligen, das darf doch nicht wahr sein!«

»Irgendwie wird es schon gehen.« Das musste es.

»Wurde Bechtolt deswegen ermordet? Wegen der Münzen?«

Figen zuckte mit den Schultern, konnte es sich jedoch kaum vorstellen. Wenn man sich bereits in den Schenken erzählte, dass er kein Geld mehr besaß. Hoffentlich würde der Gewaltrichter den Unhold finden. So eine grausame Tat durfte nicht ungesühnt bleiben.

»Sie sollten den Mörder vierteilen«, keifte Frau von Rosenberg.

Figen lief es eiskalt den Rücken hinunter. Auch wenn der

Mörder überführt und verurteilt werden würde, würde sie der Hinrichtung nicht beiwohnen. Noch mehr Blut und Tod ertrug sie nicht. »Hauptsache, wir erfahren, warum wir das erleiden müssen.«

Als sie den Alter Markt erreichten, sagte Frau von Rosenberg: »Du findest meinen Sohn sicherlich beim Papierhändler oder bei dem Hornhändler.« Sie zeigte in die Richtung.

»Habt Dank!«, sagte Figen und machte einen Knicks. Sie verschwand im Markttreiben und war froh, weiteren Fragen zu entkommen. Eine eigentümliche Frau, viel zu vertraulich und forsch.

Es roch nach frisch gebackenem Brot und Fleisch. Figen kam an dem Stand mit Konfekt und Pfefferkuchen vorbei, und ihr lief das Wasser im Mund zusammen. Sie ging weiter zum Papierhändler – und da war er. Schien mit dem Händler über den Preis zu verhandeln. Lauthals diskutierten die beiden, erregten damit Aufsehen unter den umstehenden Marktbesuchern. Figen blieb ein paar Schritte entfernt stehen.

Als die beiden sich geeinigt hatten, wandte Seitz sich zu ihr um. Sein Gesicht erhellte sich. »Figen. Wie schön, Euch zu sehen!«

»Eure Mutter hat mich hergebracht«, sagte sie.

»Ihr wolltet also zu mir?« Das Lächeln wurde breiter. »Was verschafft mir die Ehre?« Die Freude in seinem Gesicht wich einer Schwermut. »Seid Ihr etwa hier wegen Jonatas Vater?«

»Woher habt Ihr es erfahren?«, fragte sie.

»Die Vöglein pfeifen es von allen Dächern. Ein Mord in Köln. Und dann ausgerechnet Bechtolt.« Betrübt schüttelte er den Kopf. »Sagt, wie geht es Euch?« Er trat einen Schritt auf sie zu und nahm ihre Hände in die seinen. Ihre Haut kribbelte, und ihr wurde heiß.

»Es … ich …« Sie konnte keinen klaren Gedanken fassen, sah auf seine gepflegten Hände, an denen die Schwielen langsam zurückgingen. Zeugnisse der schweren Arbeit auf dem Lande während seiner Verbannung. »Es geht schon.«

Er ließ sie los und wich einen Schritt zurück. Sie versuchte, ihre Enttäuschung zu verbergen. »Ihr habt ihn im Haus gefunden, habe ich gehört.«

Auch das erzählte man sich also in der Stadt. Sie sah Bechtolt am Boden liegen, das Blut, das Messer. Saure Galle kratzte ihren Hals. »Nicht ganz. Kuntz hat ihn zuerst entdeckt, aber ich war bei ihm.«

Figens Blick fiel auf das Messer, das an einer ledernen Scheide an Seitz' Gürtel hing. Seitdem ihre Mutter durch ein Messer gestorben war, konnte sie sich nicht überwinden, selbst eins bei sich zu tragen. Auch wenn das zu Tisch umständlich war, aber wann ging sie schon in einem Wirtshaus speisen? Zu Hause half ihr Elisabeth mit ihrem aus, wenn sie den Schinken oder das Brot schneiden musste.

»Es muss schrecklich für Euch gewesen sein«, sagte Seitz warmherzig.

Sie hätte sich am liebsten an seine Schulter gelehnt, doch das geziemte sich nicht.

»Ich weiß genau, wie Ihr Euch fühlt.« Eine braune Strähne fiel ihm ins Gesicht. Wusste er das wirklich? »Wenn es irgendwas gibt, das ich für Euch tun kann, dann –«

»Das könnt Ihr tatsächlich.«

Er lächelte. »Sprecht es aus.«

»Habt Ihr Eure Besorgungen erledigt?« Sie wies mit dem Kopf zu seinem Handkarren, auf dem Papier, ein paar Hornplatten sowie Tierhäute lagen.

Seitz nickte. »Mehr gute Geschäfte werde ich heute wohl nicht mehr machen.«

»Ich muss noch zur Bäuerin. Begleitet Ihr mich?«, fragte sie.

»Gern.« Er zog den Handkarren hinter sich her.

»Unser Gespräch vom letzten Mal hat mich nachdenklich gestimmt«, begann Figen. Sie wich einem Mann aus, der zwei Schafe vor sich hertrieb.

»Über die Versammlung?«

Sie schüttelte den Kopf, blickte sich verstohlen um, ob irgendjemand sie beobachtete, doch alle um sie herum waren mit ihren Einkäufen beschäftigt oder drängten sich eilends an ihnen vorbei. »Wir hatten über die Mädchenschule der Beginen gesprochen.«

»Richtig!« Eine tiefe Furche bildete sich auf seiner Stirn. »Wisst Ihr, wer meine Schwestern unterrichten könnte?«

Figen schluckte. An seine Schwestern hatte sie nicht gedacht, es würde jedoch von Vorteil sein, wenn sie schon Interessentinnen für die Schule hatte.

»Also … unsere Schenke steht seit Längerem leer, und ich kann lesen und schreiben, und da dachte ich –«

»*Ihr* wollt unterrichten?«, platzte es aus Seitz heraus.

Wieso glaubten alle, sie wäre dazu nicht fähig? »Ich bin keine Magistra, aber Jonata hat mir das Lesen und Schreiben beigebracht. Es kann nicht so schwierig sein.«

Es war wichtig, dass die Mädchen und Frauen der Stadt es ebenfalls lernten. Hätte sie es früher gekonnt, hätte sie vielleicht ihren Vater vor dem Tod bewahren können. Nach der Ermordung ihrer Mutter hatte ihn in kürzester Zeit die unerhörte Hustenkrankheit dahingerafft. Figen war zuvor mit dem Oktavheft ihrer Mutter zum Pfarrer gegangen und hatte ihn gebeten, daraus vorzulesen. Ihre Mutter hatte als Wehmutter darin ihr Wissen über Heilkunde und die Hebammenkunst festgehalten. Doch der Pfaffe hatte nur gelacht und das Buch in der Kutte verschwinden lassen. »Das geschriebene Wort ist nichts für Frauen«, hatte er gesagt. Wut kochte in Figen hoch, wenn sie an diese Begegnung dachte.

»Habt Ihr je eine Schule besucht?«, fragte Seitz.

Sie stemmte die Hände in die Hüfte. »Nein, aber ich will kein Gymnasium eröffnen, sondern die Mädchen das Lesen und Schreiben lehren. Mein Unterricht soll praktisch veranlagt sein, christlich gestimmt. Sie sollen Flugblätter und christliche Schriften lesen können.« Und nicht auf die Pfaffen angewiesen sein, fügte sie in Gedanken hinzu.

»Ich sehe schon, das Vorhaben ist nicht mehr aus Euch herauszubekommen.« Er lächelte.

»Würdet Ihr Eure Schwestern zu mir auf die Schule schicken?«

»Meine Mutter wird begeistert sein, wenn Ihr ihnen das Lesen anhand von Luthers Schriften beibringt.« Er zwinkerte ihr zu.

Ihr wurde warm ums Herz. Sie hatte ihn überzeugt, dann würde er sie sicherlich unterstützen. »Wenn Eure sechs Schwestern zum Unterricht kommen, lässt sich das einrichten.« Sie lächelte.

»Ich glaube nicht, dass meine Mutter auf alle im Haus verzichten kann, aber ein paar werden sicherlich kommen.« Er grinste. »Ich glaube, die Beginen werden sich noch ärgern, ihre Zöglinge in den Garten geschickt zu haben.«

✳✳✳

»Wo gehst du hin, Mama?«, fragte Ells.

Jonata umarmte ihre Tochter. »Das habe ich dir doch schon erklärt. Ich muss in meine alte Heimatstadt. Mein Vater ist gestorben, und ich möchte zur Beerdigung.«

»Kommst du morgen wieder?«

»Leider nicht. Es wird ein paar Tage dauern, aber ich werde mich beeilen.«

Ells verzog den Mund, und die traurigen Augen brachen Jonata das Herz. Aber ihre Tochter würde in guten Händen sein. Cristina nahm Ells an die Hand und zog sie zu sich. »Komm, du kannst mir beim Brotbacken helfen.«

»Au ja!«, rief Ells, hüpfte auf und ab und folgte der Magd ins Haus. Jonata schluckte. Sie vermisste ihre Tochter jetzt schon.

Jonata führte ihre Stute zur Druckerei, dort wollte Mathes Roht auf sie warten, nachdem er ein paar Exemplare von Luthers Neuem Testament erworben hatte. Sie konnte es ihm nicht verübeln, auch wenn sie am liebsten schon vor Stunden aufgebrochen wäre. Nun hatte die Sonne den Zenit überschritten. Sie band das Pferd neben Mathes' Stute an den Pfahl und betrat die Druckerei. Ihr schlugen die vertrauten Gerüche nach Papier und Druckerschwärze entgegen.

Mathes stand mit Michael Lotter neben dem Setzkasten. An der Druckerpresse herrschte geschäftiges Treiben. Ein Mann legte das Papier ein, der spargeldünne Lehrling färbte mit den zwei Farbballen geschickt den Satz mit der Druckerschwärze ein, und ein muskulöser Hüne zog kräftig am Pressbengel. Sie liebte das Geräusch, wenn sich die Holzspindel senkte und das Papier gegen den eingefärbten Druckstock presste. So entstanden Schriften, Wissen und Freiheit.

Dann fiel ihr Blick auf den kleinen Tisch. Und da lag es: »Das Neue Testament Deutsch« von Martin Luther. Jonatas Herz schlug einen Takt schneller. Sie trat näher heran, klappte das Buch auf und fuhr mit den Fingern über die verschnörkelte Initiale. Wie lange hatten die Menschen auf die Heilige Schrift in ihrer Sprache warten müssen. Wie lange hatte sie darauf gewartet!

Sie nahm das Buch in die Hände und überblätterte die Vorrede, bis sie zum »Evangelion Sanct Matthes« gelangte. Am Anfang war ein Holzschnitt eingefügt, der einen Mann zeigte, der in einem Buch schrieb. Vor ihm stand ein Engel mit erhobenem Zeigefinger. Alles war in ein »D« als Anfangsbuchstaben gehüllt. Was für ein passendes Bild. »Djs ist das buch von der gepurt Jhesu Christi der do ist ein son Dauids des sons Abraham. Abraham hat geporn den Jsaac …«

Simon kam ihr entgegengestürmt und schloss sie in die Arme. »Wie kann ich dich noch umstimmen?« Seine Stimme klang belegt.

»Gar nicht.«

Er drückte sie fest an sich. »Ich habe solche Angst!«

»Brauchst du nicht. Vertrau auf Gott«, sagte sie, obwohl ein Teil seiner Angst auf sie übersprang. Sie wusste nicht, was sie in Köln erwartete, doch sie wollte sich nicht einschüchtern lassen. Sie würde findiger sein als ihr Bruder Enderlin und bald wieder nach Wittenberg zurückkehren.

»Wie hat Ells es aufgenommen?«

Jonata löste sich aus der Umarmung. »Sie glaubt, dass ich morgen wieder da bin, und war begeistert, als Cristina mit ihr Brot backen wollte.« Sie sah auf das Buch. »Können wir es uns leisten, Figen ein Exemplar zu schenken?«

Simon nickte.

Jonata strich über den Buchrücken. Sie träumte schon lange davon, das Neue Testament endlich einmal vollständig zu lesen. Bisher kannte sie nur Auszüge. Das Buch sollte eineinhalb Gulden kosten, doch als Arbeiter der Druckerei würde Simon es günstiger erhalten. Nur die wenigsten würden sich das leisten können.

»Bleib nicht zu lange fort.« Simon drückte ihr einen Kuss auf die Stirn.

Mathes trat zu ihnen. »Ich bringe dir deine Frau so schnell wie möglich wohlbehalten zurück.«

Simon schlug dem Buchführer freundschaftlich auf die Schulter. »Ich verlasse mich auf dich.«

Mathes zwinkerte ihm zu. »Hauptsache, sie sitzt so geschickt im Sattel, wie du erzählt hast. Denn nur, wenn wir schnell zu Pferde sind, werden wir schnell wieder hier sein.«

»Daran wird es nicht scheitern«, sagte Jonata. »Hast du alle Schriften und Bücher, die du wolltest?«

Mathes grinste. »Ich habe nie alle Schriften, die ich möchte, aber ich habe genug, um damit gute Geschäfte in Köln zu machen. Sollen wir?«

Jonata wandte sich Simon zu, sah in seine verschiedenfarbenen Augen. Eins braun, eins grün. Sie konnte sich immer noch darin verlieren. Sie strich ihm ein paar lockige Strähnen hinters Ohr. »Sorge dich nicht zu sehr. Ells ist bei Cristina in guten Händen, und du wirst in den nächsten Tagen genug zu tun haben, dass die Zeit im Nu vergeht, bis ich wieder zu Hause bin.«

»Wenn du zum heiligen Simon Zelotes nicht wieder hier bist, werde ich dich persönlich holen.«

Das war am achtundzwanzigsten Oktober, also gab er ihr über einen Monat Zeit. Mehr würde sie nicht brauchen. Sie grinste. »Ist das eine Drohung oder ein Versprechen?«

Er grinste ebenfalls. »Du weißt, dass ich dir niemals drohen würde.« Er senkte den Kopf und küsste sie. Seine Lippen waren warm und weich. Wie sehr sie seine Küsse vermissen würde.

»Ich bin bald zurück«, flüsterte sie ihm ins Ohr.

Sie trat mit Mathes aus der Druckerei, sah noch einmal zu ihrem Mann, der ihr traurig lächelnd nachblickte.

»Dann mal los! Wir sollten keine Zeit verlieren«, sagte Mathes. »Ich habe mir schon überlegt, wo wir heute Nacht rasten, dafür müssen wir uns beeilen.«

Das ließ sich Jonata nicht zweimal sagen, verstaute das Buch in dem Bündel, das sie an den Sattel gebunden hatte, machte ihre Stute los und schwang sich aufs Pferd. Zum Glück war sie mit Simon oft an der Elbe entlanggeritten. Sie hatten eine alte Eiche gefunden, an der sie sich an sonnigen Tagen Texte vorgelesen und darüber diskutiert hatten. Simon hatte ihr gezeigt, wie man richtig im Sattel saß, und sie hatten kleine Wettrennen gemacht. Diese Ausflüge würden ihr nun zugutekommen.

Sie ritten am Rischebach entlang bis zum Schlossplatz, wo er sich mit dem Faulen Bach vereinigte und über die klappernden Mühlräder sprudelte. Sie verließen Wittenberg durch das Schlosstor. Es stank bestialisch nach Kalk und Urin. Zwei Gerber standen im Bachlauf vor schräg gestellten Baumstämmen und schabten Tierhäute ab.

Als sie sich etwas von der Stadt entfernt hatten und frische Luft atmen konnten, blickte Jonata zurück. Das Schloss und die Türme der Stadtkirche erhoben sich hoch über den Häusern. Die Sonne brach zwischen den Wolken durch und brachte den Elbfluss zum Glitzern. Ihre Hände krampften sich um die Zügel. Sie hatte geglaubt, ihrem Vater irgendwann ihr neues Heim zeigen zu können. Diese Schönheit, die Freiheit, ihre Familie, ihr Zuhause.

»Grüble nicht so viel«, sagte Mathes.

»Wie könnte ich nicht!«

»Deine Antworten liegen in Köln. Lass uns so schnell wie möglich dorthin gelangen.«

»Du hast recht.«

Sie ritten im Galopp weiter. Der Wind wehte Jonata ins Gesicht, zerrte an ihrer Haube und befreite ein paar Strähnen. Wie schnell würden sie es nach Köln schaffen? Hatten sie überhaupt eine Chance, rechtzeitig zur Beerdigung dort zu sein, oder waren sie schon zu spät? Dann würde sie zumindest nach dem Mörder ihres Vaters suchen. Auf die Obrigkeit konnte man sich nicht verlassen. Das hatte sie erleben müssen, als ihr Bruder Lucas vor vier Jahren verstorben war. Damals hatten die Stadtdiener nicht herausgefunden, wie er zu Tode gekommen war. Sie hatte es von Simon erfahren. Lucas hatte sich mit Simons Bruder nach dem Besuch einer Schenke wegen einer Frau geprügelt. Lucas war in der Rangelei nach hinten gefallen und hatte sich den Kopf an einer Steintreppe aufgeschlagen. Sie schluckte die Tränen hinunter, wollte sich nicht von der Trauer überwältigen lassen.

Sie ritten an Feldern vorbei und durch einen Wald. Als sie eine Reisegruppe überholten, pfiff ihnen ein breitschultriger Mann auf einem Pferd hinterher. »Ihr da, wollt ihr uns nicht begleiten?« Er grinste breit und entblößte dabei mehrere verfaulte Zähne. Jonata lief es eiskalt den Rücken hinunter, und sie musste an diesen widerlichen Halunken denken, der sie vor Jahren auf der Reise von Köln nach Sachsen hatte schänden wollen.

»Kein Bedarf«, rief sie und trieb ihre Stute mit Druck auf die Flanke zur Eile an. Natürlich wären sie in der Gesellschaft einer Reisegruppe sicherer vor Wegelagerern, aber sie hatte erfahren müssen, dass auch in diesen Gruppen Gefahr lauerte. Sie war froh, nur mit Mathes unterwegs zu sein. Er würde ihr niemals etwas zuleide tun, im Gegenteil, er würde sie beschützen.

∗∗∗

»Möhren, Sellerie, Lauch, Zwiebeln, einen Weißkohl und fünf Pastinaken«, bat Figen.

Die Bäuerin verzog grimmig das Gesicht. Dieses unhöfliche Weib! Wenigstens ein Lächeln hätte sie sich abringen können, schließlich hatte sie letzte Woche erst einen Schilling bekommen. Figen entschied sich noch für ein paar Zwetschgen und eine Dolde Weintrauben.

»Hab Dank«, sagte sie und nahm den Korb entgegen. Sie

schob sich eine Traube in den Mund, schloss die Augen und zerbiss sie. Die Süße ergoss sich wie ein Wasserfall über ihre Zunge. Köstlich! »Ich werde Euch das Geld bald zurückzahlen«, sagte sie zu Seitz.

»Betrachtet es als Geschenk«, sagte er.

»Aber ich kann doch nicht –«

Er schüttelte den Kopf. »Ihr habt zurzeit weiß Gott andere Sorgen.« Sie kamen an dem Stand mit den Süßspeisen vorbei. Seitz deutete mit einer Kopfbewegung dorthin. »Wenn die Zeit gekommen ist, könnt Ihr Euch gerne erkenntlich zeigen. Ich habe eine Schwäche für Mandelküchlein.«

Sie spürte ein freudiges Kribbeln in ihrem Bauch. Bald würde sie ihm den Schilling zurückzahlen und ihm eine Leckerei spendieren können.

»Mein Vater wartet auf die Hornplatten. Begleitet Ihr mich? Danach bringe ich Euch nach Hause und helfe Euch beim Tragen.«

Sie nickte. »Sehr gern.«

»Der Hornhändler schickt seinen Sohn übrigens auch zu einer privaten Winkelschule«, sagte Seitz, als sie in den Steinweg einbogen. »Er ist sehr zufrieden. Sein Abkömmling kann bereits besser lesen als er.« Er lachte.

»Hat er vielleicht auch eine Tochter?«, fragte Figen und lachte ebenfalls.

»Das weiß ich nicht, aber es wird genug Bürger Kölns geben, die ihre Töchter in Eure Schule schicken. Private Schulen sind beliebt. Da die Klassen klein sind, lernen die Kinder schnell, und die Familien zahlen gut. Ein großer Vorteil.«

Das hörte sich vielversprechend an. »Dann müssen die Bürger Kölns nur noch von meiner Mädchenschule erfahren.«

Seitz grinste breit. »Ich werde auf den Versammlungen Eure Schule anpreisen. Meine Schwestern werden die Ersten sein, die auf Euren Schulbänken sitzen.«

»Ich muss erst mal die Schenke säubern und herrichten«, gab Figen zu bedenken. Sie war froh, dass Seitz sie zu unterstützen gedachte.

»Und Ihr müsst Euch einen Lehrplan überlegen, Bücher kaufen, Wachstafeln, Papier ...«

Figen ließ die Schultern hängen. Natürlich! Wie hatte sie so dumm sein können? Sie hatte kein Geld, um all dies zu kaufen. Wie wollte sie ohne Utensilien eine Schule eröffnen?

»Was ist?«, fragte Seitz.

»Bücher und Wachstafeln kann ich mir nicht leisten.«

»Aber Ihr habt doch Schriften, oder nicht?«

Figen nickte. »Luthers Thesen, seine Texte ›Ein Sermon von Ablass und Gnade‹ und ›Von der Freiheit eines Christenmenschen‹. Außerdem die Legende der heiligen Ursula.«

»Nehmt doch ›Ein Sermon von Ablass und Gnade‹. Der Text ist einfach und von lehrreichem Inhalt. Und sobald Ihr über mehr Geld verfügt, kauft Ihr Euch weitere Schriften.«

Figens Stimmung hob sich. Vielleicht konnte sie wirklich damit beginnen.

»Ich empfehle Euch eine Grammatik, die Psalter und das Paternoster. Ihr solltet erbauliche Werke mit den Mädchen studieren. Am besten natürlich die Schriften von Luther.« Er zwinkerte ihr zu. »So werden sie nicht nur Lesen und Schreiben lernen, sondern auch zum rechten Glauben erzogen.«

Luthers Texte – voller Hoffnung und Zuversicht – wären das richtige Lehrmaterial für die jungen Seelen. Figen würde die Mädchen lehren, die Texte zu studieren und den eigenen Kopf zu gebrauchen. Ablassbriefe ade! Den wahren Glauben an Gott sollten die Zöglinge lernen.

Allerdings durfte sie ihr Wirken dann nicht an die große Glocke hängen. Vor zwei Jahren hatten Papst Leo, Kaiser Karl V. und der Kölner Erzbischof Hermann von Wied veranlasst, Luthers Schriften öffentlich auf dem Domhof zu verbrennen. Diesem abscheulichen Ereignis hatte der Kaiser persönlich beigewohnt. Figen war nicht dort gewesen, doch sie konnte sich gut an die Schimpftiraden des Buchführers erinnern. Von ihm hatte die Inquisition drei Schriften konfisziert. Dem HERRN sei Dank war Mathes Roht nicht vors Inquisitionsgericht gebracht worden. Er hatte ihr berichtet, wie er in der Menschenmenge auf dem Marktplatz untergetaucht war. Danach hatte er die Stadt schleunigst verlassen. Ein Vorteil eines fahrenden Buchführers. Auf diese Möglichkeit konnte Figen nicht zurückgreifen, wenn die Inquisition vor der Pforte ihrer Schule auftauchen würde.

»Womöglich kommt mir die Inquisition auf die Schliche«, gab sie auch gleich zu bedenken.

»Die kann ihre Nase nicht überall haben«, sagte Seitz abschätzig, als redete er von einer Kakerlake. »Und Ihr steht nicht auf dem Marktplatz wie ich damals.«

»Was Ihr nur erleiden musstet!« Ein Schauer jagte ihr über den Rücken. Sie sah ihn vor sich, wie er gebückt am Schandpfahl stand, die Hände in Eisenfesseln, das Gesicht vor Pein verzerrt. Bei jedem Peitschenhieb des Scharfrichters hatte er qualvoll aufgestöhnt.

»Der Tag am Kax hat mich nur in meiner Überzeugung bestärkt. Ich lasse mich von ein paar Peitschenhieben nicht kleinkriegen.«

Figen wollte sich die Schmerzen nicht vorstellen, die er hatte ertragen müssen. Sicherlich zeugten noch Narben von diesem Tag. »Ich würde das nicht durchstehen.«

»Das müsst Ihr auch nicht. Dafür verbürge ich mich.«

Eine Flamme loderte in ihr auf. War es Gottes Wille, dass dieser Mann ihr zur Seite stand? Figen wollte sich von den Geistlichen nicht einschüchtern lassen. So wie von dem Dorfpfaffen, der ihr vor Jahren das Buch ihrer Mutter weggenommen und über sie gelacht hatte. Ihre Kiefer mahlten. Nein! Dergleichen würde ihr nicht noch einmal passieren, und sie würde dafür sorgen, dass ihre Zöglinge niemals in eine solche Situation kämen.

»Aber wie sollen die Menschen von meiner Schule erfahren?«

»Ich werde in der nächsten Versammlung davon berichten. Seid versichert, dass nur Anhänger von Luthers Lehre ihre Töchter zu Euch schicken werden.« Seitz lächelte breit.

Sein Lächeln war ansteckend, und Figens Herz machte einen

Satz. Sie senkte den Kopf. Wieso spielte ihr Herz nur so verrückt, wenn sie mit ihm zusammen war? Sie sollte sich nicht in ihren Gefühlen verlieren. Es ging um die Schule und darum, Geld für ihren Lebensunterhalt zu verdienen. Mehr durfte sie nicht zu hoffen wagen. Seitz von Rosenberg würde sich niemals auf eine Magd einlassen. Er war nur darauf bedacht, die Lehre Luthers in Köln zu verbreiten und seinen Schwestern eine angemessene Bildung zu bieten. Dennoch fühlte es sich gut an, wenn er an ihrer Seite war.

»Wisst Ihr, wie ich das Problem mit den Wachstafeln lösen kann?«

Seitz strich sich eine Haarsträhne aus dem Gesicht und zuckte unbekümmert mit den Schultern. »Das solltet Ihr den Familien Eurer Zöglinge überlassen. Jedes Mädchen, das Euren Unterricht besucht, muss eine eigene Wachstafel mitbringen. Das ist nicht unüblich.«

Ein Vogel flog pfeifend über sie hinweg. Es war wie ein Aufruf zur Tat.

»Jetzt müsst Ihr Euch nur noch überlegen, wie viel Schulgeld Ihr verlangen wollt.«

»Erst mal muss ich die Schenke aufräumen und eine Schulstube daraus herrichten.« Figen lächelte. Sobald sie Geld eingenommen hatte, würde sie beim Buchführer weitere Schriften für den Unterricht erwerben. Eine kribblige Vorfreude breitete sich in ihrem Inneren aus. Sie würde etwas Sinnvolles mit ihrem Leben anfangen, dem HERRN dienen und vielen Mädchen helfen.

***

Am späten Nachmittag ritten Jonata und Mathes in einen Wald hinein, doch nach einiger Zeit versperrte ihnen ein umgestürzter Baum den Weg. Die Verästelungen ragten hoch empor, ihre Pferde würden nicht hinüberspringen können. An beiden Seiten war das Unterholz so unwegsam, dass sie nicht drum herumreiten konnten.

»Zum Henker«, fluchte Mathes.

»Was nun?«, fragte sie.

»Wir reiten zurück zur letzten Weggabelung und nehmen den anderen Pfad.« Mathes zog am Zügel und lenkte seine Stute zurück.

Jonata folgte ihm. Als sie bei der Gabelung ankamen, war sie überrascht. Sie hatte die Abzweigung zuvor nicht wahrgenommen. Doch der Weg war eng und holprig, ein besserer Trampelpfad. »Hoffentlich ist das kein Holzweg«, gab sie zu bedenken. Und würde nicht mitten im Wald bei einem Holzsammelplatz enden.

»Nein. Ich bin hier schon mal hergeritten. Ich glaube, es gibt gleich eine Querverbindung, die uns wieder zurück auf den richtigen Weg führt.« Er klang nicht besonders zuversichtlich. Jonata unterdrückte das ungute Gefühl und befahl sich, ihm zu vertrauen. Schließlich war er ein Reisender und auf dem Rücken seines Pferdes zu Hause.

Sie ritten einen Hügel hinauf und wieder hinunter. Das Unterholz zu beiden Seiten wurde eng und undurchdringlich. So würden sie nicht auf ihren ursprünglichen Weg zurückkommen. Die Dämmerung legte sich über den Wald, durch die Baumwipfel drang immer weniger Licht.

»Wir sollten uns beeilen.« Jonata blickte nervös über ihre Schulter. Sie hatte das Gefühl, verfolgt zu werden, aber in den Schemen der Bäume konnte sie nichts ausmachen.

»Hier irgendwo muss es doch eine Abzweigung geben«, brummte Mathes.

Ein Käuzchen schrie durch die anbrechende Nacht, und es raschelte im Unterholz. Jonata sah sich immer wieder um. Vielleicht hätten sie umkehren sollen, als der Baum ihnen den Weg versperrt hatte.

Plötzlich ertönte ein Geschrei, das ihr durch Mark und Bein fuhr. Schattengestalten stürmten Lanzen und Stöcke schwingend von einem Abhang auf sie zu. Mathes blickte sich zu Jonata um. Der Schrecken stand ihm ins Gesicht geschrieben. Das war das Schlimmste: Ihr Beschützer hatte Angst!

Die Gestalten hatten ihn erreicht, und Jonata gefror das Blut in den Adern. Zwei von ihnen schlugen gegen die Beine von Mathes' Stute, die daraufhin in die Knie ging. Mathes fiel vom Pferd. Jonatas Stute wieherte und bäumte sich auf, warf sie fast ab. Einer der Angreifer trat zu ihr und griff nach den Zügeln. Er war ein großer Mann mit langen Haaren, an seiner rechten Hand fehlten zwei Finger, seine Augen blitzten lüstern, sein Gesicht war dreckig und ungepflegt.

»Absteigen, meine Hübsche«, sagte er.

Jonata zitterte am ganzen Körper. Der Mann hatte trotz der zwei fehlenden Finger an seiner Hand ihre Handgelenke so fest gepackt und auf dem Rücken zusammengebunden, dass sie vor Schmerz aufschrie. Er zog sie hinter sich her. Sie stolperte mehr über den Waldboden, als dass sie lief, denn sie konnte bei dieser Dunkelheit kaum etwas sehen.

Jonata schätzte die Wegelagerer auf mindestens fünfzehn Männer. Mathes lief ein paar Fuß vor ihr mit einem Sack über dem Kopf. Anscheinend wollte man nicht, dass er sah, wo man sie hinbrachte. Wieso hatten sie nicht dasselbe bei ihr getan?

Dort vorne liefen auch ihre Pferde. Jonata presste die Zähne zusammen, damit sie nicht klapperten. Was hatten diese Halunken mit ihnen vor? Warum hatten sie sich nicht einfach die Bücher und ihre Münzen genommen und waren verschwunden? In ihrem Kopf formte sich ein Gedanke, den sie zu verdrängen versuchte. Zu viele Männer und zu wenige Frauen. Das Zittern in ihrem Leib verstärkte sich. Sie wünschte, sie wäre daheim bei Simon und Ells geblieben.

Ein Licht tauchte in der Finsternis auf. Als sie näher kamen, erkannte Jonata, dass es sich um ein Lagerfeuer handelte, Gelächter war zu hören. Es gab provisorische Unterstände, zwei Karren und mehrere Pferde, die an Bäumen angebunden waren.

Der Mann drückte sie abseits an einem Baum zu Boden und band sie daran fest. »Nicht weglaufen, meine Hübsche«, sagte er grinsend. Sie konnte ihre Hände kaum bewegen.

Mathes verfrachteten sie an einen Baum ein paar Schritte

von ihr entfernt. Ein großer Kerl nahm dem Buchführer den Sack ab. Mathes schwenkte den Kopf, um die Haare aus dem Gesicht zu schütteln, und sah sich um.

»Schön hierbleiben, verstanden?«, sagte der Hüne scharf und band Mathes ebenfalls fest.

»Dann lasst uns mal nachsehen, was in dem Gepäck ist«, rief einer vergnügt. Die Männer entfernten sich lachend.

»Was wollen sie von uns?«, fragte Jonata gedämpft.

»Unser Geld«, antwortete Mathes.

»Warum haben sie uns dann mitgenommen?«

»Das werden wir noch erfahren.«

Davor graute ihr. Bang erwartete sie, dass die Männer zurückkamen und über sie herfielen, doch vorerst scherte sich keiner um sie.

Es wurde immer kälter, vor allem die Bodenkälte wurde unerträglich. Zudem war Jonata müde und erschöpft von der Reise. Sie konnte das Zittern nicht mehr kontrollieren, die Kälte fraß sich in ihre Glieder. Sie lehnte sich an den Baumstamm. Wie hatte alles so weit kommen können?

Es wurde immer ruhiger im Lager, anscheinend legten sich die Männer schlafen. Irgendwann fielen ihr die Augen zu, und die Schwärze umfing sie.

KAPITEL 4

»Komm mit!« Unsanft wurde Jonata geweckt. Sie wusste nicht, wie lange sie geschlafen hatte, aber es war immer noch dunkel. Der Mann mit der verkrüppelten Hand band sie los und zog sie auf die Beine. Ihre Glieder gehorchten ihr nicht sofort, sie waren steif von der Kälte, und sie musste sich am Baum abstützen.

»Los!« Er stieß sie vorwärts. Sie stolperte, hielt sich an einem Ast fest. Eine Eiseskälte breitete sich außerdem in ihrem Innern aus. Nein! Sie wollte nicht mitgehen. Hilfesuchend sah sie Mathes an.

»Lass sie in Frieden«, rief er. Er warf ihr einen besorgten Blick zu und zog an seinen Fesseln, bäumte sich auf, doch konnte sich nicht befreien.

»Sei still!«, keifte der Mann. Er schubste Jonata vor sich her. Sie hatte Mühe, sich auf den Beinen zu halten.

Was konnte sie tun? Wie sollte sie sich aus dieser Situation befreien? Sie dachte an damals, als dieser Widerling auf der Reise nach Sachsen sich an ihrem Körper hatte vergreifen wollen, und sie musste würgen. Säure kratzte ihren Rachen. Nein! Das würde sie nicht noch einmal mit sich machen lassen. Ihr Beutel hing immer noch an ihrem Gürtel. Darin befand sich ihr Messer. Das Messer ihres verstorbenen Bruders Lucas. Würde es ihr diesmal die ersehnte Rettung bringen? Bitte oh HERR, hilf mir, betete sie in Gedanken.

Wie aus dem Nichts tauchte eine Hütte vor ihr auf. Eine eiskalte Hand umfasste ihr Herz. Jetzt war es so weit. Er brachte sie an einen Ort, an dem er ungestört mit ihr sein konnte. Von drinnen hörte sie nun das Schreien einer Frau. Dann war sie doch nicht die einzige Frau in dem Lager!

Jonata wollte nach ihrem Messer greifen, aber der Mann riss die Tür auf und stieß sie ins Innere. Eine Frau lag am Boden, verschwitzt, in der Ecke drei Kerzen. Die Frau keuchte. Ihr Kleid war feucht zwischen den Beinen. Jetzt erst erkannte

Jonata, dass sie hochschwanger war. Ihr Körper bäumte sich auf, sie stöhnte. Sie lag in den Wehen.

»Hilf ihr«, sagte der Mann schroff.

Jonata spürte ein Ziehen an ihrem Gürtel. Geschwind drehte sie sich um, doch der Kerl hatte ihr den Beutel mit dem Messer bereits abgeschnitten. Jetzt war sie wehrlos. »Was soll das?«, rief sie.

Der Hüne trat hinaus und schlug die Tür hinter sich zu.

Jonata blieb einen Augenblick wie versteinert stehen. Sie war keine Wehmutter, was sollte sie schon tun? Aber wahrscheinlich gab es keine weitere Frau in dem Lager. Sie riss die Tür auf und rief: »Ich brauche warmes Wasser, saubere Laken und mein Messer.«

Der Mann drehte sich zu ihr um und starrte sie finster an.

»Soll ich ihr nun helfen oder nicht?«

»Wofür brauchst du das Messer?«, zischte er.

»Für die Nabelschnur. Oder möchtest du sie durchbeißen?«

Der Mann brummte unwillig, trat einen Schritt vor und baute sich vor ihr auf.

Jonata hatte an Zuversicht gewonnen und stemmte die Hände in die Hüften. Die Wegelagerer waren auf sie angewiesen, und vielleicht wäre das Messer ihr Weg in die Freiheit.

»Also gut. Sollst du bekommen.« Er gab ihr den Beutel zurück und verschwand in der Dunkelheit.

Jonata betrat die Hütte. Die Frau krümmte sich unter einer Wehe, schrie und raufte sich die Haare. In der Ecke gab es eine Kiste mit einer Decke. Daneben befand sich eine karge Schlafstatt mit etwas Stroh. »Hilf mir!«, rief die Frau.

Jonata versuchte, sich an Ells' Geburt zu erinnern, doch bis auf die Pein verschwamm alles vor ihrem inneren Auge. Ein Satz der Wehmutter hatte sich jedoch in ihr Gehirn eingebrannt: »Sitzen ist besser als Liegen, Stehen besser als Sitzen und Laufen besser als Stehen.«

»Kannst du aufstehen?«, fragte sie. »Lauf herum, solange es geht.«

»Du hast gut reden«, keifte die Frau.

Jonata trat näher und legte ihr eine Hand auf die Schultern. »Ich bin auch Mutter. Glaub mir, es wird helfen, dass dein Kind schneller in deinen Armen liegt.«

Schwerfällig erhob sich die Frau. Sie war hübsch, hatte lange schwarze Haare und ein zartes Gesicht, das Jonata mehr an ein Kind als an eine Frau erinnerte. Vielleicht zählte sie sechzehn Lenze, möglicherweise siebzehn.

Die Frau ging in der Hütte im Kreis, bis eine erneute Wehe sie übermannte, sie in die Knie ging und abwechselnd keuchte und schrie. Diese Schmerzen! Jonata konnte sich noch gut daran erinnern. Viele Frauen sagten, man würde die Qualen vergessen. Das konnte sie nicht bestätigen. Und sie hatte Angst davor, diese Tortur ein zweites Mal zu durchleben, wenn Gott sie wieder mit der Leibesfrucht segnen sollte. Aber der erste Schrei, das süße Gesicht des Neugeborenen würde sie für jede Wehe entschädigen.

Der Mann kam zurück, brachte einen Eimer mit Wasser und ein paar Tücher. Er trat nah an sie heran, sodass sie seinen weinseligen Atem roch. »Mach keine Dummheiten mit dem Messer, oder dein Freund darf bald die Flammen im Fegefeuer zählen«, flüsterte er ihr ins Ohr. Seine Augen blitzten feindselig auf. Dann drehte er sich um und verschwand.

Jonata atmete tief durch und wandte sich der Frau zu. Diese krümmte sich vor Schmerzen. Jonata wischte sich den Schweiß von der Stirn.

»Wie heißt du?«, fragte die Frau nach einer Wehe. »Und woher kommst du?«

»Jonata. Ich komme aus Wittenberg. Die Männer haben uns vorhin überfallen und hergebracht.«

Die Frau nickte.

»Und du?«

»Marlein. Ich habe früher in Magdeburg gewohnt.«

»Früher?«

»Bevor …« Marlein wand sich erneut unter einer Wehe.

Jonata legte ihr eine Hand auf die Schulter. »Tief ein- und ausatmen. In den Bauch.«

»Es tut so weh«, jammerte Marlein.

»Jede Wehe bringt dich deinem Kind näher.« Sie hatte diesen Satz gehasst, als ihre Wehmutter ihn gesagt hatte, und doch fiel ihr nichts Besseres ein. »Darauf kannst du dich freuen!«

»Ich freue mich nicht«, keuchte sie. »Ich will das verdammte Balg nicht haben.« Ihre Augen funkelten.

Jonata schluckte. Eine Ahnung wuchs zu einem schauderhaften Gedanken heran. »Wie lange bist du schon hier?«

Marlein spuckte aus. »Drei Jahre.«

Jonata bekam eine Gänsehaut. »Wer ist der Vater?«

»Das weiß ich nicht.«

Jonata presste die Zähne aufeinander. Drohte ihr das gleiche Schicksal? Hatten sie ihr keinen Sack über den Kopf gezogen, weil die Männer sie behalten wollten?

Womöglich ließen sie Mathes wieder laufen. Dann würde er zurückkehren und nach ihr suchen. Doch woher sollte er wissen, wo sich das Lager befand? Selbst sie würde den Weg nicht wiederfinden. Sie waren so lange durch die stockfinstere Nacht gelaufen, dass sie keine Anhaltspunkte hatte.

Ein Schrei holte sie aus ihren Gedanken. Sie schaute nach, ob sie bereits das Köpfchen sehen konnte, doch das Kind war noch nicht so weit.

Es dauerte noch Stunden, bis die Presswehen einsetzten, Marlein wurde immer schwächer. Sie blutete stark. Jonata fragte sich, ob das normal war. Hoffentlich würde das Neugeborene durchkommen. Auch wenn Marlein das Kind nicht haben wollte, würde Jonata es nicht ertragen, einen erblassten Säugling im Arm halten zu müssen.

»Es drückt so«, jammerte Marlein.

Endlich! Nun würde es nicht mehr lange dauern. Jonata forderte sie auf, bei der Wehe kräftig zu pressen. Bei der nächsten Wehe sah man das Köpfchen, und dann flutschte der ganze Körper eines Mädchens in Jonatas Hände. Es schrie laut auf und schien gesund zu sein. Jonata durchschnitt die Nabelschnur und legte den Säugling auf Marleins Brust, wie es ihre Hebamme damals bei Ells gehandhabt hatte.

Marleins Gesichtszüge wurden weich, während sie ihr Kind betrachtete. »Meine Kleine, alles wird gut.«

Jonata legte mehrere Tücher um das Neugeborene, damit es nicht fror. Marlein bot ihrer Tochter die Brust an. Nach einer Weile klappte es, und die Kleine fing an zu saugen. Was für ein Moment des Glücks! Doch verlor Marlein weiterhin Blut und wurde zusehends blasser.

Die Nachgeburt kam mit einem regelrechten Blutschwall. Jonata legte ein Tuch unter Marlein, doch das löste das Problem nicht. Und nun? Sie sah Marlein an, die in den Anblick ihrer Tochter versunken war. Sollte sie ihr sagen, wie es um sie stand? Jonatas Hände zitterten. Sie war sich sicher, dass Marlein den nächsten Tag nicht erleben würde.

Marlein sah sie an. »Sie soll Clara heißen, nach meiner lieben Mutter.« Sie streckte ihr den Säugling entgegen. »Bitte bring sie an einen sicheren Ort und kümmere dich um sie. Sie soll nicht in dieser Hölle leben müssen.«

Die Gewissheit, dass sie sterben würde, stand Marlein ins Gesicht geschrieben. Jonatas Augen brannten, Tränen flossen über ihre Wangen. Was hatte diese Frau für ein Leid erfahren? Und nun, wo sie endlich wieder Glück zu empfinden schien, holte sie der Tod. Und das Kind würde ohne Mutter aufwachsen. Jonata schloss die Lider. Bitte, HERR, hilf mir und lass Marlein leben.

Als sie die Augen öffnete, hatte Marlein die ihren geschlossen. Sie kniete sich neben die Frau, die sie besser zu kennen glaubte als viele Bürger Wittenbergs. »Marlein«, flüsterte sie. Die junge Mutter rührte sich nicht. Jonata fühlte mit zittrigen Fingern am Hals nach dem Pulsieren. Nichts. Da war nur noch eine leere Hülle. Jonatas Lippen bebten. Was sollte nur aus diesem Kind werden?

Sie nahm das Schultertuch von Marlein und wickelte Clara darin ein. Zusätzlich schlug sie die Decke um das Bündel. Sie warf einen letzten Blick auf die junge Mutter, da fiel ihr die Gewandschließe an Marleins Mantel ins Auge. Sie legte das Kind ab, schnitt geschwind die Metallringe aus dem Stoff und steckte die Schließe in ihren Beutel. Wenigstens etwas sollte Clara von ihrer Mutter bekommen.

Jonata nahm das Kind, öffnete vorsichtig die Tür und spähte hinaus. Alles war ruhig. Das Lagerfeuer war zu einem Glühen heruntergebrannt. Sie wusste nicht, wie viel Zeit sie in der Hütte zugebracht hatte, aber es war immer noch dunkel. Jetzt musste sie schnell handeln. Sie wollte Marleins letzten Wunsch erfüllen und das Kind von hier fortbringen. Wer wusste, was diese Wegelagerer mit dem Mädchen anstellen würden. Wahrscheinlich würde es keine drei Tage überleben, wenn sie es nicht gar direkt töteten.

Leise schlich Jonata durch die Dunkelheit und versuchte sich an den Weg zu Mathes zu erinnern. Als sie ein Käuzchen rufen hörte, duckte sie sich hinter einen Busch. Die Bäume schälten sich noch finsterer aus der Dunkelheit. Um sie herum sah alles gleich aus. Nicht auszudenken, wenn sie in die falsche Richtung lief.

Als sie geduckt aus ihrem Versteck hervorkam, stolperte Jonata über eine Wurzel, konnte sich jedoch fangen. Hoffentlich begann der Säugling nicht zu weinen, doch noch schlief Clara friedlich in ihren Armen. Dann sah sie einen Schemen an einem Baum. Das musste Mathes sein. Geschwind lief sie zu ihm. Er hatte den Kopf nach vorne geneigt und rührte sich nicht. Ihr stockte der Atem. Hatte man ihn umgebracht? Sie berührte ihn an der Schulter, sofort schreckte er auf. Erleichterung durchflutete sie.

»Ich bin's, Jonata«, flüsterte sie.

»Was ist passiert?«

Sie zückte das Messer und durchtrennte Mathes' Fesseln. »Eine Frau hat ein Kind zur Welt gebracht und ist bei der Geburt gestorben.«

»Du willst das Neugeborene mitnehmen?«, fragte Mathes erstaunt und rieb sich die Handgelenke.

»Ich kann es nicht seinem Schicksal überlassen.«

»Wie um Himmels willen willst du dich um einen Säugling kümmern?« Mathes stand auf.

»Ich muss eine Amme finden.«

»Das wird Zeit kosten. Wahrscheinlich werden wir es dann nicht mehr rechtzeitig zur Beerdigung deines Vaters schaffen.«

Jonata sah auf das Neugeborene. In der Dunkelheit konnte sie die Gesichtszüge von Clara nur erahnen. Eine Woge der Liebe überkam sie. Kümmert Euch um die Lebenden und nicht um die Toten, hörte sie Luthers Worte in ihrem Kopf. Und wenn Gott es wollte, würden sie dennoch rechtzeitig in Köln eintreffen. Sie hörte ein Knacken hinter sich und erstarrte.

***

»Zum Zwanzigsten. Auch wenn einige Leute mich nun einen Ketzer schelten – denn eine solche Wahrheit ist sehr schädlich für den Kasten –, so achte ich doch solches Geplärre nicht hoch, zumal das niemand tut als einige Finsterhirne, die ihre Nase nie in die Bibel gesteckt haben ...«

Figen lehnte sich an die Wand und legte die Schrift neben sich. Wie mutig Luther war! Sie wollte auch so standhaft für ihre Überzeugungen eintreten. Sie war sich sicher: »Ein Sermon von Ablass und Gnade« war der richtige Text für den Unterricht. Ein Kribbeln zog durch ihre Glieder und hielt sie seit Stunden vom Schlafen ab. Sie hatte die Schrift mehrmals gelesen. Als Erstes würde sie den zukünftigen Zöglingen den Text vorlesen, damit sie sich mit dem Inhalt vertraut machten. Anschließend würde sie Zeile für Zeile die Buchstaben durchgehen. Figen malte sich in Gedanken aus, wie die Mädchen ihr gespannt zuhörten.

Die Talgkerze war fast heruntergebrannt und hatte ihren üblen Geruch in der Kammer verteilt. Würde sie mehr Geld besitzen, könnte sie sich eine Wachskerze leisten. Figen trat zum Fenster und öffnete die Läden, um die frische Nachtluft hereinzulassen. Der blasse Schein des Mondes drang durch ein Meer aus Wolkenfetzen. Schnell veränderten sie ihre Struktur, bildeten neuartige Formen, gaben den Blick auf die halb volle Scheibe frei, verschluckten sie wieder. Figen spürte den Wind der Veränderungen auf ihren Wangen, hörte Mädchenlachen, sah leuchtende Augen, sah Buchstaben umherwirbeln und sich auf Papier zu Worten formen.

Ein Knirschen, als ob jemand über Steine lief, durchbrach die Stille. Sie beugte sich über den Fenstersims und lugte nach unten, aber sie konnte nichts erkennen. Eine Fledermaus flog in den Apfelbaum und verschwand über den Dächern. Hatte Figen sich verhört? Wahrscheinlich war sie nur müde und hatte zu lange über der Schrift gesessen.

Sie spürte einen Druck im Unterleib, warf den Mantel über und schlich nach unten. Im Haus war alles ruhig. Sie ging in die Küche und öffnete die Hintertür zum Hof. Vorsichtig spähte sie hinaus. Nichts regte sich. Sie lief zur Latrine und erleichterte sich. Dann ertönten Schritte.

Unwillkürlich hielt sie die Luft an. Da war jemand! Eilig ließ sie die Röcke fallen und trat hinaus. Im Mondschein erkannte sie Margrets Mantel. Ihre Herrin verschwand in der Brauerei, hatte Figen anscheinend nicht bemerkt. Wo war sie gewesen, und warum hatte sie die Totenwache unterbrochen? Die Latrine hatte sie jedenfalls nicht aufgesucht.

Figen ging zur Brauerei und zog an der Tür. Abgeschlossen. Seltsam! Sollte sie klopfen? Nein, sie wollte Margret nicht stören. Was sollte sie auch sagen? Es stand ihr nicht zu, Fragen zu stellen. Margret war ihr keine Rechenschaft schuldig.

Figen ging in ihre Kammer und legte sich auf ihre Bettstatt. Ihre Gedanken kreisten. Ging Margret auch zu geheimen Versammlungen, oder hatte sie bloß ihren Nachttopf ausgeleert? Doch auch dann hätte sie zur Latrine kommen müssen. Und wieso hatte sie die Brauerei abgeschlossen? Das ergab alles keinen Sinn. Figen war zu müde, um klar zu denken, und bald fielen ihr die Augen zu.

***

Erneutes Knacken im Unterholz. Mathes zog Jonata hinter einen Baum. Ihr Herz galoppierte. Hatten sie zu laut gesprochen und waren aufgeflogen? Im linken Arm hielt sie Clara, in der anderen Hand das Messer. Bereit, sich damit zu verteidigen. Sie wagte einen Blick am Baumstamm vorbei, versuchte, in der Dunkelheit etwas zu erkennen. Sie sah eine Bewegung, krampfte ihre Finger fest um den Griff. Der Schemen schälte sich aus der Schwärze der Nacht und huschte davon.

»Ein Reh«, flüsterte Mathes.

Erleichtert lehnte Jonata den Kopf an den Stamm und sah nach oben. Sie dankte dem HERRN in Gedanken. Zwischen den Baumwipfeln sah man am schwarzen Himmel Sterne funkeln. Wie viel Zeit hatten sie noch, bis der Tag anbrach?

»Wo sind die Pferde?«

»In der Richtung, glaube ich.« Mathes stapfte los.

Jonata folgte ihm. Sie steuerten geradewegs auf das Lager zu. Vielleicht sollten sie lieber zu Fuß fliehen. Aber weit würden sie nicht kommen, die Wegelagerer würden sie leicht einholen. Außerdem wollte sie ihre Stute nicht zurücklassen.

Ein röchelndes Geräusch durchbrach die Nacht. Jemand schnarchte. Der Verursacher lag am Feuer mit zwei weiteren Gestalten. Jonata blickte sich um und hielt nach den Pferden Ausschau. Sie kamen an der Hütte vorbei, in der Marlein lag. Jonata schluckte und blieb kurz stehen. Mathes tippte ihr auf die Schulter und zeigte nach rechts. Dort waren sieben Pferde an Pfählen angebunden.

Mathes' Stute schnaubte, als sie sich näherten. Jonata stockte und lauschte. Die Männer am Feuer, die dreißig Schritte von ihnen entfernt lagen, regten sich nicht.

Mathes band die Pferde los und nahm Jonata das Kind ab, dass sie aufsitzen konnte. Dann gab er ihr Clara zurück. In dem Moment hörte Jonata es erneut knacken. Ihr Herz machte einen Satz in die Tiefe. Diesmal war es kein Reh, sondern ein breitschultriger Mann, der auf Mathes zustürmte.

»Hinter dir!«, zischte Jonata und hielt instinktiv die Luft an.

Mathes drehte sich um und schlug dem Angreifer mit einem gekonnten Schlag unters Kinn. Der Mann ging zu Boden und stöhnte. Mathes versetzte dem Mann noch einen Schlag und beeilte sich, aufzusitzen. »Los! Weg hier!«, flüsterte er.

Beängstigend langsam entfernten sie sich vom Lager. Sie konnten nicht schnell reiten, dafür war es noch zu dunkel. Jonata hoffte, dass ihre Stute erkennen würde, wohin sie die Hufe setzte. Gehetzte Blicke über die Schulter. Folgte ihnen auch niemand? Sie erwartete jeden Moment Geschrei. Nichts! Mathes' Faust hatte Wirkung gezeigt.

Sie gelangten zu einem Weg, nun drang das Mondlicht durch die Baumwipfel. Der Pfad war gut passierbar, und sie konnten die Pferde zu leichtem Trab antreiben. Jonatas Herz beruhigte sich langsam.

»Haben wir es geschafft?«, fragte sie, als der Morgen dämmerte.

»Ich denke schon. Allerdings habe ich keine Ahnung, wo wir sind.«

Sie verließen den Wald und blickten auf endlose Felder, die in der Morgensonne golden erstrahlten. Dunst umwaberte die Gräser. Es versprach ein schöner Tag zu werden – der erste Tag im Leben von Clara. Jonata betrachtete das verknautschte Gesicht, die niedliche Stupsnase, die zarten Lippen und die winzigen Augenbrauen. Wie friedlich sie aussah. Aber sie wurde unruhig, drehte den Kopf und öffnete den Mund, suchte stumm die Brust ihrer Mutter. Das arme Kind. Sie mussten bald etwas zu trinken für das Kleine finden.

Mathes sprang vom Pferd und kontrollierte die Satteltaschen. »Es scheint nichts zu fehlen. Auch meine Bücher und Schriften sind noch da.«

»Und dein Geld?«

»Den Beutel haben sie mir abgenommen«, brummte er.

»Dafür habe ich meinen noch. Mit den paar Münzen werden wir beide sicherlich nach Köln kommen.«

Mathes saß wieder auf. »Hauptsache, wir sind diesen Schnapphähnen entkommen.«

Sie ritten weiter. Hinter einem Hügel entdeckten sie eine Weide mit zwei Kühen und einer Ziege. Kurze Zeit später kam hinter einer Baumgruppe das Bauernhaus in Sicht. Mathes sah sie fragend an.

»Einen Versuch ist es wert.« Jonata ritt voran.

Als sie auf dem Hof vom Pferd stieg, ruderte Clara mit den Armen und verzog das Gesicht. Gleich würde sie zu schreien beginnen. Schnellen Schrittes lief Jonata zur Tür und klopfte. Eine gedrungene Frau mit eng beieinanderliegenden Augen öffnete ihr. Sie trug keine Haube, sondern hatte die grau melierten Haare am Hinterkopf zusammengebunden. »Was wollt ihr?«, fragte sie schroff.

»Wir brauchen Hilfe. Wir …« Clara gab den ersten Laut von sich, holte Luft und schrie aus vollem Halse.

»Wir sind kein Gasthaus.«

»Nein, du verstehst nicht! Wir wurden von einer Gruppe Wegelagerer überfallen, die dort in dem Wald lebt.« Jonata zeigte in die Richtung, aus der sie gekommen waren, und wippte, um das Neugeborene zu beruhigen.

Die Bauersfrau verschränkte die Arme. »Ich verstehe sehr gut. Wie oft stehen Ausgeraubte vor meiner Tür und betteln um ein Mahl und ein Nachtlager.«

»An Münzen fehlt es uns nicht.« Auch wenn Jonatas Magen knurrte und sie sich nach einer Schale Brei verzehrte, fuhr sie fort: »Es geht uns nur um das Kind. Die Mutter ist bei der Geburt gestorben. Jemand muss ihm Milch geben.«

»Sehe ich aus wie eine Amme?«

Jonata schloss die Augen und schluckte die scharfe Bemerkung herunter. »Gibt es niemanden in deinem Haus, der einen Säugling nährt?«

Die Frau schüttelte den Kopf. »Nein. Und jetzt verschwindet!«

»Bitte sag uns wenigstens, wohin wir reiten müssen, um zur nächsten Stadt zu gelangen«, kam ihr Mathes zu Hilfe.

»Nach Westen.« Die Frau zeigte in die Richtung. Das würde sie zumindest Köln näher bringen.

»Wie lange wird es dauern?«, fragte Mathes.

»Eine Tagesreise.« Dann knallte sie die Tür zu.

Clara schrie immer noch. Jonata sah die Kleine an. Die Zornesfalten auf der Stirn, die immer röter werdende Gesichtsfarbe. »So lange kann sie nicht warten.« Ihr Herz blutete bei diesem Anblick.

»Was willst du tun?«, fragte Mathes.

Jonata sah sich um. Auf dem Hof gab es einen Stall, eine Scheune und eine Hütte, die sich an einen Ahorn zu lehnen schien. Sie griff nach dem Halfter und führte ihre Stute dorthin.

»Jonata?«, fragte Mathes. »Wir sollten uns doch beeilen.«

»Lass uns eine Rast machen.« Sie dachte einen kurzen Moment an ihren Vater. So würden sie es nie rechtzeitig zur Beerdigung schaffen, aber sie konnte das Neugeborene nicht verhungern lassen.

»Ich verstehe nicht«, rief Mathes ihr hinterher.

Die Tür der Hütte war nicht verschlossen. Darin befanden sich einige Fässer und ein paar Strohballen. »Pass auf die Pferde auf. Ich werde etwas versuchen«, sagte Jonata und stieg ab.

Mathes schaute sie irritiert an, brachte jedoch keinen weiteren Einwand vor.

Jonata schloss die Tür hinter sich und setzte sich mit Clara auf das Stroh, lehnte sich an einen Ballen. »Schhh ...« Sie strich der Kleinen über den Kopf. »Jetzt werden wir sehen, ob ich noch Milch habe.« Seit fünf Monaten stillte sie Ells nicht mehr, doch gab es nicht Frauen, bei denen die Milch Jahre später noch einmal in Gang kam? Das zumindest hatte sie beim Gespräch ihrer Wehmutter mit einer Wittenberger Bürgerin mitbekommen. Sie legte Clara an ihre Brust.

***

Die ersten Trauergäste betraten die Abteikirche. Enderlin erkannte die Mägde aus dem Hause seines Vaters sowie seinen Halbbruder Kuntz. Jonata war nicht bei ihnen, das wäre auch zu schön gewesen. Einige Brauer saßen in den Reihen, doch die meisten Kirchenbänke blieben leer. Nicht mal Ekarius, der Bruder seines Vaters, war gekommen. Wie ernüchternd!

Zur Bestattung seines Bruders Lucas vor vier Jahren war die Abteikirche voll gewesen. Warum verweigerten die Kölner seinem Vater die letzte Ehre? Er war ermordet worden. Welche Umstände hatten dazu geführt? Das hatte ihm der Prior nicht erzählt. Auch wenn Jakob Hochstraten ihm die Andachtsmesse anvertraut hatte, hatte er ihm nicht gestattet, das Kloster zu verlassen, um mit den Mägden zu reden. Nach der Beerdigung würde er die Gelegenheit nutzen und Elisabeth ansprechen.

Die Familie Magnus war eine der wenigen Brauerfamilien, die den Anstand hatten, der Beisetzung beizuwohnen – obwohl Sebalt Magnus allen Grund hätte, dieser Trauerfeier fernzubleiben. Jonata hatte die Dreistigkeit besessen, ihn als Ehemann abzuweisen – dieses undankbare Frauenzimmer. Und Vater hatte es ihr durchgehen lassen.

Viel schlimmer war jedoch, dass seine Schwester sich mit diesem Ketzer Simon von Werden eingelassen hatte. Damit hatte sie ihr eigenes Seelenheil verwirkt und Enderlins Leben ruiniert. Die Möglichkeit, einmal Prior zu werden, war nun so weit entfernt wie die Geburtsstätte des Heilands. Enderlin ballte die Hände zu Fäusten. Wenigstens einen Trost gab es: Jonata würde für ihre schweren Sünden lange im Fegefeuer büßen.

Seine Ordensbrüder schlossen die Pforte der Kirche. Enderlin trat vor den Altar und begann die Totenmesse. Bruder Ottin spielte das erste Lied auf der Orgel. Enderlin betrachtete den Sarg. In den vergangenen Tagen hatte er seinen Vater in die Gebete eingeschlossen. Und im nächsten Monat würden die Stundengebete seinem Vater gewidmet sein. Wahrhaft ein Segen, wenn das ganze Kloster für das Seelenheil eines Menschen betete. So würde sein Vater zu seiner Läuterung sicherlich nur kurz im Fegefeuer ausharren müssen.

Während des Kyrie-Gebets fixierte er Sebalt. Hatte er seinen Brief erhalten? Wie dachte er über seinen Vorschlag? Enderlin versuchte, in der Miene des Brauerssohns zu lesen, doch dieser hielt den Kopf gesenkt und wich seinem Blick aus. Hatte Gott seinen Vater aus dem Diesseits gerissen, damit sie sich auf der

Beerdigung treffen konnten? Jedes Unglück der Menschen gehörte zu Gottes Plan und der Tod zum Leben wie das Gebet zur Gottesfurcht.

Enderlin konzentrierte sich wieder auf die Trauerfeierlichkeiten. Er hatte für die Schriftlesung eine Stelle aus den Klageliedern gewählt.

»Pars mea Dominus, dixit anima mea; propterea exspectabo eum. Bonus est Dominus sperantibus in eum, animae quaerenti illum.« – Der HERR ist mein Teil, spricht meine Seele; darum will ich auf ihn hoffen. Gut ist der HERR zu dem, der auf ihn hofft, zur Seele, die ihn sucht.

Als sie für seinen Vater die Psalmen sangen, ließ Enderlin seine Stimme aus seinem tiefsten Innern erschallen. Dann konnte er es kaum erwarten, bis der Sarg zum Friedhof getragen wurde und er die Abschlussworte sprechen konnte. Er musste ein vertrauliches Wörtchen mit Sebalt Magnus wechseln.

Die Trauergesellschaft trollte sich. Enderlin beeilte sich, zu Sebalt zu kommen. In dessen welliges Haar hatten sich graue Strähnen gemischt, und die Narbe, die sich über Stirn und Wange zog, hatte eine rötliche Färbung angenommen.

»Mein Freund«, grüßte Enderlin.

»Freund?« Sebalt lachte auf. »Wie soll man mit einem Mönch befreundet sein?«

Enderlin schluckte. Es war wohl besser, auf diese Bemerkung nicht einzugehen. »Habt Ihr meinen Brief erhalten?«

Sebalt schnalzte mit der Zunge. »Wahrlich eine Überraschung!«

Enderlin sah sich um. Keiner seiner Ordensbrüder war in der Nähe, dennoch senkte er die Stimme. »Was haltet Ihr von meinem Vorschlag?«

»Ihr habt Euch an den Falschen gewandt.«

»Weshalb?«

»Ich habe keinen blassen Schimmer, wo sich Eure Schwester aufhält.«

Er schien schwer von Begriff zu sein. Enderlin seufzte. »Deswegen habe ich geschrieben, dass Ihr nach ihr suchen sollt.«

Sebalt kratzte sich an der Knollennase. »Wo soll ich da beginnen? Sie kann überall im Lande sein.«

»Bitte gebt Euch ein bisschen Mühe. Vielleicht wissen sie Bescheid.« Enderlin wies mit dem Kopf zu Elisabeth, Margret, Kuntz und dieser jungen Magd, dessen Namen er nicht kannte.

»Und was habe ich davon? Was gebt Ihr mir für diesen Dienst?« Sebalt verschränkte die Arme vor der Brust.

Enderlin räusperte sich. Was wollte der Brauer nur von ihm? Er war doch von Jonata betrogen worden. Er würde sich von ihr das holen können, was ihm als versprochenem Ehemann zustand. Ein Mal, und dann würde Enderlin seine Schwester dem Inquisitionsgericht übergeben. »Ich dachte, Ihr habt selbst ein Interesse daran.«

»Eure Schwester ist mir nichts mehr schuldig.«

»Ist sie nicht?«

Sebalt lachte hämisch auf. »Ich habe bekommen, was ich wollte.«

»Ihr habt was …?« Enderlin stockte.

Sebalt grinste breit und stieß ihn mit der Schulter an. »Nichts, was für die Ohren eines Mönches bestimmt ist.«

»Aber …« Hatte Jonata etwa mit zwei Männern Unzucht getrieben? Was für ein gotteslästerliches Weib! Es wurde immer schlimmer. Umso wichtiger war es, dass er sie fand und für ihre Sünden bestrafte. Jemand musste sie vor das Kirchengericht bringen. Wenn Jonata dann jedoch widerrief, ihn zu Simon führte und bereit war, in ein Kloster einzutreten, würde er beim Prior ein gutes Wort für sie einlegen. Hauptsache, einer von beiden brannte auf dem Scheiterhaufen und Enderlin gewann die Gunst des Priors wieder für sich.

»Außerdem habe ich mich verlobt. Und dieses Versprechen werde ich für Eure Schwester nicht lösen.«

Enderlin presste die Zähne zusammen. Wieso hatte der HERR sie zusammengebracht, wenn Sebalt nicht das gleiche Ziel verfolgte? Vielleicht brauchte der Brauer Zeit, um sich an den Gedanken zu gewöhnen, oder weitere Überredung. »Jonata wäre für Euch die perfekte Verbindung – jetzt, wo die Brauerei frei geworden ist.« Dass es nicht zu einer Ehe der beiden kommen würde, musste er ihm nicht auf die Nase binden.

Sebalt lachte und schlug ihm auf die Schulter. »Spart Eure Bemühungen für jemand anderen auf. Ich kann Euch nicht helfen.« Dann verließ er mit seinen Eltern den Friedhof.

Enderlin blieb regungslos stehen. Diese Begegnung hatte er sich anders vorgestellt.

Hab Vertrauen! Gott wird dir einen anderen Weg zeigen!

Er sah zu den Mägden. Margret heulte immer noch, und auch Elisabeth wischte sich Tränen von den Wangen. Er trat zu ihnen.

»Enderlin«, sagte Elisabeth und drückte ihn an sich. Er war überrumpelt von so viel Herzlichkeit, ließ die Umarmung jedoch zu. Elisabeth roch nach Lavendelwasser. Manche Dinge veränderten sich nicht. »Es ist so schrecklich.«

»Die Wege Gottes sind unergründlich«, sagte er.

»Es kann doch nicht Gottes Wille gewesen sein, dass mein geliebter Bechtolt von mir genommen wird«, sagte Margret schluchzend.

»Geliebter?«, schoss es aus ihm heraus.

»Du wusstest es nicht, oder?«, fragte Elisabeth und legte ihm eine Hand auf die Schulter. Er machte einen Schritt zurück, sodass sie ihn nicht mehr erreichen konnte. »Dein Vater ist mit Margret den Bund der Ehe eingegangen.«

»Er hat …« Die Worte blieben ihm im Halse stecken wie das trockene Stück Brot bei einem Gottesurteil. Unter den prüfenden Blicken der Richter saugt es das letzte Tröpfchen Speichel auf und überführt den Angeklagten, wenn es sich in seiner Kehle verkantet. Eine alles entscheidende Probe, in der nur Gott dem Beschuldigten zu Hilfe eilen konnte und bei der jeder Übeltäter zum Scheitern verurteilt war.

Hatte sein Vater nicht erkannt, dass auch er zum Scheitern verurteilt war? Warum hatte er aus seinen Fehlern nicht gelernt? Schließlich war der begriffsstutzige Kuntz aus einer unbedachten Nacht mit der Magd entstanden. Das hätte seinem Vater zeigen müssen, dass dieses Weib nicht für die Ehe mit ihm bestimmt war. Vielleicht hatte er deswegen seine Strafe von Gott erhalten.

»Hat tatsächlich jemand Hand an ihn gelegt?«, fragte er.

Die junge Magd nickte. »Ihm wurde die Kehle durchgeschnitten.« Ihr Blick war seltsam leer. Auch sie schien Bechtolt zu nahegestanden zu haben. Sie hatte ein Teufelsmal auf der Nase. Besser war es, wenn er sie nicht berührte.

»Hast du etwas von Jonata gehört?«, fragte er. »Jetzt, da unser Vater von uns gegangen ist, hatte ich gehofft, mit ihr sprechen zu können.«

Die junge Magd hob ruckartig den Kopf. Schrecken stand in ihren Augen.

»Weißt du, wo sich meine Schwester aufhält?«, wandte er sich direkt an sie.

Sie starrte ihn an, rührte sich nicht. Erst nach ein paar Augenaufschlägen schüttelte sie den Kopf.

»Wir haben seit Jonatas Verschwinden vor vier Jahren nichts mehr von ihr gehört«, antwortete Elisabeth. Ihre Worte klangen ehrlich. Aber diese Magd mit den schwarzen Haaren und dem Teufelsmal auf der Nase war ein Rätsel.

»Sprich die Wahrheit!«, verlangte Enderlin.

Sie wich zurück. »Ich sage die Wahrheit.«

»Würdest du das vor Gott bezeugen?«

Elisabeth trat zwischen ihn und die Magd. »Lass Figen in Ruhe. Sie hat deinen Vater gefunden und ist immer noch verstört. Der Anblick war nicht leicht zu ertragen.«

Figen war also ihr Name. »Aber wenn sie etwas weiß –«

»Ich habe doch gerade gesagt, dass wir seit Jahren nichts von Jonata gehört haben«, sagte Elisabeth scharf.

Enderlin atmete tief durch. Er musste mit Figen allein sprechen. Irgendwie musste er den Prior dazu bringen, dass er das Kloster verlassen durfte. Und dann würde er die Wahrheit über Jonata erfahren.

KAPITEL 5

Sie nahmen das Frühmahl schweigend ein. Kuntz sprang auf und rannte dem Kater hinterher nach draußen. Margret hob noch nicht einmal den Kopf, Elisabeth brummte nur. Figen hatte auch keine Lust, den Jungen zu maßregeln. Sie musste immer wieder an die gestrige Beisetzung denken. Besonders Margret hatte die Beerdigung ihres Gatten zugesetzt. Nach dem kläglichen Totenmahl im Gebäude der Brauerbruderschaft, bei dem nur ein Bruchteil der Brauer der Stadt zugegen gewesen war, hatte Margret kein Wort gesprochen und sich in der Kammer eingeschlossen.

Figen rührte im Hirsebrei. Elisabeth hatte zwei Äpfel hineingeschnitten, trotzdem schmeckte er heute fad. Margret würgte, hielt sich die Hand vor den Mund und stürzte nach draußen. Die Schwangerschaft machte sich bemerkbar.

Elisabeth holte tief Luft. »Gott steh uns bei!« Sie begann abzuräumen, wartete nicht, bis Figen ihren Brei gegessen hatte. Figen schob die eigene Schüssel von sich weg. Auch wenn Bechtolt in der letzten Zeit nicht sonderlich gesprächig gewesen war und sich meist in der Brauerei verschanzt hatte, wirkte das Haus nun noch trostloser.

Figen erhob sich. Heute würde sie die Schenke herrichten. In den letzten Tagen hatte sie keine Zeit dafür gefunden. Sie hatten Weihwasser, Leinentücher und Sterbekerzen besorgt und abwechselnd Totenwache gehalten. Da die Fenster der Brauerei die ganze Zeit über offen standen, damit Bechtolts Seele hinausfliegen konnte, war Figen nach ihrer Wache jedes Mal durchgefroren gewesen und hatte keine Muße mehr gehabt, sich um die Schenke zu kümmern.

Als sie nach draußen trat, schien ihr die Sonne ins Gesicht. Dennoch war es kühl. Sie verschränkte fröstelnd die Arme vor der Brust.

Kuntz lief dem Kater hinterher in den Stall. »Pauli, Pauli«, rief er. Figen schmunzelte. Das Tier schien mal wieder nicht so zu wollen wie der Junge.

Die Tür zur Brauerei war angelehnt. Sie warf einen Blick hinein. In der Mitte stand der Tisch, auf dem sie Bechtolt die letzten Tage aufgebahrt hatten. Die Kerzen drum herum waren allesamt abgebrannt. Die Bodenklappe, unter der vor Kurzem noch die Münzreserven dieses Hauses lagerten, war geöffnet. An der rechten Wand verstaubten die großen Bierbottiche, die seit Monaten nicht mehr gefüllt worden waren. Eine trostlose Brauwerkstatt, aus der ihr eine Flut trauriger Erinnerungen entgegenströmte.

Sie zog die Tür zu und ging zur Schenke. Der Knauf der Hintertür war locker. Darum würde sie sich kümmern müssen. Figen trat in den düsteren Raum. Es roch muffig, nach Staub und altem Bier. Sie zog das Stroh aus den Fensteröffnungen, um Licht und frische Luft hereinzulassen. Die Tische und Bänke standen kreuz und quer, ein paar Schemel waren umgefallen, ein einzelner Krug sah aus, als wäre er nur kurz abgestellt worden und wartete auf die Rückkehr des Trinkers. Abgebrannte Stümpfe ragten aus den Kerzenhaltern an der Wand. Die Kerze auf der Theke hingegen hatte höchstens eine Stunde gebrannt.

Figen strich mit dem Finger über eine Tischplatte. Staub sammelte sich auf ihrer Haut. An einer Ecke fehlte die Staubschicht. Seltsam. Hier musste kürzlich jemand gewesen sein. Margret vielleicht. Möglicherweise hatte sie in Erinnerungen geschwelgt.

Figen räumte auf, richtete Tische und Stühle, holte einen Wascheimer und Lappen und reinigte das Inventar vom Dreck vergangener Zeiten. Sie sah bereits ihre Zöglinge vor sich sitzen. In der Nähe der Hintertür würde sie ihren Platz einrichten, von wo aus sie die Mädchen gut im Blick haben würde. Die Theke war in einer Nische eingelassen, diese würde sie für den Unterricht mit einem Laken abhängen. Sie räumte die Krüge in einen Korb und brachte sie in den Braukeller.

Zurück in der Schenke putzte Figen über ein Bierfass, das als Abstellfläche gedient haben mochte. Dahinter sah sie etwas Weißes aufblitzen. Sie duckte sich und hob den Stoff mit spitzen Fingern auf. Ein Unterrock. Sie schüttelte sich, wollte sich nicht ausmalen, wem der gehört haben mochte. Er musste aus Zeiten stammen, als das Bier reichlich geflossen war und die Gäste auf Sittlichkeit keinen Wert gelegt hatten.

Sie ließ sich auf einem Schemel nieder, holte die Bonner Münze hervor und strich über die Prägung. Der Mörder hatte das Geldstück ebenfalls in Händen gehalten. Der Mann, der das Messer geführt und Bechtolt die Kehle aufgeschlitzt hatte. Sie erschauderte und ließ das Geldstück zurück in den Beutel gleiten. Wer mochte es gewesen sein? Kannte sie ihn? Ihre Hände zitterten. Der Frevler durfte nicht ungestraft davonkommen!

**

Es polterte an der Tür.

»Gehst du?«, fragte Elisabeth. Sie hob demonstrativ die Hände, mit denen sie den Brotteig bearbeitete. Doch bevor Figen an der Tür war, kam ihr Margret zuvor. Sie war nicht sonderlich gesprächig, aber zumindest verschanzte sie sich nicht mehr in der Kammer wie die letzten drei Tage.

Vor dem Haus stand der alte Fassbinder von Blankenberg. Die Gugel war an den Enden über der Schulter ausgefranst und bedeckte seinen kahlen Kopf. Unter den Augen lagen Schatten. »Margret, genau zu Euch wollte ich.« Er rieb Daumen und Zeigefinger aneinander. »Ihr schuldet mir noch Geld.«

»Was?« Sie stemmte den Arm in die Hüfte. »Nicht dass ich wüsste!«

»Dein Mann –«

»… ist selig!«, keifte sie.

»Richtig. Und deswegen will ich jetzt sofort mein Geld. Einen Gulden und fünf Schillinge.«

Figen blieb die Luft weg. So viel?

»Pah, verschwindet!« Margret wollte die Tür zuschlagen, aber er schob den Fuß auf die Schwelle.

»Ich lasse mich nicht von Euch abspeisen!«

»Ich weiß nichts von Schulden!«

»Hätte ich auf dem Kerbholz bestanden, hätte ich den Beweis in der Hand. Aber der Faulpelz meinte, es reiche, es mit der Feder zu vermerken. Also seht in seinen Büchern nach.«

»Er hat seit Wochen keine Fässer mehr gekauft.«

»Er schuldet es mir schon lange! Jetzt brauche ich mein Geld.« Er ballte die Hand, seine Augen funkelten. Figen hatte das Gefühl, er würde Margret gleich die Faust ins Gesicht schlagen.

»Das hättet Ihr mit meinem Mann klären müssen!«

Er lachte bitter auf. »Ihr seid wohl zum Scherzen aufgelegt.«

»Seht Ihr mich etwa lachen?«

»Ich war gutmütig, und nun soll es mich teuer zu stehen kommen? Ich verlange, dass Ihr –«

»Von mir bekommt Ihr keinen Pfennig.«

Zwischen seinen Brauen stand eine tiefe Falte. »Seid gewiss: Ich komme wieder. Wenn Ihr nicht zahlt, gehe ich zu Mergentheim. Er wird Euch schon zur Vernunft bringen.«

Margret drängte ihn von der Türschwelle.

»Und wenn Mergentheim nichts unternimmt, komm ich mit meinen Söhnen wieder und hole mir, was mir zusteht.«

Margret schlug ihm die Tür vor der Nase zu. Ihre Augen glühten vor Zorn. »Dieser Galgenschwengel!«

»Wir sollten nachsehen, ob es stimmt«, sagte Figen leise.

Margret rauschte brummend an ihr vorbei.

Wenn Bechtolt ihm wirklich noch so viel schuldete, steckten sie in Schwierigkeiten. Ohne einen Mann im Haus wären sie den Plünderern schutzlos ausgeliefert. Figen folgte Margret in die Vorratskammer, wo sie Kisten von links nach rechts räumte.

»Willst du nicht wissen, ob er die Wahrheit spricht?«

»Hast du seinen Atem gerochen?« Sie machte eine Geste, die andeutete, dass er zu viel getrunken hatte. »Der will sich nur wichtigtun.«

Figen hatte nicht den Eindruck gehabt. Wenn Margret keine Lust hatte, den Dingen auf den Grund zu gehen, würde sie es selbst tun. Sie ging in die Brauwerkstatt und öffnete die Kiste in der Ecke. Ein zerknülltes Leinenhemd lag obenauf. Sie fand unzählige Notizen und Briefe. Sie würde Tage brauchen, um alles zu sichten.

Sie klaubte drei Bücher hervor und schlug das erste auf. Es handelte sich um ein Verkaufsbuch, in dem Bechtolt eingetragen hatte, wie viel Bier er wem verkauft und wie viele Münzen er erhalten hatte. Das zweite war ein Ausgabenheft. Mit klopfendem Herzen legte sie es auf den Tisch und durchforstete die Eintragungen. Je weiter sie nach hinten blätterte, desto unleserlicher wurde Bechtolts Handschrift. Es dauerte einige Zeit, bis sie sich zurechtfand. Bisher hatte sie nur Luthers Schriften oder Briefe von Jonata gelesen, aber noch nie Geschäftsbücher.

Bechtolt hatte öfter Fässer von dem Fassbinder gekauft, doch ob er sie bereits bezahlt hatte, war nicht notiert. So konnte von Blankenberg nicht belegen, dass sie ihm noch Geld schuldeten. Figen legte das Buch zurück und griff nach dem letzten. In diesem waren die Einträge durchgestrichen. Es schien sich um ein Erinnerungsbuch zu handeln. Einige Posten am Ende waren offen. Darunter drei an den Fassbinder von Blankenberg. Die Summe stimmte. Außerdem Zahlungen an den Hufschmied und den Barbier.

Figen ließ sich auf den Boden sinken und lehnte sich an die Kiste. Nicht auszudenken, wenn der Hufschmied und der Barbier auch bald vor ihrer Pforte auftauchten und auf ihrem Geld beharrten. Wie sollten sie die Schulden begleichen? Figen musste zusehen, dass sie die Schule eröffnete. Und sie musste mit Seitz sprechen. Sie nahm das Buch und lief ins Haus.

Margret saß in der Stube und stickte. Figen legte ihr das Buch vor. »Hier!« Sie zeigte auf die Zeilen. »Der Fassbinder hat recht.«

»Was fällt dir ein, in Bechtolts Sachen zu wühlen?« Margret ließ das Stickzeug auf den Schoß sinken und sah sie finster an.

»Einer muss es tun. Wir schulden von Blankenberg wirklich noch über einen Gulden.«

»Nicht wir, sondern Bechtolt. Was kümmert's uns?« Sie senkte den Blick und stach die Nadel durch den Stoff.

»Hast du ihm nicht zugehört?« Figen konnte nicht fassen, dass Margret so sorglos war.

Margret blickte auf, ihre Augen funkelten böse. »Wie redest du mit mir? Erinnere dich daran, welche Stellung du in diesem Haus hast.«

Figens Kiefer mahlten. Vor zwei Jahren hatten sie noch Schulter an Schulter in der Küche geschuftet. Wenn Margret sich auf ihre höhere Stellung berief, sollte Figen auf ihrem ausstehenden Lohn beharren. Sie atmete tief ein. Nein, das hatte keinen Sinn. Sie war froh, wenn sie im Winter genug Holz für den Kamin hatten. Und wenn sie Schulgeld erhielt, war sie nicht mehr auf Margrets Gunst angewiesen, aber dafür brauchte sie die leer stehende Schenke. Sie sollte Margret nicht gegen sich aufbringen, nicht auszudenken, wenn sie ihr den Unterricht verbot.

»Entschuldige«, presste sie hervor. Sie nahm den Mantel vom Haken und verließ das Haus, um mit Seitz zu sprechen. Je eher sie mit dem Unterricht begann, desto eher wurde ihr Beutel mit Münzen gefüllt.

Gretlin Denntzer, die Frau des Eisenschmiedes von gegenüber, kam ihr entgegen. Sie warf Figen einen abschätzigen Blick zu. »Mörderin!«, fauchte sie im Vorbeigehen.

Figen blieb stehen und sah der Nachbarin fassungslos nach. Sie wollte etwas erwidern, doch die Worte blieben ihr in der kratzigen Kehle stecken. Frau Denntzer spazierte erhobenen Hauptes davon und warf ihr einen weiteren verächtlichen Blick über die Schulter zu, bevor sie im Hofeingang verschwand.

Glaubten die Bürger Kölns, sie hätte Bechtolt umgebracht? Wie schnell wurde das verleumderische Gassengeschwätz zu einer ernst zu nehmenden Bedrohung! Dann war es nicht mehr weit, bis der Erste sie bei der Obrigkeit denunzierte.

Figen zog den Mantel enger um sich und lief geschwind weiter. Nie könnte sie einen Menschen töten, niemals wollte sie anderen Angehörigen das Leid zufügen, das sie selbst hatte durchleben müssen. Jahrelang hatte das Bild ihrer erblassten Mutter sie bis in ihre Träume verfolgt, und nun war es Bechtolts seelenloses Gesicht, das sie in der Nacht heimsuchte. Sie erschauderte, wollte an etwas anderes denken, hoffte, Seitz würde sie aufheitern.

Am Haus der Rosenbergs öffnete ihr die Mutter. »Ihr sucht meinen Sohn Seitz, nehme ich an.« Sie zwinkerte ihr zu.

»Ja«, sagte Figen und blickte zu Boden. Die Frau konnte ihr wirklich direkt ins Herz sehen.

»Komm. Er ist in der Werkstatt.«

Figen folgte ihr durch einen dunklen Gang in den hinteren Teil des Hauses. Schon im Flur roch es nach Holz und Talgkerzen. Als sie den Arbeitsraum betraten, war sie beeindruckt von den Dutzenden Laternen, die in einer Reihe an den vier Wänden hingen. Sie sahen alle unterschiedlich aus, einige waren aus Metall, andere aus Holz, einige leuchteten hell, andere spendeten nur wenig Licht. In jeder zweiten brannte eine Kerze. Noch nie hatte Figen einen Raum so hell erleuchtet gesehen. Die Rosenbergs mussten sehr reich sein, wenn sie es sich erlauben konnten, so viele Kerzen gleichzeitig brennen zu lassen.

Seitz sah auf und lächelte breit. »Figen, was für eine Überraschung! Wollt Ihr mir bei der Arbeit zusehen?« Er nahm ihre Hand und zog sie zu seinem Platz. Er trug eine eng anliegende Strumpfhose und darüber ein Leinenhemd, dessen Verschnürung offen war und einen Blick auf seinen muskulösen Oberkörper freigab. Figen zwang sich, nicht hinzustarren, und fühlte die Hitze in sich aufsteigen.

»Euch muss man wohl alleine lassen«, sagte seine Mutter und verließ schmunzelnd die Werkstatt.

Am anderen Ende des Raums schnitt ein jüngerer Bruder eine Hornplatte zurecht. Er hob kurz den Kopf und stellte sich als Georg vor.

»Seht her«, sagte Seitz. »Das wird der Boden der Laterne.« Er hielt ihr einen hölzernen Kreis hin. »Und das die Oberseite.« Ein zweiter Kreis mit einem Loch darin lag auf der Werkbank.

Figen schob mit dem Schuh ein paar Sägespäne zur Seite und trat näher heran.

Seitz zeigte ihr, wie er die beiden kreisförmigen Holzstücke für eine runde Laterne mit Stäben zusammenstecken wollte. »Hier werde ich die Hornplatten befestigen«, erklärte er.

Welch ein glückliches Geschick, dass sich aus Holzkanten und Hornplatten ein Gebilde formen ließ, das den Wind ausschloss und das Licht hinauswarf. Damit ließ sich bei Dunkelheit der Weg in den Garten leuchten, falls sie ein paar Kräuter für eine Suppe vergessen hatte, ohne dass ein Luftzug die Flamme auspusten würde. Doch woher sollte sie das Geld für eine Laterne nehmen?

»Wenn die Bruderschaft auf der nächsten Versammlung zustimmt, werde ich bald wieder als Geselle zugelassen.« Seitz strahlte übers ganze Gesicht. Dann wäre er wieder vollends in das bürgerliche Leben Kölns aufgenommen.

Nach der Verbrennung von Luthers Schriften vor zwei Jahren auf dem Domhof war der Kampf gegen Luther ein geistiger in Form des gedruckten Wortes geworden. Der Inquisitor Hochstraten hatte dieses Jahr ein Buch herausgebracht, in dem er die lutherischen Irrtümer aufzuzeigen glaubte. Außerdem verhöhnten zahlreiche Flugschriften Luther und riefen die Bevölkerung zur kirchentreuen Haltung auf. Aber es tauchten auch immer wieder Flugblätter auf, die nach lutherischer Gesinnung die Kirche und den Papst als teuflisch darstellten. Nach Seitz' Verbannung war niemand mehr an den Pranger gestellt worden. Ein gutes Zeichen für ihre Entscheidung, Luthertexte als Lehrmaterial zu nutzen.

»Und wann werdet Ihr die Meisterprüfung ablegen?«, fragte sie.

»Puh!« Er pustete sich ein paar Strähnen aus dem Gesicht. Er trug die Haare heute offen, sie reichten ihm bis über die Schultern. »Ich muss noch fünf Jahre als Geselle arbeiten.«

»So lange?« Ihr Herz sank. Als Geselle würde er nicht heiraten können. Aber was machte sie sich darum überhaupt Gedanken? Als ältester Sohn des Hauses würde er keine Magd heiraten können, die als Waise vom Lande gekommen war. Vor allem, wenn er gesellschaftlich gerade wieder aufstieg, in den Gesellenstatus zurückkehren konnte und seine Ketzerei langsam in Vergessenheit geriet.

Seitz nickte ernst. »Ich habe vier Jahre verloren, als ich bei meinem Oheim auf dem Lande bleiben musste. Aber Ihr seid doch sicherlich nicht gekommen, um mich nach meiner Meisterprüfung zu fragen.« Er hob die Augenbrauen und sah Figen verschmitzt an.

Sie schüttelte den Kopf. »Die Schulstube ist fertig, und ich möchte bald mit dem Unterricht beginnen.«

»Wunderbar. Wann soll ich meine Schwestern schicken?« Er grinste breit. Wie sie seinen Enthusiasmus liebte!

»Sie werden als Erste in meinen Bänken sitzen. Aber ...« Figen atmete tief durch. »Es sollten noch weitere Mädchen zum Unterricht erscheinen. Und Ihr wolltet doch ... also in der Versammlung ...«

Er zwinkerte ihr zu. »Macht Euch darum keine Gedanken. Heute Abend treffe ich mich mit ein paar Freunden in einem Bierzapf und werde –«

Die Tür sprang auf und knallte an die Wand. Herr von Rosenberg rauschte herein und warf ihnen einen vernichtenden Blick zu. »Was macht ein Weib in der Werkstatt?« Er war ein stattlicher Mann, hatte die gleichen braunen Haare wie Seitz und eine große, spitze Nase, die sein Sohn Gott sei Dank nicht geerbt hatte.

»Wir sind schon weg.« Seitz machte ihr mit einer Kopfbewegung deutlich, dass sie ihm folgen sollte. Sie verließ mit ihm die Werkstube.

»Drück dich nicht vor der Arbeit. Ich erwarte dich umgehend zurück«, rief sein Vater ihnen in ärgerlichem Ton hinterher.

Seitz brachte sie zur Tür. »Beachtet ihn nicht! Ihn plagt ein raues Gemüt.«

Sie nickte. »Bitte denkt dran, wenn Ihr Euren Freunden von meiner Schule erzählt, dass ich Luthertexte –«

»Selbstverständlich.« Er beugte sich zu Figen hinunter, so-dass sie seinen Atem an ihrem Hals spüren konnte. Sie hielt die Luft an. »Darum nenne ich sie Freunde«, sagte er in ver-schwörerischem Ton. »Ich werde Euch nicht den Leibhaftigen in die Schule schicken.« Er richtete sich auf und lächelte sie an.

Figens Herz machte einen beschwingten Satz. Ach, könnte sie doch nur die Tochter einer angesehenen Bürgersfamilie sein!

KAPITEL 6

Als Köln in Sicht kam, hüpfte Jonatas Herz wie ein Gaukler. Die untergehende Sonne tauchte den hölzernen Baukran des Doms in goldenes Licht. Auch wenn der Gedanke an die Überfahrt auf dem Rhein ihr weiche Knie bescherte, konnte sie es kaum erwarten, auf die gegenüberliegende Seite des Flusses zu kommen. Sie sehnte sich danach, Elisabeth und die anderen in die Arme zu schließen. Was für Augen sie machen würden! Was sie sich alles zu erzählen hatten. Wenn nur der Anlass ein angenehmerer gewesen wäre.

Mit dem Säugling hatten Mathes und sie fast zwei Wochen für die Reise gebraucht. Jonata hatte Clara gestillt – ihre Milch war wieder in Gang gekommen – und immer wieder wickeln müssen. Die vielen Pausen hatten sie aufgehalten. Clara schlief friedlich in dem Tuch vor ihrer Brust. Jonata strich über die rosige Haut und die kleine Stupsnase, und Clara zog die Lippen zu einer niedlichen Schnute. Jonata konnte sich nicht sattsehen an dem süßen Gesicht und sich nicht vorstellen, Clara der nächsten Amme in den Arm zu legen. Hatte der HERR ihr und Simon noch kein eigenes Kind geschenkt, weil sie sich um Clara kümmern sollten?

So sehr wünschte Simon sich eigene Kinder. Schließlich hatte er selbst erlebt, was es bedeutete, wenn der Vater nicht der leibliche war. Er hatte erst spät erfahren, dass seine Mutter in jungen Jahren eine Liebelei mit dem Ablassprediger Johann Tetzel gehabt hatte. Daher wollte er Ells frühzeitig darüber in Kenntnis setzen, dass es noch einen anderen Vater gab, um späteren Enttäuschungen vorzubeugen. Jonata verkrampfte sich. Sie würde Ells am liebsten niemals von Sebalt und diesem schändlichen Tag erzählen, doch sie konnte Simons Beweggrund verstehen und respektierte ihn.

»Wir sollten nicht trödeln, sonst sind die Stadttore gleich geschlossen«, sagte Mathes und ließ sein Pferd angaloppieren.

Jonata folgte dem Buchführer und trieb ihre Stute an. Sie schafften es, noch einen Fährmann in Deutz zu finden, der sie über den Fluss brachte. Ein Tuchhändler mit einem Karren mit allerlei edlem Stoff leistete ihnen Gesellschaft.

Wie in ihrer Erinnerung lagen viele Schiffe an den Anlegern. Nach Norden hin wurden am Ufer zwei bauchige niederländische Schiffe mit Fässern beladen. Möglicherweise mit Kölner Bier. Sie vermisste das Gebräu ihres Vaters, es hatte einen unverwechselbaren Geschmack gehabt – obwohl sie es mittlerweile genoss, pures Wasser zu trinken. In Wittenberg holte Simon einmal die Woche Flusswasser aus dem östlichen Abschnitt der Elbe. Dort war es noch frisch und nicht durch die Fäkalien der Stadt und die Fleischreste der Gerber verdreckt. Trank man in Köln pures Wasser, warf es einen aufs Krankenlager, und schon manchen hatte es das Leben gekostet.

Als sie sich der Rheingassenpforte näherten, zog Jonata das Schultertuch über ihr Haupt und senkte den Kopf. Sie wollte dem Torwächter nicht ihr Gesicht zeigen. Jetzt galt es, sich in der Stadt unauffällig zu bewegen. Sie durfte nicht von den Stadtdienern oder von der Inquisition erkannt werden. Dann wäre sie geliefert!

»Ihr seid spät dran«, grummelte der groß gewachsene Torwächter. Er hatte lockige schwarze Haare und mehrere Narben im Gesicht. Er erinnerte sie an Sebalt. Jonatas Herz begann heftig zu schlagen. Nun war sie nicht nur ihrer Heimat wieder nahe, sondern auch ihrem Peiniger, dem Vater von Ells. Sie hoffte, diesem Ungetüm nicht über den Weg zu laufen.

»Wir haben eine lange Reise hinter uns«, antwortete Mathes.

»Was willst du in der Stadt?«

»Ich bin Buchführer und biete meine Bücher regelmäßig den Kölner Bürgern feil.«

Der Torwächter brummte zustimmend. »Und sie da? Deine Winkelwip?«

Jonata schnappte nach Luft. Was fiel ihm ein? Sie war doch keine Hure! Am liebsten hätte sie entgegnet, dass sie die Tochter eines angesehenen Kölner Bürgers war, doch sie presste die Lippen zusammen. Keine unbedachten Worte!

»Mein Eheweib«, antwortete Mathes.

»Also dann! Sucht euch schnell eine Unterkunft, damit die Büttel euch nicht auflesen«, sagte der Torhüter und schloss hinter ihnen die Pforte. Erleichtert atmete Jonata auf. Die erste Hürde hatten sie geschafft. Sie waren in Köln angekommen.

Nun mussten sie quer durch die Stadt. Durch die Salzgasse kamen sie zum Heumarkt, auf dem noch ein paar Gestalten herumstreunten. Ein Bauer räumte seine Sachen zusammen und belud einen Esel. Um den Kax lagen faule Äpfel und Kohl; hier schien unlängst noch jemand seine Strafe verbüßt zu haben. Als sie zur Gasse Richtung Weyerpforte einbogen, schlug ihr der Gestank entgegen. Der Bach war nur ein Rinnsal, führte jedoch die Fäkalien der Bewohner Kölns mit sich.

Je näher sie ihrem Elternhaus kamen, desto aufgeregter wurde sie. Wie würden Elisabeth, Margret und Figen reagieren? Und wie hatte sich ihr Bruder Kuntz verändert? Als sie in den Hof ritten, pochte ihr Herz so heftig, dass sie glaubte, es würde gleich aus ihrer Brust springen.

Die Tür zum Brauhaus stand offen, ein Fensterladen hing schräg in den Angeln. So etwas hätte ihr Vater früher direkt reparieren lassen. Der Pferdekarren fehlte, und aus dem Stall drang nicht das vertraute Schnauben von Bernando. Was war mit dem Pferd passiert?

Clara quietschte, als Jonata abstieg. Sie würde gleich Hunger bekommen. Mathes brachte die Stuten in den Stall und holte ihnen Wasser aus dem Brunnen. Hafer fanden sie in einem Bottich. Vor Kurzem musste hier noch ein Pferd gestanden haben.

Im Garten schien alles abgeerntet zu sein. Die Wäscheleine hing zwischen dem Haus und dem Apfelbaum, an dem ein paar letzte pralle Früchte auf die Ernte warteten. Jonata lief das Wasser im Mund zusammen. Hoffentlich hatte Elisabeth eine warme Mahlzeit auf der Feuerstelle. Jonata klopfte an die Hintertür, die direkt in die Küche führte. Sie war sicherlich nicht verschlossen, aber sie wollte nicht einfach hineinplatzen.

Elisabeth öffnete. »Jonata?« Ihre Ziehmutter riss die Augen auf und schlug die Hand vor den Mund. Im nächsten Moment schloss sie Jonata fest in die Arme. Jonata konnte kaum auf Clara achten. Sie wurde überwältigt von ihren Gefühlen, ein Lächeln breitete sich auf ihrem Gesicht aus, ihre Augen brannten vor Glückstränen. Sie wollte Elisabeth am liebsten nie wieder loslassen. Der vertraute Duft nach Lavendelwasser stieg ihr in die Nase. Sie war zu Hause.

»Ich fasse es nicht! Und wen hast du da? Meinen Glückwunsch.« Elisabeth begutachtete Clara. »Ach, wie süß!«

»Es ist nicht –«

Weiter kam sie nicht, denn Elisabeth rief ins Haus hinein. »Schaut, wer hier ist! Jonata!«

Schnelle Schritte waren zu hören. Margret und Figen kamen herbeigeeilt.

Wie erwachsen Figen geworden war – zu einer Frau herangewachsen. Sie war viel zu mager, aber ihre Augen waren ausdrucksstark, und die schwarzen Haare fielen ihr bis zur Hüfte.

Jonata umarmte ihre Vertraute, die Einzige, die gewusst hatte, wo sie sich befunden hatte. Anschließend drückte sie Margret an sich, die neue Frau ihres Vaters. Figen hatte ihr in einem Brief davon erzählt. Früher war sie Magd gewesen, nun ihre Stiefmutter, die neue Herrin des Hauses. Seltsam, sie in einem edlen Kleid zu sehen. Es war aus feinstem Leinen, mit einem Samtabsatz am Saum und an der Hüfte. Die Ärmel waren leicht ausgestellt und besaßen Zierlitzen an den Enden. Stutzig machte Jonata die Haube aus Kruseler-Stoff. Dies trugen sonst nur die Adligen.

»Wo ist Kuntz?«, fragte Jonata.

»In der Stube. Komm!« Elisabeth nahm sie bei der Hand, die sie küsste. Tränen standen ihr in den Augen. »Ich habe nicht geglaubt, dich noch einmal wiederzusehen.« Es klang wie ein Vorwurf, und Jonata spürte einen Stich im Herzen. Sie hatte ihre Familie vor vier Jahren ohne ein Wort des Abschieds verlassen müssen.

»Ich hatte gehofft, noch zur Beerdigung von Vater hier zu sein, aber wir wurden aufgehalten.«

»Da bist du zu spät.« Elisabeths Augen wurden traurig.

Obwohl Jonata damit gerechnet hatte, gaben ihr die Worte einen weiteren Stich ins Herz. Sie hatte ihren Vater allein gelassen und noch nicht einmal zur Trauermesse kommen können. Sie schluckte den Kloß im Hals hinunter.

In der Stube saß Kuntz vor dem Kamin und spielte mit Stöcken und Steinen. Wie groß er geworden war! Ihr neunjähriger Halbbruder reichte ihr mittlerweile bis zur Brust. Er würde sie sicherlich in ein paar Jahren überragen. Die Größe hatte er von Margret geerbt, Jonata selbst war eher klein gewachsen. Diesen Umstand hatte sie ihrer Mutter zu verdanken, die sie nie hatte kennenlernen dürfen, weil sie bei ihrer Geburt verstorben war.

Kuntz sah kurz auf, als sie reinkamen, und widmete sich wieder dem Spielzeug. Jonata kniete sich zu ihm und legte ihm eine Hand auf die Schulter. »Hallo, Kuntz. Ich bin es. Jonata.«

Er nickte, doch sah sie nicht an. Ihr Herz wurde schwer. Vielleicht musste sie ihm nur Zeit geben. Schließlich hatte er erst fünf Lenze gezählt, als sie Köln hinter sich gelassen hatte. Sie strich ihm über die blonden Haare und erhob sich.

Der Tisch war gedeckt, die Frauen hatten gerade das Nachtmahl eingenommen. Es gab Suppe und Brot. Aus Jonatas Bauch drangen grummelnde Geräusche, die an ein herannahendes Gewitter erinnerten. Mathes stand in der Türschwelle und räusperte sich.

»Setzt euch doch«, sagte Figen.

»Wo warst du nur all die Jahre?«, fragte Elisabeth und legte ihr eine Hand auf die Schulter.

»In Sachsen.«

»Was um Himmels willen hattest du in Sachsen zu suchen?«

»Gleich, Elisabeth.« Jonata hob beschwichtigend die Hände und lächelte. Sie freute sich darauf, ihrer Ziehmutter alles zu erzählen.

»Ich will nicht stören.« Mathes trat zu Jonata. »Du findest mich in der Herberge ›Zur Goldenen Krone‹.« Das war eine der nobelsten Unterkünfte in der Straße Am Hof am anderen Ende der Stadt.

»Du willst den ganzen Weg zurück? Du kannst hier übernachten.« Jonata wandte sich an ihre Ziehmutter. »Das kann er doch, oder?«

Elisabeth warf Margret einen fragenden Blick zu. Stimmt! Sie hätte nicht die Magd fragen müssen, sondern die neue Herrin des Hauses.

Margret zuckte mit den Schultern und setzte sich an den Tisch. »Von mir aus. Wir haben genug freie Kammern.«

»Ich will keine Umstände machen«, widersprach Mathes.

»Und wovon willst du die Herberge bezahlen?«, raunte Jonata ihm zu. Nach dem Überfall der Wegelagerer musste er erst einmal Schriften verkaufen, um wieder an Geld zu gelangen. Aber sie wollte Elisabeth und den anderen nicht direkt auf die Nase binden, dass sie unterwegs in die Hände einer Räuberbande geraten waren.

»Der Wirt kennt mich.«

Jonata schüttelte entschieden den Kopf. »Du hast mir den ganzen Weg Schutz gewährt. Sieh es als kleinen Dank.«

»Das sehe ich auch so«, mischte sich Elisabeth ein, hakte sich bei dem Buchführer unter und begleitete ihn zu einem Schemel, auf dem er Platz nahm. Figen brachte zwei Krüge Bier und Schüsseln mit Suppe. Jonata setzte sich auf ihren früheren Platz auf der Bank. Sie strich über den Tisch. Die Kerbe, die sie mit einem Messer reingedrückt hatte – sehr zum Ärgernis ihres Vaters –, war noch dort. Wie vertraut alles war. Doch der Platz ihres Vaters war leer. Jonata biss die Zähne zusammen. Sie musste alles über sein Ableben erfahren.

»Und du bist Mutter geworden?«, fragte Elisabeth mit leuchtenden Augen und deutete auf Clara, die immer noch im Tuch vor Jonatas Brust hing. Sie bewegte sich und hatte die Augen geöffnet.

»Sie ist nicht mein.«

»Wie? Verdingst du dich als Amme, oder weshalb trägst du ein fremdes Kind bei dir?«, fragte Margret.

»Auf der Reise sind wir einer schwangeren Frau begegnet. Sie war allein. Ich habe ihr während der Niederkunft beigestanden, doch sie hat es nicht überlebt. Also habe ich das Kind an mich genommen.«

»Das muss ein schlimmes Erlebnis gewesen sein.« Ihre Ziehmutter griff nach ihrer Hand und drückte sie.

Jonata senkte den Blick und nickte. Sie dachte an die Stunden im Wald. Wie hilflos sie gewesen war, als Marlein so viel Blut verloren hatte. Dennoch hatte es einen Augenblick der Freude gegeben: als Marlein ihre Tochter in den Armen gehalten und sie schlussendlich doch hatte lieben können. Nun würde Jonata diesem Kind ihre Liebe schenken, genauso wie ihrer leiblichen Tochter Ells.

Jonata sah auf und lächelte. »Aber ich habe eine Tochter. Sie ist jetzt drei Jahre alt.«

»Und wo ist sie?«, fragte Elisabeth.

»Bei meinem Mann in Wittenberg.«

»Und wer ist dein Mann?«, fragte Elisabeth weiter.

»Du kennst ihn. Simon von Werden.«

Elisabeth machte große Augen. »Wie ist er aus dem Kerker entkommen?«

Jonata schluckte. Sie konnte ihrer Ziehmutter nicht erzählen, dass sie sich Sebalt hingegeben hatte, um ihren Geliebten aus der Turmhaft zu befreien. »Wenn ich das erzähle, kommt jemand in große Schwierigkeiten«, sagte sie. Das zumindest war die halbe Wahrheit. Denn dass der Henker ihr geholfen hatte, sollte sie lieber verschweigen.

»Und wieso seid ihr ausgerechnet nach Sachsen?«, fragte Margret mit einem spöttischen Unterton.

Durfte sie die Wahrheit erzählen? Natürlich! Diese Frauen – ihre Familie – würden sie nicht verraten und der Inquisition ausliefern. »Dort lebt Luther. Er ist zu einem engen Vertrauten geworden.«

»Dieser Ketzer?«, keifte Margret. Kuntz blickte kurz von seinen Stöcken auf. Als er merkte, dass er nicht gemeint war, spielte er weiter. »Hast du aus deinen Fehlern nicht gelernt?«

In Jonata kochte Wut hoch. »Er möchte, dass die Leute die Schrift verstehen. Das kann man von den Kölner Pfaffen nicht behaupten.«

»Die Kölner Geistlichen geben uns Hoffnung«, gab Margret zurück.

»Ja, mit unnützen Ablassbriefen, die man teuer bezahlen muss.«

»Es ist die Hoffnung für deinen Vater, der wegen dir nun im Fegefeuer schmort.« Margret griff nach ihrem Kreuz, das sie um den Hals trug.

Was sagte Margret da? Jonata schluckte. »Was? Wegen mir?«

»Ja, genau! Es ist deine Schuld, dass er entschlafen ist!«

Jonatas Atem beschleunigte sich. Wie konnte Margret so etwas behaupten? Sie war doch so lange nicht hier gewesen.

Margret sprang auf. »Er ist daran zugrunde gegangen, dass du einfach abgehauen bist.«

Margret hatte ja keine Ahnung! »Ich bin nicht abgehauen. Ich musste fliehen!«

»Und wenn schon! Es hat ihm das Herz gebrochen. Und jetzt hat er das Zeitliche gesegnet, deinetwegen!« Margret lief aus der Stube.

»Margret«, rief Elisabeth ihr hinterher. »Du siehst Gespenster.« Sie wandte sich Jonata zu und fasste nach ihrer Hand. »Nimm es dir nicht zu Herzen. Es ist die Trauer, die aus ihrer Seele spricht.«

Sie sollte schuld am Tod ihres Vaters sein? Jonatas Hals schnürte sich zu. Wieso nur hatte sie ihm keinen Brief geschrieben und ihn nach Wittenberg eingeladen? Die Vergangenheit lastete auf ihr wie eine Schandmaske.

**

Wieder den Boden schrubben! Enderlin kroch mit dem Lappen in der Hand über die Fliesen des Refektoriums. Sebalts Worte gingen ihm seit ihrer Begegnung auf der Beerdigung nicht mehr aus dem Kopf. Jonata war nicht besser als eine Schankmagd – und nicht nur der Ketzerei, sondern auch der Unzucht verfallen. Voller Zorn warf er den Lappen in den Putzeimer. Er musste unbedingt mit dieser Figen sprechen. Er war sich sicher, dass sie den Aufenthaltsort von Jonata kannte. Wenn er mit ihr allein sein konnte, würde er sie schon zum Reden bringen. Doch wie er den Prior dazu bewegen sollte, dass er das Kloster verlassen durfte, war ihm immer noch schleierhaft.

Er hörte ein Poltern aus der Kochstube. Enderlin stutzte. Bruder Franz hatte seinen Platz vor den Töpfen verlassen und war in den Klostergarten gegangen, daher musste die Kochstube eigentlich leer sein. Enderlin stand auf und streckte sich, wobei es in seinem Rücken knackte. Ein stechender Schmerz fuhr hinunter bis ins Bein. Er war einfach nicht für diese niedere Aufgabe gemacht. Jeden Tag verfluchte er seine Schwester und diesen Drucker Simon von Werden.

Langsam schlich er zur Tür und spähte in die Kochstube. Der dicke Syfried schon wieder! Er beugte sich über den Topf, nahm die Kelle und schlürfte direkt daraus. Mit einem lauten Knall schlug Enderlin die Tür auf. »Hat dein letztes Fasten dich keine Gottesfurcht gelehrt?«

Erst vor drei Wochen hatte der Prior Syfried wieder eine Woche von den Mahlzeiten ausgeschlossen, da er sich heimlich an den Vorräten bedient hatte. An diesen Tagen hatte er das Mahl allein zu sich nehmen müssen, das nur aus trockenem Brot bestand. Immer das Gleiche mit ihm!

Syfried schreckte zurück, wobei die Kelle zu Boden fiel und eine große Ladung Suppe auf den Tonfliesen verteilte.

Enderlin verdrehte die Augen. »Das machst du sauber!« Er hatte keine Lust, auch noch die Kochstube zu schrubben. Am Ende glaubte Franz noch, *er* hätte sich an der Suppe vergriffen.

Syfried fuhr sich mit dicken Fingern durch die krausen Haare und nickte hektisch. Er stürzte sich auf den Boden und schob mit den Händen die Gemüsestücke zusammen. Dabei fielen ihm zwei Äpfel und ein Kanten Brot aus den Ärmeln. Bei allen Heiligen! Noch mehr?

Ängstlich sah Syfried ihn an. »Bitte sag nichts.«

Enderlin verschränkte die Arme vor der Brust. »Du wirst in der Kapitelversammlung deine Verfehlung dem Prior bekennen.« Er holte einen Lappen hervor und warf ihn seinem Bruder vor die Füße. »Hier. Ich will gleich keinen Spritzer mehr sehen.« Er nahm das Obst und das Brot und legte sie zurück in die Körbe im angrenzenden Vorratsraum. Syfried wischte umständlich die Suppe auf, wusste nicht recht, was er mit den vollgesogenen Lappen tun sollte.

Enderlin beugte sich zu seinem Bruder. »*Qui respondens dixit scriptum est non in pane solo vivet homo sed in omni verbo quod procedit de ore Dei*«, zitierte er aus dem Matthäusevangelium. Es steht geschrieben, man lebt nicht vom Brot allein, sondern von jedem Wort, das aus dem Mund Gottes kommt.

»Halte dich an die Worte des HERRN, Syfried, sonst wird dich der Leibhaftige verführen.« Das hatte er schon längst. Enderlin war sich sicher, dass der Satan Besitz von Syfried ergriffen hatte.

Syfried sog die Luft ein und sah ihn erschrocken an. »Du wirst doch nicht …«

»Wenn du in der Kapitelversammlung deine Sünden nicht bekennst, sehe ich mich gezwungen, es für dich zu tun.« Enderlin erhob sich und trat ins Refektorium. Er hörte Schritte. Kam Franz schon zurück? Sollte er nur sehen, was Syfried in der Kochstube trieb!

Doch stattdessen stand Bruder Walter auf der Türschwelle und winkte ihn heran. Der junge Mönch gab ihm mit Handzeichen zu verstehen, dass der Prior ihn erwartete. Er war einer der wenigen Brüder, die sich stets an das Schweigegebot hielten.

»Priorhaus?«, fragte Enderlin mit Handzeichen zurück. Wenn er Walter gegenüberstand, bekam er ein schlechtes Gewissen, dass er sich so oft dazu hinreißen ließ, das Schweigegebot zu brechen. Doch manches ließ sich nur unzureichend mit den Händen formulieren. Zum Beispiel hätte er Syfried nicht so maßregeln können, wie es angebracht gewesen war.

Walter nickte und faltete die Hände vor der Brust. Über seiner Lippe wuchs ein Bartflaum, den er dringend entfernen musste. Auch der Tonsur musste wieder nachgeholfen werden. Eine Schluderei, die Enderlin nicht gern sah, doch mit seiner Gottesfurcht würde es der junge Bruder im Kloster weit bringen.

Enderlin dankte ihm mit einem Handzeichen, räumte Eimer und Lappen beiseite und ging mit ihm zum Priorhaus. Bruder Walter führte ihn in die Schreibstube. Sie maß fünf Schritte in der Breite und sieben in der Länge. In einer Holzkiste verwahrte der Prior Schreibutensilien und Pergamente. Die Wände waren kahl, bis auf das Kreuz an der Stirnseite.

An dem Schreibpult am Fenster stand Jakob Hochstraten und ließ die Feder über ein Schriftstück kratzen. Zu gern hätte Enderlin ihm über die Schulter geschaut. Er hatte gehofft, selbst einmal dort stehen und das Amt des Priors bekleiden zu können. Er presste die Kiefer aufeinander. Wegen Jonata, dieser Metze, war daran nicht mehr zu denken.

Bruder Walter ließ sie allein und zog die Tür hinter sich zu. Jakob Hochstraten sah auf und legte die Feder beiseite. Vielleicht war dies der richtige Zeitpunkt, ihn zu fragen, ob er die Klausur verlassen und sein Elternhaus aufsuchen dürfe. Doch unter welchem Vorwand? Vielleicht sollte er ihm die Wahrheit sagen: dass er sich auf die Suche nach dem Ketzer machen würde.

Der Prior kam um das Pult herum und reichte Enderlin einen Brief. Überrascht nahm er das Schriftstück entgegen. Wer würde ihm einen Brief schreiben?

»Ein Brief vom Schreinsamt«, sagte Jakob Hochstraten.

Enderlin öffnete das Papier, dessen Siegel gebrochen war. Der Prior hatte den Brief bereits gelesen. »Dein Vater hat kein Testament hinterlassen. Dein Bruder Lucas ist selig, deine Schwester aus der Stadt geflohen, demnach wirst du das Haus deines Vaters erben«, verkündete er.

»Ich?« Enderlin blieb für einen Moment die Luft weg. »Ich habe noch einen Halbbruder, mein Vater hat wieder geheiratet.«

Jakob Hochstraten nickte, wobei die Kette mit dem Kreuz um seinen Hals klimperte. »Das zweite Eheweib deines Vaters habe deinen Vater ins Verderben getrieben, schreibt der Schreins-meister. Und Kuntz hat als Bastard keinen Anspruch auf das Haus, da die neue Ehe zum Zeitpunkt seiner Geburt noch nicht geschlossen war. Daher fällt dir das Haus zu.«

Ungläubig sah Enderlin auf den Brief. »Was soll ich mit diesem Haus?« Als Mönch war ihm jeglicher Besitz untersagt.

Jakob Hochstraten ging zum Pult und strich über das Holz. »Es ist ein Geschenk Gottes. Er wird dir zeigen, warum du es erbst.«

»Aber wie soll ich das erfahren, wenn ich den Konvent nicht –«

Der Prior hob die Hände und machte eine beruhigende Geste. »Das Kloster wird dir für diese Aufgabe nicht im Wege stehen.«

»Das heißt, Ihr erlaubt mir, das Kloster zu verlassen?«

Der Prior nickte. »Erledige, was Gott dir aufgetragen hat.«

Enderlin unterdrückte ein Lächeln. Gott hatte ihm die Mög-lichkeit beschert, mit Figen zu sprechen. Bald würde er wissen, wo sich Jonata aufhielt.

Wie sollte er der Magd am besten begegnen? Und wie würde Margret reagieren? Er konnte ihre Wut schon spüren. Als Ers-tes musste er zum Schreinsmeister und das Haus auf sich um-schreiben lassen. Dann konnten die Weiber so viel zetern, wie sie wollten, es würde ihnen nicht helfen.

»Du grübelst zu viel!«, sagte Jakob Hochstraten. »Du kannst das Haus verkaufen und den Erlös dem Kloster zukommen lassen. Oder du vermietest es. Auch die monatlichen Einnah-men kann der Konvent gut gebrauchen.«

Enderlin nickte. Er steckte den Brief in seine Kutte. Jonata, ich werde dich finden!

**

Figen lag wach in der Bettstatt. Sie hatte noch keine Chance gehabt, mit Jonata allein zu sprechen. Das musste sie unbe-dingt nachholen, obwohl sie gleichzeitig Angst davor hatte.

Würde Jonata ihr vorwerfen, nichts über Bechtolts Zustand geschrieben zu haben?

Das Geschrei eines Säuglings drang aus der Nachbarkammer zu ihr. Es dauerte ein paar Atemzüge, bis es still wurde. Figen stand auf und zog sich den Mantel über. Sie trat aus der Kammer und horchte an Jonatas Tür. Hörte sie Geräusche oder täuschte sie sich? Sie klopfte leise und öffnete die Tür einen Spalt. Eine Talgkerze brannte auf dem Sims. Jonata saß im Bett und stillte Clara. Jetzt blickte sie auf und lächelte ihr aufmunternd zu. Figen nahm es als Aufforderung und trat ein.

»Ich wollte nicht stören, aber ich habe die Kleine gehört, und da dachte ich …«

»Setz dich doch.« Jonata zeigte auf den Schemel.

Figen zog ihn ans Bett und ließ sich darauf nieder. Clara schmatzte, schlug mit der winzigen Hand gegen die Brust, als wolle sie den Milchfluss beschleunigen. »Wirst du sie in ein Waisenhaus bringen?«

Figen konnte sich noch gut an die Zeit erinnern, als sie selbst dort gelebt hatte. Nachdem ihre Eltern gestorben waren, hatte sie drei Wochen in der winzigen Kammer bei ihrer Base Fronica gehaust. Die Schwester ihres Vaters verdiente sich als Hübschlerin das Brot und Bier und brachte jeden Abend einen anderen Lüstling mit. Während sie sich den Freiern hingegeben hatte, hatte sich Figen hinter einem Vorhang versteckt und sich die Ohren zugehalten. Dagegen war es im Waisenhaus wie im Paradies gewesen, obwohl es nur wenig zu essen gegeben und sie keine Wechselkleidung bekommen hatte. Bei Agnes im Waisenhaus hatte Figen ein neues Zuhause gefunden.

Jonata schüttelte den Kopf. »Ich bringe es nicht übers Herz, Clara wegzugeben.«

»Agnes ist noch dort. Sie wird aus dem Häuschen sein, wenn sie erfährt –«

Jonatas Miene wurde ernst, und sie senkte den Blick. »Besser ist es, wenn so wenige Personen wie möglich wissen, dass ich zurück bin.«

»Aber –«

»Sie war meine Freundin, doch ich bin nicht hier, um Freundschaften aufleben zu lassen. Ich bin hier wegen meines Vaters.« Jonata sah sie entschlossen an, obwohl in ihren Augen Tränen standen.

Figen nickte. »Ich gehe sie ab und zu besuchen. Sie vermisst dich.«

Jonata lächelte und sah das Neugeborene an, strich ihm über den Kopf. Es hatte erstaunlich viele schwarze Haare. Jonata würde es schwer haben, das Kind als ihr eigenes auszugeben. Sie hatte blondes Haar, Simon braunes. Doch möglicherweise gab es in Wittenberg nicht so viele geschwätzige Waschweiber. »Vielleicht gehe ich zu Agnes, kurz bevor ich wieder abreise«, sagte sie.

Daran wollte Figen gar nicht denken. Sie war froh, dass Jonata endlich wieder da war. Es fühlte sich nach dem Frieden der Vergangenheit an, als Bechtolt noch lebte und sich tatkräftig um die Braugeschäfte gekümmert hatte.

»Und du hast meinen Vater gefunden?«, fragte Jonata.

Figen sah zu Boden. Sie wollte nicht schon wieder die Bilder heraufbeschwören, doch sie kamen unausweichlich. Sie sah das Blut, die leeren Augen und die klaffende Wunde an Bechtolts Hals und fasste sich unwillkürlich an die Kehle.

»Es war kein schöner Anblick, richtig?«

»Nein.« Figen gab sich einen Ruck. Jonata hatte ein Recht darauf, alles zu erfahren. Also erzählte sie von ihrem Marktbesuch, wie Kuntz Bechtolt entdeckt hatte, wie sie die anderen geholt hatten, von der Begegnung mit den Gewaltdienern und der leer geräumten Münzschatulle. »Sie haben erst mich und dann Margret beschuldigt, ihn umgebracht zu haben.«

»Diese Grindsköpfe«, fauchte Jonata.

»Stell dir vor, sie haben sogar in Betracht gezogen, dein Vater hätte sich selbst das Leben genommen.«

Jonatas Augen blitzten zornig auf. »Die Kehle durchgeschnitten? Was fällt denen ein?«

Figen biss sich auf die Unterlippe. Wie sollte sie Jonata erklären, wie es um ihren Vater gestanden hatte? Gab es eine

Möglichkeit, es ihr schonend beizubringen? Elisabeth hatte das Thema beim Essen gemieden und stattdessen Jonata über das Leben in Sachsen ausgefragt. Aber Margret hatte es angedeutet.

Figen holte tief Luft. »Es war sein eigenes Messer, das neben ihm lag – voller Blut.«

»Das bedeutet nichts! Jemand anders kann es genommen haben.«

»Außerdem war dein Vater in der letzten Zeit nicht mehr er selbst. Er hatte seit Monaten nicht mehr gebraut, die Schenke liegt seit Langem brach, die Fässer sind leer, und die Münzreserven waren fast aufgebraucht. Sie glauben, die Verzweiflung habe ihn dazu gebracht, selbst sein Leben zu beenden.«

»Was?« Der Schrecken stand Jonata in den Augen. »Also ist es wahr. Mein Verschwinden hat ihn gebrochen.«

Figen hob die Hand. »Das heißt jedoch nicht, dass er sich umgebracht hat. Das glaube ich nicht.«

»Die offene Münzschatulle«, mutmaßte Jonata.

Figen nickte. »Jemand hat sich an den restlichen Münzen vergriffen, denn wir waren es nicht. Schließlich waren wir auf das Geld angewiesen.«

Mit leerem Blick starrte Jonata vor sich hin. »Wer könnte es gewesen sein?«

Figen zog die Münze aus dem Beutel und reichte sie Jonata. »Kuntz hat sie neben deinem Vater gefunden.«

»Aus Bonn.« Jonata strich über das Geldstück und begutachtete es eingehend.

»Die Münze kann unmöglich aus der Schatulle sein. Ich hatte mir am Morgen Geld für den Markt herausgenommen. Sie wäre mir aufgefallen.«

»Vielleicht war vorher jemand da und hat sie ihm gegeben – als Bezahlung.«

Figen schüttelte den Kopf. »Das glaube ich nicht. Keiner war ihm mehr etwas schuldig. Eher umgekehrt.«

»Du glaubst also, dass der Mörder diese Münze verloren hat?«

Figen zuckte mit den Schultern. »Wem sollte sie sonst gehören?«

»Und die Gewaltdiener haben sie nicht an sich genommen?«

Figen grinste. »Dein Bruder hat sie vorher gefunden.«

»Sehr gut. Auf diese Faulpelze kann man sich nicht verlassen.« Jonata nahm das Neugeborene hoch und klopfte ihm sachte auf den Rücken. »Aber wir müssen wissen, was die Gewaltdiener herausgefunden haben. Gehst du morgen hin und fragst sie? Ich kann mich dort nicht blicken lassen. Wir müssen herausfinden, wer Bechtolt umgebracht hat.«

Figen nickte. Sie war es Jonata schuldig. Schließlich hatte sie ihr den Zustand ihres Vaters über Jahre verheimlicht. Nun würden sie gemeinsam nach dem Mörder suchen. Dann würde sie keiner mehr als Mörderin bezeichnen, und sie konnte das Versprechen gegenüber Kuntz einhalten und ihm die Münze zurückgeben. »Und wie sollen wir vorgehen?«

»Erst mal fragen wir den Gewaltrichter. Vielleicht tun wir ihm unrecht. Und dann werden wir rumfragen. Bei Käufern, bei den Brauern, bei dem Meister der Bruderschaft. Hattest du nicht angedeutet, dass mein Vater Schulden hatte?«

Figen nickte. »Ja. Und der Fassbinder will endlich sein Geld.«

»Wie viel? Vielleicht könnte ich ihn bezahlen.«

»Über einen Gulden.«

»Was?« Jonatas Augen wurden groß. »Wie konnte das passieren?«

Figen zuckte mit den Schultern. Sie berichtete von der Begegnung mit dem Fassbinder und ihrer Entdeckung im Ausgabenheft.

»Vielleicht ist er der Mörder meines Vaters.«

Von Blankenberg der Mörder? So wie der sich aufgeführt hatte, war es ihm zuzutrauen.

Clara machte ein Bäuerchen. Jonata lächelte und legte sie in die Kiste mit der Decke. »Wirst du mir in den nächsten Wochen helfen, den Mörder zu überführen?«, fragte sie.

Figen schluckte. »So viel Zeit habe ich nicht.«

»Ich werde Margret schon überzeugen, dass sie dich von deinen täglichen Aufgaben freistellt.«

Figen schüttelte den Kopf. »Darum geht es nicht. Ich werde bald in der Schenke Mädchen unterrichten.«

»Was?«, fragte Jonata überrascht.

»Du hast mich Lesen und Schreiben gelehrt. Auch die Mädchen Kölns sollen diese Gelegenheit bekommen. Und die Bürger sind unzufrieden mit der Schule der Beginen.«

»Davon hast du mir gar nichts geschrieben.«

»Die Idee ist erst in den letzten Wochen gereift.«

»Wann soll es losgehen?«, fragte Jonata.

»Übermorgen. Sechs Mädchen haben sich angemeldet.« Figen war so froh gewesen, als Seitz ihr die Neuigkeit überbracht hatte. Es würden drei seiner Schwestern und drei Mädchen von angesehenen Bürgern kommen. Sie war gespannt darauf, ihre Zöglinge kennenzulernen, und gleichzeitig aufgeregt. Hoffentlich war sie dem gewachsen, was sie sich vorgenommen hatte. Aber wenn alles gut ging, hatte sie bald Geld für Wachstafeln und neue Schriften.

»Du überraschst mich. Und es freut mich.« Jonatas Augen strahlten.

»Ich bekomme Unterstützung von Seitz von Rosenberg.« Er hatte sie beraten, was sie als Schulgeld nehmen sollte, und sie hatte sich für drei Schillinge im Monat entschieden.

»Er ist wieder in der Stadt?«

»Ja, und er ist immer noch ein glühender Verfechter von Luthers Lehre.«

»Dann wird es ihn freuen, dass Mathes Roht das Testament in Deutsch aus Sachsen mitgebracht hat.«

Das hatte der Buchführer ihr erzählt, als Jonata mit Elisabeth nach einem Bettchen für Clara geschaut hatte. »Ich weiß. Die Schrift wird in Köln vieles verändern.« Sie konnte es kaum erwarten, die Heilige Schrift zu lesen und zu erfahren, was wirklich darin stand. In den Messen in der Kirche waren die Lesungen stets auf Latein. Eine Schande!

Umso wichtiger, dass den Frauen in Köln bald die Möglichkeit offenstand, lesen zu lernen und die Schrift des HERRN zu studieren. »Es gibt immer noch die geheimen Versammlungen, die du damals angestoßen hast. Mittlerweile liest Seitz die Texte vor«, sagte sie.

»Schön zu hören, dass die Lehre Luthers hier weiterverbreitet wird«, freute sich Jonata.

»Ich werde seine Texte als Lehrmaterial einsetzen.«

»Dann habe ich noch was für dich.« Jonata holte ein Bündel aus der Kiste. Sie zog ein schweres Buch heraus und überreichte es ihr.

Figen strich über den Buchdeckel. »Ist es das, was ich denke?«

Jonata nickte.

So ein dickes Buch! Damit hatte sie nicht gerechnet. Die imposanten Folianten, aus denen in den Messen vorgelesen wurde, enthielten sowohl das Neue als auch das Alte Testament. Sie hatte angenommen, das Neue bestände aus wesentlich weniger Text. Sie seufzte und hielt es ihrer Freundin hin. »Das kann ich mir nicht leisten.«

Jonata lächelte. »Es ist ein Geschenk.«

»Aber doch viel zu wertvoll.«

»Diese gute Botschaft sollte jedem zugänglich sein, und in deiner Schule ist sie gut aufgehoben.«

Figen blätterte in Luthers neuer Übersetzung, fuhr mit den Fingern über die Buchstaben, betrachtete einen Holzschnitt, auf dem ein alter Mann abgebildet war, der ein Buch in der Hand hielt und sich ein Schwert über die Schulter gelegt hatte. Sie klappte das Buch zu und drückte es an ihre Brust. »Wie kann ich dir dafür danken?« Endlich war sie in der Lage, selbst das Wort Gottes zu lesen.

»Indem du mir hilfst, den Mörder meines Vaters zu finden.«

»Das werde ich.«

KAPITEL 7

Als Jonata die Augen aufschlug, drang das erste Tageslicht durch die Ritzen der Fensterläden. Vögel zwitscherten. Wie vertraut es war, in diesem Bett aufzuwachen.

Elisabeth war so freundlich gewesen und hatte ihr ihre alte Kammer überlassen. Da die Frauen nur noch zu dritt waren, waren sie im Haus näher zusammengerückt und schliefen alle in der ersten Etage. Die Kammern der ehemaligen Gesellen, Lehrlinge und Mägde unter dem Dach standen leer, doch Elisabeth hatte sich nun vorerst dorthin zurückgezogen. Jonata hatte das Angebot erst nicht annehmen wollen, aber sie war ihrer Ziehmutter unendlich dankbar.

Sie betrachtete Clara, die in ihrem Behelfsbettchen – einer mit einer Decke ausgelegten Kiste – friedlich schlummerte, stand auf und wusch sich an der Zinnschüssel, die Elisabeth schon mit frischem Wasser gefüllt hatte. Es war, als wäre sie nie weg gewesen. Sie ging hinunter und fand die anderen geschäftig in der Küche. Mathes war auch schon auf den Beinen und verabschiedete sich von ihr. Er wollte seine Schriften auf dem Markt feilbieten und versprach, zum Nachtmahl zurück zu sein.

Als sie sich zum Frühmahl in der Stube niederließen, verlangte Clara nach ihrer Milch. Jonata holte sich ein Kissen und stillte die Kleine am Tisch. Es dauerte etwas, bis Clara sich an ihre Brust angesaugt hatte und trank. Jonatas Brustwarzen schmerzten ein wenig, doch sie wusste, dass das bald besser werden würde.

»Wie lange willst du bleiben?«, fragte Elisabeth.

»Bis zum Namenstag vom heiligen Simon Zelotes erwartet mich Simon zurück. Ich habe also zwei Wochen.« Es stimmte sie traurig, ihre Ziehmutter wieder zurückzulassen. Wenn sie Margret ansah, war sie jedoch froh, nicht dauerhaft hier leben zu müssen. Wie konnte sie es wagen, sie für den Tod ihres Vaters verantwortlich zu machen?

»Ich wünschte, du könntest länger bleiben.« Elisabeth griff nach ihrer Hand und drückte sie.

»Und was gedenkst du in der Zeit zu tun?«, fragte Margret scharf. »Willst du nur rumsitzen und dich um den Säugling kümmern? Oder willst du mir das Haus wegnehmen?«

Was war nur mit der ehemaligen Magd passiert? Früher hätte sie niemals gewagt, so mit ihr zu sprechen. »Warum sollte ich dir das Haus wegnehmen? Du bist die Ehefrau.«

»Bechtolt hat kein Testament hinterlassen, und der Schreinsmeister wollte es mir noch nicht überschreiben. Warum auch immer.«

»Ich werde sicherlich keinen Anspruch darauf erheben. Ich will nur herausfinden, wer meinen Vater auf dem Gewissen hat, dann bin ich wieder weg.«

Elisabeth fasste erneut nach ihrer Hand. »Vergiss es, Jonata! Das musst du dem Gewaltrichter und seinen Dienern überlassen.«

»So wie ich gehört habe, beschuldigen sie euch, meinen Vater ermordet zu haben.«

»Aber was glaubst du denn? Die Gassen Kölns bergen eine zu große Gefahr für dich.« Die Sorge lag in tiefen Falten auf Elisabeths Stirn – wie früher, als sie Jonata vor allem Übel hatte beschützen wollen.

»Ich werde ihr helfen«, sagte Figen, lächelte ihr aufmunternd zu und strich sich eine schwarze Strähne hinters Ohr.

»Und ich werde vorsichtig sein.« Jonata konnte nicht alles Figen überlassen, die nun bald mit der Schule beschäftigt sein würde.

Elisabeth seufzte und rührte in ihrem Brei. »Du bist immer noch unbelehrbar.«

»Lass sie doch«, sagte Margret. »Sie hat schließlich ihre Eltern auf dem Gewissen.«

Jonata schlug mit der Hand auf den Tisch. »Jetzt sei aber still! Ich habe meinen Vater nicht ermordet. Ich habe noch nicht mal gewusst, wie es ihm ergangen ist. Hätte mir ...« Sie blickte zu Figen, der der Schrecken im Gesicht stand. Nein, sie sollte den Briefwechsel zwischen ihnen nicht erwähnen und sich hüten, ihre Freundin anzuklagen.

Clara begann zu weinen. Jonata nahm sie auf den Arm und strich ihr beruhigend über den Rücken. Sie war zu laut geworden.

»Was hätten wir tun sollen? Wir wussten doch nicht, wo du steckst«, entgegnete Elisabeth. »Es sei denn …« Ihre Stirn kräuselte sich. »Der Buchführer. Du bist mit ihm gekommen. Er hat öfter Figen besucht. Hat er dir etwa Auskunft über uns und deinen Vater gegeben?«

Jonata holte tief Luft, sah kurz zu Figen, die den Kopf gesenkt hielt. Jonata wollte sie nicht bloßstellen. »Nein. Hätte ich gewusst, dass mein Vater nach meiner Flucht sich so hat gehen lassen, hätte ich ihm einen Brief geschrieben.« Ihr Herz zog sich zusammen. Würde sie sich je verzeihen können?

»Wieso hast du es nicht einfach getan?«, fragte Elisabeth traurig. »Du hättest doch wissen müssen, dass wir uns Sorgen machen. Du warst wie eine Tochter für mich – bist es immer noch.« Ihre Augen glänzten tränenverschwommen.

»Ich hatte Angst, dass Enderlin mir auf die Schliche kommt, wenn ich euch schreibe.« Dass sie vor allem Angst gehabt hatte, dass ihr Vater sie hätte kompromittieren können, verschwieg sie lieber. Warum hatte Figen ihr nichts berichtet?

Elisabeth rieb ihr über den Rücken. Die vertraute Geste tat gut. »Es tut mir leid, dass du das alles durchleben musstest. Wenn ich Enderlin jemals in die Hände bekomme, reiße ich ihm dafür persönlich die Haare vom Kopf«, brummte sie wütend.

Jonata hatte ihr gestern erzählt, wie Simon gefoltert worden war und dass Enderlin sie auf dem Scheiterhaufen hatte sehen wollen. »Solche Worte aus deinem Mund«, sagte Jonata traurig lächelnd. Wie sie ihre Ziehmutter vermisst hatte!

»Er hat mir meine Tochter genommen.« Elisabeth umfasste ihre Schulter und drückte sie an sich. Jonata atmete ihren Duft ein und schloss die Augen. Heimat. Kindheitserinnerungen. Sie lehnte ihren Kopf an den von Elisabeth. Wie lange hatte sie sich danach gesehnt!

»Aber vergessen wir den Pfaffensack und widmen uns den schönen Dingen des Lebens.« Elisabeth streckte die Hände aus und nahm ihr Clara ab. Sanft wiegte sie die Kleine und summte leise. »Willst du sie wirklich nicht von einer Amme nähren lassen?«, fragte sie, ohne den Kopf zu heben. »Die Frau des Messerschmieds hat vor drei Tagen ihr Kind verloren. Ich habe gehört, sie wolle sich als Amme ein Zubrot verdienen.«

»Nein. Ich gebe Clara nicht ab.«

»Sie ist wirklich entzückend, aber sie ist nicht mal dein eigenes Kind.«

»Elisabeth hat recht, du bist doch keine Amme«, mischte sich Margret ein. »So kannst du nicht nach dem Mörder meines Mannes suchen.«

Jonata hätte gern eine passende Erwiderung gegeben, doch sie verkniff es sich. Sie musste zwei Wochen mit Margret auskommen. »Jetzt erzählt mir bitte von meinem Vater. Mit wem hatte er …«

In dem Moment klopfte es an der Haustür. Elisabeth drückte ihr Clara in die Hand. »Ich gehe. Vielleicht ist es der Gewaltrichter mit Neuigkeiten.«

Kurze Zeit später hörte sie Elisabeths laute Stimme. »Enderlin! Wie kommst du hierher?«

Jonata blieb die Luft weg. Was machte ihr Bruder hier?

✳✳✳

Nach den Laudes hatte Enderlin das Kloster an der Stolkgasse verlassen. Der Wind fegte scharf durch die Gassen. Dem HERRN sei Dank hatte er den wollenen Reisemantel übergezogen. Er fühlte sich frei und gleichzeitig ungeschützt. Was würde die Stadt diesmal für ihn bereithalten? Das letzte Mal, als er die Klostermauern verlassen hatte, hatte es ihm nur Unglück gebracht.

Ein Weib lehnte sich eine Karrenlänge vor ihm aus dem Fenster und entleerte einen Nachttopf. Der Inhalt platschte auf den matschigen Boden, ein paar Spritzer trafen den Saum seines Mantels. Angewidert wich er zurück. »So gebt doch acht!«

»Verzieht Euch ins Kloster, wo Ihr hingehört«, zeterte sie. Murrend ging Enderlin weiter. Es hatte sich nichts geändert! Die Menschen waren vom Teufel getrieben. Er sah zu, dass er sich schnell zum Schreinsamt begab. Den Weg hatte er sich vom Prior beschreiben lassen. Doch als er dort ankam, erklärte ihm ein junger Mann mit zotteligen Haaren und ungepflegtem Bart, dass der Schreinsmeister wegen eines Hustens heute nicht zugegen war. Ob er morgen wiederkommen würde, konnte der Gehilfe nicht sagen. Wollte der Satan seinen Plan vereiteln?

Unschlüssig stand er auf der Gasse, musste einem Karren ausweichen und trat in eine Pfütze. Die Flüssigkeit schwappte in seinen rechten Schuh. Auch das noch! Sollte er wieder zurück ins Kloster gehen? Nein! Zuerst würde er mit Figen sprechen. Vielleicht konnte er dem Prior dann heute schon Ergebnisse liefern.

Eilig machte er sich auf den Weg zum Haus seiner Eltern. Er wollte Figen keine Möglichkeit geben, ihm auszuweichen. Hartnäckig würde er nachfragen und ihr notfalls drohen, dass auch sie der Ketzerei angeklagt werden könnte. Das würde sie sicherlich überzeugen.

Er schnaufte, als er ankam. Er war es nicht mehr gewohnt, weite Strecken zu laufen. Warum musste sich dieses Haus auch an der Stadtgrenze befinden? Er überwand die zwei Stufen zur Haustür und fuhr mit den Fingern über den Klopfer, an dessen Halterung der Kopf des Stieres ihn grimmig anstarrte. Als Kind hatte er geglaubt, darin befände sich ein Dämon. Wie unsinnig! Die Dämonen wohnten in den Menschen. Er klopfte und sah sich um. Ein Vogel sprang zu dem kleinen Teich und trank. Daraus hatte sein Vater in den Wintermonaten Eisblöcke zur Kühlung der Bierfässer geschnitten. Dies würde nun ein Ende haben.

Ein Geräusch an der Tür hatte ihn herumfahren lassen. Nun stand Elisabeth vor ihm. Sie riss die Augen auf, als würde sie dem Leibhaftigen persönlich gegenüberstehen, und fragte ihn, wie er hierhergekommen sei.

»Nach dem Ableben meines Vaters hat der Prior mir erlaubt, noch einmal ins Elternhaus einzukehren. Darf ich reinkommen?« Er wollte noch nicht erwähnen, dass dieses Haus bald ihm gehören würde.

Sie versperrte ihm den Weg, an ihrer Leibesfülle kam er nicht vorbei. Drinnen hörte er ein Poltern. Er versuchte, an ihr vorbeizusehen, aber er konnte in der Dunkelheit nichts erkennen.

»Erst sagst du mir, was du hier willst.« Sie stemmte die Arme in die Hüften. Was für eine Unverfrorenheit!

»Weißt du nicht, wer vor dir steht, Magd?« Er spuckte ihr die Worte entgegen, konnte ihre Hochnäsigkeit nicht ertragen. Wenn er das Haus an Margret vermieten würde, dann musste Elisabeth gehen. Er würde sie hier nicht dulden.

Er trat einen Schritt vor und hoffte, sie damit zum Zurückweichen zu bewegen, doch sie blieb stehen. Verbarg sie etwas vor ihm? War Jonata womöglich zurückgekehrt? Nein, dann wäre sie auf der Beerdigung erschienen.

»Verbietet dir dein Schweigegebot eine Antwort?«

Unglaublich! Enderlin schnappte nach Luft. »Dir wird deine Hochnäsigkeit noch leidtun. Und nun lass mich ein. Ich will mit Figen sprechen.«

Elisabeth lächelte. »War doch gar nicht so schwer, oder?« Sie trat zur Seite. Er warf ihr im Vorbeigehen einen abschätzigen Blick zu.

Margret räumte in der Küche Geschirr weg. Kuntz saß in der Ecke und knibbelte an seinen Fingernägeln. Der Bengel blickte noch nicht mal auf, als er den Raum betrat. Margret grüßte ihn mit einem Nicken. »Wo ist Figen?«, fragte er Elisabeth, die ihm gefolgt war.

»Willst du sie wieder belästigen?«

»Ich möchte ihr ein paar Fragen stellen.«

»Sie weiß nichts, Enderlin.«

Er ging in die Stube. Im Korb neben dem Kamin lagen nur zwei Holzscheite. Als er als Kind hier gelebt hatte, hatte er dafür sorgen müssen, dass der Korb stets gefüllt war. Würde

sein Vater noch leben, hätte sich keine Nachlässigkeit einge-
schlichen. Wie lange war es her, dass er hier am Tisch gesessen
hatte? Vier Jahre – das war nach dem Ableben von Lucas gewesen. Damals war das Haus voller Gesellen und Lehrlinge,
und die Brauerei florierte. Nun wirkte es leer und trostlos.

»Du suchst mich?« Figen betrat die Stube. Die Haube bedeckte nur unzureichend ihre Haare. Sie war klein und zierlich,
schien sich nicht mit den Sorgen um Nahrung aufzuhalten so
wie Syfried. Vielleicht war sie gottesfürchtig und würde ihm
helfen, doch ihr Gesicht sprach eine andere Sprache. Sie war
angespannt, und ihre Hände zitterten leicht. Hatte sie etwa
Angst?

Elisabeth lehnte sich an den Türrahmen, einen Arm in die
Hüfte gestemmt. »Lass uns bitte allein«, bat Enderlin sie.

»Damit du sie wieder beschuldigen kannst? Lass sie in Ruhe.
Sie weiß nichts!«

»Ich muss Jonata finden.«

»Das würde ich auch gern, aber du hast sie aus der Stadt gejagt. Wegen dir habe ich meine Tochter vier Jahre nicht gesehen.«

Tochter? Er konnte es nicht fassen. Elisabeth war nur das
Kindermädchen gewesen, eine bessere Magd – sonst nichts.
»Sie hätte sich nicht mit diesem Ketzer einlassen sollen.«

»Meinst du Luther oder den Drucker?«

»Beide natürlich. Sie hat …« Unzucht mit zwei Männern
getrieben, ergänzte er in Gedanken. Warum redete er mit Elisabeth darüber? Das war Zeitverschwendung. Er wandte sich
Figen zu: »Du weißt, dass Gott Lügen straft, oder?«

Sie nickte.

»Sag mir die Wahrheit! Wo ist Jonata?«

»Jonata ist außerhalb Eurer Reichweite«, sagte sie leise.

Er trat einen Schritt vor, hätte sie am liebsten gepackt und
die Antwort aus ihr herausgeschüttelt. »Also weißt du es.«

»Jonata musste vor Euch aus Köln fliehen, und ich habe sie
vier Jahre nicht gesehen, obwohl wir uns sehr nahestanden«,
fuhr sie fort.

Was sollte die Feindseligkeit? Trug er etwa Schuld daran,

dass Jonata zur Ketzerin geworden war? »Aber wo ist sie jetzt?« Er schrie fast und musste seine Stimme zügeln.

»Ihr verschwendet Eure Zeit.« Figen trat zum Kamin und setzte sich auf den Sockel.

Als er sich ihr näherte, wich sie seinem Blick aus. Sie verschwieg doch etwas. Wieso erzählte sie ihm nicht, was sie wusste? Nein, auch sie schien keine Gottesfurcht im Leib zu haben. Die Welt außerhalb der Klostermauern war einfach verdorben. Er musste es anders angehen. »Wie lange bist du schon als Magd hier?«

Überrascht sah sie ihn an. Mit dieser Frage hatte er sie anscheinend wachgerüttelt. »Vier Jahre.«

»Also kennst du noch meinen Bruder Lucas?«

Sie schüttelte den Kopf. »Ich kam kurz danach in den Haushalt.«

»Aber meine Schwester hast du kennengelernt.« Er setzte sich zu ihr und faltete die Hände. »Ich bin ihr Bruder. Ich vermisse sie. Wahrscheinlich sogar mehr als du oder jede andere hier in diesem Haus.«

»Jetzt hör aber auf!« Elisabeth kam auf ihn zu. »Lass sie endlich in Ruhe und verschwinde.«

Irgendwo schrie ein Säugling. »Was war das?«, fragte er. Zogen die Frauen etwa ein Neugeborenes auf? Auf der Beerdigung war kein Kleinkind dabei gewesen.

»Gretlin Denntzer hat vor Kurzem ein Kind bekommen«, gab Elisabeth Auskunft.

Die Nachbarin im Haus gegenüber? War die Frau des Eisenschmiedes nicht schon zu alt, um zu gebären? Er hätte wetten können, dass die Geräusche aus diesem Haus gekommen waren.

»Gibt es sonst noch etwas, womit du uns belästigen willst?«, fragte Elisabeth. »Ansonsten schlage ich vor, du gehst jetzt.«

Ruckartig stand er auf. »Die Gastfreundschaft in diesem Haus war auch schon mal herzlicher.«

»Und du hast dich früher für deine Familie eingesetzt, anstatt sie zu verfolgen.«

Elisabeth hatte keine Ahnung, was die Gottesfurcht manchmal für Opfer verlangte. Er trat zu ihr und flüsterte ihr ins Ohr. »Deine ungezügelten Worte werden dir noch leidtun. Bald werdet ihr das Haus verlieren.«

Als er einen Schritt zurücktrat, sah er die Angst kurz in ihren Augen aufflackern. Innerlich lächelte er. Sie würde sich fragen, was er damit meinte, sich den Kopf zermartern und es doch nicht glauben.

Bevor sie etwas erwidern konnte, rauschte er an ihr vorbei. Wenn sie ihre Anstellung als Magd verloren hatte, würde ihr der Übermut sicher vergehen.

***

Die Haustür unten fiel ins Schloss, ihr Bruder hatte das Haus verlassen. Jonata zitterte am ganzen Körper. Als sie Elisabeths Warnung gehört hatte, war sie mit Clara in ihre Kammer verschwunden. Gott sei Dank hatte ihre Ziehmutter Enderlin lange genug an der Tür aufhalten können. Doch Clara war unzufrieden geworden und hatte angefangen zu schreien. Hektisch hatte sie das Neugeborene an ihre Brust gelegt, und Clara hatte sich schnell beruhigt.

Elisabeth und Figen kamen nach oben gestürmt.

»Dieser Pfaffensack ist dir immer noch auf den Fersen«, murrte Elisabeth. Sie ging zum Fenster und spähte hinaus.

»Das war knapp.« Jonata wiegte Clara in den Armen und wusste nicht, ob sie Clara oder sich damit beruhigen wollte.

»Er wollte von mir wissen, wo du bist.« Figen setzte sich zu ihr auf die Bettstatt.

»Warum von dir?«

Figen knetete die Hände. »Ich habe keine Ahnung.«

Was hatte Enderlin erneut an ihre Fersen geheftet, und wieso fragte er ausgerechnet Figen? Jonata hatte geglaubt, sie wäre vor ihm sicher, und nun musste sie auf der Hut sein.

»Das wüsste ich auch gerne.« Elisabeth stemmte die Hände in die Hüften und sah sie beide auffordernd an.

»Woher sollen wir wissen, was in seinem Kopf vorgeht?«, antwortete Jonata barscher als beabsichtigt. Sie wollte ihre Ziehmutter nicht anlügen, doch die Wahrheit würde sie nur kränken und Figen kompromittieren. Es war besser, sie behielten den Briefwechsel für sich.

Elisabeth brummte unwillig. »Das bedeutet auf jeden Fall, dass du das Haus nicht verlassen darfst.«

Jonata atmete tief durch. Das hatte sie sich anders vorgestellt. Sie musste innerhalb von zwei Wochen den Mörder ihres Vaters finden. »Gehst du zum Gewaltrichter?«, wandte sie sich an Figen.

Figen erhob sich. »Ich mache mich gleich auf den Weg.«

Jonata legte Clara in ihr Bettchen und umarmte ihre Freundin zum Abschied. »Lass dich nicht von ihm abwimmeln.«

Figen nickte und verließ die Kammer.

Jonata ließ sich auf der Bettkante nieder. »Kannst du mir von meinem Vater erzählen? Hat er sich Feinde gemacht? Gibt es jemanden, der ihn aus der Welt schaffen wollte?«

Elisabeth setzte sich zu ihr und griff nach ihrer Hand. »Keiner.«

»Figen hat was von Schulden erzählt.«

Ihre Ziehmutter seufzte. »Sie hat mir die Eintragungen von Bechtolt gezeigt, doch davon verstehe ich nichts.« Sie rieb sich über die Stirn. »Er soll dem Fassbinder, dem Hufschmied und dem Barbier noch was schuldig gewesen sein.«

Vielleicht sollte sie selbst in den Aufzeichnungen ihres Vaters nachsehen.

»Er hatte sich sehr verändert«, sagte Elisabeth seufzend. »In letzter Zeit hat er sich oft in der Brauerei verschanzt. Und wenn nicht, war er in den Bierschenken Kölns unterwegs. Es war nicht einfach für ihn.«

Jonata hatte verstanden. Die Schuld erdrückte sie so schon, sie wollte es nicht stets vorgehalten bekommen. »Meinst du, für mich war es leicht?«

Elisabeth drückte ihre Hand und lächelte. »Ich weiß.«

Sie saßen eine Weile schweigend nebeneinander. Jonata

lehnte den Kopf an Elisabeths Schulter. Wie oft hatte ihre Zieh-mutter sie getröstet oder die Tränen weggeküsst, wenn sie sich den Fuß gestoßen oder das Knie aufgeschlagen hatte. Doch sie sollte nicht in der Vergangenheit schwelgen, sondern den Mörder finden. »Weißt du, in welche Schenken er eingekehrt ist?«

»Keine Ahnung.«

Dann musste sie selbst die Schenken in der näheren Um-gebung abklappern. Sie würde Figen wegen der ausstehenden Schulden zu den Gläubigern schicken. Der Fassbinder und der Hufschmied würden Jonata erkennen. Und wer wusste schon, ob sie sie nicht direkt an die Inquisition verrieten. »Würdest du zwei Stunden auf sie achtgeben?«, fragte sie und deutete auf Clara.

»Was hast du vor?«

»Ich werde herausfinden, wer meinen Vater auf dem Ge-wissen hat.« In fremden Schenken Kölns war sie früher nie gewesen – nur in ihrer eigenen.

Elisabeths Augen weiteten sich. »Das darfst du nicht! En-derlin … Ist dir das nicht Beweis genug?«

»Er ist gerade gegangen, also müssen wir heute nicht mehr mit ihm rechnen.«

»Trotzdem.« Elisabeth schüttelte den Kopf.

»Ich werde meinen Mantel tragen und den Kopfüberzug tief ins Gesicht ziehen.«

»Sei doch vernünftig! Du darfst dich nicht in Gefahr bringen. Ich ertrage es nicht, dich ein zweites Mal zu verlieren«, zeterte Elisabeth, und ihre Stimme brach.

Enderlin war sicherlich zurück zum Kloster gegangen, und sie würde sich in der Stadt bewegen wie ein unscheinbarer Jüngling. Jonata drückte ihre Ziehmutter an sich. »Ich muss. Mir wird nichts passieren. Vertrau mir und vertrau auf Gott. Er beschützt uns.«

KAPITEL 8

Durch das Trankgassentor strömten Händler und Knechte vom Hafen. Ein Kranmeister schrie am Rhein den Gehilfen Anweisungen zu. Ein paar Karrenlängen weiter befand sich der Frankenturm. Hier sollte Figen den Gewaltrichter finden, hatte einer seiner Diener bei Gericht gesagt. Ihr schmerzten die Arme vom Tragen. Sie hatte das Neue Testament in einem Bündel mitgenommen, wollte hiernach direkt zu Seitz.

Figen klopfte an die Pforte. Sie hörte das Klimpern eines Schlüsselbundes, dann öffnete der Burggreven die Tür. »Was willst du, Weib?«

»Man sagte mir, ich würde den Gewaltrichter hier finden.«

»Das ist richtig«, brummte er. »Und was willst du von ihm?« Er kratzte sich am Kinn. Der Bart war ungleichmäßig geschnitten.

»Sagt ihm, es geht um Bechtolt von Menden.«

»Warte.« Er schlug ihr die Tür vor der Nase zu. Sie blickte die Fassade hinauf. Gitter. Schmutzige Hände, die sich an die metallenen Stäbe klammerten. Kehliges Stöhnen einer Kreatur, die mit dem Kopf wieder und wieder gegen die Gitterstäbe stieß. Es schüttelte sie. Wie musste es sein, durch die Gitter auf die Gasse zu blicken, eingesperrt im kalten Gemäuer?

Der Burggreven kam zurück. »Folge mir.« Sie gingen eine enge Wendeltreppe hinauf. Es roch nach feuchtem Stroh, Urin und Angst. Das Stöhnen war hier drinnen noch lauter. Ein Schrei ließ sie erstarren, doch der Burggreven trieb sie zur Eile an und brachte sie zu einem kleinen Raum, in dem der Gewaltrichter an einem Schreibpult saß.

Er legte eine Feder beiseite. »Ich habe nicht lange Zeit.« Er stand auf, strich sein edles Wams glatt, darüber trug er einen schwarzen Mantel. Sein grauer Bart reichte ihm bis zur Brust. »Also, was willst du?«

Figen straffte die Schultern, versuchte so, größer zu wirken, dennoch musste sie zu dem Gewaltrichter aufsehen, der sie um einen guten Kopf überragte. »Meine Herrin Margret von Menden lässt fragen, ob Ihr schon wisst, wer für den Mord an ihrem Gatten verantwortlich ist.«

»Wenn ich das wüsste, hätte ich einen Diener zu euch geschickt.«

»Könnt Ihr mir sagen, was Ihr bereits herausgefunden habt?«

»Wenn, dann rede ich mit deiner Herrin und nicht mit einer Magd.« Er ließ seinen abschätzigen Blick über ihren Körper wandern.

»Meine Herrin ist in anderen Umständen und kann nicht quer durch die Stadt laufen. Gerne wird sie Euch empfangen, wenn Ihr mit mir kommt.«

»Dafür habe ich keine Zeit.«

»Deshalb hat sie mich geschickt.«

Er sah sie mit seinen blassblauen Augen eindringlich an. Die buschigen Brauen zogen sich zusammen. »Deine Herrin muss sich noch etwas gedulden.« Er drehte sich um und vertiefte sich in ein Schriftstück auf dem Schreibpult.

Jonata hatte recht. Auf das Gericht konnte man sich nicht verlassen. Figen sah Bechtolt vor sich, das Messer, das Blut. Den Gewaltrichter quälten diese Bilder nicht, schließlich hatte er nur seine Diener zu ihnen geschickt. »Ich sehe, Ihr habt wohl Besseres zu tun.«

Grimmig drehte er sich zu ihr um. »Du solltest deine Zunge zügeln.«

Wie bekam sie diesen Mann nur zum Reden? Mitleid zu heischen würde sie wohl nicht weit bringen. Vielleicht half eine Drohung. »Ihr wisst offenbar nicht, mit wem Ihr es zu tun habt. Meine Herrin hat einflussreiche Freunde, sie ist es nicht gewohnt, dass ihre Interessen übergangen werden. Ein Wort von ihr, und Ihr kommt in die Verlegenheit, um Euer Amt zu bangen.«

Er kam einen Schritt näher und zog die Stirn in Falten. Würde er sie gleich hinauswerfen? Doch er holte tief Luft. »Also gut. Ich war bei Mergentheim. Er hat mir nicht viel erzählt, aber ich habe herausgehört, dass die Brauer wegen Bechtolts Gebaren um ihren Ruf gefürchtet haben.«

»Dann könnte es jeder Brauer gewesen sein.«

»Richtig. Wir werden dem nachgehen, aber es wird eine Weile dauern.«

»Wie viele Brauer gibt es in Köln?«, fragte Figen.

»Neunundsechzig.«

Sie zog scharf die Luft ein.

»So ist es. Sag deiner Herrin, sobald ich etwas erfahren habe, lasse ich sie es wissen.« Er widmete sich wieder dem Papier.

Und wenn es gar kein Brauer war? »Der Fassbinder von Blankenberg war bei uns und hat uns gedroht«, platzte es aus ihr heraus.

Der Gewaltrichter hob die Augenbrauen. »Wieso?«

Sie strich sich über den Bund der Haube. Vielleicht hätte sie das nicht sagen sollen. Würde das Gericht das Geld noch nachträglich von ihnen eintreiben? Andererseits glaubte sie kaum, dass sie die Schulden begleichen mussten, wenn der Fassbinder Bechtolt auf dem Gewissen hatte. »Bechtolt soll ihm noch Geld schulden, aber davon wusste meine Herrin nichts.«

»Aha.« Er lächelte abschätzig. »Ein Mann muss seinem Weib keine Rechenschaft über seine Geschäfte ablegen. Ist euch sonst noch etwas aufgefallen?«

»Mehr weiß ich nicht.«

Er nickte ihr zu. »Hab Dank, dass du mich darüber in Kenntnis gesetzt hast. Falls euch noch etwas auffällt, seid ihr verpflichtet, mir zu berichten. Und nun muss ich einen Delinquenten befragen.« Er rauschte an ihr vorbei, ohne eine Antwort abzuwarten.

Der Burggreven, der die ganze Zeit in der Tür gestanden hatte, forderte sie auf, ihm zu folgen. »Sei gewiss, bald wird der Mörder hier im Turm auf seine Hinrichtung warten.« Seine Augen glühten, wie sie es von Schaulustigen kannte. Anscheinend war er jemand, der es genoss, bei Hinrichtungen einen der besten Plätze zu haben. Figen brach kalter Schweiß aus. Sie wollte nur noch weg!

Als sie die schmale Wendeltreppe hinabstiegen, hatte sie das Gefühl, die kalten Mauern würden sie gleich erdrücken. Sie war froh, als sie den Turm verlassen konnte. Schnellen Schrittes eilte sie davon.

Sie lief an der Rheinmauer entlang, begegnete Händlern und Reisenden, die durch die Stadttore hereinströmten. Beim Akzisemeister an der Salzgasse feilschte ein Händler um die zu entrichtenden Steuern für seine Weinfässer, von denen ein Knecht eins von einem Karren hob. Auf dem Buttermarkt und dem Holzmarkt waren viele Menschen unterwegs. Ein Hüne stapelte Brennholz mit einer Leichtigkeit, als würde er Stoffe umpacken, und scherzte dabei mit einem Käufer.

Am Rosenhaus angekommen, führte Katharina von Rosenberg Figen in die Stube. »Warte hier, mein Mann ist heute nicht bester Laune.« In ihrem Blick lag ein Zwinkern, und es fühlte sich an, als hätten sie einen Pakt geschlossen.

An der Stirnseite des Raumes hingen sechs Laternen. Über einer Kiste befand sich ein steinernes Kreuz mit dem Heiland. Der Tisch schien aus edlem Holz zu bestehen, und der Fußboden war um den Kamin mit Ziegeln ausgelegt. Das Geschäft musste wahrhaft florieren.

Seitz rauschte herein und lächelte. »Schaut!« Er stellte eine Laterne auf den Tisch. »Was haltet Ihr davon?«

Sie strich über die Kreuze, die ins Holz eingeritzt waren. »Ein wahres Meisterstück.« Sie sah auf und lächelte ihn an. »Aber ich habe noch etwas Schöneres.«

Er stemmte die Hände in die Hüften und machte ein gespielt beleidigtes Gesicht. »Es soll etwas Schöneres geben als meine Laterne?«

Als Figen ihm das Buch in die Hand drückte, riss er die Augen auf. »Das Neue Testament?«

»Genau.«

Seitz ließ sich auf einem Schemel nieder und schlug das Buch auf. »›Denn wo tzween odder drey versamlet sind ynn meynem namen da byn ich mitten vnter yhn.‹« Er hob den Blick, seine Augen leuchteten. »Siehst du. Wir finden Gott nicht nur in der

Kirche, sondern auch in den geheimen Versammlungen, wenn wir Luthers Texte vorlesen.« Er blätterte weiter.

»›Selig seyt yhr, so euch die menschen hassen, vnd absondern euch, vnd schellten euch, vnd verwerffen ewren namen, als eynen boßhafftigen, vm des menschen sons willen.‹«

Sie setzte sich zu ihm, ihr Herz klopfte. »Was soll es bedeuten?« Jonata hatte in ihren Briefen einige Geschichten aus dem Neuen Testament beschrieben, die sie in Predigten in Wittenberg gehört hatte. Erst letztens hatte sie ihr das Gleichnis vom verlorenen Schaf erzählt. Figen brannte darauf, mehr zu erfahren.

»Es bedeutet, dass wir, wenn uns die Pfaffen und die Inquisition jagen, weil wir das Wort Gottes verkünden, einen sicheren Platz im Himmel haben.«

War das nicht das, was sie sich für die Mädchen wünschte? Sie würde das Neue Testament im Unterricht benutzen, die Schülerinnen das Wort Gottes lehren. Aber vor allem mussten sie selbstständig werden.

Wenn sie noch mal diesen Dorfpfarrer treffen würde, der ihr damals verwehrt hatte, ihr aus dem Oktavheft ihrer Mutter vorzulesen, würde sie ihn anklagen. In dem Buch hätte es sicherlich eine Rezeptur für eine Tinktur gegen die Hustenkrankheit gegeben. Wegen ihm war sie mit elf Lenzen zur Vollwaise geworden.

»Es wird nächste Woche wieder eine Versammlung geben. Leihst du mir bis dahin das Buch?«, fragte Seitz aufgeregt.

Figen hob entschuldigend die Schultern. Gern hätte sie ihm diesen Wunsch erfüllt. »Morgen beginnt der Unterricht. Ich brauche es leider selbst.«

Seitz presste die Lippen aufeinander und reichte ihr das Buch zurück. »Natürlich. Wie gedankenlos von mir.« Das Lachen war verschwunden, und es betrübte ihr Herz.

»Aber Mathes Roht ist in der Stadt. Er hat noch mehr Bücher mitgebracht. Wenn Ihr schnell seid –«

Seitz sprang auf. »Dann darf ich keine Zeit verlieren.« Der Gedanke an die Kosten hielt ihn keinen Moment auf. Wie vermögend diese Familie sein musste! Sie würde sicherlich darauf bestehen, dass er standesgemäß heiratete. Figen musste ihn sich aus dem Kopf und vor allem aus dem Herzen schlagen.

***

Jonata zog den Kopfüberzug tiefer in die Stirn, als ein Fuhrwerk an ihr vorbeiholperte. Sie hätte an diesem milden Herbsttag gern das Gesicht der Sonne entgegengestreckt, doch sie musste auf den Gassen Kölns im Verborgenen wandeln. Zumindest soweit das ihr Vorhaben zuließ.

Vor der Schenke an der Krugpforte zog sie das Schultertuch bis zur Nase hoch und zögerte. Sie hörte Simons warnende Stimme im Hinterkopf. Doch was sollte schon geschehen? In den Gaststätten trieb sich Enderlin sicherlich nicht herum.

Sie wollte die Tür aufstoßen, doch sie war verschlossen. Also ging sie zur nächsten Schenke. Der vertraute Glockenschlag von Sankt Aposteln ertönte. In den Gassen kamen ihr Scholaren der Universität diskutierend entgegen, und eine Hübschlerin mit schmuddeligem gelben Kleidersaum hastete an ihr vorbei. Ein Knecht zerrte an einem Leiterwagen, der im Morast steckte.

Jonata hatte vergessen, wie sehr es auf den Straßen stank. Auch die Wittenberger waren nicht reinlich, aber in Köln lebten zu viele Menschen eng beieinander. Und nach der Reise durch die weite Landschaft, durch Felder und Wälder zog ihr der Gestank nach Verfaultem und Exkrementen direkt in den Kopf.

Sie kam an einem verlassenen Gemäuer vorbei. Pflanzen und Blumen hatten sich den Vorhof zurückerobert. Ein Schmetterling tanzte über das bunte Blumenmeer. Hier hatte sie mit Lucas früher Verstecken gespielt. Eine Wehmut erfasste sie. In Köln war sie zu Hause. Wie gern würde sie Ells ihre Heimatstadt zeigen, die vertrauten Orte, die Menschen, die sie liebte, doch das war nicht möglich. Sie wandte den Blick ab und ging weiter.

Die nächste Schenke war durch eine Fahne kenntlich gemacht, auf der ein Brauer abgebildet war, der mit einem Braupaddel in einem Bottich rührte. Darüber ein Schriftzug: »Zum wohligen Hammel«. Als sie den Schankraum betrat, schlug ihr der Geruch nach Schweiß und Bier entgegen. Ebenso vertraut wie abstoßend.

In einer Ecke am Ende des Raumes saß ein beleibter Mann mit dreckigem Wams und einem zerschlissenen Barett, an dem eine abgebrochene Feder hing. Es standen mehrere Krüge auf dem Fass neben ihm. Ansonsten war die Schenke leer, bis auf den Wirt, der am Tresen einen Bierkrug leerte, wobei gelbe Flüssigkeit über seinen grauen Bart rann. Er räusperte sich, als sie näher kam. »Ein Bier?«

Jonata schüttelte den Kopf. Sollte sie den Kopfüberzug abnehmen? Sie kannte diesen Mann nicht, und es erschien ihr unhöflich, ihn aufzulassen, also schlug sie den Stoff zurück.

»Für die Suppe musst du dich noch etwas gedulden.«

»Ich bin hier wegen einer Auskunft«, sagte Jonata und versuchte, beim Sprechen ihre Stimme dunkler wirken zu lassen. Als Tochter eines angesehenen Bürgers hatten die Kölner sie früher mit der Höflichkeitsform angesprochen, doch nun konnte sie nicht darauf bestehen.

Der Wirt hob skeptisch die Brauen. »Welcher Art?«

»Kennst du Bechtolt von Menden?«

»Ha, und ob. Den Streithahn hat das Unglück eingeholt.«

»Streithahn?« Es gab ihr einen Stich ins Herz, dass man so über ihren Vater dachte. Früher war er ein ehrbarer Mann gewesen, hatte die Bruderschaft geleitet, hatte sich an seine Prinzipien gehalten. Und nun … Anscheinend war es ihre Schuld. Ihr Brustkorb schnürte sich zu. Sie hatte sich zu lange um sich selbst gesorgt. Was war sie nur für ein Mensch?

Der Wirt lachte spöttisch, wobei sein wuchtiger Bauch wackelte. »Hat vor vier Monaten einem Jüngling einen Zahn ausgeschlagen.«

Jonata hielt die Luft an. Sprach der Schankwirt wirklich von ihrem Vater? Früher hätte der so ein Verhalten scharf gerügt. Hatte den übermäßigen Biergenuss ihres verstorbenen Bruders

Lucas nicht gutgeheißen. Und dann hatte er sich selbst in den Schenken Kölns herumgetrieben?

»Danach habe ich ihn rausgeworfen. Hätte ich es mal lieber nicht getan. Er schuldete mir noch einen Schilling.« Er stützte sich auf den Tresen, wobei die Brusthaare aus seinem Leinenhemd hervorlugten. »Aber sag, wer bist du?«

»Ich bin eine Magd im Hause von Menden«, antwortete sie. Der Wirt nickte brummend und richtete sich wieder auf. Damit schien er sich zufriedenzugeben, aber nicht zu erwarten, dass sie ihm den Schilling zurückzahlte. Sollte sie es dennoch tun? Sie tastete nach ihrem Beutel. Sie ahnte, dass ihr Münzvorrat bald aufgebraucht wäre, wenn sie jeden, der angeblich noch Geld von ihrem Vater bekommen sollte, auszahlte.

»Und wer war dieser Jüngling?«, fragte Jonata.

Der Schankwirt zuckte mit den Schultern. »Keine Ahnung. Ich habe ihn bloß dieses eine Mal hier gesehen.«

Hatte dieser Jüngling ihren Vater wegen eines fehlenden Zahns auf dem Gewissen? Sie würde an einem anderen Abend noch mal wiederkommen und die Stammgäste befragen, ob sie den Mann kannten. Sie würde nicht eher Ruhe geben, bis sie den Mörder ihres Vaters gefunden hatte. Zumindest das war sie ihm schuldig.

»Hab Dank.« Sie neigte den Kopf und wandte sich um.

»Und was ist mit der Suppe? Sie ist sicherlich gleich fertig. Ich kann meine Tochter –«

Jonata hob die Hand. »Mach dir keine Umstände.« Schnell trat sie ins Freie, bevor der Wirt auch noch sein Bier anpries.

Ein Fuhrwerk mit drei Bierfässern hielt vor der Schenke. Der Knecht Mergentheims sprang vom Bock und sah ihr ins Gesicht. Jonata wurde erst heiß, dann kalt. Das Schultertuch war ihr unters Kinn gerutscht, und den Kopfüberzug hatte sie noch nicht wieder hochgezogen. Sie trug nur ihre Haube. Einen Moment lang hatte sie das Gefühl, der Knecht wollte sie ansprechen, doch machte er sich an der Ladefläche zu schaffen.

Jonata wandte sich ab und ging schnellen Schrittes davon. Ihr Herz pochte heftig. Sie warf einen Blick über die Schulter.

Der Knecht beachtete sie nicht, schien sie nicht erkannt zu haben. Sie machte sich wohl zu viele Gedanken.

Sie fragte in zwei weiteren Schenken nach ihrem Vater, doch dort kannte man ihn nicht. Hoffentlich würde es nicht zu lange dauern, bis sie den Mörder im Turm wusste. Sie vermisste Ells' befreiendes Lachen, ihre Umarmungen, ihr unermüdliches Betteln, mit ihr zu spielen. Jonata musste bald wieder zurück nach Wittenberg.

Und auch hier in Köln wartete ein Kind auf sie. Aber bevor es wieder nach ihrer Milch verlangte, hatte sie sicherlich noch etwas Zeit. Morgens schlief Clara meistens länger, dafür wollte sie in der Nacht umso mehr trinken.

Jonata schlenderte durch die Stadt, bis sie vor dem Waisenhaus in der Dieffgasse stehen blieb. Wehmütig blickte sie zu den Fenstern. Kinderlachen schwappte heraus, öffnete ihr Herz wie die Frühlingssonne die Blumen. Früher war sie mehrmals in der Woche hergekommen, hatte Agnes geholfen und Obst und Gemüse mitgebracht. Sie würde ihre alte Freundin besuchen, aber nicht heute.

Gerade als sie weitergehen wollte, erschien Agnes jedoch am Fenster und schüttelte ein Tuch aus. Ihre Blicke trafen sich. Das Lächeln ihrer Freundin ging ihr direkt ins Herz. »Jonata?«, rief Agnes.

Nicht so laut, wollte sie rufen, doch stattdessen legte sie den Finger auf die Lippen und lief geschwind zum Eingang. Sie sah sich in der Gasse um, niemand schien sie zu beachten, also trat sie ein.

Im Flur kam ihr Agnes entgegengestürmt und fiel ihr in die Arme. »Jonata! Bist du es wirklich?« Sie begann zu schluchzen.

Jonata drückte ihre Freundin fest an sich, sie schien nur noch aus Haut und Knochen zu bestehen. Auch ihr stiegen Tränen in die Augen. Wie sehr hatte sie Agnes vermisst. Wie hatte sie nur vier Jahre glauben können, das Leben in Köln einfach hinter sich gelassen zu haben?

Agnes löste sich von ihr. »Bist du ein Geist, oder bin ich dem Wahnsinn verfallen?« Sie wischte sich über die Wangen.

Sie war blass, dunkle Schatten lagen unter ihren Augen. Zu viele Sorgen, zu lange Tage.

»Die Überraschung ist mir wohl gelungen.«

»Dabei wolltest du wieder verschwinden ohne einen Gruß, habe ich recht?« Agnes rügte sie mit einem strafenden Blick – einem Blick, den wohl ihre Zöglinge oft zu sehen bekamen.

Jonata griff nach Agnes' Händen. »Ich hätte dich noch besucht.« Sie schluckte den Kloß hinunter. Sie freute sich, und ihr war gleichzeitig unwohl zumute. Sie hatte den Zeitpunkt der Begegnung bestimmen und Vorsicht walten lassen wollen.

»Warum wolltest du mich warten lassen? Und wieso bist du überhaupt wieder zurück?«

»Ich bin nicht zurück. Ich bleibe nur zwei Wochen.« Sie presste die Lippen aufeinander. Agnes sah aus, als könnte sie Hilfe gut gebrauchen. Wenn sie ihre Freundin doch nur wie damals unterstützen könnte.

»Was? Wieso? Komm erst mal rein.« Agnes führte sie in die Kochstube. Ein Kochtopf hing über der Feuerstelle. Es duftete nach Gemüsesuppe.

»Bedient sich der Pfarrer immer noch an der Kollekte, die für das Waisenhaus bestimmt ist?«, fragte Jonata. Früher hatte er immer etwas abgezwackt. Und dabei bekam das Waisenhaus nur das Geld von zwei Sonntagen im Monat – viel zu wenig.

Agnes hackte ein paar Kräuter und gab sie in den Topf. »Wir kommen über die Runden.« Sie beugte sich zur Seite und hustete röchelnd. Das hörte sich nicht gut an.

»Was ist mit dir?«

Agnes winkte ab. »Nicht der Rede wert.«

»Wenn du richtig krank wirst, kannst du dich nicht mehr um die Kinder kümmern.«

»Was soll ich schon tun außer beten?«

»Den Rat eines Medicus oder zumindest eines Baders einholen.«

Sie pustete sich eine Strähne aus dem Gesicht. »Wovon soll ich den bezahlen? Soll ich das Geld aus der Schatulle für die Kinderkleidung fischen?«

»Also bekommst du immer noch nicht genug.«

»Es ist nie genug bei fünfundzwanzig hungrigen Mäulern im Haus.«

Ihr kam eine Idee. Der Bruder ihres Vaters verdingte sich sicher noch als Bader. »Ich könnte meinen Vetter –«

»Als ob Ekarius sich die Mühe machen würde. Lass gut sein, Jonata.« Sie hustete wieder, hielt sich ein Tuch vor den Mund. Blut! Sie spuckte Blut.

Jonata sprang auf und legte ihrer Freundin eine Hand auf die Schulter. »Sei doch vernünftig! Wenn du dich nicht mehr um die Kinder kümmern kannst, ist keinem geholfen.«

»Bete für mich, aber lass mich mit deiner Bevormundung in Ruhe.« So stur wie eh und je! Aber früher hatte sie sich wenigstens helfen lassen.

Wäre Jonata länger in Köln, würde sie Agnes wieder Lebensmittel bringen und den Kindern vorlesen. Aber vielleicht konnte sie wenigstens für ein paar Münzen einen Medicus vorbeischicken.

»Agnes …«, ertönte eine Jungenstimme von der Tür. Der Junge, vielleicht zehn Jahre alt, trat ein, sah Jonata eindringlich an. Er schien verwirrt zu sein. In seiner Oberlippe klaffte eine Spalte. Wilhelm. Meine Güte, was war aus dem kleinen Jungen geworden? Seine braunen Locken waren kurzen krausen Haaren gewichen. Er hatte Muskeln in den Oberarmen, mit denen er sicherlich gut zupacken konnte.

»Jonata?«, fragte er zögerlich. Er konnte sich tatsächlich an sie erinnern. Sofort überkam sie ein ungutes Gefühl.

Jonata winkte ihn zu sich. »Schön, dich wohlauf zu sehen, Wilhelm.« Sie sah Agnes an. »Ihr dürft keinem erzählen, dass ich in der Stadt bin. Ihr beide.« Sie nahm Wilhelms Hände und wartete, bis er nickte.

»Ist die Inquisition immer noch hinter dir her?«, fragte Agnes.

»Ja, Enderlin sucht nach mir. Er war in meinem Elternhaus.«

»Dann solltest du achtgeben.«

»Deshalb wollte ich dich nicht behelligen.«

Agnes stemmte die Arme in die Hüften. »Glaubst du etwa, ich würde dich anzeigen?«

»Nein. Aber nur ein unbedachtes Wort der Kinder.« Sie strich dem Jungen über den Kopf.

»Ich werde nienanden etwas verraten«, sagte Wilhelm und warf sich in die Brust. Das »m« vermochte er immer noch nicht zu artikulieren, obwohl seine Aussprache wesentlich besser geworden war.

Jonatas Herz wurde schwer. Sie würde ihn nicht aufwachsen sehen. Er würde ein erwachsener Mann sein, wenn sie noch mal nach Köln käme. Wenn sie in ihrem Leben überhaupt noch mal einen Fuß in die Stadt setzte. Sie beugte sich zu ihm. »Du kannst also ein Geheimnis für dich behalten?«

Er nickte eifrig. »Liest du uns wieder etwas vor?« Seine Augen leuchteten. Früher hatte sie den Kindern oft die Vita der heiligen Ursula vorgelesen. Nun gab es einen erbaulicheren Text. Sie konnte das nächste Mal die deutsche Übersetzung der Bibel mitbringen. Hoffentlich fand sie Zeit dafür. Sie ahnte bereits, dass zwei Wochen zu kurz waren, um einen Mörder zu finden. Wie viel Zeit blieb ihr dann überhaupt noch, um ins Waisenhaus zu kommen? Und jetzt wartete Clara auf sie.

Jonata erhob sich. »Ich werde sehen, was sich machen lässt, aber versprechen kann ich nichts.«

»Du willst schon wieder gehen?« Agnes zog einen Schmollmund.

Unwillkürlich musste Jonata lächeln. Ihre alte Freundin hatte mittlerweile Falten um die Augen, musste vierzig Lenze zählen, doch ihre Mimik glich der eines unschuldigen Kindes. »Ein Säugling wartet auf seine Milch.«

»Du bist Mutter?«

»Es ist nicht meins, aber ja, ich bin auch Mutter.«

»Verdingst du dich als Amme?«, fragte Agnes noch überraschter.

»Es ist kompliziert. Ich erkläre dir alles beim nächsten Mal.« Auch wenn sie keine Zeit haben würde, den Kindern etwas vorzulesen, würde sie es sich nicht nehmen lassen, noch einmal ihre Freundin zu besuchen und ausgiebig mit ihr zu plaudern.

***

Nach dem Mittagsmahl begab sich Enderlin zur Klosterpforte. Bruder Fritz hatte den Kopf an die Mauer gelehnt und schnarchte. Dieser Faulpelz! Enderlin stieß ihn an, sodass er aufschreckte und ihn mit großen Augen ansah. Der Bruder berappelte sich und öffnete die Pforte.

Enderlin beeilte sich. Was, wenn der Schreinsmeister heute wieder nicht anwesend war? Aber seine Sorge war unbegründet. Derselbe junge Mann mit den zotteligen braunen Haaren ließ ihn in die Schreibstube eintreten.

Der Schreinsmeister war ein alter Mann, er hatte nur noch ein paar einzelne Haare auf der fleckigen Kopfhaut. Dafür war seine Kleidung umso prunkvoller, sein Wams war aus Samt, und die Knöpfe glitzerten im Schein der sechs Wachskerzen in einem schmuckvollen Kerzenständer. An der rechten Hand trug er einen protzigen Ring aus Gold. Er brütete über ein paar Büchern, schien ihn nicht gehört zu haben. Die Fenster waren mit in Blei gefassten Butzenscheiben versehen. Hier schien Reichtum zu herrschen.

Enderlin räusperte sich, doch der Alte schaute nicht auf. Er trat näher und sagte laut: »Gott zum Gruße.«

Die Augen des Schreinsmeisters wirkten erstaunlich klar, als er nun überrascht aufsah. »Ein Mönch in meinen Räumen?«

»Habt Ihr vergessen? Ihr habt mir einen Brief zukommen lassen.«

»Stimmt. Enderlin von Menden, richtig?«

Enderlin nickte. »Ihr habt mir geschrieben, dass das Haus meines Vaters mir zufallen würde.«

»So ist es.«

Der Schreinsmeister stand auf und schlich zum Schrank, dem er einen Folianten entnahm. Keuchend legte er das schwere Buch auf den Schreibtisch und strich behutsam über den Buchrücken, als handelte es sich um die Heilige Schrift. Er blätterte durch die Seiten, bis er die richtige Stelle gefunden hatte. »Das Haus an der Hopfenschenke soll nun Euch übertragen werden, Enderlin von Menden.«

»War die Witwe meines Vaters hier?«

Der Alte rührte sich nicht. Anscheinend hatte Enderlin zu leise gesprochen, also wiederholte er den Satz mit kräftiger Stimme.

»Ja. Daher weiß ich, dass Euer Vater gegangen ist, ohne ein Testament zu hinterlassen.«

Wie konnte das sein? Enderlin hätte jeden Eid geleistet, dass es früher eins gegeben hatte, in dem er Lucas sein Vermächtnis hinterlassen wollte. Hatte sein Vater es versäumt, nach dem Ableben von Lucas ein neues aufzusetzen? Vielleicht hatte er warten wollen, gar geglaubt, sein zweites Eheweib würde ihm noch einen würdigen Erben schenken.

Doch sein Vater war für seine Sünden bestraft worden, dafür, dass er Unzucht mit diesem Weib getrieben hatte und Jonata die Ketzerei hatte durchgehen lassen. Jonata. Sein Herz begann sofort schneller zu schlagen, wenn er an sie dachte.

Der Schreinsmeister ließ den Federkiel über das Pergament gleiten und nickte zufrieden. Er klappte das Buch zu und brachte es zurück an seinen Platz im Schrank. Er schien erleichtert, als er sich wieder auf dem Lehnstuhl niederlassen konnte.

»Bekomme ich kein Schriftstück?«, fragte Enderlin.

Verwirrt sah der Schreinsmeister ihn an. »Wie bitte?«

Enderlin atmete tief durch und wiederholte seine Frage wieder in einer gottesungebührlichen Lautstärke.

»Benötigt Ihr denn eines?«

»Habt Ihr der Witwe meines Vaters bereits mitgeteilt, dass ich das Haus erbe?«

Der Schreinsmeister kratzte sich am Kopf, wobei ein paar Hautschuppen auf den Schreibtisch segelten. »Ich habe sie nur vertröstet, da ich nicht wusste, ob Ihr die Klostermauern verlassen könnt.«

Also würde Enderlin ihr die Nachricht überbringen. Er freute sich auf den Moment, in dem er den Schrecken in den Augen dieser Winkelwip sehen könnte. »Ich denke, Margret wird nicht erfreut sein, dass ich das Haus erbe. Vielleicht wird sie mir keinen Glauben schenken und Euch erneut behelligen.«

Der Schreinsmeister nickte, nahm ein Blatt Papier von seinem Stapel und begann zu schreiben. Das Kratzen des Federkiels war wie Choralgesang in Enderlins Ohren. Die Grundfeste seines zukünftigen Glücks. Der Schreinsmeister erhitzte rotes Wachs, ließ es auf das Papier tropfen und drückte ein Siegel hinein. Nachdem es getrocknet war, überreichte er Enderlin das Schriftstück. Sein Besitz. Die Tür zu Jonata. Die Pforte auf dem Weg zu seiner Bestimmung.

KAPITEL 9

Figens Herz klopfte heftig. Sie setzte sich, ihre Hände zitterten. Jeden Moment erwartete sie ihre Zöglinge. Worauf hatte sie sich nur eingelassen? Wieso hatte sie geglaubt, sie könnte sich als Magistra versuchen? Nun hatte sie das Gefühl, es war alles ein riesiger Fehler.

Beruhige dich! Sie schlug das Buch auf und begann zu lesen: »Djs ist das buch von der gepurt Jhesu Christi der do ist ein son Dauids des sons Abraham.«

Figen wollte mit dem Matthäusevangelium beginnen. Sie hatte gestern Abend die ersten beiden Kapitel mehrmals gelesen. Weiter würde sie mit ihren Zöglingen sicherlich nicht kommen. Erst mal musste sie die Mädchen kennenlernen.

Sie hörte ein Lachen, dann kamen polternd zwei Mädchen herein. Die eine war vielleicht zwölf Jahre alt, die andere mochte fünfzehn sein. Sie musterten Figen skeptisch, kicherten. »Kommt herein«, forderte Figen die beiden auf.

Schüchtern kamen sie zu ihr und übergaben ihr das Schulgeld. Figen betrachtete einen Moment die Münzen. So viel Geld verdiente sie als Magd nicht in einem Jahr. Sie ließ die Geldstücke in ihren Beutel gleiten. »Wie heißt ihr?«

»Ich bin Anna von Rosenberg«, sagte die Ältere. Die rötlichen Haare schauten unter der nachlässig gebundenen Haube hervor. Sie hatte das gleiche kantige Kinn und die geschwungenen Lippen wie Seitz.

»Berbelin«, sagte die Jüngere mit gesenktem Kopf. Sie hatte die spitze Nase von ihrem Vater geerbt und weit auseinanderstehende Augen. Eine Schönheit war sie nicht.

»Sollte nicht noch eine eurer Schwestern die Schule besuchen?«

»Dorothe. Sie muss Mama helfen. Heute ist Waschtag«, sagte Anna.

So war das wohl, wenn es im Haus keine Magd gab. »Ich

hoffe doch, sie an unserem nächsten Schultag kennenzulernen.«

»Wenn alle Pflichten im Haus erledigt sind.«

Figen nickte. Sie hatte geglaubt, Frau von Rosenberg würde es unterstützen, dass ihre Töchter herkamen und das Lesen erlernten. Wenn noch nicht mal sie auf ihre Töchter verzichten konnte – wie würden es die anderen Familien handhaben?

Es kamen vier weitere Mädchen. Irma, die beleibte Tochter der Garnmacherin, wurde von einem Knecht begleitet, der sich erkundigte, wann er das Mädchen wieder abholen sollte.

Dorell, die Tochter eines Tuchhändlers, war eine schlanke Vierzehnjährige, die nach ihrem Kleid zu urteilen mehr einer Magd glich als einer Bürgerstochter.

Zum Schluss stürmte ein Mädchen herein, ein anderes zog sie hinter sich her. »Ich bin Kettlin, die Tochter eines Goldschmiedes. Das ist Mechthild, eine Freundin. Auch sie will das Lesen lernen.« Beide hatten rote Wangen, Schweißperlen standen Kettlin auf der Stirn. Sie schienen gerannt zu sein.

»Seid willkommen.« Je mehr Schülerinnen, desto besser.

Alle Mädchen gaben ihr das Schulgeld für einen Monat im Voraus. Der Beutel an Figens Gürtel wog schwer. Zu schwer angesichts der neuen Aufgabe?

Erwartungsvolle Augen schauten ihr entgegen. Anna und Berbelin tuschelten. Auf die beiden Schwestern musste sie achtgeben. Figens Herz klopfte. Nun ging es los. Sie durfte sich keine Fehler erlauben. Sie erhob sich und stützte sich mit den Armen am Tisch ab. Sofort trat Ruhe ein. Die Mädchen schauten zu ihr auf.

»Ich bin Figen Winters. Ich hatte das große Glück, dass ich als Magd lesen lernen durfte.« Die ersten Worte waren gesprochen. Gespannte Augen. Hier ein Lächeln, dort ein aufmerksames Gesicht. Figens Herz beruhigte sich, und sie schöpfte Kraft für die nächsten Worte.

»Die Tochter meines Herrn hat es mir beigebracht. Nun bin ich in der Lage, Schriften zu lesen und Briefe zu schreiben. Ein großes Privileg. Hätte ich es früher gekonnt, hätte ich vielleicht die Aufzeichnungen meiner Mutter lesen und möglicherweise das Leben meines kranken Vaters retten können.« Sie sah Mitgefühl in den Gesichtern ihrer Zöglinge.

»Nun will ich es euch lehren, damit ihr selbst Dinge überprüfen könnt. Ihr sollt nicht auf selbstgefällige Pfaffen oder andere Männer angewiesen sein, wie ich es einst war. Wir müssen unser Glück selbst bestimmen, und das können wir nur, wenn wir das Lesen beherrschen.«

Eine Welle der Begeisterung flutete die Schulstube. So hatte sie es sich vorgestellt. Figen erklärte, dass sie erst die Buchstaben lernen würden, dann das Lesen und schließlich das Schreiben. »Habt ihr eure Wachstafeln dabei?«

Die Mädchen holten ihre Tafeln hervor, nur Dorell senkte den Kopf.

»Was ist mit dir?«, fragte Figen.

»Mein Vater meinte, es sei Geldverschwendung. Ich solle nur das Lesen lernen.«

Figen atmete tief durch. Sie konnte verstehen, wenn Familien nur wenig Geld hatten, aber es war doch keine Verschwendung. »Sag ihm, dass du auch fürs Lesenlernen eine Wachstafel benötigst.« Sie würde von dem Schulgeld eine eigene Wachstafel kaufen, damit sie ihren Zöglingen bei Bedarf ihre ausleihen konnte. Wenn Dorell die Schule besuchen konnte, sollte es nicht an den Utensilien scheitern.

»Und nun beginnen wir mit einem Morgengebet.« Figen ließ die Mädchen gemeinsam das Vaterunser aufsagen. Danach bat sie Gott in Gedanken um Beistand für ihre Aufgabe. »Wir werden unseren Unterricht mit dem wichtigsten Text bestreiten, den es gibt. Welchen meine ich?«

Drei ihrer Zöglinge plapperten durcheinander, dass es an das wilde Gegacker im Hühnerstall erinnerte. Figen musste lächeln. Sie freute sich über die rege Beteiligung. Wenn sie als Mädchen die Möglichkeit bekommen hätte, eine Schule zu besuchen, wäre vieles in ihrem Leben anders verlaufen. »Wenn Ihr etwas beitragen möchtet, gebt bitte ein Handzeichen. Ich werde euch dann das Wort erteilen.«

Dorell, Irma und Anna hoben die Hände.

»Anna, bitte«, forderte Figen das Mädchen auf.

»Die Heilige Schrift.«

Figen nickte. »Richtig. In den Messen hören wir sie nur auf Lateinisch. Martin Luther hat sie für uns ins Deutsche übersetzt. Das bedeutet, wir können die Worte verstehen, ohne die Gelehrtensprache zu beherrschen.«

Sie dachte an die Beisetzung ihres Vaters. Wenige Trauergäste, eine kurze Predigt, leere Worte, nicht verstandene Hoffnung. Die Tränen auf ihren Wangen hatte keiner weggewischt. Es war die düsterste Zeit in ihrem Leben gewesen.

Mechthild hob die Hand. Figen gab ihr mit einem Nicken zu verstehen, dass sie sprechen durfte. »Ist das nicht Ketzerei?«

Figen blieb die Luft weg. Seitz hatte ihr nur Töchter von Anhängern Luthers in die Schule geschickt. Wer hatte ahnen können, dass ein Mädchen eine Freundin mitbrachte, die diesen gefährlichen Vorwurf in den Raum warf? Jetzt musste sie standhaft bleiben und das Mädchen überzeugen. »Welches Buch ist das wichtigste Buch?«

»Die Bibel«, antwortete Mechthild.

»Ist es nicht zur Ehre Gottes, wenn wir die Bibel als Grundlage für unseren Unterricht nehmen?«

Mechthild nickte. »Aber in Latein.«

»Bist du des Lateins mächtig?«

»Nein.«

»Wenn du Lesen und Schreiben lernen willst, musst du die Texte verstehen, die wir lesen. Daher können wir nur froh sein, dass es endlich die Heilige Schrift in deutscher Sprache gibt. Luther hat uns diesen Text geschenkt – geleitet von Gottes Hand.«

»Mein Bruder lernt in der Domschule das Lesen anhand von lateinischen Texten. Psalter oder das Paternoster.«

Figen biss die Zähne zusammen. Mechthild war hartnäckig. »Dein Bruder wird später Latein studieren oder hat es vielleicht schon.«

Mechthild schüttelte den Kopf. »Noch nicht.«

»Siehst du: noch nicht. Ihr aber werdet hier nicht Latein

lernen. Es ist eine Lese- und Schreibschule. Daher werden wir Texte nehmen, die wir alle verstehen und die lehrreich sind. Und was könnte lehrreicher sein als Gottes Wort?«

Anna und Berbelin nickten einander zu.

Mechthild verschränkte die Arme. »Mein Vater wird damit nicht einverstanden sein.«

Figen holte ihr Schulgeld aus dem Beutel und reichte Mechthild die Münzen. »Dann solltest du gehen. Es wäre nicht ratsam, dass du gegen den Willen deines Vaters verstößt.«

Das Mädchen verzog unwillig das Gesicht. Das hatte sie wohl nicht beabsichtigt.

»Wer ist eigentlich dein Vater?«, fragte Figen.

»Der Apotheker Hannes Geppinger.«

Figen kannte den Apotheker, sie hatte schon ein paarmal Arzneien für die Familie dort abgeholt. Er war ein knauseriger Kauz, dessen Lippen wohl nicht zu lächeln imstande waren. Hoffentlich würde er sich nicht über sie beschweren.

»Sag deinem Vater, dass er dich zu den Beginen schicken soll, wenn du das Lesen anhand lateinischer Texte lernen sollst.«

Mechthilds Unterkiefer bebte. Sie zögerte, wusste anscheinend nicht, ob sie gehen sollte oder nicht. Sie warf ihrer Freundin einen verärgerten Blick zu und erhob sich mit verschränkten Armen. Sie nahm das Geld zurück, packte ihr Bündel und verschwand grußlos.

Figen atmete tief durch und sah in die Gesichter der Verbliebenen. Ihre Zöglinge sahen sie mit großen Augen an. »Erschreckt nicht! Wenn es nicht der Wunsch ihres Vaters ist, dass sie hier ist, werde ich mich seinem Willen nicht widersetzen. Falls er doch damit einverstanden ist, darf sie gerne wiederkommen. Und nun werden wir beginnen.«

Figen setzte sich auf ihren Platz und schlug das Buch auf. »Zuerst werden wir uns das Matthäusevangelium vornehmen. Anhand des Textes werden wir die Buchstaben lernen.« Sie senkte den Kopf. Eine Stille breitete sich in ihrem Inneren aus.

Sie würde den Mädchen helfen, selbstsicherer zu werden. Vielleicht würden sie irgendwann in eine ähnliche Situation kommen wie sie und könnten dann das Leben eines geliebten Menschen retten. Vater, Mutter, dies tue ich auch für euch. Ich hoffe, ihr seid stolz auf mich.

✳✳✳

Enderlin betätigte den Stier-Dämon-Klopfer. Der Stierkopf blickte ihn hämisch an, als wollte er ihn verhöhnen. Niemand öffnete. Enderlin klopfte erneut, wartete. Musste er sich etwa gedulden, seine »gute« Neuigkeit zu überbringen?

Er sprang die zwei Stufen hinunter und betrat den Innenhof. Die Tür zur Brauerei stand einen Spalt offen. An der Wäscheleine, die zwischen dem Haus und dem Baum gespannt war, wehten Unterröcke und Leinentücher im Wind. Der Anblick war vertraut, doch es fehlten der malzig-süße Braugeruch und das gehetzte Treiben der Lehrlinge und Gesellen.

Ein Apfel fiel ihm auf den Kopf. »Au!« Er rieb sich die von dem Tonsurschnitt kahle Stelle. Erst jetzt entdeckte er Margret im Baum.

»Enderlin! Ich habe dich gar nicht gesehen.« Sie grinste.

Diese Metze! Das war doch volle Absicht gewesen. Elegant kletterte sie mit einer Hand die Leiter hinab, mit der anderen drückte sie einen Korb gegen ihre Seite. Als sie den Korb abstellte, fiel sein Blick auf ihren Bauch. »Bist du etwa …« Er stockte. Wieso war ihm das nicht schon vorher aufgefallen?

Sie sah an sich herunter und nickte. »Ganz recht. Ich trage deinen Halbbruder unter dem Herzen.«

Unwillkürlich hielt er die Luft an. Würde ihm dieses Kind etwa das Erbe streitig machen? Er musste das Haus so schnell wie möglich verkaufen. »Wann ist es denn so weit?«, fragte er freundlich.

»Was schert es dich? Du versauerst doch bald wieder im Kloster, anstatt für deine Familie da zu sein.«

Er biss die Zähne zusammen. Täusch dich mal nicht. So schnell wirst du mich nicht los. Sollte er ihr das Schreiben des Schreinsmeisters doch nicht zeigen? Vielleicht würde sie dann zum Schreinsamt rennen und um Gnade betteln. Der Alte mochte einer schwangeren Frau gegenüber möglicherweise Milde walten lassen.

Doch wahrscheinlich würde Margret sowieso bald wieder zum Schreinsamt gehen und dort die Neuigkeit erfahren. Ihre Reaktion wollte er sich nicht entgehen lassen, also zog er den Brief aus der Kutte und wedelte damit vor ihrer Nase herum. »Du und die Mägde müsst euch bald ein neues Heim suchen.«

»Was faselst du da?« Sie zeigte auf den Brief wie auf angeschimmelte Gänseleber. »Und was soll das sein?«

»Ein Schriftstück vom Schreinsmeister. Mir gehört ab heute dieses Haus.«

»Was? Das kann nicht sein!« Sie riss die Augen auf, griff nach dem Dokument, faltete es auseinander und starrte auf die Zeilen. Ihre Augen bewegten sich nicht über den Text, ihr Mund formte nicht die Worte. Sie las nicht, sah in der Schrift wohl bloß Linien und Punkte, die keinen Sinn ergaben. Sie reichte es ihm zurück. »Das beweist gar nichts.«

»Nur weil du nicht lesen kannst, bedeutet es nicht, dass es nicht dort besiegelt ist.«

»Und warum sollte der Schreinsmeister dir, einem Mönch, das Haus übertragen, wenn es ein Eheweib gibt?« Sie hielt den Kopf so erhoben, als sei sie eine Adlige. Und was trug sie überhaupt für ein edles Kleid? Der Stoff aus Samt und Seide, nicht ihrem Stand angemessen. Sie würde noch an ihrer Überheblichkeit ersticken.

»Weil es kein Testament gibt und du meinen Vater ins Verderben geführt hast.«

»Was hab ich?« Ihre Augen glühten.

»Das ist zumindest die Meinung des Schreinsmeisters.«

Sie ballte die Hand zur Faust. »Was fällt dem Kauz ein?«

»Er hat erkannt, dass die Gottesfurcht dieses Haus schon lange verlassen hat.«

»Und was hast du vor?« Die Unsicherheit in ihrer Stimme war unüberhörbar.

Er lächelte innerlich. Jetzt kam der Moment, den er vollends auskosten wollte. Er wartete ein paar Augenaufschläge, um seinen Worten Gewicht zu verleihen. Ängstliche Erwartung in ihrem Gesicht. Dieser Anblick legte sich wie eine befreiende Beichte auf seine Brust. »Ich werde das Haus verkaufen.«

Ihre Augen weiteten sich, wurden erst trüb, dann sprühten sie vor Wut. »Das wirst du nicht wagen!«

»Wenn Figen mir verrät, wo sich Jonata aufhält, werde ich es mir womöglich überlegen. Dann könnte ich es dir vermieten.«

Margret zögerte. Er konnte sehen, wie sich ihre Gedanken überschlugen. Dann zog sie die Stirn in Falten. »Verschwinde von hier, Teufelsgenosse!«, zischte sie.

Sie gab ihm einen Stoß, sodass er nach hinten taumelte und gegen ein leeres Bierfass stieß. Ein Säugling schrie. Schon wieder. Er hob den Kopf und versuchte zu ergründen, woher das Geräusch kam. Bevor er sich darauf konzentrieren konnte, stürmte Margret auf ihn zu und jagte ihn vom Hof. »Hau ab«, rief sie wütend und hob drohend die Hand.

»So redet man doch nicht mit einem Gottesmann.« Er wandte sich ab und lächelte.

»Lass dich hier nie wieder blicken. Das ist nicht dein Haus«, schrie sie ihm hinterher.

Oh doch! Und er wusste auch schon, wem er das Haus schmackhaft machen würde: Sebalt. Diesem Angebot würde er nicht widerstehen können.

✳✳✳

Jonata hatte das Haus noch nicht erreicht, da hörte sie Claras Schreie. Wie gestern, als sie bei Agnes gewesen war, war sie heute wieder zu spät dran und hatte die Kleine ihrem Hunger überlassen.

Sie wollte gerade den Kopfüberzug zurückstreifen, als es ihr den Atem verschlug. Enderlin kam aus dem Innenhof und steuerte auf sie zu. Jonata stolperte in den Hauseingang ihrer Nachbarn und tat so, als ob sie an die Haustür klopfte. Ihr Herz hämmerte wie ein Galoppwirbel aufgescheuchter Pferde. Hatte er sie gesehen? Sie traute sich nicht, zu atmen, horchte auf seine Schritte. Er kam näher. Sie schloss die Augen in der Erwartung, dass er sie an der Schulter packen und herumwirbeln würde.

Die Schritte stoppten. Oh nein! Sie sah das Feuer, fühlte die Qualen, ihre Knie wollten fast versagen. Würde sie doch auf dem Scheiterhaufen enden, würden die Flammen ihre Glieder zerfressen? Ihr wurde erst heiß, dann kalt. Doch die Schritte entfernten sich. Sie wartete, bis nichts mehr zu hören war. Erleichtert japste sie nach Luft und lehnte sich an die Hausmauer. Was hatte ihr Bruder schon wieder hier zu suchen gehabt? Sie wagte einen Blick die Gasse hinunter: Matschiger Morast, nur die Fußabdrücke zeugten noch von ihm.

Nachdem sich ihr Herz beruhigt hatte, lief sie hinüber zu ihrem Haus. Sie fand Margret und Elisabeth in der Küche. Ihre Ziehmutter schimpfte und drückte ihr die weinende Clara in den Arm. »Endlich.«

Jonata legte Clara an die Brust an. Sie trank gierig. »Es tut mir leid«, flüsterte sie, strich der Kleinen liebevoll über den Schopf und wischte ihr die Tränen aus den Augenwinkeln.

»Dieser Hundsarsch!« Margret lief mit hochrotem Kopf auf und ab.

»Was wollte mein Bruder schon wieder hier?«, fragte Jonata.

»Uns das Haus wegnehmen.«

»Was?« Jonatas Herz stolperte. »Wie das?«

»Er hat sogar ein Schriftstück vom Schreinsmeister gehabt. Angeblich. Jedenfalls hat er mir eins gezeigt.«

Jonatas Herz sank ins Bodenlose. Was hatte das zu bedeuten? »Ich verstehe nicht. Bitte erzähl doch von Anfang an.«

»Da gibt es nichts zu erzählen. Der Schreinsmeister hat ihm das Haus übertragen, und Enderlin will uns verjagen und das Haus verkaufen.«

Jonata konnte es nicht fassen. Vor vier Jahren hatte er Simon und sie gejagt, wollte sie beide auf dem Scheiterhaufen sehen. Und nun wollte er den Rest seiner und ihrer Familie aus dem Haus jagen. Wenn das ihr Vater erfahren hätte. Ihre Schuldgefühle nahmen ihr die Luft zum Atmen.

»Du musst unbedingt zum Schreinsmeister«, sagte Elisabeth zu Margret. »Wenn du es nicht erben sollst, dann doch Kuntz. Enderlin kann als Mönch nichts besitzen und schon gar kein Haus.«

»Ich werde sofort hingehen. Der kann was erleben!« Margret stürmte hinaus.

Jonata rieb sich über die Stirn. »Wie konnte das nur geschehen?«

Elisabeth ließ sich zu ihr auf die Bank sinken. »Bechtolt hat es versäumt, ein neues Testament aufzusetzen.«

Wieso hatte ihr Vater das nicht getan? Früher hatte er eins in der Münzschatulle aufbewahrt – als ihr Bruder Lucas noch lebte. Er hatte das Haus und die Brauerei erben sollen. »Aber es ergibt einfach keinen Sinn, dass Enderlin das Haus erben soll.« Und es war nicht richtig. Sie konnte nicht glauben, dass es im Sinne des HERRN war.

Ihre Ziehmutter seufzte. »Ich hoffe, Margret kann etwas beim Schreinsamt erreichen.«

Sie musste einfach! Sie war die rechtmäßige Erbin. Sie war die Ehefrau und hatte das Recht, sich einen neuen Ehemann zu suchen.

»Sie hatte es in letzter Zeit schon schwer genug«, sagte Elisabeth.

»Oh ja. Bechtolts Verlust …« Jonata konnte sich nicht vorstellen, wie es sein würde, wenn sie Simon verlöre. Sie musste daran denken, wie geschwächt ihr Ehemann nach der Folter der Inquisition gewesen war. Sein Leid hatte ihr das Herz gebrochen. Und es hätte ihr Leben zerstört, wenn sie ihn nicht vor dem Scheiterhaufen hätte bewahren können.

»Nicht nur das.« Elisabeth verzog das Gesicht.

»Was meinst du?«, fragte Jonata.

Ihre Ziehmutter richtete ihre Haube. »Ich weiß nicht, ob es Margret recht wäre, wenn ich es dir erzähle.«

»Was denn?« Wie sie es hasste, wenn man sie auf die Folter spannte.

»Und ich weiß es auch nur, weil ich es einmal mitbekommen

habe, als ich nachts den Abtritt aufgesucht habe.« Elisabeth starrte auf den Tisch, als ob es dort etwas Interessantes zu beobachten gäbe. »Und weil ich ihre blauen Flecken entdeckt habe, als ich nach ihr den Zuber bestiegen habe.«

»Blaue Flecke?«, fragte Jonata irritiert. Sie ahnte, dass sie nicht hören wollte, was Elisabeth ihr zu sagen gedachte.

»Jonata, dein Vater hat Margret geschlagen.«

»Das kann doch nicht sein!« Es kam ihr vor, als ob Elisabeth von einem anderen Mann spräche. Was war nur aus ihrem Vater geworden? Auch sie hatte mal eine Ohrfeige von ihm kassiert, aber nie hatte er sie ernsthaft verletzt. Und sie hätte es ihm nicht zugetraut. Von Elisabeth wusste sie, dass er ihre Mutter niemals so behandelt hatte.

»Wenn er betrunken aus den Schenken zurückgekehrt war, muss es besonders schlimm gewesen sein.«

Jonata schluckte. Hatte ihn die Sorge um sie so umgetrieben? Und wenn Margret von ihrem Ehemann misshandelt worden war – in dem Wissen, ein Kind unter dem Herzen zu tragen … Ein Gedanke formte sich zu einem grausigen Dämon. Hatte Margret ihren Vater auf dem Gewissen?

»Weißt du, wann das Kind zur Welt kommen soll?«, fragte Jonata.

»Sie sagt, in drei Monaten.« Elisabeth zuckte mit den Schultern. »Figen und ich wissen es erst seit ein paar Wochen. Margret hat ihren Bauch lange geschickt unter den Kleidern verstecken können.«

War das der Grund gewesen? Hatten sie sich wegen der Schwangerschaft gestritten?

»Dein Vater hat sich so sehr einen Jungen gewünscht. Und nun wird er die Geburt seines Kindes nicht mehr erleben. Ich weiß gar nicht, ob er es gewusst hat«, fuhr Elisabeth fort und seufzte.

Der Gedanke schnürte Jonata die Kehle zu. Oder hatte Bechtolt von der Schwangerschaft erfahren und Margret vorgehalten, die guten Neuigkeiten zu lange geheim gehalten zu haben? Nein, das ergab keinen Sinn. Warum hätte Margret ihn deswegen umbringen sollen? Jonata hatte das Gefühl, irgendwas zu übersehen. »Glaubst du, Margrets Trauer ist wahrhaftig?«

Elisabeth riss die Augen auf. »Du glaubst doch wohl nicht … Nein! Margret hätte Bechtolt niemals ein Haar gekrümmt. Auch wenn sie es sehr schwer gehabt hat.«

»Aber –«

Elisabeth stand auf. »Nein, Jonata. Schlag dir diesen Gedanken aus dem Kopf. Sie war es nicht. Darauf gebe ich dir mein Wort.«

Jonata strich Clara über die Wange. Man wusste nie, wozu eine Mutter fähig war – auch eine werdende.

✳✳✳

Enderlin legte sich auf dem Weg zum Hause Magnus die Worte zurecht. Er musste Sebalt gleich im ersten Augenblick überzeugen, wollte sich nicht abweisen lassen. Eine Magd öffnete ihm die Tür. Sie konnte die Überraschung, einem Mönch gegenüberzustehen, nicht verbergen.

»Ist Sebalt zugegen?«, fragte Enderlin.

Die Magd nickte. »Wen darf ich ankündigen?«

»Enderlin von Menden. Sag ihm, ich habe ihm ein großzügiges Angebot zu machen.«

Ein Poltern. Jemand trampelte die Treppe hinunter. Sebalt erschien hinter der Magd. »Du bist früh …« Sein Lächeln erstarb. »Ihr schon wieder!« Er schob die Magd beiseite, die es als Aufforderung nahm, im Haus zu verschwinden. »Habe ich Euch nicht verständlich gemacht, dass mir Eure Schwester mittlerweile egal ist?«

Enderlin nickte. »Darum geht es nicht. Ich habe Euch ein gutes Angebot zu machen.«

Sebalt stemmte die Hände in die Hüften. »Ich wüsste nicht, was ein Mönch mir zu bieten hätte. Also verschwindet. Ich möchte den Namen ›von Menden‹ nicht mehr hören.« Sebalt war im Begriff, die Tür zu schließen.

Enderlin trat einen Schritt näher und schob einen Fuß auf die Schwelle. »Auch wenn Euch bald das Haus samt Hof und Brauerei meiner Familie gehören könnte?«

Sebalts Augen verengten sich zu Schlitzen, und er öffnete die Tür wieder. »Wie das?«

»Das Haus meines Vaters gehört nun mir, und ich bin gewillt, es zu verkaufen. Habt Ihr Interesse?«

Sebalt legte den Kopf schief und zog die Stirn in Falten. »Seit wann sind die Pfaffensäcke zum Scherzen aufgelegt?«

Enderlin biss die Zähne zusammen. Was fiel ihm ein? Doch anstatt eine Ermahnung auszusprechen, zog er den Brief aus der Kutte. »Hier ist der Beweis.«

Sebalt rieb sich die Knollennase. »Dann kommt mal rein und lasst Euer Angebot hören.«

Enderlin folgte ihm in die Stube. An den Wänden hingen Regale mit den unterschiedlichsten Bierkrügen aus Holz, Zinn, Ton und Leder. Einige waren mit Ornamenten verziert, andere trugen ein Wappen. »Eine erstaunliche Sammlung«, kommentierte Enderlin. Und eine Geldverschwendung, fügte er in Gedanken hinzu.

»Nicht wahr?«, sagte Sebalt stolz. »Jedes Mal wenn mein Vater auf Reisen ist, bringt er einen Bierkrug mit.«

»Pilgerreisen?«

Sebalt lachte schallend und schlug ihm auf die Schulter. »So ähnlich. Nur im Dienste des Bieres. Erst letztens war ich mit ihm in Bonn und habe dieses Prachtexemplar mitgebracht.« Er reichte ihm einen Zinnkrug mit einem aufwendig gearbeiteten Deckel. Er musste ein Vermögen gekostet haben.

»Aber setzt Euch doch«, sagte Sebalt und wies auf einen Schemel. Etwas zu trinken bot er ihm trotz der vielen Trinkgefäße nicht an. »Und nun sprecht. Wie kommt es, dass Ihr das Haus von Eurem Vater geerbt habt? Ich dachte, er hätte wieder geheiratet.«

»Eine Magd, die ihn ins Verderben geführt hat. Jonata ist fort, Lucas selig, mein Halbbruder schwachsinnig, daher bleibe nur noch ich übrig.«

»Und wie lautet Euer Angebot?«

»Ihr sagtet, Ihr wollt Euch verloben, also braucht Ihr sicherlich ein Haus mit Brauerei.«

Sebalt nickte ungeduldig. »Natürlich. Aber wie viel soll es kosten?«

»Dreihundertachtzig Gulden.«

Schwerfällig atmete Sebalt aus. »Das ist viel.«

Enderlin hatte mit dem Schreinsmeister über die Preise der Häuser gesprochen. Der Preis war angemessen. Vor allem für ein Haus mit Stall, angrenzender Schenke und Brauerei.

»Wenn Euer Vater sich so prunkvolle Krüge leisten –«

»Das Geld meines Vaters ist nicht meins.«

»So leiht es Euch.«

Sebalt schüttelte den Kopf. »Dreihundert, und wir kommen ins Geschäft.«

Dieser Hundskopf wollte wirklich handeln. Das musste er sich nicht gefallen lassen. Wenn der Schreinsmeister diesen Preis für angemessen hielt, dann würde sich Enderlin nicht mit weniger zufriedengeben. Gott würde ihm zeigen, wo er einen Käufer für das Haus fand. Er erhob sich. »Dann nicht.«

Sebalt hob beschwichtigend die Hand. »Wartet! Wenn Ihr mir die Zahlung stundet, kann ich Euch das Geld zahlen, sobald ich die Brauerei und die Schenke in Betrieb genommen habe.«

»Ich brauche das Geld jetzt.«

Empört breitete Sebalt die Arme aus. »Wofür benötigt ein Pfaffe Geld? Ich dachte, Ihr habt das Gelübde der Armut abgelegt.«

»Das Geld geht natürlich an das Kloster.«

»Und was ist so eilig für Euren Prior?«

»Die Belange des Klosters sind nicht für Eure Ohren bestimmt.« Er würde diesem Schwachkopf nicht offenbaren, dass es ihm nur darum ging, sich die Gunst des Priors zurückzuholen.

»Schlagt es Eurem Prior vor. Ich kann Euch zehn Gulden als Anzahlung anbieten.«

Lächerlich. Enderlin ging zur Tür. »So kommen wir nicht ins Geschäft.«

Sebalt schaute ihm grimmig hinterher. Anscheinend wollte er das Haus doch gern haben.

In diesem Moment klopfte es an der Haustür. Sebalt ging und öffnete. Davor stand ein junges Mädchen von vielleicht zwölf Lenzen. Sie sah schüchtern zu Boden, trug die Haube zu nachlässig, sodass man ihre blonden Haare sehen konnte.

»Da bist du ja endlich.« Sebalt umarmte das Mädchen, schien es fast zu erdrücken. »Darf ich Euch vorstellen? Meine Verlobte.« Er lächelte breit.

War dieses Mädchen nicht viel zu jung für Sebalt? Er musste doch schon über dreißig Lenze zählen. Aber womöglich war dieses Mädchen der Schlüssel zu Enderlins Erfolg. »Euer Verlobter und ich haben uns gerade darüber unterhalten, dass mein Haus samt der Brauerei zum Verkauf steht.«

Das Mädchen drehte sich freudestrahlend zu Sebalt um. »Ein eigenes Haus? Wie schön.«

»Dafür fehlt uns das Geld.«

»Aber ich möchte so gerne.«

Enderlin lächelte innerlich. Sie schien genau die Richtige zu sein, um Sebalt zur Vernunft zu bringen.

»Ich komme in den nächsten Tagen wieder, um Eure Entscheidung bezüglich meines Hauses zu hören.«

***

Jonata wechselte Clara die Windel, als sie das Klappern der Haustür hörte. Margret war sicherlich zurück. Jonata zog der Kleinen geschwind die Kleider wieder an, nahm sie auf den Arm und lief hinunter. Doch statt Margret fand sie Figen in der Stube.

»Und, wie war dein erster Schultag?«, fragte Jonata.

Figen lächelte, ihre Augen leuchteten. »Wunderbar. Die Mädchen waren so aufmerksam und lernbereit. Nur auf zwei Schwestern muss ich ein Auge haben. Sie steckten immerzu die Köpfe zusammen und tuschelten.«

»Das wirst du schon meistern.«

»Und sie haben mir alle das Schulgeld für einen Monat im

Voraus bezahlt.« Sie nahm den Beutel in die Hand und ließ ihn auf und ab hüpfen, wobei die Münzen klimperten.

»Dann könntet ihr von deinem Geld in drei Monaten die Schulden beim Fassbinder begleichen.«

Figen nickte. »Aber ich brauche auch Geld für Bücher und eine Wachstafel.«

»Margret müsste doch auch noch etwas von ihrem Witwengeld haben.« Es tat Jonata leid, dass sie nicht mehr Geld aus Wittenberg mitgebracht hatte. Dann hätte sie Figen und Margret Münzen aus ihrem Beutel überlassen können.

»Vielleicht kommen ja noch mehr Mädchen in die Schule. Dann können wir uns bald Mandelküchlein leisten.« Figens Augen bekamen einen Glanz, den Jonata nicht zu deuten vermochte.

Jonata brachte es kaum übers Herz, doch ihr blieb keine Wahl. »Ich muss dir noch was sagen«, begann sie. Wenn Enderlin das Haus verkaufte, dann konnte Figen die Schule nicht fortführen.

In dem Moment ging erneut die Haustür auf, und Margret stürmte herein. Ihr Gesicht war puterrot, ihre Augen funkelten zornig. »Dieser Hundsarsch! Lässt sich nicht umstimmen.«

»Das darf doch nicht wahr sein«, sagte Jonata. Ihr Mut sank. Immer noch machte ihr Bruder ihrer Familie das Leben schwer. Und diesmal hatte er auch den Schreinsmeister für seine Teufelspläne gewonnen. Sie hätte ihn am liebsten selbst an den Pranger gestellt.

Elisabeth kam aus der Küche herbeigeeilt. »Was hat der Schreinsmeister gesagt?«

»Er hat allen Ernstes behauptet, ich sei für Bechtolts Ableben verantwortlich.« Margret schnaufte. »Eine Unverschämtheit! Es reicht nicht, dass ich meinen Ehemann verloren habe, nein, ich muss mir das auch noch anhören.«

»Und Kuntz?«, fragte Elisabeth.

»Was glaubst du? Er ist ein Bastard. Er kann nicht erben«, sagte Margret scharfzüngig. Jonata hasste es, wenn sie so über Kuntz sprach. Der Junge konnte doch nichts dafür.

»Und deine Schwangerschaft? Da muss er doch Einsicht haben«, fuhr Elisabeth fort.

»Ach.« Margret machte eine wegwerfende Handbewegung. »So weit sind wir gar nicht gekommen.«

»Wieso nicht?«, fragte Jonata. Das war doch noch eine Möglichkeit, das Haus in der Familie zu halten.

»Er hat mich gar nicht zu Wort kommen lassen und gesagt, das Anwesen brauche einen männlichen Erben, der dessen würdig ist. Versteht ihr nicht? Was, wenn es ein Mädchen wird?«

Am liebsten wollte Jonata selbst zum Schreinsamt gehen. Es war ihr, als würde er das Recht so biegen, wie es ihm gefiel. Auch Mädchen durften ein Erbe antreten, wenn es keine männlichen Nachfahren gab.

»Du musst ihm sagen, dass es ein Junge wird«, sagte Elisabeth.

»Ich gehe da bestimmt nicht noch mal hin«, brummte Margret.

»Aber du musst«, widersprach Jonata. Clara begann zu schreien. Sie hatte zu laut gesprochen. »Pssssch«, machte sie und schaukelte die Kleine, bis sie sich beruhigt hatte.

Es konnte doch nicht sein, dass Enderlin schon wieder gewinnen und den Rest der Familie aus diesem Haus vertreiben würde. Ihr Herzschlag beschleunigte sich, als sie an die Begegnung mit ihrem Bruder dachte. Sie hatte nicht geglaubt, ihn in Köln wiederzusehen, geschweige denn, dass er ihr erneut das Leben schwer machen würde.

»Es hat keinen Sinn. Zumindest so lange nicht, bis ich weiß, ob ich einen männlichen Erben unter dem Herzen trage«, sagte Margret.

»Dann müssen wir noch drei Monate warten.« Elisabeth seufzte.

»Müssen wir wohl.« Margret rauschte aus dem Raum.

Jonata ließ sich auf einen Schemel sinken. »Hoffentlich ist es dann nicht zu spät.« Die Einspruchsfrist für die Übertragung eines Hauses betrug ein Jahr. Dies wusste sie von Simon, der damals mit seinem Bruder im Streit um das Erbe gelegen hatte.

Aber wenn Enderlin das Haus vorher verkauft haben sollte, gäbe es nichts mehr, worauf Margret oder ein neues Kind Anspruch erheben konnten.

»Enderlin muss erst mal einen Käufer finden«, sagte Figen hoffnungsvoll. »Vielleicht will keiner das Haus haben.«

»Darauf würde ich mich nicht verlassen. Wir müssen so schnell wie möglich den Mörder meines Vaters finden. Dann wird sich der Schreinsmeister sicherlich umstimmen lassen und erkennen, dass Margret Bechtolt nicht in den Tod getrieben hat und die rechtmäßige Erbin ist«, sagte Jonata.

»Meinst du, er glaubt wirklich, dass Margret ihn umgebracht hat?«, fragte Figen mit großen Augen.

Jonata zuckte mit den Schultern. »Wer weiß, ob die Gewaltdiener bei ihm gewesen sind und was sie ihm erzählt haben.«

Und wenn Margret doch die Mörderin war? Dann tat der Schreinsmeister recht daran, das Haus auf Enderlin zu überschreiben. Zu dumm, dass sie selbst keinen Anspruch geltend machen konnte. Und alles nur, weil Enderlin ihr damals als rechte Hand des Inquisitors nachgestellt hatte und sie mit Simon fliehen musste. Manchmal hoffte sie, Gott würde Enderlin ebenfalls ins Jenseits befördern. Doch sie wusste, dass der HERR sie für diesen Gedanken strafen würde, also schob sie ihn beiseite.

»Gehst du in die Schenken der anderen Brauer?«, fragte sie Figen. »Frag nach, ob Bechtolt dort zu Gast war, ob es Probleme mit anderen Gästen gab oder gar Streit.«

»Das sind doch zu viele.«

Jonata rieb sich über die Stirn. Bis sie in Köln über sechzig Schenken abgeklappert hatten, waren die zwei Wochen, die ihr noch blieben, vorbei. »Du hast recht. Wir sollten anders vorgehen. Sprichst du mit Mergentheim? Vielleicht weiß er, bei welchen Brauern mein Vater sich unbeliebt gemacht hat.«

Figen nickte. »Morgen. Heute bin ich zu geschafft. Der Unterricht hat Spaß gemacht, aber mir auch viel abverlangt.«

»Aber die Zeit drängt. Wenn Enderlin das Haus verkauft, wirst du auch die Schule schließen müssen«, wandte sie ein. Und sie selbst hatte nur diese zwei Wochen.

Figens Augen wurden trübe. »Das darf nicht passieren. Aber wenn ich zu Mergentheim gehe, muss ich all meine Sinne beisammenhaben. Ich will mir vorher überlegen, welche Fragen ich stellen muss.«

Jonata rieb sich über die Stirn. Geduld. Wenn sie die nur hätte. Sie würde heute Abend nicht tatenlos rumsitzen können. Sie drückte ihrer Ziehmutter Clara in den Arm. »Bitte nimm sie kurz.«

»Aber ich muss gleich das Nachtmahl vorbereiten«, protestierte Elisabeth.

»Bitte.«

Jonata schlich die Stufen hoch, zögerte vor Margrets Kammer. Durfte sie die Frage laut aussprechen, die ihr auf der Seele brannte? Aber sie brauchte Gewissheit.

Die Tür stand offen, Jonata warf einen Blick hinein. Margret saß am Fenster und starrte in den Spätnachmittagshimmel. Jonata klopfte am Türrahmen. »Darf ich reinkommen?«

Margret reagierte nicht, hatte die Hände auf den Bauch gelegt, als müsse sie ihn festhalten. Jonata trat ein. Wie sollte sie ihre Frage formulieren, ohne dass sie Margret verletzte? Das war wohl nicht möglich. Es gab keinen schonenden Weg. »Stimmt es, dass mein Vater dich geschlagen hat?«, fragte sie.

Margret starrte weiterhin nach draußen und ließ die Hände über ihren Bauch kreisen. »Er hatte sich nicht immer unter Kontrolle«, sagte sie gedankenverloren.

Jonata trat einen Schritt näher. Auf einem Tisch neben dem Bett lag ein Tuch mit dem Stickzeug. Eine Lilie füllte den halben Stoff aus, nur die Stängel mit den Blättern waren noch nicht fertig. Margret hatte Talent. »Hat er dir sehr wehgetan?«

Margret antwortete nicht, behielt die kreisenden Bewegungen mit ihrer Hand bei, als müsste sie ihr Kind beruhigen. Sicherlich galt es ihr selbst.

Jonata griff nach ihrer Schulter. Margret zuckte zusammen und drehte sich zu ihr um. Jonata zog die Hand zurück und atmete tief durch. »Margret, hast du … ihn deswegen umgebracht?« Ihre Frage war mehr ein Flüstern, weil sie ihren

Worten keine Kraft verleihen konnte. Zu unglaublich war die Vorstellung.

Margrets Augen blitzten auf. »Du wagst es!« Sie erhob sich und baute sich vor ihr auf. »Du traust mir den Mord an meinem Ehemann zu?«

»Ich wollte dich nicht verletzen, ich will es nur aus deinem Munde hören.« Was tat sie hier nur? Ihre ehemalige Magd des Mordes beschuldigen? Die Ehefrau, die Witwe, die Herrin des Hauses, ihre Stiefmutter.

»Du bist nicht besser als die Gewaltdiener, die Halunken!« Margret tippte mit dem Finger auf Jonatas Brust. »Und nun hau ab.« Sie drehte ihr den Rücken zu und stützte sich auf den Fenstersims.

Jonata blieb. Sie würde die Kammer nicht eher verlassen, bis sie eine Antwort hatte. »Ich habe von den blauen Malen auf deiner Haut gehört. Er muss dir wehgetan haben.«

Margret wirbelte herum. »Die Sorge hat ihn zerdrückt. Die Sorge um seine Tochter«, zischte sie. »Wenn du nicht feige geflohen wärst, hätte er sich nicht abends in den Schenken rumgetrieben und hätte nicht seine Verzweiflung an mir ausgelassen.«

Da war sie wieder: die Anschuldigung. Sie legte sich wie eisiger Nachtfrost um ihr Herz. Jonata bereute, ihren Vater so lange im Ungewissen gelassen zu haben. Sie würde es nie wiedergutmachen können, doch sie hatte nicht das Messer geführt. Gab Margret ihr die Schuld, um von sich abzulenken? »Ich verstehe, dass du verärgert bist, aber es war nicht mein Messer, das in seine Kehle gedrungen ist.«

»Als ob das einen Unterschied macht«, fuhr Margret sie an. »Und nun verschwinde! Am besten, du verlässt das Haus und die Stadt – das kannst du doch am besten!« Sie drehte sich um und blickte wieder aus dem Fenster.

Jonata ballte die Hand. »Was hättest du denn getan, wenn der Mann, den du liebst, gefoltert wird und auf dem Scheiterhaufen landen soll? Glaubst du, es ist mir leichtgefallen, alles hinter mir zu lassen? Und wäret mein Vater und ihr mir gleichgültig, wäre ich dann zurückgekehrt, obwohl ich hier von der Inquisition gesucht werde?«

Margret gab einen unwilligen Laut von sich.

»Ich verstehe, dass du wütend bist. Aber nicht nur du hast einen Ehemann verloren, sondern auch ich einen Vater. Und alles, was ich möchte, ist, dass du mir ins Gesicht sagst, dass du es nicht warst.«

»Ich bin dir keine Rechenschaft schuldig«, brummte Margret.

Wieso konnte sie es ihr nicht einfach sagen? Wie kam sie nur an Margret heran? Mit Anschuldigungen jedenfalls nicht. Jonata ließ sich auf dem Schemel nieder.

In der Ecke der Kammer lehnte eine Figur. Den Körper bildete ein Stock, dessen Verästelungen wie Arme und Beine aussahen. Als Kopf diente eine Eichel, ein paar vertrocknete Gräser klebten daran. Das war sicherlich ein Geschenk von Kuntz gewesen.

»Mein Vater hat uns Kinder geliebt. Auch wenn wir in Bezug auf meine Hochzeit verschiedener Meinung waren, war er immer gut zu mir. Es tat mir in der Seele weh, ihn verlassen zu müssen und nicht wiederzusehen.«

»Du hattest einen Vater, der sich um dich gesorgt hat. Mein Vater hat sich nicht um mich geschert. Meine drei älteren Geschwister haben sich um mich gekümmert.« Margret drehte sich zu ihr um und lehnte sich an die Wand. Die Wut verschwand aus ihrem Gesicht und wich einer Traurigkeit. »Und als ich die Eimer vom Brunnen holen konnte, hat er mich als Magd in einen anderen Haushalt gegeben. Meine Geschwister durften bleiben.«

Das hatte Margret nie erzählt. Jonata wurde klar, wie wenig sie von ihr wusste. Für sie war sie immer nur die Mutter von Kuntz gewesen. Die Frau, an der sich ihr Vater vergriffen hatte.

»Schon allein deswegen hätte ich meinem Kind niemals den Vater geraubt. Denn es hätte es besser haben sollen als ich.« In ihren Augen stand von Trauer überflutete Ehrlichkeit. »Ich … war … es … nicht«, sagte sie und betonte jedes einzelne Wort.

Jonata musterte Margret eindringlich, versuchte, in ihrem Gesicht die Wahrheit zu ergründen. Aufrichtiger Gesichtsausdruck, tränenverschleierter Blick, und dann war da noch die Kraft in ihrer Stimme. Jonata beschloss, ihr zu glauben. Margret war nicht die Mörderin. Sie legte ihr eine Hand auf die Schulter. »Vergib mir, dass ich an deiner Unschuld gezweifelt habe. Es ist nur …«

Margret nickte. »… so unbegreiflich, dass er nicht mehr unter uns weilt.«

»Ich werde den Mörder meines Vaters finden. Wenigstens das bin ich ihm schuldig.«

»Ich danke dir. Ich wäre im Moment nicht in der Lage dazu.« Margret strich wieder über den Bauch und lächelte. »Da der Vater nicht mehr da ist, werde ich ihm all meine Liebe geben.«

Die du Kuntz nie hast geben können, dachte Jonata insgeheim. War sie ungerecht? Was hätte sie gemacht, wenn sie einen Sohn gehabt hätte, der sich zum Stumpfkopf entwickelte? Sie musste an Ells denken, an das Lächeln, an den Lockenschopf, an dem der Wind zerrte, an das freudige Quietschen, wenn sie im Bach planschte. Momente voller Glück. Sie sehnte sich danach. Sehnte sich nach einer Umarmung von ihrer Tochter, nach einem Kuss, bloß einem Wort. Und sie dankte Gott dafür, dass sie gesund und klug war.

Margret legte sich auf die Bettstatt. »Nun brauche ich Ruhe.« Sie schloss die Augen.

Jonata war dankbar, dass Margret ihr den Vorwurf nicht nachzutragen schien. Nun galt es, den Mörder zu finden. Sie ahnte, dass sie länger in Köln bleiben musste, als sie geplant und Simon versprochen hatte.

KAPITEL 10

Jonata überredete Elisabeth, noch länger auf Clara aufzupassen, damit sie in der Schenke nach jenem Jüngling fragen konnte, der mit ihrem Vater in Streit geraten war. Vielleicht konnte sich einer der Gäste an ihn erinnern. Sie zog das Schultertuch sowie den Mantel über. Hoffentlich würde sie keinem bekannten Gesicht in dem Bierzapf begegnen.

Sie verließ das Haus und blieb einen Moment stehen. Sie beobachtete, wie Pauli Wasser aus dem Teich trank. Der Kater hob den Kopf wie zum Gruß und verschwand im Innenhof. Jonata nahm eine Bewegung im Augenwinkel wahr. Jemand hatte ihren Hof betreten. Sie ging hinterher und sah einen Mann.

»Kann ich Euch behilflich sein?«, fragte sie unvermittelt. Im nächsten Moment hätte sie sich für ihre Unvorsichtigkeit ohrfeigen können. Vielleicht kannte er sie, oder Enderlin hatte ihn geschickt, um ihr hinterherzuspionieren. Jetzt war es zu spät. Der kleine Mann, er ragte ihr kaum über den Kopf, trug mehrere Lederbeutel am Gürtel. Sein Gewand schmiegte sich an seinen muskulösen Körper wie eine zweite Haut und war an den Ärmeln mit edlem Stoff abgesetzt.

Er trat auf sie zu. »Ich suche Margret von Menden.«

»Und Ihr seid?«, fragte Jonata.

»Ludke Rattenpeck. Ich bin Schneider.« Er strich sich eine lange schwarze Haarsträhne über die Schulter.

Margret schien wohl ein neues Kleid für ihre Schwangerschaft zu benötigen. »Folgt mir«, sagte Jonata und brachte ihn zur Haustür. Sie öffnete und rief nach Margret, die heruntergeeilt kam. Hoffentlich gab sie nicht zu viel Geld aus. Die Münzen waren doch knapp, und es war ungewiss, wann die nächsten Einnahmen kamen. Margret konnte sich nicht auf Figen und ihre Schule verlassen.

Dann beeilte sich Jonata, zur Schenke »Zum wohligen Hammel« zu gehen, da es bald dunkel werden würde. Ein Betrunkener kam dort aus der Tür gestolpert und rempelte sie an. Er zog das Barett vom Kopf. »Brauchst du Gesellschaft für die Nacht?« Er grinste, zeigte dabei eine Reihe verfaulter Zähne. Er kippte zur Seite und musste sich an der Hauswand abstützen.

»Sucht Euch ein anderes Weib!« Sie öffnete die Tür und trat ein. Es war warm, die Luft stickig und geschwängert vom Schweißgeruch der Männer. Diesmal waren viele Tische belegt. Mit einem schnellen Blick vergewisserte sie sich, dass sie keinen der Anwesenden kannte.

In der Ecke saß eine Gruppe von fünf Männern, die Karnöffel spielten und lauthals lachten. Daneben diskutierten junge Männer, wahrscheinlich Scholaren, eine Schrift machte die Runde. Die Atmosphäre erinnerte sie an die Zeiten, in denen in ihrer eigenen Schenke noch Gäste bewirtet wurden und Vaters Bier das Geld in die Münzschatulle gespült hatte. Gute Zeiten!

Eine kleine, untersetzte Schankdame zeigte auf einen Tisch mit Schlagseite. Jonata schüttelte den Kopf und trat zum Wirt. »Habt ihr heute Stammgäste zu Besuch, die die Schlägerei zwischen Bechtolt von Menden und dem jungen Mann vor einiger Zeit gesehen haben könnten?«

»Ach, du schon wieder. Du vergraulst mir nur die Gäste.«

Jonata schluckte. »Es wird nicht lange dauern.«

Der Wirt verzog das Gesicht. »Also gut. Aber wenn ich Klagen höre, jage ich dich die Gassen hinunter.«

»Das werde ich uns ersparen«, sagte sie mit einem Lächeln.

Der Wirt zeigte auf einen Tisch mit zwei Männern. Der ältere hatte schütteres weißes Haar und trug ein langes braunes Gewand, das an eine Mönchskutte erinnerte. Der andere war ein Mann in ihrem Alter im edlen Wams. An seinem Barett hing eine Feder in Regenbogenfarben, die von einem Vogel aus einem weit entfernten Land stammen musste. Auf seinem Rücken hing eine Laute. Ein ungleiches Paar.

»Ein wahrer Freund und treuer Gast.«

»Der Ältere?«, vermutete Jonata.

»Nein.«

»Der Lautenspieler?«, fragte Jonata überrascht.

»Nachdem vor zwei Jahren Räuber sein Bauernhaus außerhalb Kölns niedergebrannt haben, kam er in die Stadt und unterhält jetzt die Weiber. Abends sucht er hier Gesellschaft und lockt jeden Tag einen anderen Gast an seinen Tisch.«

Die meisten Gaukler zogen von Stadt zu Stadt – das zumindest hatte sie immer angenommen, aber was wusste sie schon über Gaukler?

»Hab Dank«, sagte sie zum Wirt und trat zum Tisch der beiden ungleichen Männer.

Sie unterbrachen ihr Gespräch und sahen sie erwartungsvoll an. »Sieh an, Gesellschaft vom sanften Geschlecht. Seid willkommen«, sagte der Lautenspieler überschwänglich, breitete die Arme aus und wies auf einen freien Schemel. Seine schwarz gelockten Haare tanzten bei jeder Bewegung, als schlügen sie muntere Kapriolen.

»Danke. Ich werde Euch nicht lange stören. Ich –«

»Ihr stört doch nicht.«

Jonata setzte sich, fühlte sich unwohl. Der Lautenspieler zog zu viel Aufmerksamkeit auf sich. Sie wollte doch so unsichtbar wie möglich bleiben. Zum Glück hatte sie das Schultertuch noch über ihre Haube gezogen, sodass sie vor neugierigen Blicken der anderen Gäste einigermaßen geschützt war.

»Ich komme zu Euch in einer heiklen Angelegenheit«, sagte sie und hoffte, damit das auffällige Verhalten des Gauklers zu dämpfen.

»Heikel?«, fragte er und zog eine Augenbraue hoch.

Jonata nickte. »Mein Herr wurde vor drei Wochen ermordet.«

»Ihr meint den Brauer?«

»Ganz recht. Kanntet Ihr ihn?«

»Ich?« Er zeigte mit den Händen auf seine Brust. »Glaubt Ihr, er ist an einer Überportion Witz gestorben?« Er lachte.

Als sie nicht mit einstieg, verstummte er. »Verzeiht. Ihr scheint Eurem Herrn nahegestanden zu haben.«

Wie nahe, sollte er lieber nicht wissen. »Ich bin ihm zu Dank verpflichtet. Also kanntet Ihr ihn?«

Er stützte die Unterarme auf den Tisch. »Auch wenn ich stadtbekannt bin, kenne ich nicht jeden.« Ein Grinsen überzog sein Gesicht.

Er hielt sich wohl für sehr witzig, und Jonata war gar nicht nach Lachen zumute. Sie hatte geglaubt, eine gute Spur zu haben, doch dieser Gaukler schien kein Interesse daran zu haben, ihr eine Auskunft zu geben. »Er soll vor einiger Zeit einem jüngeren Mann einen Zahn ausgeschlagen haben.«

Der Gaukler breitete wieder die Arme aus. »Die Kunst mit der Faust ist des Mannes bester Zeitvertreib.« Er lachte schallend und schlug seinem Gegenüber auf die Schultern. Der alte Mann, der in der Gegend herumgestarrt hatte, als würde ihn das alles nicht interessieren, brummte etwas Zustimmendes.

Jonata erhob sich. »Also nicht. Verzeiht, dass ich Euch behelligt habe.«

Der Lautenspieler hob beschwichtigend die Arme. »So wartet. Wir sind doch noch gar nicht beim Höhepunkt.«

»Höhepunkt?«, fragte sie irritiert.

Der Gaukler nickte, die Löckchen tanzten. »Gewiss. Jedes Lied hat einen Höhepunkt, die Erkenntnis, die Lehre, wenn Ihr so wollt.«

Was faselte er da? »Ich bin nicht hier, um mich mit Euch über Lieder zu unterhalten«, sagte sie schroffer als beabsichtigt, doch der Mann brachte sie einfach zur Weißglut.

»Natürlich. Aber ebenso verhält es sich mit den Geschichten.«

»Geschichten?« Sie atmete tief durch, fragte sich, ob sie auf der Stelle gehen sollte.

Er hob wieder die Hand, bedeutete ihr mit seinem Blick, Geduld zu haben. »Reden. Jedes Geschwätz ist eine Geschichte. Und meine ist, dass ich etwas weiß, was Euch interessieren könnte.«

Jetzt wurde sie hellhörig. »Und das wäre?«

»Ich habe schon viele Schlägereien erlebt, aber eine habe ich verpasst. Ich war zu spät. Ein Jammer. Mein Gesprächspartner hat es mir berichtet. Zwei betrunkene Bürger sollen sich gezofft haben wie die Buben. Der Zahn lag noch Tage später dort neben dem Bierfass.« Er zeigte darauf. »Ein Prachtexemplar von Eckzahn.«

Jonatas Herz pochte. »Und wer war der Zahnlose?«

Er zuckte mit den Schultern. »Was weiß ich?«

Jonata vertrieb ihre Enttäuschung mit einem tiefen Atemzug. »Und wer hat Euch davon berichtet?«

»Ein Zimmermann. Hat sein Geschäft am Heumarkt.«

»Kennt Ihr seinen Namen?«

Der Gaukler schüttelte den Kopf. »Für Namen ist mein Kopf nicht gemacht, nur für den Minnesang.« Er nahm die Laute vom Rücken und ließ seine Finger über die Saiten gleiten. »Möchtet Ihr eine Kostprobe?« Ohne eine Antwort abzuwarten, begann er zu singen: »Ich sah sie gehen, sah sie stehen, die Engel küssten ihre Füße, eine Bitte und ein Flehen …«

Jonata hätte ihn am liebsten vom Schemel gestoßen. Sie hatte genug gehört, würde diesen Zimmermann schon ausfindig machen und dem Mörder ihres Vaters näher kommen. »Erspart Euch die Mühe, meine Ohren sind taub für Anzüglichkeiten.«

Der Gaukler zog einen Flunsch und unterbrach das Lautenspiel.

»Habt Dank für Eure Auskunft«, presste sie hervor, drehte sich um und huschte durch die Tische zur Tür.

»Ihr habt den Höhepunkt des Liedes verpasst«, rief er ihr hinterher.

Jonata wandte sich nicht mehr um und trat ins Freie. Sie konnte diesen Gaukler keinen Augenaufschlag länger ertragen.

✳✳✳

Am Morgen schrubbte Elisabeth im Hinterhof den Suppentopf. Sie sah auf, als Jonata näher trat. »Wo willst du hin?« Sie ließ sich auf einen Schemel sinken und wischte sich mit dem Handrücken die Schweißperlen von der Stirn.

»Zu einem Zimmermann am Heumarkt, ich will ihn nach meinem Vater fragen.« Clara hatte sie sich mit dem Tuch vor die Brust gebunden. Die Kleine schlief friedlich.

»Bleib doch hier und hilf mir. Ich habe Angst, wenn du dich auf den Gassen herumtreibst.«

Jonata fasste Elisabeth an der Schulter. »Sorg dich nicht. Vertrau auf Gott.«

Elisabeth seufzte. »Pass auf dich auf.«

»Das werde ich.« Sie zog die Kopfbedeckung über und verließ den Hof.

Ihre Beine fühlten sich schwer an. Ein Grinkopf, an dem eine Seilwinde befestigt war, schaute grimmig auf sie herab. Die steinerne Fratze an dem Haus erschien ihr wie ein Unheilsbote aus der Finsternis. Enderlin ist dir auf den Fersen, wehte der Wind seine Worte an ihr Ohr. Jonata blickte über die Schulter. Nein. Niemand folgte ihr. Kein Dominikaner weit und breit.

Wenn doch nur Simon an ihrer Seite wäre. Sie sehnte sich nach Unterstützung und einem wohlwollenden Gesicht. Mathes Roht. Vielleicht konnte sie ihn überreden, mit ihr dem Zimmermann einen Besuch abzustatten. Den kleinen Umweg über den Domhof würde sie in Kauf nehmen. Dort, wo er die Gelegenheit hatte, seine Schriften zu verkaufen, vermutete sie den Buchführer.

Jonata zog einen Zipfel ihres Schultertuchs ins Gesicht, als sie den Domhof betrat. Ganz Köln schien sich an diesem Samstagmorgen hier herumzutreiben. Eine Frau mit einem Korb voller Äpfel zwängte sich an ihr vorbei. Ein Knecht rollte ein Fass mit Heringen durch die Menge. Es wies den Stempel des kölnischen Brandes auf, ein spezielles Gütesiegel, das bewies, dass die Heringe in Köln geprüft worden waren.

Ein Mädchen von vielleicht fünf Jahren lief vor dem Stand mit Schmiedewaren auf und ab, verharrte und sah sich verstohlen um. Eine Diebin in Unschuldskleidern. Und tatsächlich! Mit flinken Fingern stibitzte sie ein Messer von der Auslage und versteckte es in ihrem Ärmel. Das Mädchen wagte einen Blick über die Schulter und verschwand dann in der Menge. Der Händler hatte es noch nicht mal bemerkt, unterhielt sich angeregt mit einem jungen Mann im langen Mantel. Sobald die

Diebin verschwunden war, wandte sich der potenzielle Käufer ab. Ein abgekartetes Spiel. Und die Spielregeln zwang der Mann dem Mädchen sicherlich auf. Was für ein übler Betrüger. Man sollte ihm das Handwerk legen, aber Jonata durfte kein Aufsehen erregen, und die beiden waren schon verschwunden.

Jonata sah zu den imposanten Verstrebungen des Kölner Doms. Der gotische Chor stand bereits in voller Pracht und Größe, doch wann sollte der Rest fertiggestellt werden? Sie glaubte nicht, dass sie das noch erleben durfte. Es waren Bauarbeiten für mehrere Generationen. Der Baukran überragte alles. Mit ihm wurde gerade ein gewaltiger Stein in die Höhe gehievt. Wie es wohl sein musste, dort oben zu stehen und auf die Stadt hinunterzuschauen? Eine Aussicht wie aus den Augen eines Vogels.

Am Fuße des Doms waren fünf Steinmetze damit beschäftigt, Steinkolosse in graziöse Engel zu verwandeln. Eine wahre Kunst. Wie oft hatte sie als Kind hier gestanden und den geschickten Händen zugesehen.

Eine junge Frau mit zerschlissenem Kleid rempelte sie an. »Steht doch nicht so rum«, polterte sie.

Unwillkürlich griff Jonata nach ihrem Beutel, doch ihre Befürchtung war unbegründet. Alles war noch da. Sie wollte nicht ihre Zeit vertrödeln und hielt Ausschau nach den roten Haaren und dem Fuchsfell. Der Domhof war Mathes' bevorzugter Ort, um seine Bücher feilzubieten.

Sie lief durch die Stände der Seidmacherinnen, Stoffhändler und Krämer. Ihr Blick fiel auf das Haus »Zum Palast«, das mit Zinnenkranz und Eckwarten den Reichtum der Druckerei Quentell zur Schau stellte. Über dem Verkaufsladen prangte der Name »Officina Quenteliana«. Welche Schriften dort wohl entstanden? Sicherlich nicht die Luthers. Und dann sah sie Mathes. Der Buchführer pries lauthals ein Oktavbuch an, aber die Menschen um ihn herum beachteten ihn kaum.

»Holde Maid«, rief er lächelnd, als er sie sah. Er legte das Buch zurück in den Bauchladen.

Sie trat zu ihm. »Gute Geschäfte heute?«

»Luthers Neues Testament habe ich nicht mehr zu bieten.«
Er grinste.

»Das freut mich. Dann brauchst du bald Nachschub aus Wittenberg.«

Er nickte. »Und was treibt dich hierher?«

»Ich könnte deine Unterstützung gebrauchen.« Sie erzählte ihm, was sie in der Schenke herausgefunden hatte und dass sie dem Zimmermann am Heumarkt einen Besuch abstatten wollte.

»Dann lass uns keine Zeit verlieren«, sagte er.

Jonata war froh, Mathes an ihrer Seite zu wissen.

Auf dem Heumarkt standen zwei Männer am Kax. Der Kleidung nach zu urteilen, handelte es sich um gut gestellte Händler, die man an den Pranger von Köln gestellt hatte. Ein Bengel lief vorbei und bewarf sie mit Zwetschgen. Der rechte stöhnte und ließ den Kopf hängen, der linke beschimpfte den Jungen lauthals und bekam als Antwort eine zweite Frucht entgegengeworfen, die ihn am Auge traf.

Jonata dachte an einen Spruch aus dem Matthäusevangelium, über den sie mit Martin Luther vor einiger Zeit gesprochen hatte: »Denn wie ihr richtet, werdet ihr gerichtet werden; und mit welchem Maß ihr messt, wird euch zugemessen werden.« Wie schuldlos mochte der Bengel sein, der die Zwetschgen warf? Womöglich stand er in einigen Jahren selbst am Kax und musste sich die Schmach gefallen lassen.

Jonata sah sich um. »Wo könnte der Zimmermann wohnen?«

Mathes drehte sich im Kreis und zuckte mit den Schultern. »Ich habe in dieser Stadt noch nie einen Tisch oder Schemel in Auftrag gegeben.«

»Ich leider auch nicht«, gab Jonata zu.

Mathes stellte sich einem alten Mann in den Weg und fragte ihn nach einem Zimmermann. Dieser wies mit der Hand in südliche Richtung. Mathes bedankte sich und zwinkerte ihr zu. »Wäre doch gelacht, wenn wir in der größten Stadt im Lande den Mörder deines Vaters nicht finden würden.«

Trotz der Anspannung musste sie darüber lachen. »Ach

Mathes, ich habe Angst, mich mit dieser Aufgabe völlig zu übernehmen. Alles ist so unübersichtlich, und ich kann mich nicht frei in Köln bewegen. Am liebsten würde ich sofort heimfahren. Ich vermisse Simon und Ells so sehr«, gestand sie. Sie legte ihre Hand auf seinen Arm. »Danke, dass du mir so treu zur Seite stehst.«

Er lächelte ihr zu. »Natürlich. Was wäre diese Welt ohne Freunde.«

Sie fanden das Haus eines Zimmermanns an der südlichen Ecke des Heumarkts. Ein Lehnstuhl stand vor der Tür, mit einer Kette an einem eisernen Ring an der Hausmauer festgebunden. Jonatas Herz pochte, als sie den Klopfer betätigte. Würde sie gleich einem wichtigen Zeugen gegenüberstehen? Doch es öffnete kein Mann, sondern eine Frau in Elisabeths Alter. Sie trug schlichte Kleidung, sauber und gepflegt.

»Wir möchten zum Zimmermann«, sagte Jonata.

Die Frau beäugte sie skeptisch und ließ ihren Blick einen Moment auf Clara ruhen. Dann nickte sie. »Kommt mit in die Werkstatt. Dann könnt Ihr Euch von der Qualität unserer Möbel überzeugen«, sagte sie und ging vor.

Jonata wollte nicht direkt mit der Tür ins Haus fallen und erläutern, dass es sich nur um eine Frage handelte. Also folgten sie ihr. Es roch nach Holz und Talgkerzen. Auf dem Boden lagen die Sägespäne von mehreren Tagen. Ein Junge, kaum älter als Kuntz, schmirgelte Holz ab. Der Platte und den vier Stäben nach zu urteilen, sollte es ein Schemel werden.

»Womit kann ich Euch dienen?«, erkundigte sich der aufgeweckte Junge mit einem Lächeln.

»Wo ist dein Vater?«, fragte Mathes.

»Ich bin befugt, die Geschäfte zu führen, solange er nicht im Hause ist.«

»Und wann kommt er zurück?«, fragte Jonata.

»Das wird noch dauern«, gab der Junge zurück.

»Dann kommen wir morgen wieder«, sagte Mathes.

»Er ist auf einer Pilgerreise«, entgegnete die Frau.

»Pilgerreise?« Jonata verschluckte sich beinahe an diesem

Wort. »Wohin?« Bitte lass es nicht Rom sein! Nicht Rom, hämmerte es in ihrem Kopf.

Eine tiefe Falte zeichnete sich auf der Stirn der Frau ab. »Mein Sohn ist doch alt genug, um Eure Aufträge entgegenzunehmen.«

»Wir benötigen weder Bank noch Tisch, sondern eine Auskunft«, sagte Mathes freundlich.

»Dann stellt Eure Fragen, wir werden sie schon beantworten können.«

»Wir müssen mit Eurem Mann sprechen. Er soll vor einigen Wochen in der Schenke ›Zum wohligen Hammel‹ eine Schlägerei mitbekommen haben«, sagte Jonata.

»Oh.« Die Frau machte große Augen.

»Soweit ich weiß, war er nicht beteiligt«, fügte Jonata nachsichtig hinzu. »Wir wollen nur wissen, ob er die Streithähne gekannt hat.«

»Ich weiß nicht genau, wann er zurückkommt.« Sie zuckte mit den Schultern und trat zu ihrem Sohn.

»Was war sein Ziel?«, bohrte Jonata nach.

»Trier.«

Dem HERRN sei Dank ist es nicht Rom, dachte Jonata. »Wie lange ist er denn schon fort?«

»Über eine Woche«, sagte die Frau.

Dann war es gut möglich, dass er in ein paar Tagen heimkehren würde. Hoffentlich ließ er sich nicht zu lange Zeit. »Habt Dank«, sagte Jonata. »Wir werden uns erneut nach ihm erkundigen.«

Die Frau begleitete sie zur Tür und schloss sie. Jonata lehnte sich an die Hauswand. »Ich glaube kaum, dass ich den Mörder meines Vaters in zwei Wochen finden werde.«

»Verzage nicht«, sagte Mathes. »Du versuchst dein Möglichstes.«

»Außerdem will Enderlin meiner Familie das Haus wegnehmen.« Sie konnte sich nicht vorstellen, dass das Haus ihres Vaters, der Hort ihrer Kindheit, bald einem fremden Mann gehören sollte.

»Wie kann das sein?«, fragte Mathes überrascht.

Jonata berichtete vom fehlenden Testament, vom Schreins-meister und Enderlins Drohung Margret gegenüber. »Ich kann Margret, Elisabeth und Figen nicht im Stich lassen, ich muss sie unterstützen. Vielleicht muss ich bleiben, bis Margret ihr Kind geboren hat.«

»Verstehe ich das richtig? Du willst noch mehrere Monate hier in Köln bleiben?«

Sie drehte eine lose Haarsträhne um ihren Finger und schob sie zurück unter die Haube. »Drei höchstens.«

Sie konnte Köln nicht verlassen, musste ihrer Ziehmutter und ihrer Freundin beistehen. Agnes brauchte ebenfalls Hilfe. Andererseits vermisste sie Simons starke Arme, seine Fürsorg-lichkeit, seine Unterstützung. Und Ells' aufgewecktes Spielen, ihr Lachen und den Stolz in ihren Augen, wenn sie etwas Neues geschafft hatte. Jonata fühlte sich zerrissen wie ein Pilger auf Wanderschaft, der sich gleichzeitig nach der Gedenkstätte und nach seinem vertrauten Heim sehnte.

»Jonata, das geht nicht. Denk an Simon.«

Sie nickte. »Und daher bitte ich dich um einen Gefallen: Reite allein zurück nach Wittenberg und besänftige meinen Mann. Richte ihm aus, dass es mir gut geht.«

»Ich lasse dich doch hier nicht allein!«

»Auch wenn ich mich nach zu Hause sehne, muss ich noch hierbleiben! Ich kann nicht schon wieder alle im Stich lassen.«

Mathes sah sie ernst an. »Ich habe Simon ein Versprechen gegeben.«

»Das du halten wirst. Wenn du das nächste Mal wieder-kommst, werde ich mit dir zurückreiten, und du wirst mich wohlbehalten bei ihm abliefern.« Sie rang sich ein aufmun-terndes Lächeln ab, obwohl sie den Wutausbruch von Simon vor sich sah. Sie allein in Köln. Das hatte ihm schon bei ihrer Abreise nicht behagt. Doch er hatte gewusst, dass er sich auf Mathes verlassen konnte, dass ihr gemeinsamer Freund ein Auge auf sie haben würde. Wenn er nun nicht mehr bei ihr war, würde Simon wahrscheinlich umkommen vor Sorge.

Vergib mir, Simon, flehte sie in Gedanken, aber es gab Dinge, die getan werden mussten.

»Wenn ich das nächste Mal nach Wittenberg reise, werde ich dich mitnehmen, und wenn ich dich auf den Rücken meines Pferdes schnallen muss.«

»Versteh doch! Ich habe Köln und allen, die ich hier liebe, zu lange den Rücken zugekehrt. Wer weiß, ob ich überhaupt noch mal wiederkommen werde. Ich muss noch bleiben.«

»Simon wird mir an die Gurgel springen.«

»Wenn du es ihm erklärst, wird er es verstehen.«

Mathes seufzte. »Bist du sicher?«

Sie schloss die Augen. Sicher? Was war schon sicher außer der Existenz Gottes? »Ich muss bleiben«, sagte sie. Sie war es nicht nur ihrem Vater, sondern auch Elisabeth, Margret, Figen und Kuntz schuldig.

»Dann pass auf dich auf.« Er grinste. »Ich hoffe, dass Simon mich nicht windelweich prügelt.«

Sie musste lächeln. Sie stellte sich die beiden Männer im Kampf vor, bei dem ihr Mann körperlich weit unterlegen wäre. Das ständige Tragen der Bücher und Folianten und die zahlreichen Reisen hatten den Buchführer zu einem kräftigen Mann mit breiten Schultern werden lassen. »Ich denke, du wirst dich schon zu verteidigen wissen«, erwiderte sie.

»Zur Not verteidige ich mich hiermit.« Er hob ein Buch in die Luft.

»Aber schlag nicht zu fest zu.« Sie zwinkerte. »Darf ich dich um einen weiteren Gefallen bitten?«

»Noch einen? Ich glaube, bald bist du mir was schuldig«, sagte er.

Sie klaubte ein paar Münzen aus ihrem Beutel.

Mathes hob abwehrend die Hände. »So habe ich das nicht gemeint.«

»Das ist nicht für dich. Glaub bloß nicht, dass ich dich dafür bezahle.« Sie lächelte. »Geh bitte zu meinem Vetter Ekarius und schicke ihn zum Waisenhaus. Agnes hat einen schlimmen Husten und spuckt Blut.«

»Blut?« Seine Miene wurde ernst. »Dann wäre sie bei einem Medicus besser aufgehoben.«

»Dafür fehlen mir die Münzen.«

Er nahm das Geld entgegen. »Mein Beutel ist wieder gut gefüllt. Den Rest werde ich hinzutun.«

Sie schüttelte den Kopf. »Du tust schon viel zu viel für mich.«

»Mit blutigem Husten ist nicht zu spaßen.«

»Aber –«

»Und ein Waisenhaus braucht jede Stadt, man kann sich nicht nur auf die Mildtätigkeit der Mönche und Nonnen verlassen. Also lass es gut sein.«

Sie wusste, dass sein Vater ebenfalls in einem Waisenhaus aufgewachsen war. »Danke«, murmelte sie. Was würde sie nur ohne ihn tun?

Clara bewegte sich vor ihrer Brust und gab ein wohliges Glucksen von sich. Jonata strich ihr über den Kopf. Wie oft starben die Frauen bei der Geburt – wie auch ihre eigene Mutter und Marlein. Da war es wichtig, dass es einen Hort der Geborgenheit für die Säuglinge gab. Nicht jedes Kind hatte das Glück, von einer anderen Frau aufgezogen zu werden, sodass viele auf ein Waisenhaus oder die Mildtätigkeit von Beginen oder Nonnen angewiesen waren. Was würde Simon sagen, wenn er Clara sah? Sie blickte Mathes an. »Noch ein Gefallen.«

Mathes lachte schallend und schlug ihr freundschaftlich gegen den Arm. »Bei den vielen Gefallen sollte ich mir das mit der Bezahlung noch mal überlegen.«

»Sag meinem Mann nichts von Clara. Ich möchte ihn selbst überraschen.«

»Ich überlasse es gerne dir, ihm unsere Begegnung mit den Wegelagerern zu beichten, sonst lässt er mich womöglich vierteilen, bevor ich ›Amen‹ sagen kann.«

***

Die Mädchen stürmten aus der Schulstube. Figen klappte das Buch zu und schloss für einen Moment die Augen. Freudiges

Kribbeln zog bis in ihre Fingerspitzen. Magistra! Das Wort klang nach Vogelgezwitscher am Frühlingsmorgen – und genauso fühlte es sich an: belebend, frei und voller Hoffnungen für sich und ihre Zöglinge. Es war die richtige Entscheidung gewesen, die Schule zu eröffnen.

Heute war ein weiteres Mädchen dazugekommen. Apolonia, das Lehrmädchen einer angesehenen Seidmacherin. Sie hatte berichtet, dass es in ihrem Hausstand keinen Mann gab und alle Frauen das Schreiben beherrschen mussten, um die Geschäftsbriefe schreiben und Bücher führen zu können. Die Schülerinnen waren aufmerksam und lernbereit gewesen.

Sie hob die Lider und erschrak, als Anna vor ihr stand. »Gibt es noch etwas?«, fragte Figen.

»Das soll ich dir von Seitz geben.« Anna lächelte verschmitzt, drehte sich ruckartig um und lief kichernd zur Tür, wo ihre Schwester auf sie wartete. Figens Herz begann heftig zu schlagen. Eine Nachricht von Seitz! Sie faltete den Pergamentfetzen auseinander.

»Heute Abend zusammen das Neue Testament lesen? Ich warte in der Scheune und begleite dich danach nach Hause. S.«

Ihr Herz hüpfte auf und ab. Seitz wollte sie sehen! Oder wollte er mit ihr bloß die Textstelle für die nächste Versammlung besprechen? Dennoch würde sie ihm diesen Wunsch nicht abschlagen. Sie sehnte sich nach ihm.

Geschwind brachte sie das Buch in ihre Kammer und machte sich auf den Weg zu Mergentheim. Auch wenn sie es kaum erwarten konnte, zu Seitz zu gehen, musste sie erst mit dem Meister der Brauerbruderschaft sprechen. Sie hatte es Jonata versprochen.

Wendel Mergentheim war in seiner Brauerei und gab den Lehrlingen und Gesellen Anweisungen, wie es Bechtolt früher getan hatte. Der süßliche Malzgeruch ließ Erinnerungen hochsprudeln. Ein junger Mann mit kurzen schwarzen Haaren gab Hopfendolden in einen Braubottich. Mergentheim kam auf sie zu. »Figen Winters. Was verschafft mir die Ehre?«

»Ich muss mit Euch über Bechtolt reden.«

Er nickte seufzend und führte sie zu einem Schreibpult. Ein Oktavheft war aufgeschlagen, ein paar dicke Tintenkleckse bedeckten das Papier. Die Feder lag daneben, Tinte besudelte den Tisch und zog in das Holz ein. Mergentheim schien kein ordentlicher Schreiber zu sein. Dafür musste die Brauerei allerdings florieren, denn schon wieder trug er ein teures Samtwams mit einem aufgestickten Bierkrug und seinen Initialen auf der Brust.

»Hat der Gewaltrichter schon etwas über die Umstände von Bechtolts Ableben herausgefunden?«, fragte er.

Figen schüttelte den Kopf. »Auf den kann man sich nicht verlassen. Meine Herrin hat mir aufgetragen, mich selbst ein wenig umzuhören.«

Mergentheim verzog das Gesicht, wobei sich eine senkrechte Falte zwischen die Brauen grub. »Das ist keine Aufgabe für ein Weib.«

Figen drückte den Rücken durch, versuchte so, größer zu wirken. »Es gibt nun mal keinen Mann mehr in unserem Haus.«

Mergentheim brummte zustimmend und strich sich über den Bart. »Und es tut mir aufrichtig leid, aber die Suche nach einem Mörder ist kein Kinderspiel.«

»Die Kölner glauben, dass ich oder Margret Bechtolt auf dem Gewissen haben.«

Er winkte ab. »Das wird vergehen.«

»Ihr wisst doch selbst, wie gefährlich verleumderisches Geschwätz werden kann. Sogar den Schreinsmeister hat es schon erreicht. Er hat Enderlin das Haus übertragen.« Wut kochte in ihr hoch. Auch dieser Pfaffe dachte nur an sich, seine Mitmenschen waren ihm gleichgültig. Er schreckte nicht einmal davor zurück, seiner eigenen Familie zu schaden. Das konnte doch nicht der Wille Gottes sein!

»Ich dachte, Bechtolt hätte seinen Sohn vor Jahren ins Kloster geschickt?«

Figen nickte. »Und trotzdem hat der Schreinsmeister ihm das Haus überschrieben. Was für eine Schmach für meine Herrin. Er glaubt, Margret hätte Bechtolt ins Verderben getrieben.

Er macht sie für sein Ableben verantwortlich. Und es gibt kein Testament, das ihr helfen könnte.«

Mergentheim ließ sich auf den Schemel nieder und kratzte sich am Hinterkopf. Die grau melierten Haare reichten ihm bis zu den Schultern. »Ich wusste nicht, dass es so schlimm um euch steht.«

Der Schwarzhaarige kam zögerlich heran. »Muss ich noch mehr Hopfen holen?«, fragte er kleinlaut.

»Nein. Habe ich es dir nicht schon erklärt?«, polterte Mergentheim.

»Aber Hans sagt –«

Wütend stand Mergentheim auf und beschimpfte einen Gesellen, der Widerworte gab und glaubte, es besser zu wissen. Nach einem heftigen Streit verließ der Geselle mit hochrotem Kopf die Brauerei und schlug die Tür hinter sich zu. »Brau dein Gesöff doch alleine«, hörte man ihn rufen.

Seufzend kam Mergentheim zurück. »Selbst in der besten Brauerei gibt es Unstimmigkeiten.«

Bechtolts Gesellen hätten sich so etwas damals nicht getraut. »Warum sucht Ihr Euch keinen anderen Gesellen?«, fragte Figen. Sie schloss die Augen. Was fiel ihr ein, diesem Mann einen Vorschlag zu unterbreiten?

»Das würde ich zu gern, aber er ist mein Neffe.« Er verzog das Gesicht zu einem gekünstelten Lächeln. »Die schwarzen Schafe gibt es in jeder Familie.«

»Würdet Ihr nun doch mit mir über Bechtolt sprechen?«, fragte sie, um das Gespräch wieder auf das Anfangsthema zu lenken.

Mergentheim brummte noch einmal zustimmend.

»Gibt es jemanden unter den Brauern, der Bechtolt feindselig gegenüberstand? Oder gab es einen Streit mit einem Brauer?«, begann sie.

Mergentheim holte tief Luft. »Es gab tatsächlich einen Tumult in der letzten Versammlung der Bruderschaft.«

Figen sah ihn auffordernd an. Er rang sichtlich mit sich, ob er weiterreden sollte.

»Ich kann mir nicht vorstellen, dass einer meiner Brauer Bechtolt auf dem Gewissen hat.«

»Und ich habe mir nicht vorstellen können, dass mein Herr Opfer eines Verbrechens wird.«

Er starrte sie mit seinen braunen, tief liegenden Augen durchdringend an. Sie glaubte schon, er wollte sie gleich aus der Brauerei jagen, als er begann: »Bechtolt hatte schon länger kein gutes Bier mehr gebraut. Es schmeckte zu süß und ließ sich nicht mehr lange lagern. Bürger Kölns haben sich bei mir beschwert.«

Figen konnte sich noch gut daran erinnern, wie viele Kölner auch bei ihnen vor der Tür gestanden und sich beklagt hatten. Nach und nach hatten die Gesellen und Lehrlinge das Haus verlassen, und die Beschwerden hatten überhandgenommen. Das Bier war ungenießbar geworden.

»Und die anderen Brauer haben um ihren Ruf gefürchtet«, fuhr Mergentheim fort. »Es gab einen Streit zwischen der Familie Magnus und deinem Herrn.«

»Sebalt?«

Die Augen von Mergentheim verengten sich. »Woher weißt du, dass es der Sohn von Meister Franz Magnus war?«

Figen schluckte. »Eine Vermutung.« Auch wenn Sebalt keine Ansprüche mehr bei Bechtolt wegen seiner verlorenen Braut gestellt hatte, war er ihm nicht wohlgesonnen gewesen.

»Sebalt hat gefordert, dass Bechtolt das Braugewerk aufgibt.«

»Aber er durfte weiterbrauen?«

Mergentheim nickte. »Ich habe ihm eine Frist gesetzt. Doch bis die abgelaufen war, blieben die Bottiche bei ihm leer.«

»Er hat zu Sankt Michael letzten Jahres kein Feuer mehr entfacht.« Ende September begannen die Brauer Kölns traditionell wieder mit dem Brauen. Bis Sankt Georg im April. So lange hielten sich die Vorräte an Gerste und Hopfen.

Mergentheim nickte. »Du weißt es besser als ich.«

»Und was war mit dem Tumult bei der Versammlung?«

»Mehrere Brauer forderten erneut, dass ich ihm die Erlaubnis für das Gewerk entziehen sollte.« Er seufzte. »Aber Bechtolt war nicht anwesend. Ich wollte ihm eine Möglichkeit zur Verteidigung geben. Ein Mal noch.«

»Die hat er nicht mehr bekommen.«

»Nein.« Er faltete die Hände vor dem Bauch und besah sich gedankenverloren das Gewusel der Gesellen und Lehrlinge.

»Und welche Brauer haben die Forderung gestellt?«

»Wenn ich dir die Namen sage, was wirst du tun?« Er sah sie wieder an, und die Falte auf seiner Stirn kehrte zurück.

»Keine Sorge, ich werde nicht direkt zum Gewaltrichter laufen. Zuerst werde ich den Brauern nur ein paar Fragen stellen.«

Er schürzte die Lippen, dann nickte er. »Also gut. Sebalt Magnus, wie du schon richtig erkannt hast, Meister Engel, Meister von Gronberger und Meister Lautterbach.«

Endlich. Vier Namen. Das war überschaubar. Sie erhob sich. »Habt Dank.«

»Sollte ich Beschwerden hören –«

Sie strich ihr Kleid glatt. »Das werdet Ihr nicht. Ein Weib versteht es, an Informationen zu kommen, ohne die Leute vor den Kopf zu stoßen.« Sie zwang sich zu einem Lächeln.

Er nickte. »Und erinnere Margret von Menden daran, dass sie sich alsbald einen neuen Ehemann suchen soll, wenn das Braugewerk in ihrem Haus fortbestehen soll.«

Habt Ihr nicht zugehört, wollte sie ihm entgegenspucken, doch sie biss sich auf die Zunge. Dann atmete sie tief durch und antwortete: »Zuerst muss Bechtolts Mörder im Turm sitzen, sonst wird der Schreinsmeister sich nicht umstimmen lassen und sie ist nicht mehr Herrin über Haus und Brauerei.«

»Da magst du recht haben.«

Figen bedankte sich und verließ die Brauerei. Die Abendsonnenstrahlen empfingen sie wie die herzliche Umarmung einer Freundin. Sie würde den Brauern einen Besuch abstatten und ihnen auf den Zahn fühlen. Wer konnte nur so etwas Schreckliches tun?

Figen sah Bechtolt vor sich liegen, das Messer, das Blut. Das

Bild verzerrte sich, der Bretterboden schwand, Blumen sprossen hervor, die Wiese bei ihrem Elternhaus erschien. Die Erde am Brunnen war matschig. Hinter ihr befand sich das einfache Haus, zu ihrer Rechten blökten die zwei Ziegen, als wollten sie Figen vor dem Anblick warnen. Bechtolts Körper verwandelte sich in eine Frauengestalt. Das Kleid blutdurchtränkt, die rote Flüssigkeit sickerte in die Erde, die Haare lagen quer über dem Gesicht. Die Erinnerungsgestalt trat näher. Nein, tu es nicht! Figen konnte den Anblick nicht ertragen, doch sie sah ihre eigene Hand, die die Haare zur Seite schob und die seelenlosen Augen und das fahle Gesicht ihrer Mutter freilegte. Sie stolperte rückwärts und schrie aus voller Kehle. Glaubte, in ein tiefes Loch zu fallen. Der schwarze Schlund zog sie immer weiter in die Finsternis und drohte sie zu verschlucken.

»Ist dir nicht wohl?«, fragte eine alte Frau mit wettergegerbter Haut. Mit faltigen Händen fasste sie Figen am Arm.

Würde sie jemals wieder aus dieser Düsternis emporkommen? Dass die Bilder sie am helllichten Tage verfolgten, war schon lange nicht mehr geschehen. Und sie hatte geglaubt, sie hätte das Schlimmste überwunden und sei auf dem Weg der Besserung. Bechtolts Anblick hatte sie um Jahre zurückgeworfen.

»Es geht schon«, sagte Figen, richtete ihre Haube und hastete weiter. Sie floh vor ihren Gedanken und Erinnerungen, konnte sie jedoch nicht abschütteln.

Nachdem ihre Eltern verstorben waren und der Dorfpfarrer sie zu ihrer Base nach Köln geschickt hatte, hatte Fronica gedroht, auch Figen gelb gesäumte Kleider anzulegen, damit sie das Geld für ihr Brot selbst verdiente. Mit elf Jahren. Gott sei Dank hatte Agnes sie nach wenigen Wochen im Waisenhaus aufgenommen, und bald darauf hatte sie im Hause von Menden ein gutes Heim gefunden. Es durfte nicht sein, dass Enderlin ihr das wieder nahm. Was sollte dann aus ihr werden? Wenn die Bürger Kölns hörten, dass ihr Hausherr ermordet worden war, würde sie keine neue Anstellung als Magd bekommen. Und die Schule konnte sie auch vergessen.

Figen lief zum Haus von Rosenberg, hoffte, dass Seitz ihre trüben Gedanken vertreiben konnte. Die Tür zur Scheune war angelehnt, sie hörte eine leise Stimme. Vorsichtig schob sie das Türblatt auf und spähte hinein. Seitz saß auf einem Strohballen, das Buch auf den Knien. Auf einer Kiste stand eine Talgkerze, die ihm Licht spendete. Er hob den Kopf und schenkte ihr ein Lächeln, das ihr Herz höherschlagen ließ.

»Wie schön, dass Ihr gekommen seid.« Er legte die Lektüre auf den Ballen, kam zu ihr und nahm ihre Hand. Dort, wo er sie berührte, glühte ihre Haut. Sie umfasste seine Finger, wollte ihn am liebsten nicht mehr loslassen. Er zog ihr einen Strohballen heran und lächelte auffordernd. »Habt Ihr schon viel in dem Neuen Testament gelesen?«, fragte er ungestüm.

»Ich wünschte, ich hätte mehr Zeit dafür gefunden«, gab sie zu.

Er sah sie überrascht an. »Was hält Euch davon ab?«

Sie seufzte und setzte sich. Durfte sie ihn mit ihren Sorgen belasten?

Er nahm ihre Hände. »Was es auch ist, Ihr könnt es mir anvertrauen.«

Sie gab sich einen Ruck. »Ich weiß nicht, wie lange ich die Schule noch führen kann.«

»Aber wieso denn?«, fragte er fassungslos.

»Vielleicht habe ich sogar bald keine Anstellung als Magd mehr.« Sie atmete tief durch. Der Schlund öffnete sich wieder und drohte sie hinunterzuziehen.

Seine Stirn legte sich in Falten. »Erklärt es mir! Kann ich Euch irgendwie helfen?«

Sie zwang sich zu einem Lächeln. Es rührte sie, dass er ihr helfen wollte. Vielleicht konnte er sie wirklich unterstützen. »Es kann sein, dass meine Herrin das Haus verliert.«

Figen berichtete, dass Enderlin das Haus übertragen bekommen hatte und es zu verkaufen versuchte. »Nun versuchen wir, den Mörder von Bechtolt zu finden, um den Schreinsmeister zu überzeugen, dass er Margret das Haus doch noch überträgt.«

»Wer ist wir?«

Figen wünschte sich, ihm die volle Wahrheit eröffnen zu können, doch sie wollte Jonata nicht erwähnen. Keiner durfte wissen, dass sie in Köln war. Nicht einmal Seitz, auch wenn sie ihm vertraute. »Meine Herrin und ich.«

»Und habt Ihr schon eine Idee, wer es gewesen sein könnte?«

»Ein paar Brauer haben um ihren Ruf gefürchtet, weil Bechtolt kein gutes Bier mehr gebraut hatte. Sie haben gefordert, dass er das Gewerk aufgeben solle.«

»Was? Wegen ein paar Fässern schlechten Bieres soll jemand ihn umgebracht haben?«

Figen zuckte die Schultern. »Ob einer von ihnen es tatsächlich war, weiß ich noch nicht.«

Seitz brummte zustimmend. »Wer waren denn die Angsthasen?«

Figen nannte ihm die vier Namen.

»Soll ich mich für Euch umhören?«

Sie nickte. »Oder Ihr begleitet mich dorthin.«

»Und was wollt Ihr dann tun? Sie des Mordes bezichtigen?«

»Nicht direkt. Ihnen etwas auf den Zahn fühlen. Ich werde mir etwas einfallen lassen.«

»Da solltet Ihr auf keinen Fall alleine hingehen. Ich begleite Euch gern.«

»Wie kann ich es Euch vergelten?«

Er machte eine abwehrende Handbewegung. »Ich könnte es nicht ertragen, wenn Ihr bald kein Heim mehr habt«, sagte er und beugte sich zu ihr.

Ihr Herz pochte heftig. Wie gern wäre mein Herz bei dir zu Haus, dachte sie. Der Hauch seines Atems kitzelte sie auf den Wangen wie morgendlicher Sommerwind, der den Duft nach frischen Blumen mitbrachte.

Wenn sie nur wüsste, wie er für sie empfand. Er war ihr mit dem Gesicht so nahe, dass sie für einen Augenaufschlag glaubte, er wolle sie küssen. Sie sehnte sich nach seinen Lippen, wollte seinen wohlgeschorenen Bart berühren, seine Muskeln spüren, die unter der Tunika zu erkennen waren. Doch Seitz wich zurück, und der Augenblick war verflogen.

»Welche Stelle habt Ihr mit Euren Zöglingen gelesen?« Er legte das Buch auf seine Knie.

»Den Anfang des Matthäusevangeliums.«

Er blätterte durch die Seiten, bis er die richtige Stelle gefunden hatte. Sie lasen die ersten beiden Seiten. Seine Augen glühten vor Begeisterung. »Ich habe schon eine andere Stelle für unsere nächste Versammlung ausgesucht. Ich wollte Euch fragen, was Ihr davon haltet.«

Figens Herz nahm wieder an Fahrt auf. Seitz fragte sie um Rat.

»Ich habe gehört, Luther ist viel am Römerbrief gelegen.« Er strich sich ein paar Haare hinter das Ohr. »Also habe ich in dem Brief gelesen und das hier gefunden.« Er hatte ein getrocknetes Ahornblatt als Zeichen eingelegt und schlug das Buch an der Stelle auf.

»Jch sage aber von solcher gerecktickeyt fur got, die da kompt, durch den glawben an Jhesum Christ, zu allen vnd auff alle, die da glewben. Denn es ist hie keyn vnterscheyd, sie sind alle zumal sunder, vnd mangeln des preyses den got an yhn haben solt, vnd werden on verdienst gerechtfertiget, aus seyner gnad, durch die erlosung, so durch Christo geschehen ist.«

Er blickte auf und zeigte auf das Buch. »Das ist genau das, was Luther gesagt hat. Hier steht es, und nun können es alle lesen. Ablässe sind bloß für die Geldsäcke der Kirche von Nutzen, aber retten nicht vor dem Fegefeuer. Allein durch den Glauben an Jesus Christus werden wir gerettet. Das müssen wir allen erzählen.«

Das bedeutete, dass ihre Eltern im Himmel sein konnten. Wie hatte sie das Gewissen als Kind geplagt, dass sie ihren Eltern keinen Ablass hatte kaufen können. Sie hatte geglaubt, ihre Mutter und ihren Vater an das Feuer verloren zu haben. Und bei der Beerdigung hatte sie nichts von den Worten des Predigers verstanden. Sie hatte nicht gewusst, ob der Priester ihre Eltern im Himmel oder in der Hölle gewähnt hatte. Nun wusste sie es! Da sie beide an die Gnade des Heilands geglaubt hatten, waren sie am rechten Ort, und Figen würde mit ihnen im Himmelreich wieder vereint sein. Ein warmes Gefühl breitete sich in ihrer Brust aus.

»Jetzt müssen wir dafür sorgen, dass viele Menschen selbst lesen können«, sagte sie.

Seitz lächelte. »Die Mädchen der Stadt sind bei Euch gut aufgehoben.«

»Dafür muss Margret das Haus behalten und ich den Mörder von Bechtolt finden.«

»Lasst uns zusammen dafür beten.« Er legte das Buch zur Seite und griff nach ihren Händen.

Sie spürte die Röte in die Wangen steigen, nahm kaum die Worte wahr, die er sprach, beugte sich vor, um ihm so nahe wie möglich zu sein.

Als er endete, sah sie ihm in die leuchtenden Augen. Er öffnete den Mund. Wollte er sie küssen? Ihr Herz pochte heftig. Sie näherte sich ihm noch ein wenig und überließ es ihm, den letzten Schritt zu tun. Es war, als würden ihre Körper von einem Band zusammengezogen. Ihr Bauch spielte verrückt wie eine Gauklertruppe.

Die Tür knallte auf. »Ach hier bist …«, polterte eine Stimme. Figen und Seitz wichen erschrocken auseinander.

Herr von Rosenberg stand mit großen Augen auf der Schwelle. »Was macht ihr denn hier?«, fragte er, als er seine Überraschung überwunden hatte.

»Wir haben gebetet«, antwortete Seitz und rieb sich mit den Händen über die Knie.

Sein Vater schnaubte. »Ich warte in der Werkstatt auf dich, und du vertust deine Zeit mit Nichtstun. Also komm.« Er drehte sich um, hielt eine Hand am Türrahmen und blickte über die Schulter. »Und schick dieses Weib fort. Am besten erzählst du ihr, dass du versprochen bist.«

Die Worte trafen Figen wie ein Messerstich in den Bauch.

KAPITEL 11

»Holt eure Wachstafeln heraus. Wir werden die Buchstaben wiederholen, die ihr bereits gelernt habt«, forderte Figen ihre Zöglinge auf.

Apolonia verzog das Gesicht, folgte jedoch der Anweisung wie die anderen Schülerinnen. Figen strafte sie mit einem Blick. Das Mädchen mit den braun gelockten Haaren, die sich kaum unter der Haube bändigen ließen, nickte schuldbewusst und rieb über die Ecken ihrer Tafel.

Figen knetete ihren Nacken. Seit vorgestern war keine Stunde vergangen, in der sie nicht an Seitz gedacht hatte. Nachdem sein Vater die Scheune verlassen hatte, hatte Seitz sie nicht mehr ansehen können, das Glühen war aus seinen Augen verschwunden. Bei der Verabschiedung hatte er eine Entschuldigung über die Lippen gebracht. Doch was nützte ihr das? Ihr Herz war wie ein eingestürztes Gebäude und die Hoffnung auf eine Verbindung mit Seitz unter einem Trümmerhaufen aus Lehmklumpen und Steinbrocken verborgen. Eigentlich hatte sie gewusst, dass er für sie unerreichbar war, dennoch fühlte sie sich leer und träge.

Sie ließ ihre Schülerinnen die Buchstaben immer wieder niederschreiben und laut aufsagen. Sie gab sich mit keinem Strich zufrieden, hatte an jeder Unebenheit etwas auszusetzen. Die Mädchen maulten, doch merkten bald, dass sie keine Widerworte geben sollten.

Figen entließ ihre Zöglinge früher als üblich und trug ihnen auf, die Buchstaben zu Hause zu üben. Sie schob den Gedanken an Seitz beiseite und machte sich auf den Weg zu Brauer Engel. In der Nacht hatte es geregnet, die Gassen waren heute wieder schlammig. Sie hatte vergessen, die hölzernen Trippen anzuziehen, mit denen sie nicht so tief in den Morast einsank. Also wich sie den Pfützen aus und setzte die Schritte mit Bedacht. Sie grübelte darüber nach, wie sie das Gespräch beginnen sollte.

»Figen, bist du taub oder blind oder beides?«, ertönte eine keifende Stimme.

Verwirrt sah sie auf. Brid stand vor ihr. Eine weitere ehemalige Magd von Bechtolt. Sie hatte sich vor zwei Jahren von ihnen verabschiedet, weil sie angeblich einen besseren Haushalt gefunden hatte.

»Entschuldige, ich …«, stammelte Figen.

»Ich habe gehört, dass jemand Bechtolt die Kehle durchgeschnitten haben soll.« Brids Augen blitzten neugierig auf.

Figens Kiefer mahlten. »Was schert es dich noch?«

»Was in meinem alten Hause vorgeht, interessiert mich immer noch. Schließlich war ich länger dort als du.«

»Du hast wohl richtig gehört«, sagte Figen und wollte sich an ihr vorbeidrängen, doch Brid versperrte ihr den Weg. Der Ausschnitt ihres Kleides saß unanständig tief für eine Magd.

»Wer hat denn den Lüstling auf dem Gewissen?«

»Lüstling?«, fragte Figen verwundert.

»Was guckst du denn so? Hat er sein Glück bei dir etwa nicht versucht?«

»Was? Nein! Natürlich nicht.«

»Na, bei mir war er jedenfalls nicht so abgeneigt.« Brid hob den Kopf, als würde sie sich darauf etwas einbilden.

»Wann war das?«

»Vor zwei Monaten, vielleicht vor drei. Warum interessiert es dich?«

Warum sollte sich Bechtolt an seine ehemalige Magd rangemacht haben? Oder hatte Brid mal wieder die Zeichen falsch gedeutet? Figen wusste von Jonata, dass Brid einer Hübschlerin mehr glich als einer ehrbaren Frau. Auf einer damaligen Reise nach Wittenberg hätte sie sich an die Männer herangemacht, als wäre sie ein leichtes Weib. »Und was hast du dann gemacht?«, fragte Figen.

»Ihn abgewiesen natürlich. Was soll ich mit so einem alten Sack?«

»Hat er sich das gefallen lassen?«

Brid grinste. »Du glaubst, er hätte sich genommen, was er

wollte, ohne zu fragen. Dann kennst du ihn wohl doch besser, als ich geglaubt habe.« Sie zwinkerte ihr zu.

In Figen kochte Wut hoch. Was dachte Brid eigentlich von ihr?

»Aber nein! Der Wirt kam mir zu Hilfe.«

»In welcher Schenke war das?«, hakte Figen nach.

»Du stellst ja mehr Fragen als die Inquisition.« Sie lachte. »Aber bitte. Auf die Beantwortung steht ja nicht der Scheiterhaufen. Wir waren im Bierzapf von Meister Magnus.«

Magnus! Den Namen hatte ihr Mergentheim auch genannt. Gab es da einen Zusammenhang? Ihn würde sie fragen. Magnus würde ihr sagen können, was in der Schenke vorgefallen war. Aber bevor sie dort hinging, wollte sie mit Jonata sprechen. Sie kannte Brid besser, als Figen sie kannte. »Arbeitest du immer noch im Hause des Schneiders Rattenpeck?«

Brid nickte. »Na, wenigstens ist dein Gedächtnis zu was zu gebrauchen, wenn du schon blind durch die Gassen rennst.«

Figen warf ihr einen verächtlichen Blick zu. Sie wusste schon, warum sie Brid nicht vermisste. Dieses Miststück! »Ich muss jetzt weiter«, sagte sie.

»Warum so schnell? Bei deinen vielen Fragen hast du ganz vergessen, mir zu sagen, wer so geschickt mit dem Messer war.«

Brids Ausdrucksweise brachte Figen zur Weißglut. »Wir wissen es noch nicht«, spuckte sie ihr entgegen. Wollte sie nur von sich ablenken? Hatte sie es etwa geführt?

»Noch nicht?«, fragte Brid und hob eine Augenbraue.

»Der Gewaltrichter sucht noch nach dem Mörder.«

Brid nickte. Besser, Figen erzählte ihr nicht, dass auch sie nach dem Täter forschte.

»Komm doch mal vorbei und erzähl es mir, wenn der Mörder gefunden wurde. Das würde mich ja doch interessieren«, sagte Brid.

»Sicher«, sagte Figen. Von wegen! Wir kommen höchstens noch mal, um dir ein paar Fragen zu stellen. Sie ging weiter, ohne sich umzusehen.

Die Brauerei Engel mit angrenzender Schenke befand sich in der Schildergasse an der Ecke zum Neumarkt. Das Erdgeschoss war aus Stein gebaut, die oberen drei Stockwerke aus Fachwerk. An einem Stock über der Tür hing eine Fahne mit dem Wappen der Brauer zum Zeichen für Pilger und Reisende, dass es hier einen Ausschank gab.

Neben der Tür gammelte ein Haufen Treber vor sich hin. Warum nutzte der Brauer das verkochte Malz nicht als Futter für die Tiere oder verkaufte es an die Bauern der Umgebung?, fragte sich Figen. So zumindest hatte es Bechtolt immer gehandhabt.

Zwei ältere Männer traten vor die Schenke, diskutierten über ein Heiligenbild, das sie kürzlich erworben hatten. Während Figen noch grübelte, wie sie Meister Engel begegnen sollte, beobachtete sie ein Schwein, wie es im Unrat wühlte und ein essbares Kohlblatt fand. Sollte sie den Brauer einfach auf Bechtolt ansprechen oder nebenbei verlautbaren, dass sie glaubte, ein anderer Braumeister habe ihn auf dem Gewissen? Ihre Gedanken kreisten wie das Rad eines Fuhrwerks – ohne Ende oder Ergebnis. Doch es nützte nichts, wenn sie hier draußen in Grübeleien verfiel. Sie gab sich einen Ruck und betrat den Schankraum.

Es roch nach Suppe und Bier. Viele Tische waren besetzt, Männer lachten, prosteten sich zu. Ein beleibter Kerl um die fünfzig mit zotteligen Haaren erhob sich, furzte und prustete los. Eine Schankdame balancierte zwei Bierkrüge und eine Schüssel geschickt durch die Reihen. An den Fässern stand ein Mädchen und zapfte das Bier. Figen trat zu ihr. »Ich suche Meister Engel.«

»Und du bist?«

»Aus dem Hause Bechtolt von Menden.«

»Dem verstorbenen Brauer?«, fragte das Mädchen überrascht. Sie zählte vielleicht vierzehn Lenze. Die Sommersprossen tanzten, als sie die Nase kräuselte. Sie drehte den Zapfhahn zu, stellte den vollen Krug auf einen Tisch und wischte sich mit dem Handrücken Schweiß von der Stirn.

»So ist es.«

»Was willst du denn von meinem Vater?«

»Ich habe ein paar Fragen an ihn.«

»Er ist in der Brauerei. Komm!« Das Mädchen führte Figen durch eine Hintertür zur Brauerei. Im Gegensatz zum Schankraum kam ihr die Brauerei winzig vor. Das lag vor allem daran, dass der Raum in seiner verwinkelten Form wie der Buchstabe »L« geformt war. Die Bottiche waren wesentlich kleiner als Bechtolts, es waren nur zwei Männer mit dem Brauen zugange. Ein Knecht rührte in einem Topf, Meister Engel rollte Fässer ans Ende der Brauerei, wo es in den Keller zu gehen schien.

»Sagte ich nicht, dass ich nicht gestört werden will?«, fragte Engel, kam auf sie zu und stemmte die Hände in die Hüften. Er hatte ebenso viele Sommersprossen im Gesicht wie seine Tochter.

»Ich glaube, es ist wichtig«, sagte das Mädchen, zuckte mit den Schultern und verschwand.

Figen zwang sich, ruhig zu atmen. Es stand so viel Ablehnung in Engels Augen, dabei hatte sie noch nicht mal eine Frage gestellt.

»Spuck schon aus! Was willst du?«

Umgangsformen schien der Brauer nicht zu kennen. Es war nicht ratsam, ihn zu reizen. »Ich komme aus dem Hause von Menden. Unser Herr wurde ins Jenseits befördert, und wir sind auf der Suche nach dem Mörder.«

»Und was hab ich damit zu schaffen?«, fragte er gleichgültig.

Figen beobachtete seine faltigen Gesichtszüge. Er schien nicht nervös oder argwöhnisch zu sein. Seine buschigen Brauen waren lang, ein paar Härchen reichten ihm beinahe ins Auge. »Ich wollte fragen, ob Bechtolt öfter zu Besuch in Eurer Schenke war.«

»Da musst du dich bei meinen Töchtern erkundigen. Warum kommst du damit zu mir?«

Figen lag eine schnippische Erwiderung auf der Zunge, doch damit würde sie wohl nichts erreichen. Sollte sie ihm schmeicheln? »Weil Ihr der Herr des Hauses seid und sicherlich am besten Bescheid wisst.«

Er brummte zustimmend. »Aber nicht in allen Belangen.«

»Wir versuchen herauszufinden, wer Bechtolt etwas zuleide tun wollte.«

»Pah! Ich glaube, viele. Bei dem scheußlichen Gesöff, das er sich zusammengebraut hat.«

»Habt Ihr es probiert?«

Er lachte auf. »Gott bewahre! Ich trinke nur, was ich selbst gebraut habe.«

»Woher wisst Ihr dann, wie es geschmeckt hat?«

»Das haben mir meine Gäste geklagt. Das Bier wäre viel zu süß gewesen und zu schnell gekippt. Ich vermute, er hat die Temperaturen beim Brauvorgang nicht mehr eingehalten. War abgelenkt, hat sich gehen lassen. Das Bier verzeiht keine Nachlässigkeiten. Und deshalb muss ich mich nun auch wieder darum kümmern.«

Er drehte sich um, half seinem Knecht und schenkte Figen keine Beachtung mehr. Von ihm schien sie nichts mehr zu erfahren. Sie ging zurück in die Schenke und fragte die Töchter, ob sie Bechtolt schon mal in dem Bierzapf gesehen hätten. Doch die beiden kannten ihn nicht.

Hoffentlich würde der Besuch der nächsten Schenke aufschlussreicher sein.

***

Jonata schreckte hoch, als Figen die Kammer betrat. Sie war eingeschlafen. Die aufgeschlagene Bibel lag vor ihr, Clara schlummerte friedlich in ihren Decken. Die Kleine forderte viel von ihr – vor allem, weil sie mehrmals in der Nacht nach Milch verlangte.

»Habe ich das Nachtmahl verpasst?« Jonata rieb sich die Augen.

Figen schüttelte den Kopf und setzte sich zu ihr. »Elisabeth kocht gerade den Brei.«

Dann war sie nur kurz eingenickt. »Was hast du herausgefunden?«

Figen strich sich über das Muttermal auf der Nase. »Ich war bei Meister Engel und von Gronberger. Dort war Bechtolt wohl nicht zu Gast, und ich glaube nicht, dass die beiden Brauer etwas mit dem Mord zu tun haben.«

Und der Zimmermann war heute noch nicht von seiner Pilgerreise zurück gewesen. Es dauerte alles zu lange. Mathes hatte sich am Vormittag von ihr verabschiedet und sich auf den Weg nach Sachsen begeben.

»Dafür hatte ich eine interessante Begegnung mit Brid«, fuhr Figen fort.

»Brid?« Jonata schüttelte sich innerlich. »Was macht die mittlerweile?« Sie war froh, dass die Magd nicht mehr in diesem Haus lebte. Ihr fehlte das nötige Maß an Sittlichkeit und Anstand. Zudem hatte Brid sie erpresst und sie gegen ihren Vater ausspielen wollen.

»Die ist Magd im Haus Rattenpeck, dem Schneider.«

»Rattenpeck? Der ist doch am Freitag erst hier gewesen.«

»Der war hier?« Figen verdrehte die Augen.

»Ja, und wollte zu Margret.«

»Hat das denn nie ein Ende? Hoffentlich gibt sie nicht das ganze Witwengeld für ein neues Kleid aus.«

Jonata erinnerte sich daran, wie sie in der Schwangerschaft zugelegt hatte und jedes Kleid und jeder Rock gezwickt hatte. Auch sie hatte sich neue Gewänder nähen lassen müssen. »Ihr Bauch wird runder, da wird sie notgedrungen ein neues Kleid benötigen.«

»Hast du dir ihre Kleider mal angesehen? Bescheidenheit sieht anders aus.«

Jonata zuckte mit den Schultern. »Vielleicht zeigt sie nun Einsicht, da die Münzschatulle geplündert wurde.«

Figen verzog unwillig das Gesicht. »Wer's glaubt.« Sie rieb sich übers Kinn. »Aber vielleicht tun wir ihr unrecht, und Rattenpeck war nur hier, um mit Margret über Brid zu sprechen. Die hat mir nämlich erzählt, dein Vater sei ihr in der Schenke von Meister Magnus zu nahe getreten. Und wenn der Wirt nicht gekommen wäre, dann hätte er sich an ihr vergriffen.«

»Was?« Jonata verschluckte sich an ihrer Spucke und musste husten. Es war, als riss ihr Figen den Boden unter den Füßen weg. »Das glaube ich nicht. Auf Brids Reden kann man sich nicht verlassen. Sie biegt gerne mal die Wahrheit zu ihren Gunsten.«

»Aber warum sollte sie so etwas erzählen, wenn es nicht stimmt?«

»Und warum sollte mein Vater sich an seine alte Magd heranmachen?«

Konnte das wirklich stimmen? Wo war die Sittlichkeit ihres Vaters geblieben? Und wieso hatte Figen in den Briefen an sie nie verlautbaren lassen, was aus ihm geworden war? Wut stieg in ihr hoch, doch sie wusste nicht, ob sie gegen sich selbst, gegen Figen oder den unbekannten Mörder gerichtet war. Aber sie wollte ihrer Freundin, die sie nur vor den Sorgen hatte schützen wollen, keinen Vorwurf machen.

»Wir könnten Meister Magnus fragen. Er sollte es uns bestätigen können, wenn es stimmt«, sagte Figen.

Jonata schluckte trocken. Magnus. Dieser Name ließ Erinnerungen hochbrodeln wie gefährliche Dämonen aus dem Schlund der Hölle. Sie sah die Narbe, die Knollennase und roch den fauligen Mundgeruch von Sebalt – ihrem ehemaligen Verlobten, der sie auf schändlichste Weise benutzt hatte, damit Simon aus der Turmhaft freikam. Die Schenke der Familie Magnus würde sie nicht betreten. »Ich kann mich dort nicht blicken lassen«, sagte sie.

»Das werde ich übernehmen.« Figen lächelte.

Figen hatte damals mitbekommen, wie vehement sie sich gegen eine Vermählung mit diesem Widerling gewehrt hatte, aber bis auf Simon wusste niemand, was an jenem Tag geschehen war. Und so sollte es bleiben. Sie lenkte ihre Gedanken zurück zu ihrem Vater. »Und wann soll das mit Brid in der Schenke gewesen sein?«

»Vor zwei oder drei Monaten.«

Jonata erhob sich. »Ich werde Margret fragen, warum der Schneider hier war. Vielleicht hat es tatsächlich was mit Brid zu tun.«

»Ich bleibe solange bei Clara.« Figen setzte sich zu der Kleinen, richtete die Decke und begann ein Lied zu summen. Ihre Stimme war sanft und herzlich. Jonata stand einen Moment in der Tür und beobachtete sie. Schade, dass Figen noch nicht die Möglichkeit gehabt hatte, Ells kennenzulernen.

Jonata fand Margret im Hinterhof, wo sie auf einer Bank saß und Pauli streichelte. Neben ihr stand einer der Steintröge, die sie im Hof aufgestellt hatten, um Regenwasser zu sammeln. Es war die einzige Möglichkeit, in Köln an Trinkwasser zu gelangen, von dem man nicht krank wurde. Kuntz spielte zu ihren Füßen mit Holzfiguren.

Margret starrte gedankenverloren in die Ferne. »Was gibt es?« Der Saum ihres Rockes war ausgefranst. Das Leinenhemd spannte sich über ihren Bauch, und das Mieder hatte sie sehr weit geschnürt. Die Kleidung hatte nichts gemein mit den Kleidern, die sie sonst trug, und stammte sicherlich aus den Jahren ihrer Dienstzeit als Magd.

Jonata stellte den Trog auf den Boden und nahm neben ihr Platz. Wie viel konnte sie Margret erzählen? Wenn man Brids Reden Vertrauen schenken durfte, hatte ihr Vater Ehebruch betreiben wollen. Würde diese Nachricht Margret noch mehr betrüben? Aber schließlich war es auch in Margrets Interesse, dass der Mörder gefunden wurde. Und sie hatte Jonata auch nicht geschont, ihr sogar vorgeworfen, ihren Vater auf dem Gewissen zu haben. Wieso sollte sie also Margret schonen? »Figen hat Brid getroffen.«

»Diese Winkelwip kann mir gestohlen bleiben!«

»Bechtolt ist ihr vor Kurzem in einer Schenke begegnet.«

Margret drehte den Kopf und sah sie an. Die Haut um ihre Augen war faltig geworden. Die Bundhaube hing ihr um den Hals, die Haare hatte sie zu einem Knoten gebunden. Es hatten sich mehrere graue Strähnen in ihr blondes Haar geschlichen. Etwas früh für ihre dreißig Lenze. War ihr Vater ihrer überdrüssig geworden und hatte sich an die jüngere Brid rangemacht? Jonata widerte dieser Gedanke an. Schließlich war ihr Vater über zwanzig Jahre älter gewesen als Margret. »Sie behauptet, Bechtolt hätte sich an ihr vergehen wollen.«

Margret zog die Stirn in Falten. »Was? Das muss eine Lüge sein!«

»Möglich. Figen wird bei dem Brauer nachfragen. Er soll es gesehen haben.«

»Und was soll das bringen?«, fragte Margret schroff. Ihre Finger verkrampften sich in Paulis Fell. Jäh sprang er auf und miaute keifend, bevor er verschwand.

Jonata konnte ihre Skepsis verstehen. Sie würde es auch nicht glauben, wenn Brid so etwas über Simon erzählte. Dennoch sollten sie sich Gewissheit verschaffen. »Vielleicht war das ein Grund, meinen Vater umzubringen.«

»Du glaubst –«

»Ich glaube gar nichts, ich möchte die Wahrheit herausfinden.«

Margret nickte und ließ den Blick wieder in die Ferne wandern.

»Brid arbeitet bei Rattenpeck, habe ich von Figen erfahren. Der war doch erst am Freitag hier. Was wollte er?«

Margret sah sie verwundert an. »Was hat denn das damit zu tun?« In ihren Augen funkelte etwas auf, das Jonata nicht zu deuten vermochte.

»Das frage ich mich auch. Ging es nur um neue Kleidung oder gar um seine Magd?«

Margret zögerte einen kurzen Moment. »Um ein neues Kleid natürlich.«

»Ich dachte nur, vielleicht hätte er etwas angedeutet.«

Vehement schüttelte sie den Kopf. »Nichts dergleichen.«

Sie hatte das Gefühl, Margret erzählte ihr nicht die ganze Wahrheit. Wusste sie von dem Vorfall in der Schenke und wollte sich der Schmach nicht aussetzen, also dementierte sie es lieber? Jonata hätte Brid gern selbst zur Rede gestellt, um zu ergründen, ob sie log. Doch Brid würde keinen Augenblick zögern und sie bei der Inquisition melden. Damit hatte sie ihr früher schon gedroht. Also musste Figen auch das übernehmen.

Konnte es wirklich sein, dass eine Magd ihren ehemaligen Herrn umbrachte? Dabei war Brid nicht gerade zimperlich, was Beziehungen mit Männern anging. Kaum vorstellbar, dass ihr Vater Brid zu nahe getreten war. Aber Jonata hatte auch nicht für möglich gehalten, dass jemand ihrem Vater die Kehle durchschneiden würde. Als Kind hatte er ihr liebevoll über das Haar gestreichelt, wenn sie hingefallen war und sich die Knie aufgeschlagen hatte. Er war streng, aber warmherzig gewesen.

Sein Gesicht verschwamm bereits vor ihrem inneren Auge. Sie hatte Angst, ihre Erinnerung an sein Bild zu verlieren. Wieder schwappten Schuldgefühle über sie wie eine große Welle und drohten sie zu erdrücken.

***

Dorell kam in die Schulstube gehüpft. »Schau, was mein Vater mir gekauft hat.« Stolz zeigte sie Figen die Wachstafel.

»Wunderbar. Setz dich. Wir wollen jetzt beginnen.« Das Mädchen war spät dran, alle anderen Schülerinnen saßen schon in den Bänken. Als Dorell Platz genommen hatte, schlug Figen das Buch auf. »Dies ist das Buch von der Geschichte Jesu Christi ... Gestern haben wir es bis zum ›O‹ geschafft. Heute beginnen wir mit dem ›N‹ so wie ›neun‹, ›Nacht‹ oder ›Nachsicht‹. Welche Wörter kennt ihr noch, die mit diesem Buchstaben beginnen?«

Anna und Dorell hoben die Hände. In dem Moment flog die Tür auf, und Mechthild Geppinger stolperte herein. »Bin ich zu spät?«, keuchte sie. Ihre Wangen waren vor Anstrengung gerötet, viele winzige Regentropfen hatten sich in ihrem Mantel verfangen.

»Und ob«, sagte Figen. »Hat dein Vater dir nun doch erlaubt, in dieser Schule das Lesen und Schreiben zu lernen?«

Sie nickte eifrig. »Gestern war ich bei den Beginen zur Probe, doch wir haben den ganzen Tag Unkraut im Gemüsebeet gejätet. Das passt meinem Vater noch weniger.« Schwungvoll nahm sie neben Kettlin Platz. »Da könne er sein Geld auch in den Rhein werfen, hat er gemault.« Sie grinste breit.

Figen musste innerlich lächeln. Wenn die Beginen so weitermachten, hatte sie bald die Mädchen der halben Stadt in ihrer Schulstube sitzen. Das konnte ihr nur recht sein. »Dann sei herzlich willkommen. Wir haben in den letzten drei Schultagen schon einige Buchstaben gelernt. Wer möchte sie für Mechthild wiederholen?«

Anna riss die Hand in die Höhe und streckte sich dabei so, als wolle sie die Deckenbalken berühren. Auf die ältere der beiden Schwestern von Seitz war immer Verlass.

Der Gedanke an ihn gab Figen einen Stich und ließ ihr Herz zerbröckeln. Wenn sie den Gedanken zu lange festhielt, stand sie wieder vor einem Trümmerhaufen. Dabei hatte sie sich vorgenommen, sich nicht erneut herunterziehen zu lassen. Ihre Zöglinge brauchten sie mit all ihren Sinnen.

Sie ließ die Mädchen die Buchstaben der letzten Tage wiederholen, damit Mechthild auf den gleichen Stand kam. Sie musste nun dreimal so schnell lernen, aber sie schien geschwind zu begreifen, und den anderen tat die Wiederholung gut.

Der Schultag verging zügig. Figen endete mit einem Gebet und entließ die Mädchen. Mechthild überreichte ihr abermals das Schulgeld und verließ mit Kettlin lächelnd die Schulstube.

Figen klappte das Buch zu. Wenn sie nach dem Besuch bei dem Brauer Magnus noch Zeit hatte, würde sie auf dem Markt nach einer Wachstafel Ausschau halten. Die Tür ging erneut auf.

»Noch etwas vergessen?«, fragte Figen. Als sie aufblickte, stockte ihr der Atem. Seitz stand auf der Schwelle. »Ich bin Euch noch ein Versprechen schuldig.«

Figens Herz pochte. Sie freute sich über sein Erscheinen, andererseits machte es ihr nur Hoffnungen, wo es keine gab, und so würde der Trümmerhaufen am Ende nur noch größer werden. Sie machte eine wegwerfende Handbewegung. »Macht Euch keine Umstände.«

»Aber es sind doch keine Umstände.« Er trat einen Schritt näher.

Das Messer an seinem Gürtel hing auf ihrer Sichthöhe. Ein Schauer fuhr ihr durch die Glieder, und sie senkte den Kopf. Sie war schon oft angesprochen worden, warum sie keines bei sich trug. Seitz schien es noch nicht aufgefallen zu sein.

»Ich schaff das schon«, sagte sie.

Er knetete die Hände. »Ich dachte ... also am Samstag ...« Seitz von Rosenberg fehlten die Worte. Wie ungewöhnlich. »Aber Ihr kommt doch am Freitag zur Versammlung, oder?«, fragte er schließlich hoffnungsvoll.

Sie zuckte mit den Schultern. »Ich weiß noch nicht. Ich muss einen Mörder finden.«

Er kam näher und griff nach ihren Händen. Wieder brannte die Haut unter seiner Berührung. »Aber doch nicht allein. Lasst mich Euch helfen.«

Sie hielt die Luft an und zog die Hände zurück. »Bitte ...« Sie flehte ihn mit den Augen an, denn ihre Stimme versagte, und hoffte, dass er verstand.

Seitz wich einen Schritt zurück. »Ich will mich noch mal für meinen Vater entschuldigen.«

»Da gibt es nichts zu entschuldigen.« Figen war froh, dass sie von Seitz' Verlobung erfahren hatte. Besser jetzt als später.

»Er ist manchmal direkt und taktlos.«

»Er hat mir die Augen geöffnet, und nun entschuldigt mich bitte. Ich muss mich auf den Weg machen.« Sie nahm das Buch und presste es vor die Brust.

Seitz rieb sich über die Stirn. »Bevor Ihr meine Hilfe ausschlagt, solltet Ihr eines wissen. Meine Verlobte ... also ich kenne sie nicht richtig, sie ist unansehnlich und hält stur am alten Glauben fest.«

»Das tut mir sehr leid für Euch, aber das geht mich nichts an.« Figen wollte es nicht hören, sie wollte gar nichts über dieses Weib wissen.

»Es interessiert Euch nicht?«, fragte er mit trauriger Miene.

Konnte es denn sein, dass ...? Sie wagte kaum, den Gedanken

zu Ende zu bringen, doch ein freudiges Kribbeln breitete sich in ihrem Unterleib aus. »Ich kenne Eure Verlobte doch nicht.«

Seitz trat von einem Fuß auf den anderen. »Was ich damit sagen will: Mein Vater hat das Versprechen vor Jahren gegeben, aber er wird es wieder aufheben. Davon werde ich ihn überzeugen. Ich werde sie nicht ehelichen.«

Figens Knie wurden weich. Er trat näher, wich ihrem Blick aus, rieb sich den Nacken. »Ich weiß ja nicht … ich dachte nur … also wenn du vielleicht …«

Er hatte ungefragt zum vertraulichen »Du« gewechselt. Figens Herz vollführte Kapriolen. Konnte es sein, dass Seitz genauso empfand wie sie? »Und was wird Euer Vater dazu sagen?« Sie konnte ihn doch nicht duzen, oder etwa doch?

»Ihn werde ich schon überzeugen.« Er lächelte und nahm wieder ihre Hände. »Sag! Darf ich mir Hoffnungen machen?«

Figen sah zu Boden. Gott sei Dank wurden ihre Beine von dem Kleid bedeckt, denn sie zitterten unkontrolliert. »Ich dachte immer …« Sie stockte, suchte nach den richtigen Worten, schluckte, um die Trockenheit in ihrem Hals zu verscheuchen. »… du würdest niemals eine Magd wie mich …«

»Eine Magd? Aber du bist doch eine Magistra.«

Er strich ihr über die Wange und hob ihr Gesicht an, sodass sie ihn ansehen musste. Was für leuchtende Augen er hatte. Kraftvoll, voller Wärme und Zuneigung. Sie waren eine Einladung, in die Tiefen seiner unerschütterlichen Seele zu blicken. Sie spürte seinen Atem auf ihren Wangen. Sanft wie der Flügelschlag eines Schmetterlings, voller Hoffnungen und Sehnsucht. Ihr wurde kalt und heiß zugleich. Das Zittern ihrer Beine übertrug sich auf ihren ganzen Körper. Sie wollte sich in seine Arme fallen lassen und seine Lippen kosten.

Er kam ihr mit dem Gesicht sehr nahe. Sie schloss die Augen, glaubte, den Hauch seiner Lippen auf ihren zu spüren, als krachend die Tür auflog.

Sie wichen auseinander und sahen auf den Eindringling. Kuntz eilte durch die Bänke. »Ist Pauli hier?«

Figen stöhnte leise. Der Bengel hatte diesen wunderbaren

Moment zerstört. »Ich habe ihn nicht gesehen«, antwortete sie, bemüht um eine ruhige Stimme. Der Junge suchte in jeder Ecke und verschwand wieder nach draußen.

Figen lächelte Seitz an, doch der vertraute Augenblick war verflogen. »Hilfst du mir?«, fragte sie und holte den Korb mit dem Stroh.

Er nickte, griff beherzt zu und stopfte Stroh in die Fensteröffnungen. So würde der kalte Wind nicht ungehindert hereinwehen.

»Ich will gleich zum Brauer Magnus. Möchtest du mit?«, fragte sie und warf ihm einen Seitenblick zu.

»Ich dachte schon, du fragst nie.« Er grinste.

KAPITEL 12

Enderlin kratzte mit dem Löffel den letzten Brei aus der Schüssel. Gern hätte er noch mehr gegessen, doch im Kloster hatte er gelernt, Maß zu halten. Gott würde ihn mit der nötigen Kraft für den heutigen Tag versehen. Er wollte zu Sebalt gehen, um sich nach seiner Entscheidung zu erkundigen.

Melchior hielt heute die Tischlesung – Verse der Psalter: *»Quoniam ad te orabo Domine mane exaudies vocem meam.«* – Denn zu dir bete ich, HERR, am Morgen wirst du mein Rufen erhören.

Und deine Hilfe brauche ich, fügte Enderlin in Gedanken hinzu. Vielleicht sollte er Margret auch gleich einen Besuch abstatten. Möglicherweise hatte sie mit Figen gesprochen. Wenn ihre Not zu groß wurde, würde sie reden. Und er würde Jonata bald zerquetschen können wie ein lästiges Insekt.

Syfried löffelte den Brei so ungeschickt, dass ein Klecks zu Boden fiel. Was für ein Tölpel! Wenn er anständig essen und Gott für die Gaben danken würde, bekäme er genug auf den Löffel und müsste die Äpfel und das Brot nicht aus der Vorratskammer stehlen. Der Prior war mit ihm mal wieder zu milde ins Gericht gegangen, hatte ihn nur zwei Tage von den Mahlzeiten ausgeschlossen. Der Leibesfülle tat es keinen Abbruch. Vierzig Tage zu fasten wie ihr HERR und Heiland, das würde ihm guttun.

Melchior schloss das Buch und setzte sich, in Windeseile leerte er als Letzter seine Schüssel.

Enderlin ging zu Syfried und zeigte auf den Boden. Mit einem Handzeichen bedeutete er ihm, den Brei wegzuwischen. Syfried zuckte mit den Schultern und drehte sich um. Dieser selbstgefällige Bärenhäuter! Bei der nächsten Kapitelversammlung war der fällig.

Nach der Prim und der Morgenmesse trat der Prior zu Enderlin. »Auf ein Wort im Kreuzgarten.«

Der Prior hielt die Hände vor dem Körper in den Ärmeln der Kutte verborgen. Seine Haare hatten sich so weit gelichtet, dass der Tonsurschnitt kaum noch vonnöten war. »Hast du deine Angelegenheiten mit dem Haus erledigt?«, fragte er im Gehen.

»Noch nicht«, antwortete Enderlin.

Ein Vogel badete im Wasser der oberen Schale des Brunnens. Als sie näher kamen, beendete er sein Bad, schwenkte hektisch die Federn und flog aufs Dach des Refektoriums.

»Wie ist dein Vorhaben?«

Es begann zu nieseln, doch das schien den Prior nicht zu stören. Er behielt den gemächlichen Schritt bei.

»Das Haus verkaufen. Ich habe schon einen Interessenten. Er muss sich nur das Geld von seinem Vater borgen.«

Der Prior nickte. »Bring es schnell zu Ende.«

»So Gott will.« Warum drängte Hochstraten so? Enderlin brauchte doch Zeit, um nach Jonata zu forschen.

Melchior eilte mit seinem Gehilfen Jacob zum Skriptorium. Der Skriptor hatte vor vier Jahren Enderlins Platz als Subprior eingenommen. Enderlin musste die aufsteigende Wut unterdrücken. Melchior war nicht befähigt für dieses wichtige Amt, kümmerte sich bloß um seine Schriften. Wenn der Prior mal auf Reisen war, fielen die Stundengebete zu kurz aus, das Essen wurde zu reichhaltig, und den dicken Syfried ließ er als Strafe für seine ungezügelte Essenslust die Tischlesungen übernehmen. Syfried brachte keinen Satz ohne Stottern oder Versprecher heraus – eine wahre Quälerei. Das konnte nicht zur Ehre Gottes sein. Und es wäre eine Gottesbeleidigung, wenn Melchior irgendwann Hochstratens Platz als Prior einnehmen sollte. Doch das war gar nicht wahrscheinlich, schließlich war Melchior mit siebenundfünfzig Lenzen zwölf Jahre älter als der Prior. Und wenn Melchiors Ende nahte, würde Hochstraten Enderlin wieder als den vertrauenswürdigsten und gottesfürchtigsten Mönch in seinen Reihen achten. Dafür würde er sorgen.

»Ich habe noch eine andere Aufgabe für dich«, fuhr der Prior fort.

»Welcher Art?« Hoffentlich nicht die Latrinen. Ein Ekelschauer jagte Enderlin über die Arme, als er daran dachte.

»Mir wurde zugetragen, dass es in Köln eine Mädchenschule geben soll.«

»Die Beginen?«, fragte Enderlin. Doch die unterrichteten schon lange, das war nichts Neues.

»Nein. Eine Winkelschule.«

»Was sollen die Mädchen dort schon lernen? Kochen und Waschen, Erbsenauslesen oder gar das Brauen.« Wenn die Familien ihr Bier selbst brauten, war diese Tätigkeit meist den Frauen überlassen. Dabei erforderte es doch so viel Wissen und Geschick.

Der Prior schüttelte den Kopf. »Lesen und Schreiben, munkeln die Bürger auf den Gassen.«

»Wo kommen wir denn da hin? Dann geben die Frauen ihr Geld bald womöglich lieber für Schriften aus anstatt für Kleidung und Brot. Das sollte man unterbinden.«

Der beste Beweis war seine Schwester. Sein Bruder Lucas hatte ihr das Lesen beigebracht, und erst so war sie mit Luthers ketzerischer Lehre in Kontakt gekommen. Und es hatte sie ins Verderben geführt. Frauen und alle Bewohner Kölns brauchten die Auslegung der Schrift durch den Geistlichen.

»Ganz recht.« Der Prior blieb stehen und blickte ihn finster an. Eine tiefe Falte stand auf seiner Stirn. »Vor allem, wenn sie das Lesen anhand der Übersetzung des Neuen Testaments Martin Luthers erlenen sollen.«

»Was?« Hatten sich die Ketzer in Köln schon wieder ausgebreitet? Erst 1520 waren auf Befehl des Papstes alle Lutherschriften auf dem Domhof verbrannt worden. Ein großer Tag für die Kirche – und nun das! »Und das lasst Ihr zu?«

Der Prior lächelte. »Natürlich nicht. Der Magister dieser Mädchenschule gehört vors Inquisitionsgericht.«

»Worauf wartet Ihr dann noch?« Warum zögerte der Mann, der vor drei Jahren die lutherischen Irrtümer in dem genialen Werk »Gespräche Hochstratens mit dem heiligen Augustinus« erörtert hatte?

»Erst mal müssen wir die Schule finden«, sagte der Prior mit hochgezogenen Brauen.

»Ihr wisst, dass sie existiert, aber nicht, wo sie ist?«

»Meine Ohren sind nicht überall.« Er breitete die Arme aus.

»Dann –«

Der Prior hob die Hände. »Du hast damals den Drucker ausfindig gemacht, der in Köln die Lutherschriften vervielfältigt hat. Meinst du, du kannst die Mädchenschule auch aufspüren?«

Der Prior traute ihm diese Aufgabe zu? Enderlins Herz pochte heftig. Das bedeutete, er würde nicht mehr die Böden schrubben müssen, und die Latrinen gehörten erst recht der Vergangenheit an. »Gewiss doch«, beeilte er sich zu sagen.

»Diesmal will ich die Schuldigen für ihre Vergehen bestraft sehen.«

Enderlin machte eine Faust. »Es war nicht meine Schuld, dass der Drucker von Werden aus dem Turm –«

Der Prior hob die Hand. »Davon will ich nichts hören. Gott lässt uns nach vorne schauen, die Vergangenheit muss ruhen.«

Und wieso bestrafte der Prior ihn dann immer noch dafür, dass der Drucker nicht auf dem Scheiterhaufen geendet war? Das war wirklich nicht seine Schuld gewesen.

Doch dem Prior durfte man keine Vorwürfe machen, also senkte Enderlin den Blick und nickte. Wenn er Jakob Hochstraten den Drucker hoffentlich doch noch präsentierte, hätte der Prior sicherlich nichts dagegen, die Vergangenheit noch einmal aufleben zu lassen. »Diesmal könnt Ihr Euch auf mich verlassen. Ich werde Euch nicht enttäuschen.«

»Deine helfende Hand werden wir hier im Kloster vermissen, aber nimm dir so viel Zeit, wie du brauchst.«

»Ich werde die Zeit, die mir Gott schenkt, zu nutzen wissen.«

»Und halte es wie früher: Nimm die Kraft der Laudes mit in den Tag und sei zur Vesper in der Gemeinschaft zurück.«

»So sei es.« Enderlin lächelte in sich hinein. Er würde diese Mädchenschule schon ausfindig machen, und gleichzeitig würde er Jonata suchen. Endlich hatte Gott seine Gebete erhört und ihn von den niederen Aufgaben befreit. Die Engel des HERRN würden ihn auf seiner Suche begleiten.

***

Kühler Wind fegte über die Felder, als sie zum Hause Magnus unterwegs waren, doch das machte Figen nichts aus. Sie glühte von innen und streckte das Gesicht dem Duft nach Veränderung entgegen. Seitz liebte sie! Er hatte sie küssen wollen. Sie fühlte sich leichtfüßig wie lange nicht mehr und hätte vor Freude hüpfen können.

»Und wie machen sich deine Schülerinnen?«, fragte er.

Die Glocken von Sankt Mauritius läuteten.

»Deine Schwester Anna ist die Vorreiterin. Sie ist gescheit und lernt schnell. Heute habe ich eine neue Schülerin dazubekommen.« Sie berichtete ihm von Mechthild, wie sie am ersten Tag die Schule verlassen hatte und nun wiedergekommen war.

Seitz lachte schallend. »Die Beginen werden sich noch wundern.«

Figen legte die Stirn in Falten. »Oder sie werden mir Ärger bereiten.«

»Was sollen sie schon ausrichten? Außer dass sie ihren Zöglingen auch endlich mal das Lesen beibringen. Und das wäre nicht das Schlechteste. Es wird auch so noch genug Mädchen in Köln geben, die in deine Schule kommen.« Er sah sie von der Seite an. Hitze stieg ihr ins Gesicht, und sie lächelte.

Vom Kirchturm Sankt Mauritius blies der Turmwächter auf der Schalmei ein Lied. Der Melodie nach zu urteilen, wurde jemand zu Grabe getragen. Die trübsinnigen Klänge passten so gar nicht zu Figens Gefühlen. Sie hätte vor Freude in die Luft springen können.

»Am Freitagabend werden sicherlich einige deiner Zöglinge bei der Versammlung sein. Möchtest du nicht auch eine Stelle aus dem Neuen Testament vorlesen?«, fuhr Seitz fort.

»Ich?« Figen blieb stehen. Etwas vorlesen? Ein flaues Gefühl breitete sich in ihrem Magen aus, genauso wie vor jeder Beichte. Bei den Versammlungen waren viele angesehene Bürger anwesend. »Nein. Das überlasse ich dir.«

»Dort sitzen wohlhabende Männer, die junge Töchter haben. Das wäre doch eine perfekte Möglichkeit, um auf deine Schule aufmerksam zu machen.«

Da hatte Seitz recht, und doch brach ihr bei diesem Gedanken der Schweiß aus. »Aber ich müsste eine passende Stelle aussuchen und das Lesen einüben«, wandte sie ein und setzte sich wieder in Bewegung. »Es sind nur noch drei Tage bis dahin.«

Stell dich nicht so an!, mahnte sie sich. Jonata hatte früher auch in den Zusammenkünften Texte Luthers vorgetragen. Wieso sollte sie es nicht können? Und Seitz würde sie damit eine Freude machen.

»Ich kann dir später helfen, die richtige Textstelle auszuwählen«, fuhr er fort.

Figens Herz machte einen Hüpfer. Die Aussicht, mit ihm den Abend zu verbringen, beflügelte sie. Vielleicht würden sie diesmal bei einem Kuss nicht gestört werden. Doch war sie in der Lage, vor gebildeten Bürgern etwas vorzulesen? Sie zögerte.

»Was soll schon passieren? Sorg dich nicht zu sehr. Gott wird dir beistehen.« Seine Augen funkelten aufgeregt.

Sie wollte dieses Funkeln für immer festhalten und ihn nicht enttäuschen. Er hatte recht. Sie sollte auf den HERRN vertrauen. Und wenn Seitz bei ihr war, würde er für sie einspringen, falls sie ins Stocken geriet. »Du gibst wohl nie auf«, sagte sie mit einem Lächeln.

»Nicht, wenn man die Menschen zu ihrem Glück zwingen muss.« Er griff nach ihrer Hand. »Komm mit.« Er zog sie hinter sich her. Als sie die zwei Pfeiler des Marsilsteins, die durch Überreste eines Bogens verbunden waren, passierten, stupste Seitz sie an. »Fang mich«, rief er grinsend und wirbelte herum.

Einen Augenblick stand sie wie versteinert da, dann machte sie einen Satz und wollte nach ihm greifen, aber Seitz sprang lachend zurück. »Du bist zu langsam.« Seine Augen strahlten belustigt.

Na warte! Figen raffte ihre Röcke und rannte hinter ihm her, doch er war ihr immer einen Schritt voraus. Als sie aus der Puste war, trat er mit einem Schrei ruckartig hinter dem steinernen Gebilde hervor, sodass sie ihm direkt in die Arme lief. Seitz hielt sie fest und lehnte sich an einen Pfeiler. Ihr Herz pochte. »Nicht dass das Ding noch einstürzt«, sagte sie keuchend.

Er lachte auf. »Das Ding ist über tausend Jahre alt, warum sollte es gerade heute einstürzen?«

»Es sieht nicht sehr stabil aus.« Sie sah zu dem Bogen empor. »Glaubst du, es ist wirklich der Überrest von einer Grabmalruine eines gewissen Marsilius?« Dieser Mann sollte die Kölner von der Belagerung durch einen römischen Kaiser befreit haben, erzählte man sich.

Seitz zuckte mit den Schultern. »Darüber habe ich mir noch nie Gedanken gemacht.« Er zog sie zu sich heran. Sein wilder Herzschlag war durch das Wams zu spüren. Sein Gesicht näherte sich langsam dem ihren. Figen wurde heiß. Sein warmer Atem auf ihren Wangen brachte ihre Haut zum Kribbeln, und ein berauschendes Gefühl durchflutete sie.

»Seht an, die Mörderin treibt auch noch Unzucht«, keifte eine hohe Stimme.

Jäh wich Figen zurück, ihr Brustkorb zog sich zusammen. Eine alte Frau mit faltigem Gesicht und tief liegenden Augen schlurfte an ihnen vorbei. Sie trug einen Eimer mit Wasser, kam wohl vom Pütz. Bei jedem Schritt schwappte Flüssigkeit heraus. Figen kannte sie nicht, aber anscheinend wusste die Frau, wer sie war. Diese hob den Zeigefinger. »Du wirst im Fegefeuer dafür büßen.«

Seitz stellte sich vor sie. »Lass sie in Frieden und verschwinde.«

Brummend humpelte die Frau davon. Figens Hals schnürte sich zu. Solches Geschwätz konnte sie auf den Scheiterhaufen bringen. Davor konnte auch Seitz sie nicht bewahren.

Das beklemmende Gefühl drückte ihr immer noch den Brustkorb zu, als sie die Schenke der Brauersfamilie Magnus betraten. An einem langen Tisch waren alle Plätze mit jungen Männern belegt. Sie redeten lautstark, lachten ausgelassen und prosteten sich zu. Einer erhob sich, streckte seine Brust heraus und den Bierkrug in die Höhe. Lallend verkündete er, dass er bald ein Weib ehelichen würde. Zwei Schankdamen versorgten die Gäste mit Bier und Suppe, aber kein Wirt war zu sehen. Sie probierten es im angrenzenden Wohnhaus und klopften an die Pforte. Eine vielleicht fünfzehnjährige Magd öffnete ihnen.

»Wir möchten zu Meister Magnus«, sagte Seitz.

»Ich werde ihn holen.« Sie bat sie in den schmalen Eingangsbereich. Als die Tür hinter ihnen zufiel, wurde es finster. Nur ein fahler Lichtschein von der oberen Etage schien die steile Treppe herunter.

»Hat meine Magd Euch nicht in die Stube gelassen?«, fragte Magnus, als er mit schweren Schritten näher kam. »Kommt!« Er führte sie in die beheizte Stube. In der Ecke thronte ein Kamin, in dem zwei Scheite glühten. Auf einer Seite gab es ein Regal mit Dutzenden unterschiedlichen Bierkrügen. Was für ein Vermögen die gekostet haben mochten.

»Was kann ich für Euch tun?«, fragte Meister Magnus an Seitz gewandt und beachtete Figen kaum. Er war wohl der Ansicht, es würde ein Gespräch zwischen Männern werden. Magnus war ein Hüne, trug rote Beinlinge, ein schlichtes Leinenhemd und abgenutzte Schnabelschuhe, doch die zwei Lederbeutel an seinem Gürtel zeigten, dass sein Gewerk florierte.

In Figens Kopf echote immer noch der Ruf der alten Frau. Sie schob den Gedanken beiseite, sie musste sich darauf konzentrieren, den wahren Mörder zu finden. »Wir kommen aus dem Hause von Menden«, begann sie.

»Oh!« Er zog die Stirn in Falten. Warum war er so überrascht?

»Wir sind auf der Suche nach Bechtolts Mörder«, fuhr sie fort.

»Ihr?« Er hob skeptisch die Augenbrauen. »Ist das nicht die Aufgabe des Gewaltrichters?«

Figen schluckte. Sie hatte keine Lust, es zu erklären, also überging sie die Frage. »Die Magd Brid, die jetzt bei Schneider Rattenpeck im Dienst steht, hat vor einiger Zeit in unserem Hause gearbeitet. Kennt Ihr sie? Sie soll auch ein Gast Eurer Schenke sein.«

Magnus nickte. »Ich denke schon.«

»Sie hat gesagt, dass Bechtolt ihr vor zwei Monaten zu nahe getreten sei – und zwar in Eurer Schenke. Und Ihr seid Zeuge dessen gewesen. Könnt Ihr das bestätigen?«

»Warum willst du das wissen?« Seine Augenbrauen schienen sich noch höher zu ziehen.

»Ist das nicht offensichtlich?«

»Du glaubst doch wohl nicht, dass Brid Bechtolt die Kehle durchgeschnitten hat?«, fragte er brüskiert.

»Also stimmt es?«, hakte Figen nach.

Meister Magnus nickte. »Ja, Bechtolt hatte so viel Dickbier getrunken, dass er nicht mehr Herr seiner Sinne war. Er hat Brid für Margret gehalten. Zumindest hat er immer wieder den Namen seiner Frau gerufen. Und wollte ihr dann an die Wäsche.«

Also entsprach es der Wahrheit, aber Brid hatte ihnen nicht alles erzählt. »Und wie ist das ausgegangen?«

»Ich habe die beiden auf dem Weg zur Latrine aufgelesen. Bechtolt habe ich nach Hause geschickt und Brid zurück in die Schenke gebracht. Wäre ich nicht gekommen, hätte sich Bechtolt womöglich vergessen.«

»Ist etwas zwischen den beiden passiert?«, fragte Seitz.

Magnus schüttelte den Kopf. »Soweit ich erkennen konnte, nichts.«

Also war es nur beim Versuch geblieben. Brid hatte sich bloß bei Figen wichtigmachen wollen, aber abgestochen hatte sie Bechtolt wohl nicht. Doch es gab da noch eine Sache, die sie ansprechen musste, nur wusste sie nicht, wie sie beginnen sollte.

»Noch etwas.« Figen knetete ihre Hände und suchte nach den richtigen Worten. »Bei der letzten Versammlung der Bruderschaft sollen einige Brauer der Meinung gewesen sein, Bechtolt solle das Gewerk nicht mehr ausüben dürfen.«

Magnus hob die Augenbrauen. »Du meinst meinen Sohn Sebalt?«

Figen nickte. Hatte sie sich zu weit vorgewagt?

Doch anstatt rügender Worte lachte Magnus. »Du hast recht. Er war Bechtolt nach der geplatzten Vermählung mit Jonata nicht wohlgesonnen, aber nun hat er eine andere holde Maid gefunden.« Er stemmte die Arme in die Hüften. »Und das ist nichts, wofür er einem anderen Mann den Garaus machen würde.« Er beugte sich zu ihr und flüsterte. »Das würde er nicht wagen, denn dann bekäme er es mit mir zu tun.«

***

Beschwingt lief Enderlin die Gassen entlang. Endlich hatte der Prior eingesehen, dass Gott Höheres mit ihm vorhatte. Er hatte noch keine Idee, wie er diese Mädchenschule finden könnte, aber es würde sich alles fügen. Erst einmal musste er sich um das Haus kümmern, doch das hätte sich bald erledigt. Sebalt würde das Angebot bestimmt nicht ausschlagen.

Als Enderlin um die Ecke bog, sah er einen Mann und eine Frau aus Magnus' Haus treten. War das nicht Figen? Tatsächlich. Was für einen frivolen Blick sie ihrem Begleiter zuwarf. Anscheinend war sie nicht nur eine Falschschwätzerin, sondern auch eine Hure. Und auch sein Gesicht kam ihm bekannt vor, er konnte sich jedoch nicht entsinnen, bei welcher Gelegenheit er dem Mann begegnet war. Würde der HERR ihm doch nur ein besseres Gedächtnis schenken.

Die beiden unterhielten sich angeregt, liefen in die entgegengesetzte Richtung. Enderlin trat zurück und verbarg sich hinter einem Baum. Sprachen sie gerade über das Lesen von Schriften? Enderlin folgte ihnen. Dem HERRN sei Dank konnte er sich gut hinter Bäumen und dem Marsilstein verbergen. Nun erzählte der Mann von seiner Mutter und wie eifrig seine Schwestern ihr zur Hand gingen. Stolz berichtete er, dass sie keine Magd im Haus beschäftigten. Er schien in einem wahrhaft gottesfürchtigen Haus zu leben. Vielleicht hatte er doch einen guten Einfluss auf Figen. Und wenn seine Schwestern so fleißig im Haus halfen, konnten sie schon einmal keine Zeit fürs Lesen haben.

Enderlin folgte ihnen bis vor Sankt Mauritius, doch kein Wort über Jonata. Er kehrte um und ging zurück zum Hause Magnus. Sebalt war in der Brauerei; die Magd führte Enderlin dorthin. Der süßliche Malzgeruch schlug ihm entgegen und weckte Erinnerungen. Bis er mit fünfzehn Lenzen ins Kloster eingetreten war, hatte er seinem Vater täglich in der Braustube geholfen. Daher hatte der Prior ihn damals der Klosterbrauerei zugeteilt, der er später lange Zeit vorgestanden hatte. Doch auch diese Aufgabe oblag seit vier Jahren nicht mehr ihm. Seitdem schmeckte das Klosterbier bitter.

Sebalt trat zu ihm und zog ihn in eine Ecke. »Ihr könnt es wohl nicht abwarten«, zischte er leise und beugte sich vor.

»Ich bin gekommen, um Eure Entscheidung zu erfahren«, sagte Enderlin mit erhobenem Haupt. Sebalt überragte ihn um Kopflänge, doch davon ließ er sich nicht einschüchtern. Wahre Größe entstand durch Gottesfurcht und Demut.

»Psch!« Sebalt legte den Finger auf die Lippen und spähte über die Schulter. »Ich konnte meinen Vater noch nicht fragen.«

»Warum nicht?«, fragte Enderlin, ohne seine Stimme zu dämpfen. Sollte der Vater nun aufmerksam werden, hätte Sebalt gleich Gelegenheit, die Sache mit dem Haus zu klären.

Sebalts Augen blitzten auf. »Das geht Euch nichts an.«

»Oh doch! Schließlich geht es um mein Haus, das Ihr kaufen möchtet.« Und das Eure Verlobte unbedingt haben möchte, fügte er in Gedanken hinzu. Er verkniff sich ein Grinsen. Schade, dass sie heute nicht zugegen war. Sie war eine wirkliche Bereicherung für die Verhandlungen.

Ein stattlicher Mann betrat die Brauerei. Dem Gesicht und

dem Alter nach zu urteilen, war es der Vater von Sebalt. Er hatte schütteres graues Haar und die gleiche Knollennase, die auch sein Sohn geerbt hatte. Sebalts Nervosität nahm zu.

»Am besten, Ihr verschwindet nun«, zischte er. »Mein Vater ist auf den Namen von Menden nicht gut zu sprechen. Schließlich ist das Haus Eures Vaters für eine geplatzte Vermählung verantwortlich.«

Wenn das das Problem war, warum half Sebalt ihm dann nicht, Jonata aufzuspüren? Dann würden sie alle Gerechtigkeit erlangen. Aber er hatte gelernt, dass er mit diesem Thema bei dem Brauerssohn nur Unmut schürte. »Also gut. Ich gebe Euch Zeit bis übermorgen.«

Entrüstet richtete sich Sebalt zur vollen Größe auf. »Dann müsst Ihr den Preis auf dreihundert senken.«

Enderlin straffte die Schultern. »Übermorgen. Dreihundertachtzig. Oder ich suche mir einen anderen Käufer.«

Sebalt wollte etwas erwidern, da trat der Meister zu ihnen. Er überragte Sebalt noch mal um eine Handbreit, ein wahrer Hüne. »Ein Mönch in meinem Hause? Seid Ihr nicht …« Er verengte die Augen zu Schlitzen. »… ein Sohn Bechtolts?«

Enderlin nickte. »Der bin ich.«

»Verwunderlich. Heute hatte ich bereits Besuch aus dem Hause von Menden.«

Sebalt sah seinen Vater überrascht an. »Von wem?«

»Der Magd Figen.«

»Und was wollte sie?«

Diese Frage brannte auch Enderlin auf dem Herzen.

»Sie hat sich nach einer Begebenheit in unserer Schenke erkundigt.« Er zuckte mit den Schultern. »Was soll's. Und was wollt Ihr? Seid Ihr etwa auch auf der Suche nach dem Mörder Eures Vaters?«

»Was? Nichts läge mir ferner.« Was hatte das zu bedeuten? Figen suchte nach dem Mörder seines Vaters? Das sollte dieses Weib mal besser dem Gewaltrichter überlassen. Wenn sich Frauenzimmer um die Angelegenheiten angesehener Männer scherten, konnte das nur in Unheil enden.

»Was dann? Will das Kloster etwa Bier kaufen, bei so einem erfahrenen Brauer in den eigenen Reihen?« Er lachte schallend.

Enderlin fixierte Sebalt. Sollte der sich doch etwas überlegen, wenn er schon nicht die Wahrheit aussprechen durfte. »Das soll Euch Euer Sohn erklären.«

Enderlin machte kehrt und verließ die Brauerei. Nun hatte er Sebalt die passende Gelegenheit verschafft, mit seinem Vater über den Hauskauf zu sprechen. Wenn Meister Magnus immer noch wegen der geplatzten Vermählung erbost war, musste es wie ein Geschenk auf dem Silbertablett erscheinen, dass seine Familie in den Besitz des Hauses an der Hopfenschenke gelangen könnte. Enderlin lächelte selig. Vielleicht sollte er morgen schon wiederkommen. Alles würde sich fügen.

✳ ✳ ✳

Figen führte Seitz in die Schulstube. Sie konnte ihn nicht ins Haus mitnehmen und zum Essen einladen. Margrets Worte, diesen Ketzer wolle sie nicht im Haus sehen, dröhnten noch in ihren Ohren. Sie wollte nicht riskieren, dass sich die beiden begegneten.

»Ich hole eben das Buch.« Sie hatte das Neue Testament nach dem Unterricht zurück in ihre Kammer gebracht. Sie wusste es am liebsten in ihrer Kiste unter den Kleidern und traute sich nicht, es in der Schulstube zu lassen. Den Knauf an der Hintertür hatte sie noch nicht reparieren lassen, und so ließ sich die Schulstube nicht verschließen und vor Eindringlingen schützen. Sie musste an den Unterrock denken, den sie hier vor einiger Zeit gefunden hatte. Verlassene Gebäude zogen seltsame Gestalten und Gelegenheitssuchende an. Nicht auszudenken, dass hier jemand eindrang und ihr das Wertvollste stehlen würde.

»Soll ich dich begleiten?«

Sie schüttelte den Kopf. »Nicht nötig. Ich bin schnell wieder zurück.«

Er setzte sich auf ihren Platz, zog sich einen Schemel heran, legte die Füße darauf und lehnte sich an den Tisch. »Und wenn es eine Ewigkeit dauert, werde ich auf dich warten«, sagte er.

Ein kribbliges Gefühl zog von ihrem Bauch bis in die Brust. »Eine Ewigkeit wäre selbst mir zu lang.« Sie zwinkerte ihm zu und verschwand. Sie eilte in ihre Kammer, öffnete die Kiste und holte das Buch hervor.

Jonata kam mit Clara hereingestürmt. »Und?« Ihre Wangen waren gerötet, unter ihren Augen lagen Schatten. Das Neugeborene raubte ihr eindeutig zu viel Schlaf.

Figen brauchte einen Moment, bis sie begriff, wonach sich ihre Freundin erkundigte. Ihr Besuch bei Brauer Magnus. Die ehemalige Magd. »Ich glaube nicht, dass Brid etwas mit dem Mord zu tun hat«, sagte sie und erzählte, was sie von Meister Magnus erfahren hatte.

»Also hat Franz Magnus das Schlimmste verhindert.« Jonata lehnte sich an die Wand und streichelte Clara über das Köpfchen. Sie trug ihr blaues Kleid, das vier Jahre lang in der Kiste gelegen hatte. Früher hatte sie darin gestrahlt, nun sah sie abgekämpft aus.

»Brid wollte sich wohl wichtigtun.«

Jonata schnaubte. »Diese Schlange hat nur unsere Zeit vergeudet.«

Figen erzählte ihr, dass wohl auch Sebalt nicht der Übeltäter war. Dann fragte sie: »Warst du beim Zimmermann?«

»Der ist immer noch nicht von der Pilgerreise zurück. Ich habe das Gefühl, wir werden nie erfahren, wer meinen Vater auf dem Gewissen hat.« Die Schatten unter Jonatas Augen schienen sich zu verdunkeln, ein Ausdruck der Trauer legte sich auf ihr Gesicht, ihr Blick wurde leer und verloren. Dann hob sie den Kopf, sah auf das Buch, und ein Lächeln vertrieb die Traurigkeit. »Sollen wir zusammen darin lesen?«

Figen zögerte. »Also, gern ... Aber heute ... eher nicht.«

Jonata zog die Stirn in Falten. »Wieso?«

»Es tut mir leid, aber ... Seitz wartet in der Schulstube auf mich.«

Jonata lächelte. »Du willst mit ihm alleine sein. Dann geh.«
War sie so leicht zu durchschauen? »Es ist nicht so, wie du
denkst«, widersprach Figen. Und es war doch so. »Ich wollte
mit ihm eine Stelle auswählen, die ich auf der nächsten Versammlung vorlesen kann.«

Jonatas Augen bekamen einen leuchtenden Schimmer. »Wie
wunderbar! Es ist wichtig, dass Luthers Gedanken hier in Köln
weitergetragen werden.«

»Bist du mir nicht böse?«

Jonata schüttelte den Kopf. »Wo denkst du hin? Wir werden
noch Gelegenheit haben, zusammen zu lesen.« Sie begleitete
sie die Treppen hinunter.

»Das Nachtmahl ist gleich fertig«, verkündete Elisabeth und
wandte sich zur Küche.

»Ich muss noch mal in die Schulstube«, sagte Figen.

»Wieso?« Elisabeth wirbelte herum. »Du musst doch bei
Kräften bleiben.«

»Ich werde später essen.«

»Kommt nicht in Frage. Sieh dich doch an! Seit der Hustenkrankheit im letzten Winter fallen deine Röcke wie über einen
dünnen Stab.« Elisabeth hingegen war gut genährt, und die
Kleider wurden am Bauch etwas eng. Sie griff beim Nachtmahl
jedes Mal beherzt zu. »Eine heiße Suppe wird dich stärken. Die
Bibel kann warten.«

Seitz aber nicht, dachte Figen. Könnte sie ihn nur zu Tisch
bitten, doch dann würde Margret ihr die Leviten lesen. »Es
wird mir schon nicht schaden«, sagte sie und trat hinaus, bevor
Elisabeth noch etwas einwenden konnte.

»Und ich dachte schon, du kommst nicht mehr«, sagte Seitz
gespielt beleidigt, als sie die Schulstube betrat.

»Ich wollte prüfen, wie lange für dich eine Ewigkeit währt.«
Sie zog sich einen Schemel heran und setzte sich zu ihm. Das
warme Gefühl kehrte zurück. »Nein, ich wurde aufgehalten.«
Sie legte das Buch behutsam auf den Tisch.

»Weißt du schon, welche Textstelle du nehmen möchtest?«,
fragte er.

»Überhaupt nicht.«

»Dann lass uns doch mal sehen.« Wahllos schlug er die Heilige Schrift auf, blätterte, las ein paar Zeilen vor, blätterte weiter, bis sie zu einer Stelle kamen, die von einem Mann namens Nikodemus berichtete. Seitz las, und Figen tauchte in die Geschichte ein: Jesus lehrte, dass die Menschen von Neuem geboren werden müssen. Nikodemus verstand nicht, was das bedeutete, und sprach Figen damit aus der Seele.

Seitz las vor: »›Jhesus antwort, warlich warlich, ich sage dyr, Es sey denn, das yemant geporn werde aus dem wasser vnd geyst, der kan nit ynn das reych Gottis komen.‹«

Nikodemus fragte weiter, bis er die Antwort bekam, nämlich, dass alle, die an den Menschensohn glauben, das ewige Leben haben.

Figen dachte an ihre Eltern. Sie hatten geglaubt und besaßen somit das ewige Leben. »Die Stelle nehme ich«, sagte sie.

Seitz lächelte. »Eine gute Wahl.«

»Es scheint mir, als würde Jesus an dieser Stelle zu mir sprechen.«

»Das musst du mir erklären.« Er strich sich eine Haarsträhne hinters Ohr.

Sie schluckte, knetete die Hände. Sie hatte noch nie jemandem in Köln von ihren Eltern erzählt, hatte es bisher nicht übers Herz gebracht, wollte die Trauer immer verstecken, tief in sich vergraben. Aber nun öffnete sich ihr Herz wie eine Blume, die den Kopf der Sonne entgegenstreckte und auf die Lebenswärme hoffte. Seitz konnte sie sich anvertrauen. Er würde sie verstehen, da war sie sich sicher.

»Meine Mutter wurde ermordet«, begann sie und merkte, wie Seitz sich anspannte. »Sie war eine Wehmutter. Ihre beste Freundin hat ein Kind erwartet. Bei der Geburt ist sie verschieden. Der Mann gab meiner Mutter die Schuld an ihrem Ableben. Also hat er sie kurze Zeit später erstochen. Ich habe sie gefunden.«

Die Bilder stürmten auf sie ein wie ein Sturmhagel. Blut. Das verdeckte Gesicht, wie Figen die Haare zur Seite schob und in die seelenlosen Augen ihrer Mutter sah. Ihr Herz gefror zu Eis, wie damals. Sie brauchte einen Moment, bis sie die Kraft fand, um weiterzusprechen.

»Dann wurde mein Vater krank. Die unerhörte Hustenkrankheit. Ich hatte ein Buch mit Aufzeichnungen meiner Mutter. Das ganze Wissen ihrer Hebammenkunst lag darin verborgen. Kräuter, Heilmittel, Hoffnung auf Leben. Ich bat den Dorfpfarrer, mir daraus vorzulesen. Ich wollte meinem Vater helfen, doch der Pfaffe nahm mir nur das Buch weg und lachte mich aus.«

Seitz atmete tief ein. Sie spürte, dass ihm eine scharfe Erwiderung auf der Zunge lang, aber er schwieg. Dafür war Figen ihm unendlich dankbar. Sie sah auf ihre Hände, konnte seinem Blick nicht begegnen. »Ich habe es gehasst, dass ich auf den Beerdigungen nichts verstanden habe. Und ich hatte noch nicht mal Geld, um Ablässe für sie zu kaufen. Ich war am Boden zerstört.« Sie hob den Kopf und sah ihn an. Seine Augen glänzten. Hatte er tatsächlich Tränen in den Augen?

»Dieser Text gibt mir Hoffnung. Er zeigt mir, dass die Ablässe nichts genützt hätten. Meine Eltern haben auch ohne sie das ewige Leben, und ich werde sie im Himmel wiedersehen.«

Er strich ihr über die Wange und lächelte traurig. »Das wirst du.«

Sie war froh, kein einfaches »Es tut mir leid« von ihm zu hören, wie es wohl die meisten Menschen gesagt hätten. Stattdessen zog er ihren Kopf zu sich heran. Ihr Herz pochte so kräftig, dass sie das Gefühl hatte, gleich würde es ihr in der Brust zerspringen. Sie waren allein. Keiner würde sie stören. Ein Kribbeln in ihrem Bauch wie ein Schwarm flatternder Schmetterlinge.

Sie schloss die Augen, ihr Atem ging schnell und heftig. Dann berührten sich ihre Lippen. Ein wohliger Schauer durchflutete ihren Körper, die Falter beschleunigten ihre Flügelschläge und wirbelten umher. Die zarte Berührung schmeckte nach Frühlingswiese und Vertrauen. Sie ließ ihre Hand zu seiner Schulter wandern und spürte seinen Körper unter dem Stoff seines Hemdes. Sie fühlte sich so leicht, als würde sie gleich ins Himmelreich aufsteigen. Seitz ließ seine Zunge in ihren Mund wandern, zog sie zurück und begann mit dem Spiel erneut. Jede Berührung war wie das Entzünden eines Feuers. Er umfasste ihren Nacken und zog sie näher zu sich heran. Sie umschlang ihn mit beiden Armen und presste ihn an sich, küsste ihn zurück, ihre Zunge wagte sich ebenfalls vor. Sie wollte den Schmetterlingsmoment für die Ewigkeit festhalten.

KAPITEL 13

Die warmen Strahlen der Oktobersonne kitzelten Jonata auf den Wangen, als sie durch die Gassen streifte. Im Haus fühlte sie sich eingeengt, als wäre sie im Frankenturm eingesperrt. Die dunklen Wände hatten ihre melancholische Stimmung verstärkt. Außerdem hing eine bleierne Müdigkeit über ihr. Clara saugte nicht nur die Milch, sondern auch die Kraft aus ihr heraus.

Gestern hatte Jonata kurz über eine Amme nachgedacht. Doch dann erinnerte sie sich daran, wie ein Knabe in Wittenberg wesensfremd und aggressiv geworden war, nachdem die Mutter ihn zu einer Amme gegeben hatte. Die Bürger hatten gemunkelt, dass die Milch den schlechten Charakter der Amme auf das Kind übertragen habe. Jonata wusste nicht, ob Milch wirklich Wesenszüge an Säuglinge übertrug, aber sie wollte es nicht riskieren. Außerdem wäre Clara in der Obhut der Amme außerhalb ihrer Reichweite. Dass eine Frau bei ihnen im Haus einzog, konnte sie sich nicht leisten. Nein, sie würde Clara selbst versorgen. So hatte sie es auch bei Ells gehandhabt.

Vielleicht hätte sie doch mit Mathes nach Wittenberg zurückreisen sollen. Die Suche nach dem Mörder war ins Stocken geraten, sie hatte keine Ahnung, wer es gewesen sein könnte, und der Zimmermann war immer noch nicht von der Pilgerreise zurückgekehrt. Figen hatte auch dem Brauer Lautterbach auf den Zahn gefühlt, doch sie schien sicher zu sein, dass keiner der Brauer ihren Vater auf dem Gewissen hatte, und Margret war es wohl auch nicht gewesen. Wenn sie nur wüsste, was es mit dieser Münze aus Bonn auf sich hatte! War der Mörder bloß ein Reisender gewesen, der sich das letzte Geld aus der Münzschatulle genommen hatte?

Auf dem Fenstersims eines Hauses sang eine Lerche in einem Käfig. Jonata blieb stehen und ließ sich von dem fröhlichen Piepen kurz die Gedanken vertreiben.

Sie schlenderte quer durch die Stadt. Als sie den Domhof betrat, zog sie ihren Schal über das Kinn und senkte den Kopf. Ein Buchführer hielt ein Buch in die Höhe. »Kauft das Ablass- und Heiltumsbüchlein der heiligen Stadt Köln. Ihr erfahrt, wann und in welchen Kirchen Kölns Ihr Sündenerlass erwerben könnt.« Zwei Frauen blieben stehen und hörten ihm zu. Man sollte sie vor diesem Unfug warnen, dachte Jonata und ging weiter.

Sie verweilte hinter einem Steinmetz und beobachtete ihn dabei, wie er mit Hammer und Meißel aus dem weißen Gestein ein Gesicht zum Leben erweckte. Geschwungene Engelslippen, deren Lächeln Hoffnung versprach. »Gib nicht auf! Vertrau auf Gott! Du schaffst das!«, schienen sie ihr zuzuwispern. Ja, sie wollte sich nicht unterkriegen lassen. So wie sie Simon damals aus dem Kerker befreit hatte, würde sie nun auch den Mörder ihres Vaters finden und das Haus für ihre Familie retten.

Sie wandte sich ab und bahnte sich einen Weg durch die Mägde und Pilger. Ein gedrungener Kerl zog an einem Seil ein Rind hinter sich her. »Ungarische Ochsen«, rief er und schwang sein Barett durch die Luft. Wo wohl Ungarn lag? Das arme Tier mochte eine lange Reise hinter sich haben. Jonata lief weiter.

Ein hochgewachsener Mann pries lauthals Heiligenbildchen an. Eine Familie in abgewetzten Lumpen belagerte ihn, der Vater feilschte mit dem Verkäufer um den Preis. Was für eine Geldverschwendung. Sie glaubten, der Kauf eines Heiligenbildes würde ihnen den Beistand des Heiligen zusichern, der bei Gott Fürsprache für sie einlegte. Luther hatte ihr erklärt, dass kein Heiliger für einen Menschen eintreten könne. Nur durch Buße gelangten Sünder in den Himmel.

Wie den Kölnern die Münzen aus den Beuteln gezogen wurden! Sie wünschte sich, eine Abschrift von Luthers »Ein Sermon von Ablass und Gnade« dabeizuhaben und sie der Familie geben zu können. Sollte sie zu ihnen gehen und ihnen in kurzen Worten erklären, was ihnen wirklich für ihr Seelenheil helfen würde? Nein! Sie durfte keine Aufmerksamkeit auf sich ziehen. Doch sie wollte kein einziges Wort über den Ablass mehr hören und entschied sich, zum Waisenhaus zu gehen.

Dort angekommen, öffnete ihr ein vielleicht zehnjähriger Junge mit kurz geschorenen blonden Haaren und Sommersprossen auf der Nase die Tür. »Was willst du?«, fragte er ohne eine Begrüßung.

Das war ja ein forscher Bursche. Mit guten Manieren schien er sich nicht aufzuhalten, aber Agnes würde sich darauf verlassen können, dass er so schnell niemand Unbefugten ins Waisenhaus einlassen würde. Jonata lächelte ihn an. »Ich möchte gern zu Agnes.«

»Und wer bist du?« Er stemmte einen Arm in die Hüfte.

Jetzt lachte Jonata auf. So feindselig war sie hier noch nie begrüßt worden. »Ich bin eine Freundin.«

»Sag mir deinen Namen, und ich werde sie fragen.«

Jonata blickte kurz über ihre Schulter, kein Mensch befand sich in Hörweite. Dennoch beugte sie sich zu ihm hinunter und senkte ihre Stimme. »Jonata.«

Er runzelte die Stirn, und sein Blick durchbohrte sie wie die Augen der Teufelsfratzen an den Wasserspeiern des Kölner Doms. Sie glaubte schon, er würde sich damit nicht zufriedengeben, doch dann verschwand er im Inneren. Die Tür ließ er angelehnt, also schlüpfte Jonata hinein und wartete im düsteren Eingangsbereich.

Clara hatte den Kopf an ihre Brust gekuschelt, die Augen geschlossen, ihr Köpfchen hob und senkte sich mit jedem Atemzug. Zumindest tagsüber war sie genügsam, dafür waren die Nächte umso anstrengender. Der Junge kam zurück und führte Jonata in eine der Schlafkammern. Jonata glaubte, Agnes beim Bettenmachen zu unterbrechen, doch stattdessen lag ihre Freundin selbst in einer Bettstatt und hustete. Jonata trat zu ihr und fasste nach ihrer Hand. »Wie geht es dir?«

Es roch muffig, nach Schweiß und Krankheit, aber der sanfte Duft von Korianderwasser ließ den stichigen Geruch etwas erträglicher erscheinen. Und es hielt die Flöhe fern.

Agnes lächelte schwach. »Der Medicus hat mir absolute Bettruhe verordnet.«

Also hatte Mathes sein Versprechen gehalten und einen Heilkundigen geschickt. Aber dass Agnes den Anweisungen eines Fremden folgte, war ungewöhnlich. Dann musste die Krankheit ihr die letzten Kräfte rauben.

»Was hat er gesagt?«, erkundigte sich Jonata. Agnes sah blass aus, neben der Bettstatt türmten sich blutige Lappen.

»Zu viel Schleim im Körper. Das hat die Lunge angegriffen. Er hat mich zur Ader gelassen und einen Aufguss aus Kräutern verordnet.« Agnes zog ein Stück Papier unter dem Kissen hervor. »Das soll ich dem Apotheker vorlegen, aber …« Sie hustete in einen Lappen, ihr ganzer Körper wurde geschüttelt. Blutiger Schleim benetzte den Stofffetzen.

Jonata hatte Mühe, die krakelige Schrift zu lesen. Salbei, Thymian und Eibisch entzifferte sie schließlich. »Aber was?«

»Kannst du es dir nicht denken?« Agnes ließ den Lappen zu den anderen auf den Boden fallen und sank zurück aufs Kissen.

Ihr fehlte das Geld. Wenn Jonata den Pfarrer zu fassen bekäme, der für das Waisenhaus zuständig war, würde sie ihm am liebsten persönlich die Leviten lesen. Er unterstützte Agnes offensichtlich selbst dann nicht, wenn sie ans Bett gefesselt war und nicht für die Kinder sorgen konnte. »Ich kümmere mich darum. Aber sag, wer kocht das Essen? Wer bringt die Kinder zu Bett?«

»Ich habe drei Mädchen und zwei Buben angewiesen, sich um alles zu sorgen, bis ich wieder auf den Beinen bin.«

Hoffentlich war sie nicht dem Tod geweiht. Oh HERR, hole Agnes noch nicht zu dir. Die Kinder brauchen sie, betete Jonata in Gedanken. »Soll ich zum Priester gehen und Hilfe erbitten?«

Agnes schüttelte den Kopf. »Wir kommen –«

Die Tür sprang auf, und ein Mädchen stand auf der Schwelle, schwarzes, langes Haar, aufgeweckte, stechend blaue Augen. Sie erinnerte Jonata an Figen, als sie sie hier zum ersten Mal gesehen hatte. »Jonata!«, rief das Mädchen. »Kannst du uns was vorlesen?«

Jonata brauchte einen Moment, bis sie sich entsann. Die Kleine lebte seit mehreren Jahren hier. Nun stürmte sie ihr entgegen und fiel ihr in die Arme. »Hast du einen Text dabei?«

Jonata schüttelte den Kopf, wollte etwas erwidern, doch da rannte das Mädchen bereits zur Tür und rief in den Flur. »Kommt alle her! Jonata ist wieder da.« Das Geheimnis hallte durch das Haus wie ein Donnerschlag, der Jonata durch die Glieder fuhr.

Wie lange würde es dauern, bis man auch auf den Gassen der Stadt wusste, dass sie wieder in Köln weilte? Ein ungutes Gefühl wie eine Gewitterwolke überschattete sie.

***

Enderlin hoffte, den Weg zum Hause Magnus heute ein letztes Mal hinter sich zu bringen. Hoffentlich hatte Sebalts Vater eingewilligt, die dreihundertachtzig Gulden für das Haus aufzubringen. Sonst müsste er sich anderswo umhören, und das kostete unnötig Zeit.

Sebalt saß auf einer Bank vor der Brauerei und starrte auf den kleinen See, auf dem ein Wasserläufer hüpfte und winzige kreisartige Wellenbewegungen verursachte. Neben ihm stand ein leerer hölzerner Bierkrug.

»Dein Gesicht kann ich nicht mehr sehen«, brummte Sebalt, ohne den Blick zu heben.

Was für eine Begrüßung. Er sollte sich wohl doch besser einen anderen Käufer suchen. »Ihr seid am Haus meines Vaters also nicht mehr interessiert?«, fragte Enderlin. Er stellte sich vor ihn, hatte keine Lust, Schulter an Schulter mit dem Widerling auf der Bank zu sitzen. Anscheinend hatte er sich grundlegend in diesem Mann getäuscht. Die Zeiten, da er geglaubt hatte, in Sebalt einen Verbündeten zu haben, waren lange vorbei.

»Doch natürlich.«

»Habt Ihr Euren Vater überzeugt?«

Sebalts Augen blitzten ihn an. »Für Euer Auftreten gestern solltet Ihr in der Hölle schmoren.«

Enderlin verkniff sich ein Lächeln. »Also habt Ihr zumindest mit ihm gesprochen.«

»Was blieb mir anderes übrig?«, knurrte er.

»Und?«

Sebalt lachte freudlos auf. »Ihr wollt nicht wissen, wie er Euch genannt hat.«

»Glaubt mir, ich kann einiges vertragen.« Gottloses Geschwätz hatte er schon zur Genüge gehört. Auch wenn er es so satt war, war es nicht das Harmagedon.

»Einen Halsabschneider hat er Euch genannt.«

Grinste er etwa? »Dann habt Ihr ihn wohl nicht von den Vorzügen des Hauses meines Vaters überzeugen können.« Enderlin verschränkte die Arme vor der Brust und ließ die Hände in den Ärmeln verschwinden.

»Er ist bereit, zweihundertachtzig Gulden zu zahlen«, zischte Sebalt.

»Hach.« Diesmal war es Enderlin, der auflachte. »Das wird ja immer weniger.« Er beugte sich zu dem Brauerssohn vor. »Das könnt Ihr vergessen. Ich mag ein Mönch sein, aber ich bin kein Dummkopf.«

»Schon gut«, knurrte Sebalt. »Aber ich habe das Geld nun mal nicht. Dreihundertachtzig, und ich zahle es Euch in Raten.«

»Nein.«

»Aber weshalb denn nicht?« Sebalt erhob sich und baute sich vor ihm auf. Als ob er sich von der Größe des Mannes beeindrucken lassen würde. »Jeder tüchtige Geschäftsmann würde darauf –«

»Ich bin kein Geschäftsmann, und Ihr müsst erst mal beweisen, dass Ihr eine Brauerei erfolgreich führen könnt.«

»Natürlich kann ich das«, polterte sein Gegenüber.

»Und ohne Rückhalt Eures Vaters«, fuhr Enderlin ungerührt fort, »kann ich nicht sicher sein, ob ich das Geld jemals sehe.«

»Ein Magnus zahlt immer seine Schulden.«

Enderlin breitete die Arme aus. »Aber ich bin kein Geschäftsmann, der Schulden eintreibt. Also sucht Euch ein anderes Heim für Eure Angetraute. Und ich werde einen anderen Käufer finden.« Enderlin drehte sich um. Auf diesen Gotteslästerer war er nicht angewiesen.

»Wartet«, rief Sebalt.

Enderlin hielt in der Bewegung inne und wandte sich um.

»Verschwendet nicht meine Zeit.« Er sah den Brauer erwartungsvoll an.

»Wie kann ich Euch von meiner Willenskraft, das Geld zurückzuzahlen, überzeugen?«

»Mit einer Anzahlung von hundert Gulden.«

Sebalt machte eine wegwerfende Handbewegung. »Ihr seid sturer als die Geldwechsler. Vergesst es.« Er ließ die Schultern hängen und strich sich über die Knollennase.

Enderlin wandte sich zum Gehen. Gott würde ihm zeigen, an wen er das Haus verkaufen konnte. Auf dem Markt, dem Platz der Begegnungen von Sündern und Pilgern, würde er Erkundigungen einholen und sicher einen Halunken finden, der auf der Suche nach einer neuen Bleibe war.

***

Elisabeth kam in die Schulstube gestolpert. Figen blickte überrascht auf, so wie auch ihre Zöglinge.

»Enderlin ist da und möchte mit dir sprechen«, keuchte Elisabeth.

»Sag ihm, ich bin nicht da«, antwortete Figen barsch. Störungen des Unterrichts waren tabu, das hatte sie doch deutlich gemacht.

»Dann kommt er wieder. Und das ist wirklich das Letzte, was wir wollen.«

Da hatte Elisabeth recht. Was wollte der Pfaffensack nur schon wieder von ihr? Der sollte sich ins Kloster zurückziehen, Psalter singen und Stundengebete halten. Seufzend stand sie auf. »Also gut. Anna, achte bitte darauf, dass alle auf den Bänken sitzen bleiben und die Buchstaben üben. Ich will kein Herumgelaufe in der Schulstube!«

Anna nickte mit glühenden Augen. Ihr schien es zu gefallen, die Aufgabe zugewiesen zu bekommen. Mechthild warf Anna einen grimmigen Blick zu. Anscheinend herrschte eine Konkurrenz zwischen den beiden. Hatte Figen die Richtige ausgewählt? Sie sollte Anna nicht den Vorzug geben, nur weil sie die Schwester von Seitz war. Mechthild lernte ebenso schnell. Figen würde in den nächsten Tagen ein Auge auf die beiden haben. »Kann ich mich auf dich verlassen?«, fragte Figen.

»Natürlich, Magistra«, antwortete Anna und senkte demütig den Blick.

Figen folgte Elisabeth zum Haus. Sie würde sich beeilen. »Habt ihr Enderlin von der Schule erzählt?«, flüsterte sie.

»Gott bewahre.« Elisabeth strich ihre Röcke glatt. Der vertraute Lavendelgeruch stieg Figen in die Nase. »Wer weiß, ob er immer noch für die Inquisition tätig ist.« Und die sollte besser nicht erfahren, welchen Text Figen für den Unterricht verwendete. »Ich habe ihm gesagt, du hättest die Schenke gesäubert.« Elisabeth grinste.

Ganz gelogen war das schließlich nicht, es war nur schon eine Weile her.

Enderlin wartete in der Stube auf sie, die Hände in den Ärmeln der Kutte verborgen. Obwohl er Figen nur um eine Handbreit überragte, was für einen Mann ungewöhnlich war, strahlte er eine Autorität aus, sodass sie instinktiv den Atem anhielt. Diese Hochnäsigkeit und der Hohn in seinem Gesicht waren widerwärtig. Er wusste, was er ihnen antat, wenn er das Haus verkaufte. Wo blieb die Mildtätigkeit, die man der Kirche nachsagte? Sie hatte davon bisher jedenfalls nichts erfahren.

Margret drehte sich zu ihr um, ihr Gesicht war vor Wut gerötet. Sie trug einen braunen Rock mit einem Leinenhemd, das sich über die Wölbung spannte. Die teuren Kleider schienen ihr wohl nicht mehr zu passen. »Enderlin wollte nicht mit mir vorliebnehmen, sondern hat darauf bestanden, dich zu sprechen.« Sie sah ihn feindselig an.

Enderlin erwiderte den Blick und wandte sich dann Figen zu. »Fleißig wie eine gottesfürchtige Frau, wie?«

»Was wollt Ihr von mir?«, fragte sie.

Ein Zucken um seine Mundwinkel. »Dir ein letztes Mal ein Angebot unterbreiten.«

Figen verschränkte die Arme vor der Brust. »Lasst hören und verschwendet nicht meine Zeit.« Meine Schülerinnen warten, dachte sie.

»Sag mir, wo ich Jonata finde, und ich vermiete das Haus an Margret, anstatt es zu verkaufen.« Seine Augen funkelten.

Dieser Galgenschwengel! Jetzt versuchte er es sogar mit Erpressung. Figen zwang sich, nicht zur Decke zu schielen. Jonata hatte sich wahrscheinlich oben in der Kammer verborgen. Hoffentlich blieb Clara still. Wie sollten sie das Geschrei eines Säuglings sonst erklären?

»Er wollte mir nicht glauben, dass du nicht weißt, wo sie ist«, keifte Margret.

»Meine Herrin hat recht. Ich weiß es nicht. Habe ich es Euch nicht schon mal erklärt?« Figen stemmte die Hände in die Hüften.

»Enderlin, kannst du die Vergangenheit nicht ruhen lassen?«, fragte Elisabeth, doch er beachtete die anderen beiden Frauen nicht, sondern starrte Figen an.

»Kennst du nicht das achte Gebot? Du sollst nicht falsch Zeugnis reden?« Er trat auf sie zu und umrundete sie, als sei sie eine Delinquentin im Inquisitionsprozess. Konnte er ihre Anspannung riechen, oder war sie so eine schlechte Lügnerin? Jetzt durfte sie nicht einknicken.

»Ich befolge es gewissenhaft«, sagte sie. Zumindest, wenn Ihr nicht anwesend seid, fügte sie in Gedanken hinzu.

»Ich glaube dir nicht.« Seine funkelnden Augen, sein spitzes Kinn und die Hakennase ließen an die Fratze eines Dämons denken.

»Glaubt, was Ihr wollt.«

»Du willst deiner Herrin also nicht helfen? Wenn ich das Haus verkaufe, müsst ihr es alle verlassen.« Er breitete die Arme aus und deutete auf Elisabeth und Margret. Es lag so viel Härte in seinen Worten, wie sie es nur von Amtsdienern oder Gaunern kannte. Ein Gottesmann war das sicherlich nicht.

Elisabeth schnaubte empört auf. »Enderlin, wenn das dein Vater hören würde. Denk doch nur einmal an ihn.« Sie trat auf ihn zu und fasste ihn am Arm, ihr Gesichtsausdruck wurde besorgt und liebevoll. »Wir waren doch mal eine Familie.«

Enderlin riss sich los. »Das ist lange her. In diesem Hause herrschen Gottlosigkeit und Verderben.«

»Hüte deine Zunge«, fuhr Margret ihn an.

»Mit dir rede ich nicht«, antwortete er.

»Weißt du was. Du wirst mit mir reden. Ich bin die Herrin des Hauses. Figen ist bloß eine Magd.«

Auch wenn es stimmte, gab es Figen einen Stich ins Herz. Margret hatte schließlich einmal auf einer Stufe mit ihr gestanden, und sie sollten das gemeinsame Ziel haben, Enderlin so schnell wie möglich loszuwerden. Figen stellte sich vor ihn. »Wenn ich wüsste, wo Jonata sich aufhält, hätte ich sie vom Ableben ihres Vaters unterrichtet, und dann wäre sie zur Beerdigung gekommen.«

»Mhh.« Enderlin verzog nachdenklich das Gesicht.

»Also lasst Milde walten. Schließlich ist Kuntz Euer Halbbruder und Elisabeth wie eine Mutter für Euch gewesen.«

»Was fällt dir ein?« Er hob ruckartig die Hand. Der Zipfel seines Skapuliers streifte ihre Wange, als wollte er sie damit ohrfeigen. Hatte sie etwa einen wunden Punkt getroffen? Da seine Mutter bei der Geburt von Jonata gestorben war, konnte er keine Erinnerungen mehr an sie haben. »Maß dir nicht an, mich zu kennen!«

»Aber Enderlin!« Elisabeth breitete die Arme aus und verzog vor Enttäuschung den Mund. »Stimmt es etwa nicht? Habe ich dir nicht den Brei gekocht, dich zu Bett gebracht, dich getröstet?«

»Du bist nicht meine Mutter. Und Kuntz ist nur ein Bastard.«

»Was machst du eigentlich hier? Verordnet dir der Prior nicht strenge Klausur?«, mischte Margret sich ein.

Das Zucken um seine Mundwinkel war zurückgekehrt, und er hob den Kopf. »Der Prior hat mir eine seiner wichtigsten Aufgaben übertragen.«

Also war er wieder die rechte Hand des Inquisitors.

»In Köln soll eine Mädchenschule die Tore geöffnet haben.

Luthertexte sollen die Grundlage für den Unterricht sein«, zischte er.

Unwillkürlich hielt Figen die Luft an. Er war ihr auf den Fersen und ahnte es nicht. Jetzt nur nichts falsch machen. Sie durfte sich nicht verraten. »Eine Mädchenschule?«, fragte sie. Hatte er bemerkt, dass ihre Stimme zitterte?

Enderlin verengte die Augen. »Weißt du etwas darüber?« Er trat näher zu ihr.

»Was soll ich mit einer Mädchenschule zu schaffen haben? Ich bin eine einfache Magd in einem Hause, das meine Herrin dank Euch bald verlieren wird.« Ihre Stimme hatte zu Kraft und Standhaftigkeit zurückgefunden.

»Ich habe dich gestern mit einem Mann beim Brauer Magnus gesehen. Habt ihr nicht über das Lesen gesprochen?«

Ihr Herz geriet ins Stolpern. Enderlin hatte sie belauscht. Wie viel hatte er gehört? Wusste er Bescheid und wollte sie nur prüfen? Nein, dann hätte er sie direkt zum Inquisitionsprozess bestellt. Er wusste nichts. »Ich weiß von keiner Mädchenschule. Und wagt es nicht, mich wieder der Lüge zu bezichtigen.«

»Wer war der Mann, mit dem du gestern unterwegs warst?«

Sie drückte den Rücken durch. »Ihr bittet mich um einen Gefallen?«

»Es würde mich –«

»Da Ihr uns aus diesem Hause verjagen wollt, könnt Ihr hier keine Hilfsbereitschaft erwarten. Und nun verschwindet!« Figen baute sich vor ihm auf, kam ihm so nahe, dass er zurückwich. Sie wusste nicht, woher sie diesen Mut und die Entschlossenheit nahm, aber sie hatte genug von Frevlern, die sich »Männer Gottes« nannten und den Menschen nur Unheil brachten.

»Da hat meine Magd recht. Verschwinde«, pflichtete Margret ihr bei.

Enderlins Augen glühten auf. »Das werdet ihr mir büßen. Ihr alle!« Er wandte sich um und ging zur Tür.

»Seit wann dürfen Mönche Drohungen aussprechen?«, rief Margret ihm hinterher.

Die Tür fiel ins Schloss. Figen stand reglos da, ihr Herz

pochte. Sie mussten unbedingt beim Schreinsmeister das Erbe für Margret erwirken. Hoffentlich war es nicht zu spät.

***

Enderlin stolperte wie an unsichtbaren Fäden gehalten durch Matsch und Pfützen. Mit dem Fuß blieb er an einem Holzstück hängen und prallte gegen einen vorbeifahrenden Pferdekarren. Wütende Rufe drangen an sein Ohr. Er achtete nicht darauf, strauchelte weiter. Diese durchtriebenen Hurenweiber! Rausgeschmissen hatten sie ihn. Aus seinem eigenen Haus. Das würden sie noch bereuen!

Und die Lügen standen Figen ins Gesicht geschrieben. Ihre Augen waren ein Spiegel der Angst gewesen. Zwei Mal. Ein Mal, als es um Jonata ging. Figen wusste, wo sich seine Schwester verbarg. Und das zweite Mal, als er nach der Schule gefragt hatte. Dieser Mann, der bei ihr gewesen war, musste etwas damit zu tun haben. Entweder war er der Magister, oder er wusste etwas über die Schule. Wenn Enderlin sich doch nur entsinnen könnte, woher er das Gesicht kannte.

Als er den Neumarkt betrat, stockte er wie vor der Feuerwand zum Eingang der Hölle. Dieses gottlose Treiben, das Feilschen, der Geruch abgehangenen Fleisches, die Gier der Geldwechsler widerten ihn an.

Ein Pferdeknecht trieb Gäule in ein Gatter, ein Dutzend Ziegen kämpften um den besten Platz an der Tränke, und der Hühnerverkäufer stopfte ein Huhn in einen Sack und überreichte ihn einer beleibten Frau in dunkelgrüner Robe. Würde er hier einen Käufer für das Haus finden?

Bisher hatte er noch keinen Erfolg gehabt. Er hatte gestern beim Schmied, beim Krämer und dem Schuhmacher auf dem Domhof nachgefragt. Er war über seinen Schatten gesprungen und hatte vorbeieilende Fußgänger angesprochen. Wen sollte er heute behelligen?

Es stank hier bestialisch, überall lag Kot herum. Er fragte den Pferdezüchter, den Ochsenverkäufer und eine Frau, die

die Ziegen bewachte. »Wir wollen kein Haus kaufen«, keifte sie. Enderlin verließ den Neumarkt und begab sich erneut zum Domhof. Auch wenn er wieder keinen Erfolg hätte – zumindest stank es nicht so.

Ein junger Mann im braunen Talar mit tiefen Längsfalten und einem Hut trieb einen Bengel zur Eile an. Dem Jüngling fielen die zwei Folianten beinahe aus der Hand. War das ein Gelehrter, der an der Universität tätig war? Vielleicht kannte er Scholaren oder andere Gelehrte, die an einem Haus interessiert waren. Enderlin trat auf ihn zu. »Gott zum Gruße. Darf ich Euch eine Frage stellen?«

»Was wollt Ihr?«

»Kennt Ihr jemanden, der ein Haus kaufen möchte?«

Sein Gegenüber zog die Stirn in Falten. »Sehe ich aus wie ein Waschweib, das das Geschwätz der Leute interessiert? Macht, dass Ihr verschwindet.«

Enderlin biss die Zähne zusammen und wandte sich ab. Eine Frau mit einem Korb voller Gemüse kam ihm entgegen. Sollte er sie ansprechen? Doch ehe er sich die Worte zurechtgelegt hatte, war sie in der Menge verschwunden. Ein Herr im edlen Mantel mit roten Beinlingen und Schnabelschuhen aus feinstem Leder verabschiedete sich mit einem überschwänglichen Gruß vom Tuchhändler. Seine Leibesfülle wies auf Wohlstand und Überfluss hin. Ein Mann mit Geld und Einfluss. Enderlin probierte es bei ihm.

»Was wollen die Pfaffen mittlerweile? Häuser verkaufen?«, höhnte der Mann nur und lachte.

Dieses gottlose Volk! Es sollte dankbar sein, dass die Mönche für das Wohlergehen der Stadt und ihrer Bewohner beteten. Stattdessen begegneten sie ihm mit Abscheu und Widerwillen. Was war das nur für eine ungläubige Welt außerhalb der Klostermauern? Er hatte vergessen, wie behütet es im Konvent zuging.

Enderlin fragte schließlich ein paar Händler an den Marktständen, doch auch von denen hegte keiner den Wunsch, ein Haus zu kaufen. Er lehnte sich gegen einen Pferdekarren und rieb sich über die Stirn.

»... kommt Ihr ... Luthers Übersetzung ... lange gewartet ...«

Enderlin wurde hellhörig und reckte den Kopf. Zwei edel gekleidete Herren diskutierten vor dem Eingang der Druckerei von Meister Quentell. Hatte der Teufel wieder seine Krallen nach den angesehenen Bürgern dieser Stadt ausgestreckt? Enderlin stapfte auf die beiden zu.

»Ja, er hat bereits ein Exemplar«, sagte der Größere, der einen pelzbesetzten Hut trug und seinen Reichtum in Form einer goldenen Brosche am Wams zur Schau stellte.

»Wer hat ein Exemplar?«, platzte Enderlin dazwischen.

»Belauschst du uns etwa?«, fragte der Kleinere, der vier lederne Beutel am Gürtel hängen hatte.

»Ihr redet so laut, dass die Engel an der Himmelspforte Euch hören können.«

»Scher dich um deine eigenen Angelegenheiten«, entgegnete der Große schroff.

»Wenn es um Luthertexte geht, sind es meine Angelegenheiten. Die Inquisition verbietet –«

»Lass uns in Ruhe.« Die Männer nickten sich zu und verschwanden in unterschiedliche Richtungen.

Sie ließen ihn einfach stehen. Er musste Büttel zu Hilfe holen und die beiden zum Prior bringen. Enderlin blickte sich um. Weit und breit kein Amtsdiener zu sehen. Wo waren die Faulpelze nur, wenn man sie brauchte? Aber womöglich würden sie ihm gar nicht zuhören. Ihm fehlte das Schreiben, das ihn als Gehilfen der Inquisition auswies. Vor vier Jahren hatte es ihm Türen geöffnet und die Hilfe der Büttel zugesichert. Der Prior hatte ihm kein neues Schreiben ausgestellt.

Nun war es zu spät. Die Männer waren verschwunden. Enderlin bekreuzigte sich. Der teuflische Geist Luthers kursierte wieder unter den Bewohnern Kölns. Er musste Jakob Hochstraten Bericht erstatten.

***

Die Scheune war voller Menschen – Männer wie Frauen, wohlhabende Bürger und einfache Mägde und Knechte. Anna, Berbelin, Dorell und Irma, Figens Schülerinnen, waren auch anwesend. Dorells Vater, der Tuchhändler, trug ein blaues Wams aus feinster Seide, dazu eine grüne Strumpfhose und einen Hosenlatz aus Samt. Er war in ein Gespräch mit einem anderen wohlhabenden Mann vertieft. Alle wollten die Worte der Heiligen Schrift auf Deutsch hören.

Figen hatte das Lesen geprobt, und doch schlotterten ihr die Knie. Was, wenn sie ins Stottern geriet? Würden die Zuhörer sie auslachen oder sich brüskieren, weil ein Weib die Lesung hielt?

Seitz trat zu ihr und griff nach ihrer Hand. Seine Augen leuchteten. »Das wird wunderbar. Sogar der Stadtschreiber ist anwesend.«

»Der Stadtschreiber? Bist du sicher –«

»Psch!« Er legte ihr einen Finger auf die Lippen, eine heiße Woge stieg in ihr auf. Die Berührung war wie eine Umarmung des warmen Sommerwindes, in die sie sich fallen lassen wollte. Hitze erfüllte ihr Gesicht. Wie peinlich, vor den Leuten mit hochrotem Kopf dazustehen. Der Gedanke daran ließ die Hitze noch aufwallen. Sie atmete tief durch und versuchte, sich zu beruhigen.

»Meine Mutter weiß, wem wir vertrauen können.« Er zog sie hinter sich her. »Komm! Wir haben Brot und Würzwein bereitgestellt.«

»Warte. Auf ein Wort.«

Er drehte sich zu ihr um und grinste. »Kneifen gilt nicht. Ich habe dich schon angekündigt.«

Figen schluckte. Also konnte sie keinen Rückzieher machen. Aber darum ging es ihr nicht. »Ich muss dich warnen. Vor Enderlin.«

»Jonatas Bruder? Warum?« Besorgte Falten zogen sich über seine Stirn.

»Er war bei uns, glaubt, du hättest etwas mit der Mädchenschule zu schaffen.«

Seitz lachte auf. »Habe ich ja in gewisser Weise auch.«

»Er hat vom Inquisitor, seinem Prior, die Aufgabe bekommen, nach der Schule zu suchen.«

Seine Augen verdüsterten sich. Er nahm ihre Hände in die seinen. Sie schloss kurz die Lider, hoffte, die Berührung würde ewig andauern. »Dieser Pfaffe gibt wohl keine Ruhe.«

»Du musst dich in Acht nehmen. Wenn du noch mal in den Verdacht der Ketzerei kommst ...« Sie wollte gar nicht daran denken. Diesmal würde es nicht bei den Peitschenhieben und einem Stadtverweis bleiben.

»Das wird nicht passieren.« Er strich ihr kurz über die Wange.

»Ich überlege, was zu tun ist. Soll ich die Schule vorerst schließen?« Doch das behagte ihr gar nicht, sie wollte nicht, dass die Pfaffen ihr Leben bestimmten.

»Nein.« Er schüttelte entschieden den Kopf. »Wir dürfen uns nicht einschüchtern lassen.«

»Das denke ich auch. Aber ich weiß nicht, ob ich das aushalte, was du ...« Sie erzitterte bei dem Gedanken an die Peitschenhiebe, die Seitz über sich hatte ergehen lassen müssen.

»Das musst du auch nicht. Erst mal würdest du zum Verhör geladen. Dann kannst du immer noch abschwören.«

Sie vorm Inquisitionsgericht? Bei dem Gedanken wurde ihr flau im Magen.

Seitz packte sie bei den Schultern. »Verzage nicht! Der Mönch will uns nur Angst einjagen.«

»Ich weiß, und irgendwie schafft er es auch.« Auch wenn sie es nicht wollte.

Seitz zog sie in eine Ecke, wo ihnen keiner zuhörte. »Ich möchte dir eine Geschichte erzählen: Ein kleiner Junge war mit seinem Vetter in den Wäldern unterwegs, um die Früchte der Bäume kennenzulernen. Sie wurden von zwei Wegelagerern überfallen und ausgeraubt. Die Gauner haben sie an einem Baum festgebunden. Der Junge konnte sich von den Fesseln befreien und wollte sich an die Männer heranschleichen, als sie sich schlafen gelegt hatten. Sein Vetter verbat es ihm, meinte, sie würden die Freiheit erlangen, wenn sie sich fügten. Doch als der Junge am nächsten Morgen aufwachte, war sein Vetter, der Bruder seines Vaters, erstochen worden. Nur den Jungen haben die Wegelagerer verschont.«

Figen schluckte schwer, sie sah erst ihre Mutter und dann Bechtolt seelenlos vor sich liegen. Die Erinnerungen stürzten auf sie ein wie Wasserfälle und drohten sie zu erdrücken. Was erzählte Seitz da? Wieso musste er sie so quälen?

»Dieser Junge war ich.«

Figen sah die Trauer in seinen Augen, fast brach es ihr das Herz. Er konnte sie besser verstehen, als sie geglaubt hatte. Sie waren zwei Getriebene, die dem Tod ins Gesicht geblickt hatten, die einen geliebten Menschen durchs Messer verloren hatten.

»Und an diesem Tag habe ich mir geschworen, nichts tatenlos hinzunehmen, sondern für mein Recht zu kämpfen.« Er streichelte ihre Wange. »Wir müssen für unsere Überzeugungen einstehen, sonst hat die Inquisition schon gewonnen.«

Sie nickte. »Gott wird uns beistehen.«

Er lächelte. »So ist es.« Seine braunen Augen strahlten vor Wärme und Entschlossenheit. Am liebsten hätte sie ihn geküsst, doch das geziemte sich nicht. Nicht hier, nicht jetzt.

Katharina von Rosenberg trat vor die Versammelten und bat um Ruhe. Sie eröffnete mit einem Gebet und dankte darin für das Neue Testament, das ihnen dank Luther in deutscher Sprache zur Verfügung stand. »Und zuerst wird Figen Winters einen Teil daraus vorlesen.«

Seitz winkte sie heran. Figens Beine waren weich wie Schmalz, drohten gleich einzuknicken. Warum hatte sie sich darauf eingelassen? Langsam trat sie nach vorn, sah in die Gesichter der Menschen. Sie erkannte keine Abwehr, sondern freudige Erwartung. Eine Mutter, die ein Kleinkind auf dem Arm trug, lächelte ihr aufmunternd zu, genauso wie ihre Schülerinnen und Seitz, der an der Seite auf einem Strohballen Platz genommen hatte.

»Welche Stelle wirst du uns vorlesen?«, fragte Frau von Rosenberg und lächelte sie herzlich an. Was für eine liebevolle Mutter sie sein musste. Ließ ihre Töchter zur Schule gehen, hatte immer ein gutes Wort auf den Lippen. Wie schön es wäre, sie bald als Schwiegermutter zu haben.

Was dachte sie da nur? Sie musste sich konzentrieren. Figen räusperte sich. »Eine Stelle aus dem Johannesevangelium.« Ihre Stimme hörte sich piepsig an.

Katharina von Rosenberg nahm ebenfalls auf einer der Bänke Platz. Figen stellte sich hinter das Pult, das Seitz hereingetragen hatte. Er hatte das Buch daraufgelegt und für sie die richtige Seite aufgeschlagen. Sie schloss die Augen und bat Gott um Stärkung und die Kraft ihrer Worte. Dann begann sie mit der Lesung.

»›Es war aber eyn mensch vnter den phariseern, mit namen, Nicodemus, eyn obirster vnter den Juden.‹« Der erste Satz war geschafft, ihre Beine beruhigten sich genauso wie ihr Herz. Die Zuhörer lachten sie nicht aus, sondern lauschten aufmerksam. Figen gewann neuen Mut.

»›… der kam zu Jhesu bey der nacht, vnd sprach zu yhm, Meyster, wyr wyssen, das du bist eyn lerer von Gott komen …‹« Die Worte kamen ihr leicht aus dem Munde, sie wurde zuversichtlicher, und ehe sie sich versah, hatte sie die Geschichte zu Ende gelesen. Sie dankte den Zuhörern und setzte sich neben Seitz.

»Hast du nicht noch etwas vergessen?«, fragte er mit einem Augenzwinkern.

Ihr Herz setzte einen Schlag aus. »Was denn?«

»Ich übernehme das.« Er lächelte und trat nach vorn. »Figen Winters hat sich der Mädchen dieser Stadt angenommen«, begann er. »Sie lehrt sie in ihrer neuen Schule das Lesen und Schreiben. Sollen Eure Frauen und Töchter ebenfalls die Geschäftsbücher führen oder den Kindern Luthertexte vorlesen können, dann schickt sie in die Schule.«

Zustimmendes Nicken in den Reihen. Dann begann auch Seitz, vorzulesen. Figen lauschte den Worten, doch ihre Gedanken schweiften immer wieder ab. Sie beobachtete seine

Lippen, wie sie sich geschwind bewegten, sehnte sich nach ihrem Geschmack. Was für ein stattlicher Mann er war. Wie würde es sein, mit ihm in einem Haus zu leben? Würde er genauso fürsorglich bleiben, wie er sich jetzt zeigte, und wäre er liebevoll, wenn es um das nächtliche Zusammensein ging? Sie spürte ein Kribbeln im Bauch und senkte den Kopf, schalt sich für ihre sündhaften Gedanken.

»Fräulein Winters?« Figen sah auf. Zwei Männer standen vor ihr. Der kleine Bärtige lächelte sie an. »Wir wollten uns nach Eurer Schule erkundigen.«

Unbeholfen erhob sie sich. Sie hatte nur am Rande mitbekommen, dass Seitz die Lesung beendet hatte. »Sehr gern.«

Sie erzählte den Herren, wie sie den Mädchen das Lesen und Schreiben beibringen wollte, nannte ihnen den Preis und erklärte, dass jede Schülerin eine Wachstafel besitzen sollte. Die Männer waren angetan und versprachen, ihre Töchter bald zu ihr zu schicken. Erleichtert und erschöpft ließ sie sich auf einem Heuballen nieder. Die Lesung hatte sich gelohnt. Bald würden neue Mädchen ihre Schule besuchen.

Am liebsten hätte sie Seitz umarmt, doch der war in ein Gespräch mit der Mutter vertieft. Figen spürte einen Stich im Herzen. Er unterhält sich doch nur mit ihr, beruhigte sie sich. Als sie ihn von der Seite ansah, trafen sich ihre Blicke. Seiner war innig, und ihr Herz schlug einen Takt schneller.

KAPITEL 14

»Hast du die Angelegenheit mit dem Haus erledigt?«, fragte der Prior vor der Kapitelversammlung. Enderlins Kiefer mahlten, und er schüttelte den Kopf. Er war beim Meister der Brauerbruderschaft gewesen und hatte sich nach kaufwilligen Brauern erkundigt. Dann hatte er Tage auf dem Markt zugebracht und nach Kaufinteressierten gesucht, doch Gott hatte ihn nicht mit den richtigen Menschen zusammengebracht. Keiner wollte das Haus erwerben. Es war zum Verrücktwerden! Stunden hatte er mit dieser absurden Suche vergeudet, dabei brauchte er die Zeit, um Jonata und die Winkelschule aufzuspüren.

Jakob Hochstraten zog die Stirn in Falten. »Und gibt es etwas Neues von der Mädchenschule?«

Wieder musste er mit Kopfschütteln antworten.

»Bist du dieser Aufgabe etwa nicht gewachsen?« Der Prior hob die Brauen.

Enderlin sog scharf die Luft ein. »Ihr könnt Euch auf mich verlassen. Ich habe Euch doch erst letzte Woche von den Männern berichtet, die über die Lutherübersetzung gesprochen –«

Der Prior hob die Hand und bedeutete ihm, dass er nichts weiter hören wollte. »Du hast mir weder die Männer selbst noch ihre Namen bringen können.«

Enderlin presste die Zähne zusammen. War das seine Schuld? Es waren keine Büttel da gewesen, die ihm hatten helfen können. »Ich werde die Schule finden. Gebt mir noch ein bisschen Zeit.«

Die Augen des Priors verengten sich, dann nickte er. »Nun gut. Zwei Wochen, ansonsten …« Er verzog das Gesicht.

In Enderlin kochte Wut hoch. Nein! Nicht wieder Böden schrubben. Das war nicht seine Bestimmung. Er musste diese Schule finden.

Der Prior rauschte an ihm vorbei und nahm auf dem Lehnstuhl Platz. Enderlin setzte sich in die hintere Reihe auf die Bank.

»Hat jemand von euch eine Verfehlung zu melden, oder wisst ihr von der Verfehlung eines Bruders?«, eröffnete der Prior die Kapitelversammlung.

Syfried meldete sich heute freiwillig und gab die Sünde preis, sich mal wieder an den Vorräten vergriffen zu haben. Der Prior räusperte sich und schloss die Augen. Wahrscheinlich sollte keiner sehen, wie er sie verdrehte. Syfried war wegen seines blasphemischen Verhaltens nicht tragbar für das Kloster.

Zur Strafe trug der Prior ihm auf, die ganze Woche die Latrinen zu säubern. Vielleicht lehrte ihn das endlich Bescheidenheit und Demut. Syfried setzte sich wieder und hielt den Kopf gesenkt. Sein Oberkörper bebte. Weinte er etwa? Was war er nur für ein Weichling!

Bruder Fritz stand auf und gab seine Verfehlung zu, an der Klosterpforte eingeschlafen zu sein. Auch nichts Neues. Enderlins Gedanken schweiften ab. Musste er Sebalts Angebot einer Ratenzahlung annehmen? Nur so konnte er sich endlich um Jonata und die Schule kümmern. Wie würde Sebalt reagieren, wenn er nach einer Woche wieder bei ihm vor der Tür stand?

»… schaut einem Schüler hinterher wie einem Weibe.«

Enderlin blickte auf. Melchior war aufgestanden. Über wen hatte er gesprochen?

»Ist das wahr?«, fragte der Prior.

Gregor, der Magister der Klosterschule, sah betreten zu Boden, ließ die Schultern hängen. Der groß gewachsene Mönch wirkte klein und zerbrechlich. Konnte es wirklich sein, dass dieses gottlose Treiben auch im Kloster Einzug gehalten hatte?

»Sprich, Bruder«, forderte der Prior Gregor erneut auf.

Gregors Lippen bebten. »Es ist nicht so, wie Ihr denkt«, wisperte er.

»So erklärt es uns und Gott.«

Gregor holte tief Luft, bevor er antwortete: »Es sind nur Gedanken. Sündhafte Gedanken – ich weiß, aber dafür kann ich nichts. Sie kommen. Aber niemals würde ich mich an den Schülern vergreifen.«

»Allein der Gedanke ist Sünde genug. Du wirst die Schule

nicht mehr leiten, sondern die Böden säubern. Du wirst vierzig Tage lang vom Tisch und vom Oratorium ausgeschlossen. Außerdem sollst du in dieser Zeit jeden Morgen den Brüdern die Füße waschen.«

Enderlin schluckte. Von diesem Teufelsgenossen sollte er sich anfassen lassen? Ihn schauderte bei diesem Gedanken. Er musste umso inständiger beten, dass Gott ihn vor den Sünden des Bruders beschützen würde.

»Kein Wort soll über deine Lippen kommen außer denen des Gebets und Lobgesangs«, fuhr der Prior fort.

Gregor nickte und setzte sich.

»Gibt es weitere Verfehlungen zu melden?« Grimmig blickte der Prior in die Runde, doch alle blieben still. Endlich entließ er sie, und die Mönche stoben zu ihrem Tagwerk davon.

Enderlin zog die Gugel über den Kopf und verließ das Kloster. Seine Gedanken überschlugen sich. Gregor war stundenlang mit den Scholaren allein in der Klosterschule. Unbeobachtet. Ihn schauderte erneut. Wie konnte Gregor in einem Schüler das sehen, was die Kölner in den Weibern sahen? Objekte der sündhaften Lust … es war widerwärtig und eine Gotteslästerung.

Er schüttelte den Gedanken ab, dachte an den Brauerssohn und legte sich die Worte zurecht. Er musste auf Sebalts Angebot eingehen, ohne seine Position zu schwächen und zu verraten, dass es keinen anderen Käufer gab.

Aus Magnus' Schenke stolperte zu dieser dritten Stunde ein wohlgekleideter Mann. Er torkelte, konnte sich kaum auf den Beinen halten. Mit großen Augen blickte er Enderlin hinterher, ein Fuß verfing sich an einem Holzbalken, und er fiel der Länge nach in Matsch, vergammeltes Gemüse und Exkremente. Der Mann fluchte mit Worten, vor denen Enderlin seine Ohren verschloss. Schwerfällig erhob sich der Trunkenbold und sah an seiner schmutzbesudelten Kleidung herunter. Sein Gesicht war voller Moder. Enderlin wandte sich ab und ging zum Brauhaus, wo er Sebalt vermutete.

Ein Knecht belud den Pferdekarren mit Fässern, der Brauerssohn stand daneben und gab Anweisungen. Er sollte mal lieber mit anpacken, starke Arme hatte er schließlich.

Sebalt verdrehte die Augen, als er Enderlin erblickte. »Ihr seid anhänglicher als die Stechfliegen. Was wollt Ihr?«

»Ich habe es mir anders überlegt und will Mildtätigkeit walten lassen.«

»Mildtätigkeit?« Sebalt lachte auf. »Ihr und Milde, das ist wie Himmel und Hölle.«

Enderlin ballte im Ärmel die Hand zur Faust. Was fiel diesem Schnapphahn ein? Er versuchte, seinen Ärger nicht bis ins Gesicht wandern zu lassen. »Ihr verkennt mich. Ich bin um Euer Wohl besorgt.«

»Um mein Wohl? Das hörte sich letzte Woche noch anders an.«

Der Knecht hievte das letzte Fass auf die Ladefläche. Er keuchte, und so half Sebalt mit einer Hand mit. Er schlug dem Knecht wohlwollend auf den Rücken. »Und nun beeile dich. Der Dombaumeister wartet nicht gern.«

Enderlin knirschte mit den Zähnen. Früher hatte sein Vater die Dombaustelle mit dem Bier beliefert, der Glanz der Familienbrauerei war nun erloschen, und die Brauerei Magnus hatte diesen Dienst übernommen. Doch Enderlin wollte nicht wehmütig an die Vergangenheit denken. Denn nur weil sein Vater nicht mehr unter ihnen weilte, konnte er das Haus verkaufen und den Prior mit den Zahlungen milde stimmen. Wenn er dann noch die Mädchenschule ausfindig machte …

Sebalt sah ihn an. »Also, inwiefern wollt Ihr Euch um mein Wohl bemühen?«

Enderlin schluckte eine scharfe Erwiderung herunter. Diese Hochnäsigkeit! Am liebsten hätte er den Brauerssohn seinem Schicksal überlassen, doch da es keinen anderen Käufer gab …

»Ich bin mit einer Zahlung in Raten einverstanden.«

Sebalt lachte auf. »Wie kommt es dazu?«

Dieser Faulpelz musste nicht wissen, dass er keine andere

Wahl hatte. Es war klug, ihm Honig ums Maul zu schmieren. »Ich bin der Meinung, dem Haus gebührt ein würdevoller Nachfolger. Und das kann nur ein Brauer sein.« Enderlin zwang sich zu einem Lächeln.

»Das ist sehr großzügig, aber Eure Entscheidung kommt zu spät.«

»Zu spät?« Sein Herz verfiel in rasenden Galopp, als wäre es auf der Flucht vor wild gewordenen Dämonen. »Was soll das bedeuten?«

»Meine Angetraute und ich wollen nach Bonn zu meinem Vetter.«

»Nach Bonn?«, echote Enderlin. Er hatte geglaubt, Sebalt würde ihm um den Hals fallen, und nun das … Das Haus durfte nicht an Margret gehen. Sie musste endlich sein Elternhaus verlassen. Aber wie, wenn kein anderer Anspruch auf das Anwesen erhob?

Enderlin atmete tief durch. Sebalt hatte Interesse an dem Haus gehabt, das musste er wieder entflammen. »Was wollt Ihr im entfernten Bonn, wenn das Glück Eurer Ehe direkt im heimischen Gefilde liegt?«

»Die Brauerei von meinem Vetter floriert. Ich kann dort mit einsteigen. Mich sozusagen ins gemachte Nest setzen.« Er grinste, wobei die gelben Zähne zum Vorschein kamen.

»Ihr wollt, wie Esau bei Jakob, hinter Eurem Vetter zurückbleiben? Ihr werdet nicht mehr als ein Geselle sein, hier jedoch könnt Ihr Euer eigener Herr und Meister sein, eigenes Bier brauen, mit der Schenke viel Geld verdienen und Euch hohes Ansehen in Köln erwerben.«

Sebalt hob eine Augenbraue. »Mein Vater wird mir eine stattliche Summe Geld mitgeben. Ich werde meiner Frau in Bonn einiges bieten können.«

»So doch hier viel mehr, wenn Ihr das beste Bier der Stadt brauen werdet. Stellt Euch vor, Eure Brauerei floriert mehr als die Eures Vaters. Wie sehr Ihr Euch beweisen könntet.«

Sebalt schnalzte mit der Zunge. »Ein verlockender Gedanke.«

»Eure Verlobte wird sicherlich begeistert sein, in der Stadt zu bleiben.«

»Da habt Ihr nicht ganz unrecht.« Sebalt schien zu überlegen.

»Und Ihr bekommt das, was Euch ursprünglich mit der Hochzeit meiner Schwester mal versprochen worden war.«

Ein langsames Nicken des Brauerssohns. Hatte Enderlin ihn umgestimmt?

Sebalt rieb sich über die Knollennase, als würde ihn ein Jucken plagen. »Also gut. Ihr habt mich überzeugt.«

Enderlin fiel ein zentnerschwerer Stein vom Herzen. Er fühlte sich plötzlich so leicht wie eine Feder, die im Wind tanzte und in den Himmel getragen wurde. Endlich hatte er es geschafft.

»Aber unter einer Bedingung«, zischte Sebalt.

»Was für eine Bedingung?« Die Leichtfüßigkeit wurde sofort von einer Schwere verdrängt.

»Ihr verkauft mir das Haus für dreihundertvierzig Gulden.«

Enderlins Finger verkrampften sich. Warum sollte er sich mit weniger zufriedengeben? »Wir hatten dreihundertachtzig gesagt.«

»Ihr habt das gesagt, und mir ist das zu viel. Dreihundertvierzig, ansonsten gehe ich nach Bonn.«

Enderlin holte tief Luft. Was für eine gottlose Verhandlungsweise. Er sollte auf der Stelle umkehren und gehen. Doch was blieb ihm übrig? Er konnte nicht ewig auf dem Markt herumstreunen und nach Käufern für das Haus suchen, zudem würde er keinen Pfennig davon jemals sein Eigen nennen können. »Nun gut. Dreihundertvierzig. Aber innerhalb von fünf Jahren müsst Ihr Eure Schulden beglichen haben.«

Sebalt nickte. »Das sollte kein Problem sein.« Er streckte ihm die Hand entgegen. »Lasst uns die Übereinkunft mit einem Handschlag besiegeln.«

Enderlin beäugte die grobschlächtige Pranke. Diesen Sünder würde er nicht berühren. »Ein Mann Gottes macht keine Geschäfte mit einem Handschlag. Dafür werde ich um Gottes Wohlwollen für unser Abkommen beten, ebenso für Eure Brauerei und Eure Ehe.«

Sebalt lachte schallend. »Tut, was Ihr nicht lassen könnt.«

✻✻✻

Jonata schaute mehrmals über die Schulter, als sie an der Pforte beim Zimmermann klopfte. Sie war seit letzter Woche zweimal im Waisenhaus gewesen, hatte den Kindern vorgelesen und nach Agnes gesehen, die sich auf dem Weg der Besserung befand. Sie hatte ihr die Arznei gekauft. Der Aufguss mit den Kräutern und die Bettruhe schienen zu helfen.

Doch dass Jonata den Weg durch die Stadt mehrmals auf sich genommen hatte, hatte vor allem einen anderen Grund: Sie hatte den Kindern einschärfen müssen, dass sie niemandem von ihrer Anwesenheit in Köln erzählen durften. Ob sie sich diese Warnung zu Herzen nahmen? Sie kannte es nur zu gut, wie Kinder es mit Geheimnissen hielten. Ells heckte oft mit Simon eines aus: Sie naschte aus dem Honigtopf oder planschte an einer seichten Stelle im Fluss. Spätestens beim Abendgebet plauderte sie es aus. Warum sollten die Kinder im Waisenhaus anders sein? Jonata musste schnellstmöglich aus Köln verschwinden. Hoffentlich würde Mathes bald aus Sachsen zurückkommen.

Die Tür öffnete sich. Die Zimmermannsfrau lächelte schmallippig und riss Jonata aus ihren Gedanken. »Er ist zurück. Kommt. Ich habe ihm schon von Euch berichtet.«

Jonata folgte ihr in die Werkstatt.

»Das ist die Frau, von der ich dir erzählt habe«, sagte sie.

Ein gedrungener Mann mit Vollbart sah von der Arbeit an einem Lehnstuhl auf. Die Nase wirkte zu breit, und die Ohren waren zu groß für sein Gesicht. Eine Narbe überzog seine Stirn, was sie an Sebalt erinnerte. Doch nur für einen Augenaufschlag, denn ihrem Peiniger hatte, anders als dem Zimmermann, keinerlei Freundlichkeit im Gesicht gestanden.

»Ihr wollt Euch nach einer Schlägerei in der Schenke ›Zum

wohligen Hammel‹ erkundigen?«, fragte er mit dunkler Stimme.

»Ganz recht.« Jonatas Herz pochte. Würde sie nun erfahren, wer der Mörder ihres Vaters war?

Er zeigte auf einen Schemel, in dessen Sitzfläche ein Engelsgesicht geschnitzt war. Mit einem Blick voller Hoffnung und Zuversicht. Der Zimmermann schien ein wahrer Künstler zu sein. Jonata setzte sich.

Der Mann zog sich eine Kiste heran und ließ sich darauf nieder. »Darf ich fragen, warum Euch diese Schlägerei interessiert? Es ist schon lange her.«

»Mein Vater …« Jonata stockte. Sie konnte unmöglich preisgeben, dass sie die Tochter von Bechtolt war. Was war nur in sie gefahren? Ihr brach der Schweiß aus, und sie suchte verzweifelt einen Ausweg aus diesem Versprecher. »… ist ein guter Freund von Bechtolt von Menden«, fuhr sie fort. »Wisst Ihr, wer dieser Brauer ist?«

Der Zimmermann nickte.

»Mein Vater will dem Gewaltrichter helfen, den Mörder von Bechtolt zu finden. Habt Ihr von dem Mord erfahren?«

»Auch das habe ich.«

Jonata nickte. Das schien bereits die ganze Stadt zu wissen. »Da die Freundschaft zwischen Bechtolt und meinem Vater sehr eng war, hat der Gewaltrichter meinen Vater gebeten, Augen und Ohren offen zu halten. Und man sagte mir, Bechtolt von Menden habe sich in der Schenke mit einem anderen Mann geschlagen. Sogar einen Zahn soll derjenige verloren haben. Nun suchen wir ihn.«

»Habt Ihr vom Wirt erfahren, dass ich dabei war?«

Jonata schüttelte den Kopf. »Nein, von einem Lautenspieler.«

Ihr Gegenüber lachte auf und rieb sich das Ohr. »Ich erinnere mich gut an ihn. Ich habe den ganzen Abend nur gelacht. Seine Geschichten waren zu lustig.«

Jonata musste an den seltsamen Kauz denken, der sie zur Weißglut getrieben hatte. Vielleicht würde sie die Meinung dieses Mannes teilen, wenn sie den Lautenspieler unter anderen Umständen getroffen hätte.

Der Zimmermann räusperte sich. »Bevor ich Euch nun den Namen des Mannes preisgebe, der am besagten Abend einen Zahn verloren hat, möchte ich darauf hinweisen, dass er ein ehrenwerter Mann ist.«

»Davon bin ich überzeugt.« Auch ehrenwerte Männer konnten zu Mördern werden.

»Ich verbürge mich für ihn. Er ist hilfsbereit, freundlich und würde für seine Freunde die Leiden des Fegefeuers auf sich nehmen.«

»Das werde ich meinem Vater ausrichten. Ich denke, er will nur mit ihm sprechen.« Wieso konnte er ihr nicht einfach den Namen sagen? Sie würde schon herausfinden, ob er der Mörder war oder nicht.

Er nickte. »Also gut. Es ist der Schneider Ludke Rattenpeck.«

»Rattenpeck?« Schon wieder begegnete ihr dieser Name. Was hatte das zu bedeuten?

Jonatas Gedanken drehten sich wie Bälle in den Händen eines Gauklers. Was hatte dieser Rattenpeck mit ihrem Vater zu schaffen gehabt? War es um ihre ehemalige Magd Brid gegangen? Der Zimmermann hatte ihr nicht sagen können, worüber die zwei sich gestritten hatten. Alle beide hatten nach der Auseinandersetzung direkt die Schenke verlassen.

Sie wartete bis zum Nachtmahl, um mit den anderen zu besprechen, wie es weitergehen sollte. Elisabeth hatte Hirsebrei mit Quitten, Zwetschgen und Walnüssen zubereitet. Irgendwer musste dem Schneider auf den Zahn fühlen. Am besten Margret, sie kannte ihn schließlich.

»Hast du den Zimmermann heute angetroffen?«, erkundigte sich Figen.

Jonata legte Clara in die Kiste mit den Decken und setzte sich zu den anderen an den Tisch. »Ja, endlich.«

Kuntz schaufelte sich bereits den Brei in den Mund.

»Du musst warten, bis wir gebetet haben«, ermahnte ihn Margret.

Kuntz zog einen Flunsch und ließ den Löffel in den Brei fallen, wobei mehrere Spritzer auf der Tischplatte landeten. Elisabeth wischte mit einem Lappen die Breikleckse fort. Margret verdrehte die Augen, sprach das Tischgebet und nickte Kuntz dann auffordernd zu.

»Und was hat der Zimmermann gesagt?«, fragte Elisabeth und füllte jeden Krug mit Bier. Bier, das sie hatten kaufen müssen. Wie hatten früher die Augen ihres Vaters geleuchtet, wenn er ihnen Bier aus einem neuen Brauvorgang in der eigenen Brauerei hatte vorsetzen können. Er hatte seine Gesellen, Lehrlinge, Lucas und sogar Jonata um ihre Urteile gebeten.

Sie trank aus ihrem Krug und verschluckte sich beinahe. Mit dem Beigeschmack von Harz, Lorbeer, Ingwer und etwas, das sie nicht zuordnen konnte, hatte sie nicht gerechnet. Es hatte nichts mit der Erinnerung an die friedlichen Tage zu tun.

»Wieso hast du Gruitbier gekauft?«, fragte sie ihre Ziehmutter.

Elisabeth zuckte mit den Schultern. »Es war billiger als das Keutebier.«

»Hat dich das Leben in diesem Haus nicht gelehrt, dass das mit Hopfen zugesetzte Bier besser ist?«

»Es ist haltbarer, ja, aber ich habe ohnehin nicht viel gekauft.«

Jonata beäugte das Gesöff. Warum es billiger sein sollte, war ihr ein Rätsel. Hopfen war günstiger als das Gruit. Vielleicht war dieser seltsame Geschmack einem Braufehler zuzurechnen, und der Brauer wollte das Bier so schnell wie möglich verkaufen. »Bei wem hast du es erstanden?«

»Bei Brauer Gronberger.«

»Du solltest selber unser Bier brauen«, sagte Margret. Sie nahm sich aus der großen Schüssel einen Nachschlag von dem Brei. Das Kind in ihrem Bauch schien ihren Appetit zu schüren.

»Ich?«, fragte Elisabeth erschrocken. »Also … ich … na ja«, sie rang nach Worten, »… es ist eine Ewigkeit her, dass ich selbst den Braukessel angefeuert habe.«

Jonata musste schmunzeln. So verlegen hatte sie ihre Ziehmutter selten gesehen. Jede gute Hausfrau und Magd verstand sich aufs Bierbrauen. Es gehörte wie das Kochen und Waschen zu den Pflichten eines Weibes, doch da diese Aufgabe der Herr des Hauses übernommen hatte, war sie den Mägden erspart geblieben.

»Ich helfe dir dabei.« Jonata legte Elisabeth eine Hand auf die Schulter. Das Bier aus ihrer Braucrei hatten sie zum größten Teil in ihrer Schenke ausgegeben. Einzelne Fässer hatte ihr Vater verkauft, unter anderem hatte er an die Dombaustelle geliefert. In Wittenberg braute Jonata für ihre Familie selbst und konnte das Wissen, das sie bei ihrem Vater aufgeschnappt hatte, einbringen. Freunde lobten stets ihr Hausbier, und Simon war ebenso stolz darauf.

»Ich dachte, es wäre einfacher, es zu kaufen, bis im Brauhaus wieder das Feuer brennt«, verteidigte sich Elisabeth.

»Das wird noch dauern«, gab Margret zurück. »Und günstiger wird es sein, selber zu brauen.«

»Und schmackhafter und bekömmlicher«, pflichtete Jonata Margret bei. Bei dem Gruit wusste man nie, was die Brauer dem Bier zugaben.

»So, nun habt ihr genug über Bier geplaudert«, warf Figen ein. »Was ist mit dem Zimmermann?« Sie sah Jonata auffordernd an.

Jonata legte den Löffel in die Schüssel. »Er hat mir den Namen des Mannes genannt, mit dem mein Vater sich in der Schenke geprügelt hat.« Alle blickten sie erwartungsvoll an. »Es war der Schneider Ludke Rattenpeck.«

Margret hustete, hatte sich wohl an ihrem Brei verschluckt. »Was?«, fragte sie mit großen Augen.

»Du hast richtig gehört. Kannst du dir vorstellen, warum die beiden sich so gestritten haben, dass es in einer Schlägerei geendet hat?«

Margret schüttelte den Kopf. »Ich wusste gar nicht, dass die beiden sich kannten«, antwortete sie schroff.

Früher hätte Jonata sie gemaßregelt, wenn sie so einen Ton

angeschlagen hätte, doch sie verkniff sich eine Bemerkung. »Ob es wohl um Brid gegangen sein könnte? Sie ist doch jetzt bei Rattenpeck als Magd tätig.«

»Vielleicht ging es um die brenzlige Situation in der Schenke, als Bechtolt Brid an die Wäsche wollte«, mutmaßte Figen. Für ihre Ausdrucksweise erntete sie von Elisabeth einen ernsten Blick. Figen zuckte mit den Schultern. »Ist doch so! Tut mir leid, Margret, wenn ich dich damit verletzt habe.«

»Hast du nicht. Ich weiß schon lange davon«, entgegnete Margret und tat gleichgültig.

Jonata ahnte, dass es in ihrem Inneren brodelte. »Jemand muss mit ihm sprechen, um herauszufinden, ob er unser Mann ist.«

»Du glaubst, es war Rattenpeck?« Margret runzelte verärgert die Stirn. »Das glaube ich nicht. Was sollte er für einen Grund gehabt haben, ihm den Garaus zu machen?«

»Ich weiß es nicht. Wir sollten herausfinden, worum es bei dem Streit ging«, sagte Jonata.

Margret streichelte in kreisförmigen Bewegungen ihren Bauch, ihr Blick verlor sich am anderen Ende des Raumes. Jonata wurde nicht schlau aus ihr. »Würdest du mit ihm reden? Du scheinst ihn ja zu kennen.«

Margret reagierte nicht, strich weiter mit der Hand über ihren Bauch, als bräuchte ihr Kind Beruhigung.

»Margret?« Jonata beugte sich vor, um in ihr Blickfeld zu gelangen.

Endlich sah Margret sie an. »Was?«

»Ob du mit Rattenpeck sprichst?«

Margret nickte. »Kann ich machen.« Viel Begeisterung lag nicht in ihrer Stimme. Glaubte sie nicht daran, dass Rattenpeck der Mörder sein könnte? Kannte sie ihn womöglich besser, als Jonata angenommen hatte? Laut klopfte jemand an die Pforte.

»Besuch zu dieser Stunde? Wer mag das sein?«, fragte Elisabeth.

Mathes war sicherlich noch nicht aus Wittenberg zurück, und Agnes war noch zu schwach, um durch die ganze Stadt zu laufen. Jonata schwante Böses. »Hoffentlich nicht Enderlin.«

Sie sprang auf, griff sich Clara und wandte sich zur Tür. »Figen, versteck das Bettchen«, sagte sie im Hinausgehen.

Erneutes Klopfen. »Lasst mich ein!«

Als Jonata gewahr wurde, wem die Stimme gehörte, legte sich eine kalte Hand um ihr Herz. Sebalt! Ihr Peiniger. Sie hatte gehofft, ihm nie wieder begegnen zu müssen. Hatte die Erinnerung an ihn und diesen einen schrecklichen Tag tief in ihrem Inneren eingeschlossen. Ihre Beine zitterten, als sie die Treppe hinaufschwankte. Erst als Jonata oben war, öffnete Figen die Haustür.

»Das wurde aber auch Zeit«, polterte Sebalt und stürmte herein.

»Was fällt Euch ein?«, protestierte Figen.

»Die Frage ist doch, was Euch einfällt, mich so lange warten zu lassen.« Sebalt musste mittlerweile in die Stube gegangen sein, aber er sprach so laut, dass Jonata im oberen Geschoss jedes Wort verstand.

»Was wollt Ihr?«, blaffte Margret.

»Mein Recht einfordern.«

»Welches Recht?«

»Mir gehört nun dieses Haus.«

»Wie bitte? Wovon redet Ihr?«

Jonatas Herz geriet ins Stolpern. Hatte Enderlin seine Drohung wahr gemacht? Und dann auch noch Sebalt. Warum wollte Gott sie so strafen? Das konnte doch nicht in seinem Sinne sein.

»Enderlin hat mir das Haus verkauft!«, brüllte Sebalt.

Jonata schloss die Augen und betete in Gedanken: Bitte, oh HERR, lass dies nicht wahr werden, lass Sebalt das Haus nicht bekommen. Hilf uns in der Not.

»Das kann nicht sein. Ich bin die Herrin dieses Hauses«, entgegnete Margret, doch ihre Stimme war brüchig.

»Ihr alle verlasst das Haus. Ich gebe Euch eine Woche Zeit, dann seid Ihr verschwunden.«

»Das könnt Ihr doch nicht tun! Seht Ihr nicht, dass sie ein Kind erwartet?« Elisabeths Stimme klang verzweifelt.

»Ihr werdet schon eine Bleibe finden.«

»Wie könnt Ihr nur so herzlos sein?«, keifte Elisabeth. »Ihr wart Bechtolt und diesem Haus doch mal sehr verbunden.«

»Das stimmt. Die Bewohner dieses Hauses aber nicht mir. Also schert es mich nicht.«

Jonata ließ sich an der Wand nach unten gleiten, ihr Hals schnürte sich zu. Enderlin hatte gesiegt, und sie hatte verloren. Sie hatte das Gefühl, in ein tiefes Loch zu fallen. Die Schwärze nahm Besitz von ihr und drang bis in ihr Herz.

KAPITEL 15

Figen knetete den Brotteig ohne Lust und Muße. Elisabeth schnippelte wortlos das Gemüse für die Suppe und naschte immer wieder von den Möhren. Nur Kuntz sprang freudig in der Küche umher.

Figen hatte in der Nacht die meiste Zeit wach gelegen und darüber gegrübelt, wie das Haus zu retten war. Irgendwann musste sie doch in den Schlaf hinübergeglitten sein, denn das Poltern von Elisabeth hatte sie geweckt.

»Pass auf, das Feuer ist heiß«, ermahnte Elisabeth den Jungen. Beleidigt stapfte Kuntz hinaus in den Hof.

Was sollte nur aus ihnen werden, und was sollte sie ihren Schülerinnen erzählen? Sie würde sich vor ihnen blamieren, wenn sie die Schule nach so kurzer Zeit schließen müsste, und den Zorn der Eltern auf sich ziehen.

Aber die Schule war Figens kleinstes Problem. Würde sie eine neue Anstellung als Magd finden, oder würde sie gar als Hübschlerin enden?

Seitz würde ihr helfen. Aber würde er sie auch zu seinem Eheweib nehmen, wenn er sich unter Druck gesetzt fühlte? Außerdem durfte er erst heiraten, sobald er die Meisterprüfung abgelegt hatte. Wahrscheinlich waren seine Eltern gegen eine Verbindung zwischen ihnen. Und wenn Enderlin den heimlichen Versammlungen auf die Schliche kam, würde Seitz auf dem Scheiterhaufen landen. Die Härchen an ihren Armen stellten sich auf.

Jonata rauschte herein. »Wo ist Margret?«

»Sie ist vor einiger Zeit in den Hinterhof gegangen«, antwortete Elisabeth und strich sich mit dem Handrücken ein paar Schweißperlen von der Stirn.

Jonata stapfte an ihnen vorbei zur Tür. »Du musst noch mal zum Schreinsamt«, rief sie in den Hinterhof.

»Es hat keinen Sinn«, entgegnete Margret.

»Nimm Kuntz mit und sag dem Schreinsmeister, dass er uns das Haus überlassen muss.«

»Ihn soll ich mitnehmen? Er wird doch sofort erkennen, dass in Kuntz der Geist eines Kleinkindes wohnt.«

Wie konnte Margret nur so mutlos sein? Sie musste es doch zumindest versuchen. Sie hatten nur eine Woche Zeit, um das Haus zu retten.

»Und was willst du tun, wenn Sebalt uns auf die Straße wirft?«, fragte Jonata.

»Du hast doch gut reden. Kannst zurück nach Wittenberg, wenn es hier ungemütlich wird.«

»Aber ich bin hiergeblieben, um euch zu helfen.«

»Und kannst es doch nicht, weil du als Ketzerin gesucht wirst.«

»Wie kann man nur so undankbar sein?« Jonata kam wieder herein, ihr Gesicht war puterrot, sie keuchte. »Wie kann man so stur sein?« Sie lief in der Küche auf und ab und rieb sich die Stirn.

Figen hörte auf zu kneten. Ihre Finger schmerzten, sie hatte nicht bemerkt, wie sehr sie den Teig bearbeitet hatte. »Vielleicht müssen wir Sebalt um einen Aufschub bitten«, schlug sie vor.

»Darauf lässt er sich nicht ein«, widersprach Jonata. Sie trat zu ihr. »Geh du zum Schreinsamt. Bitte um das Haus für Kuntz und nimm den Jungen am besten mit. Das ist unsere letzte Möglichkeit.«

»Das geht aber erst nach der Schule.« Figen würde die Schülerinnen unterrichten, solange sie noch konnte.

»Ach ja, die Schule.« Jonata rieb sich das Kinn. »Ich könnte vielleicht die Mädchen –«

»Vergiss es, Jonata!«, fiel ihr Elisabeth ins Wort. Sie zeigte mit der Messerspitze auf Jonata. Figen hielt die Luft an und wich ein Stück zur Seite. Wie konnte sie mit dem Ding nur so herumfuchteln? »Du kannst den Unterricht nicht übernehmen. Ich möchte nicht, dass du dich in Gefahr begibst.«

Jonata seufzte. »Du hast ja recht.« Sie sah Figen an. »Aber begib dich nach dem Unterricht direkt auf den Weg.«

»Natürlich.«

Margret kam herein. »Sie ist nicht mehr Herrin in diesem Hause«, sie zeigte auf Jonata, »sondern ich. Also hör nicht auf sie«, rief sie wütend. »Du brauchst gar nicht hinzugehen.« Jäh keuchte sie, beugte sich nach vorn und hielt sich den Bauch.

»Was ist mit dir?«, fragte Figen. Die Hände voller Teig, konnte sie ihr nicht zu Hilfe eilen. Doch Elisabeth war schon bei ihr. »Du darfst dich nicht so aufregen. Du brauchst Ruhe.«

Margret nickte und strich sich ein paar Strähnen hinters Ohr. »Ich gehe in meine Kammer und lege mich hin.«

Elisabeth stützte Margret. Als die beiden fort waren, trat Jonata zu Figen. »Wenn sie bald das Haus verlassen muss, hat sie keinen Ort mehr, wo sie sich ausruhen kann«, flüsterte sie.

»Ich muss den Schreinsmeister überzeugen.« Figen versuchte, Zuversicht in ihre Stimme zu legen, doch sie zweifelte an den Erfolgsaussichten.

Der Tag in der Schule verlangte ihr viel ab. Figen konnte sich kaum konzentrieren. Eigentlich hatte sie heute mit Leseübungen beginnen wollen, nachdem sie alle Buchstaben besprochen und geübt hatten. Doch ihr fehlte die Kraft, etwas Neues anzufangen, und so ließ sie ihre Zöglinge noch mal alle Lettern auf den Wachstafeln üben.

Danach suchte sie Kuntz und fand ihn im Stall. Margret war Gott sei Dank in ihrer Kammer und bekam nicht mit, dass sie sich auf den Weg machen wollte.

»Ich will nicht weg«, maulte Kuntz. Er ging auf die Knie, streckte seine Hand aus und wollte den Kater aus einem Bretterverschlag hervorlocken, imitierte dabei das Miauen einer Katze.

Figen kniete sich zu ihm. »Schau mal, möchtest du irgendwann der Herr dieses Hauses sein?« Sie breitete die Arme aus. »Dafür müssen wir heute zum Schreinsamt.« War das nun wirklich die letzte Möglichkeit, das Haus für sie zu bewahren?

»Ich will das Haus nicht«, sagte Kuntz trotzig.

»Wie wäre es, wenn wir danach zum Markt gehen und ein Honigküchlein essen?« Sie zwinkerte ihm zu.

Seine Augen leuchteten, er sprang auf und hüpfte auf und ab. »Honigküchlein? Ja, ja!«

Sie sollte zwar ihre Münzen beisammenhalten, aber der Junge hatte eine Aufmunterung verdient. In ihrem Beutel befand sich immer noch eine ganze Menge von dem Schulgeld.

Als sie vor das Haus traten, kam ihnen der Fassbinder von Blankenberg entgegen. »Wo ist deine Herrin?«, keifte er.

Figen schluckte. Das roch nach noch mehr Ärger. »Ich glaube, sie ist zu einer Freundin gegangen«, sagte sie ausweichend. Margret wollte sicher nicht gestört werden und konnte ihn ohnehin nicht auszahlen. Das Geld in ihrem eigenen Beutel reichte auch nicht, um Bechtolts Schulden zu begleichen.

Er brummte unwillig. »Ich will endlich mein Geld zurück.«

Sollte sie ihm auf die Nase binden, dass sie das Haus verlieren würden und er sein Geld sowieso nicht mehr wiedersah? Lieber nicht. Sollte er doch demnächst die Schulden bei Sebalt eintreiben. Oder noch besser bei Enderlin. Was für ein guter Einfall! »Kennt Ihr Bechtolts Sohn Enderlin?«, fragte sie.

Der Fassbinder zog die Stirn in Falten. »Der hat doch das Zeitliche gesegnet, oder nicht?«

»Sein Sohn Lucas ist verschieden, sein jüngerer Sohn Enderlin lebt im Kloster. Er kümmert sich um die Familienangelegenheiten, ihn solltet Ihr fragen.«

»Ich betrete doch kein Pfaffenhaus.« Er lachte auf.

»Oh, das müsst Ihr wohl nicht. Enderlin verlässt oft die Klostermauern. Fragt an der Pforte nach ihm.«

Von Blankenberg schien zu überlegen. »In welchem Kloster haust er denn?«

»Er ist Dominikaner.«

»Die schwarz-weißen Pfaffensäcke also. Nun gut. Ich werde ihn fragen.« Er hob den Finger. »Aber falls ihr mich zum Narren haltet, komme ich zurück, und dann gnade euch Gott.« Seine Augen blitzten bedrohlich auf, dann machte er auf dem Absatz kehrt und stapfte davon.

»Das war kein Freund meines Vaters, oder?«, fragte Kuntz mit großen Augen.

»Wohl nicht. Komm, wir sollten keine Zeit verlieren, damit die Kölner nicht die ganzen Honigküchlein aufgekauft haben.«

Figen beeilte sich, zum Schreinsamt zu kommen, doch sie musste Kuntz immer wieder zur Eile antreiben. Wenn er nicht mehr an die Leckereien dachte, trödelte er: Er betrachtete die Blumen in einem Vorgarten, schaute einem Vogel hinterher, setzte sich auf eine Treppe und ließ den Stock über die Wand streifen.

»Komm jetzt«, forderte sie ihn auf. Ihre Stimme klang ungeduldiger, als sie es beabsichtigt hatte.

Als sie endlich beim Schreinsamt ankamen, wies sie ein junger Mann mit zotteligen Haaren an zu warten. Es gab keine Bank, also lehnte sich Figen an die Wand. Ihre Hände zitterten. Hoffentlich würde der Schreinsmeister einsehen, dass dem Jungen das Haus zustand.

Kuntz hüpfte herum und versuchte, eine Schnake zu fangen, die sich hereinverirrt hatte. Die Tür flog auf, und ein beleibter Mann mit Doppelkinn und bunten Kleidern wie die eines Gauklers polterte heraus. Seiner Miene nach zu urteilen, war er mit dem Ausgang des Gesprächs nicht zufrieden. Hoffentlich würde es bei ihnen besser verlaufen.

Der Bube nickte ihnen zu und wies auf die Tür. Figens Herz klopfte, als sie eintraten. Ein alter Mann in einem Samtmantel saß hinter einem Schreibpult mit reichlich Schnitzereien. Auf dem Tisch stapelten sich Bücher und Papier. Daneben ein Kerzenständer mit sechs Wachskerzen. Der Schreinsmeister ließ den Federkiel über ein Pergament gleiten, sah nicht auf. Der Bube verließ die Kammer, doch der Alte blickte immer noch nicht auf. Wie unhöflich konnte man sein? Figen trat vor und räusperte sich.

Erst jetzt hob der Schreinsmeister den Kopf. »Oh, verzeih. Ich habe dich nicht gehört.« Er strich sich mit den knochigen Fingern über die fleckige Kopfhaut. Der Mann schien schwerhörig zu sein. »Wer bist du?«, fragte er und legte den Federkiel beiseite.

Figens Herz hämmerte gegen ihren Brustkorb. Jetzt kam

es auf jedes Wort an. »Es geht um das Haus an der Hopfen-schenke.«

Er zog die Stirn in Falten. »Das Haus von Bechtolt von Menden?«, fragte er krächzend. Seine Stimme klang gebrech-lich.

Wie alt der Schreinsmeister wohl sein mochte? Sicherlich zählte er über siebzig Lenze. Wenn er nicht mehr wäre und ein jüngerer Mann seinen Platz einnähme ... Was dachte sie hier nur? Sie musste mit ihm vorliebnehmen. »Richtig«, sagte sie.

»Und wer bist du?«

»Die Frage ist eher, wer er ist.« Sie deutete auf Kuntz. »Das ist Kuntz von Menden, der Sohn von Bechtolt von Menden. Er ist der rechtmäßige Erbe.«

»Du maßt dir an, im Erbrecht bewandert zu sein? Es gibt einen älteren Sohn, der Anspruch auf das Erbe hat.«

»Er ist Mönch und lebt im Kloster und kann somit keinen eigenen Besitz erlangen.«

»Aber das Kloster kann«, antwortete er scharf.

Sie atmete tief durch. »Seit wann erben Mönche, wenn es andere Kinder gibt?«

Er legte die Arme auf den Schreibtisch und sah sie forschend an. »Bist du die Mutter?«

Figen schüttelte den Kopf. »Margret von Menden ist die Mutter.«

Der Schreinsmeister verengte die Augen. »Hat Margret Bechtolt nicht erst vor Kurzem geheiratet?«

»Vor zwei Jahren.«

»Dann ist er ein Bastard«, zischte er.

»Nicht mehr. Margret war Bechtolts Eheweib.«

Der Alte schlug mit der Faust auf das Schreibpult. »Wider-sprich nicht, Weib! Du verstehst doch nichts davon. Er ist ein uneheliches Kind, nicht von Gott gewollt, ein Bastard«, er-widerte er scharf. »Und somit hat er keinen Anspruch auf das Erbe – zumindest, wenn kein Testament vorliegt. Und das tut es in diesem Falle nicht.«

Figens Hand verkrampfte sich im Stoff ihres Kleides. Wie

konnte sie den Alten nur umstimmen? Er konnte ihnen doch nicht das Haus wegnehmen.

»Bechtolt war mein Vater«, sagte Kuntz und stemmte die Hände in die Hüften. Es wirkte trotzig wie die Geste eines Dreijährigen, der seinen Willen nicht bekam. Wieso konnte der Bengel nicht den Mund halten? Er machte alles nur noch schlimmer.

»Natürlich, Junge, aber er war zur Zeit deiner Zeugung nicht den Bund der Ehe mit deiner Mutter eingegangen und –«

»Und Margret ist meine Mutter«, fiel Kuntz ihm ins Wort.

Figen unterdrückte ein Lächeln. Vielleicht war es gar nicht so schlecht, wenn Kuntz seinen Standpunkt deutlich machte. Eventuell würde der Schreinsmeister Mitleid mit dem Jungen haben.

Doch anstatt einzulenken, wurden die Augen des Mannes noch feindseliger. »Du verstehst das wohl noch nicht, Junge.«

»Und er versteht es nicht, warum er nicht in dem Haus seiner Eltern bleiben darf.« Sie zog Kuntz zu sich heran und legte ihm eine Hand auf die Schulter. Der Kleine zitterte. Verstand er doch mehr, als sie ihm zutraute?

»Dann musst du es ihm erklären. Und nun geht. Ihr verschwendet meine Zeit.« Er senkte den Blick und ergriff den Federkiel.

Was nun? Irgendwie musste sie ihn doch überzeugen. Dann kam ihr eine Idee: »Margret von Menden ist übrigens schwanger. Sie trägt einen weiteren Sohn von Bechtolt unter dem Herzen.«

Der Alte blickte auf, fixierte sie. »Woher weißt du, dass es ein Junge ist?«

»Und wenn es einer ist, hat er ebenfalls Anspruch auf das Haus.«

Der Schreinsmeister stützte sich am Schreibtisch ab und erhob sich schwerfällig. »Ein ungeborenes Kind kann nicht erben.«

»Bald wird er geboren. Könnt Ihr nicht solange warten, bis Ihr das Haus überschreibt?«

»Ein Jahr lang kann eine Eintragung im Schreinsbuch rückgängig gemacht werden. Falls Margret einen gesunden Jungen zur Welt bringt und er überlebt, dann könnt ihr erneut vorstellig werden«, presste er gequält hervor.

»Aber dann wird es zu spät sein. Enderlin verkauft das Haus.« Ihre Stimme klang piepsig und verzweifelt.

»Dann rede mit Enderlin.«

»Er wird sich nicht umstimmen lassen.«

Der Schreinsmeister setzte sich wieder und zuckte mit den Schultern. »Die Familienangelegenheiten gehen mich nichts an. Ich sage dir nur, was ich machen kann. Und das ist alles.«

»Ihr könntet das Haus meiner Herrin überschreiben und Milde walten lassen.« Sie trat einen Schritt vor und drückte den Rücken durch. Wieso wollte er ihnen das Haus nicht überlassen? Was hatte der Schreinsmeister gegen sie?

»Zügle deine Zunge, Weib! Sie ist für das Ableben von Bechtolt verantwortlich.«

»Meine Mama hat meinen Papa nicht umgebracht«, widersprach Kuntz trotzig. Er stampfte mit dem Bein auf den Boden.

»Wie könnt Ihr Euch so ein Urteil erlauben?«, entgegnete Figen.

»Man hat mir zugetragen, dass es Bechtolt nach der Hochzeit immer schlechter ging.«

»Wer hat Euch das gesagt?«

»Das erzählt man sich auf den Gassen Kölns.«

»Dass es auch einen anderen Grund gibt, hat man Euch wohl nicht erzählt.«

»Weib, ich muss mich von dir nicht belehren lassen.«

»Oh doch! Bechtolts ältester Sohn ist verstorben, seine einzige Tochter verschwunden, daran ist er zerbrochen. Doch aus dem Leben gerissen hat ihn ein Messer in der Hand eines Mörders. Und den suchen wir noch.«

»Wir?«, fragte der Schreinsmeister mit hochgezogenen Brauen.

»Der Gewaltrichter.« Sie musste ihm ja nicht auf die Nase binden, dass sie selbst nach dem Täter forschten.

»Der Unhold verdient seine gerechte Strafe. Bechtolt hat seit der Hochzeit die Brauerei heruntergewirtschaftet, Schulden und sich Feinde gemacht. Unter ihnen wird der Mörder sicherlich zu finden sein. Aber was erzähle ich das einem Weib, das sich sowieso nicht belehren lässt? Und nun verschwinde!« Er widmete sich wieder seinen Büchern.

Figen atmete tief durch. Hier konnte sie nichts mehr erreichen. »Komm«, sagte sie zu Kuntz und ging mit ihm hinaus. Ihr Hals kratzte und schnürte sich zu. Es gab nur noch eine letzte Chance: wenn Margret einen gesunden Jungen zur Welt brächte. Aber so lange konnten sie nicht warten. Vorher würde Sebalt sie aus dem Haus jagen. Was sollten sie nur tun?

Sie versuchte, die aufsteigenden Tränen zu unterdrücken. Sie wollte vor dem Jungen nicht weinen, doch die Tränen kamen und liefen ihr heiß über die Wangen.

»Gibt es doch keinen Honigkuchen?«, fragte Kuntz mit weit aufgerissenen Augen.

Figen riss sich zusammen, zwang sich zu einem Lächeln und streichelte ihm über die Wange. »Doch. Den gönnen wir uns jetzt.« Ein winziger Trost, wenn die Hoffnung wie ein Spiegel in hundert Tränensplitter zersprang.

***

Die Sonne schickte warme Herbststrahlen über Köln. Früher hatte Figen diese Jahreszeit geliebt, das Flattern der goldenen Blätter im Wind. Jetzt hatte sie das Gefühl, das Himmelsgestirn würde ihr hämisch zulachen, nein, sie auslachen. Schön warm und doch trügerisch und von Unheil kündend.

Sie schirmte die Augen gegen die Strahlen ab und senkte den Kopf. Ihre Augen brannten. Sie hatte kaum geschlafen, und der Unterricht hatte ihr heute viel abverlangt. Sie sehnte sich nach Trost. Durfte sie hoffen, dass Seitz ihr Zuversicht spenden würde? Sie hatte ihn nach der Versammlung nicht wieder besucht.

Dank seiner Bekanntmachung waren am Morgen zwei neue

Schülerinnen gekommen. Leuchtende Augen, wissbegierige Gesichter. Sie wollte die Mädchen nicht enttäuschen, indem sie ihnen sagte, dass die Schule bald schließen würde. Würde Seitz einen Ausweg sehen, für den sie bisher blind gewesen war?

Auf ihr Klopfen öffnete eine junge Frau, die verlegen an der Bundhaube zupfte. »Ich möchte zu Seitz«, sagte Figen.

»Der ist nicht da.«

Herr von Rosenberg polterte heran. »Was willst du?« Auf seinen Lippen ein höfliches Lächeln, doch seine Augen musterten sie abschätzig.

»Ich würde gerne mit Eurem Sohn Seitz sprechen.«

Er brummte unwillig und strich sich übers Wams. »Wenn es eine neue Versammlung gibt, wird er dich sicherlich benachrichtigen.«

Figen nickte, doch sie wollte sich nicht abwimmeln lassen. Sie brauchte Seitz. Jetzt! Sie konnte nicht warten. »Wisst Ihr, wo ich ihn finden kann?«

Sein Blick wurde feindselig. »Er ist bei seiner Verlobten.«

Figen schnappte nach Luft. Die Worte trafen sie mitten ins Herz, und sie wich einen Schritt zurück. Sie hatte das Gefühl, der Boden würde sich unter ihr auftun und sie würde fallen – tief, in ein schwarzes Loch ohne Hoffnung. Seitz hatte ihr doch versprochen, dass er nichts von dieser Verlobten wissen wollte und seinen Vater davon überzeugen würde, dass sein Herz für sie schlug.

»Halte dich von meinem Sohn fern! Er ist bereits seit Jahren versprochen.«

Das Loch wurde größer, die Sogkraft stärker, drohte sie zu verschlucken – wie der Schlund vom Fegefeuer. Nein, wollte sie schreien, doch ihr Mund wurde trocken wie Erdklumpen bei Dürre.

∗∗∗

Enderlin betätigte den Türklopfer am Beginenhaus. Eine Engelsgestalt, die ihn freundlich zu empfangen schien. Die eisenbeschlagene Pforte zierten zwei geschnitzte Reliefs. Auf dem linken hing der Heiland am Kreuz, das rechte zeigte seine Wiederkehr in den Wolken. Gottesfürchtige Bildnisse, doch der Schein trog. Das Haus in der Rheingasse war bis zum Dach aus Stein gemauert, alle Fenster waren mit Glas besetzt, die drei Stufen vor dem Eingang waren aus weißem Gestein mit einer feinen Marmorierung. Wie sollten die Beginentöchter bei diesem prunkvollen Gebäude Bescheidenheit und Demut erlernen?

Ein junges Mädchen öffnete ihm die Tür.

»Ich muss mit der Beginenmutter sprechen«, sagte er.

Das Mädchen nickte knapp und ließ ihn allein. Wenigstens wurde hier das Schweigegebot gelehrt. Nicht so wie bei ihm im Kloster. Würde Gott in seiner Barmherzigkeit ihm das Amt des Priors in die Hand legen, würde er eine striktere Beachtung der Gebote von den Brüdern fordern, sie bedingungslose Gottesfürchtigkeit lehren.

Eine beleibte Begine öffnete schwungvoll die Tür und beäugte ihn misstrauisch. »Ich bin Schwester Magdalena. Was ist Euer Begehr, Bruder?«

»Der Inquisitor Jakob Hochstraten schickt mich. Ich bin auf der Suche nach einer unerlaubten Mädchenschule in dieser Stadt.«

»Was kommt Ihr damit zu mir?«

»Man sagt sich, man lehrt dort das Lesen anhand der Heiligen Schrift in der Übersetzung Martin Luthers.«

»Das ist unerhört!« Sie stemmte eine Hand in die Hüfte. »Wir lehren nach altem Brauch. Mit Beten und Arbeit. Wer weiß schon, welchen Teufelslehren die Mädchen in so einer Winkelschule ausgesetzt sind.«

»Deswegen will der Inquisitor den Magister zur Rechenschaft ziehen und die Schule verbieten.«

Sie nickte. »Ihr habt meine Unterstützung. Schickt die Mädchen zu uns, und wir werden ihnen den rechten Weg weisen.«

»Das werde ich tun. Habt Ihr denn von einer solchen Schule gehört?«

»In der Tat. Ein Mädchen kam zu uns und erzählte von dieser Schule.«

Enderlins Herz klopfte. »Kann ich sie sprechen?«

Die Beginenmutter schüttelte den Kopf. »Sie war nur einen Tag hier.«

»Wer ist sie?«

»Die Tochter des Apothekers Geppinger.«

Dort hatte er als Kind mal eine Arznei für seinen kranken Bruder erstanden. »Habt Dank. Ihr werdet von mir hören.« Dass er so schnell auf eine Spur stoßen würde, hatte er nicht gedacht.

Der Weg führte ihn Richtung Westen in die Nähe seines Elternhauses. Eine unerwartete Wehmut erfasste ihn. Diesen Weg würde er bald nicht mehr einschlagen müssen – nur noch, um Sebalt möglicherweise an die Zahlungen zu erinnern. Seinen Vater würde er dort nicht mehr antreffen. Er sollte den Prior bitten, dass von dem Verkaufserlös des Hauses ein Ablassbrief für seinen Vater erworben würde. Ich werde dir die Leiden im Fegefeuer schon verkürzen, dachte er.

Das Apothekerhaus lag an der Ecke, an der sich Farbgasse und Dieffgasse kreuzten. Am Verkaufsfenster standen zwei Frauen. Ein Mädchen nahm den Zettel des ersten Weibes entgegen und huschte zurück ins Haus. Wohl die Arznei, die der Medicus verordnet hatte. Anstatt sich anzustellen, klopfte er an die Tür.

Das Mädchen erschien wieder am Fenster. Sie trug ein weinrotes Kleid mit Stickereien und einer Schnürung am Bauch und den Ärmeln. Es musste sich um eine Tochter des Hauses handeln, für eine Magd war das Kleid zu kostspielig. »Geduldet Euch, bis Ihr dran seid«, blaffte sie.

Ob sie es war, die bei den Beginen von der Mädchenschule erzählt hatte? »Ich möchte mit Meister Geppinger sprechen«, sagte er.

»Was wollt Ihr von ihm?«

»Das ist nur für seine Ohren bestimmt.«

Das Mädchen verzog unwillig das Gesicht und verschwand.

Kurze Zeit später öffnete sich die Tür, und Hannes Geppinger sah ihn grimmig an. »Ein Mönch außerhalb des Klosters. Welch seltener Anblick.« Der Apotheker war alt geworden, sein Bart und seine Haare waren ergraut, in seine Stirn hatten sich tiefe Furchen gegraben.

»Ich bin der Sohn von –«

»Ich weiß, wer Ihr seid. Ich kannte Euch schon, da konntet Ihr noch nicht laufen.« Er strich über sein Wams, an dem zwei Knöpfe fehlten, die er durch eine Schnürung ersetzt hatte.

»Darf ich eintreten?«

Geppinger trat zur Seite und ließ ihn ein. Es roch nach allerlei Gewürzen und Kräutern. Im Regal, das die ganze Wand einnahm und bis zur Decke reichte, lagerten Unmengen an Gefäßen und Döschen aus unterschiedlichsten Materialien. Enderlin konnte Holz, Porzellan, Eisen und Silber ausmachen. Aufwendige Verzierungen schmückten die Behältnisse. So imposant hatte er die Apotheke nicht in Erinnerung. Oder hatte er früher nur vor dem Fenster auf die Arznei warten müssen? Sein Erinnerungsvermögen ließ ihn im Stich.

»Ich möchte Euch mein Beileid zum Verlust Eures Vaters aussprechen«, sagte Geppinger.

Enderlin nickte. »Habt Dank. Möge er in Frieden ruhen.«

Das Mädchen nahm ein Holzgefäß aus dem Regal, wog ein paar Kräuter ab und reichte der Frau vor dem Fenster die Arznei in einem Säckchen.

»Lass uns allein«, sagte Geppinger zu seiner Tochter. Sie machte einen Knicks und verschwand durch eine Tür.

»Und was kann ich für Euch tun?«

Enderlin trat an das Pult heran, auf dem eine Waage mit unterschiedlichen Gewichten auf die nächste Messung wartete. Daneben lagen zwei aufgeschlagene Bücher. »Die Beginen erzählten mir, dass Eure Tochter dort die Schule besucht hat«, begann er.

»Besucht ist zu viel gesagt. Sie war dort einen Tag.«

»Wieso nur einen Tag? Wart Ihr nicht zufrieden?«

»Ganz und gar nicht. Meine Tochter musste bloß im Garten

schuften, hat nicht einmal ein Buch gesehen oder einen Federkiel in der Hand gehabt. Dabei soll sie das Lesen und Schreiben lernen.« Er stemmte die Hände in die Hüften.

Enderlin unterdrückte ein Seufzen. Körperliche Arbeit gehörte zu jeder gottesfürchtigen Schule. Wusste das der Apotheker nicht? »Besucht sie nun eine andere Schule?«

Geppingers Falten auf der Stirn wurden noch tiefer. »Was interessiert Ihr Euch für meine Tochter?«

»Es geht nicht um Eure Tochter, sondern um die Schule.«

»Was ist mit der Schule?«

Enderlin räusperte sich. »Ihr habt meine Frage nicht beantwortet.«

»Und Ihr die meine nicht.« Der Apotheker trat hinter sein Pult und stützte sich darauf ab, sah ihn erwartungsvoll an.

Also musste Enderlin ihm doch erklären, was ihn daran interessierte. »Ich handle im Auftrag meines Priors Jakob Hochstraten. Er ist der Inquisitor und sucht nach einer Mädchenschule.«

»Wieso tut er das?« Die Furchen wurden immer tiefer, als würden sie sich in den Schlund der Hölle graben.

»Winkelschulen sind nicht im Interesse der Kirche. Klöster und Beginenhäuser bieten den Kölnern die Möglichkeit, Söhne und Töchter auf eine Schule zu schicken. Dort lernen sie nicht nur Lesen und Schreiben, sondern auch Gottesfurcht und Demut.«

Der Apotheker verzog das Gesicht. »In den anderen womöglich auch.«

»Ihr sagt es. Womöglich. Das müssen wir überprüfen und sicherstellen.«

Geppinger richtete sich auf und ging hinter seinem Pult auf und ab. »Wollt Ihr die Magistra zur Vernunft bringen oder die Schule schließen?«

Magistra? Die Schule wurde von einer Frau geleitet? Blasphemie! Das wurde ja immer schlimmer. »Das zu entscheiden obliegt dem Prior.«

»Ich kenne die Vorgehensweise des Priors. Ich weiß, was er

Seitz von Rosenberg angetan hat, nur weil der Luthers Texte vorgetragen hatte.«

Bei diesem Satz fiel es Enderlin wie Schuppen von den Augen. Natürlich. Das war der Mann, mit dem Figen unterwegs gewesen war. Seitz von Rosenberg, dieser Ketzer! Wieso war ihm das nicht schon früher eingefallen? Und wenn Geppinger von Luthertexten sprach, dann wusste er, welche Texte die Schule für den Unterricht heranzog. »Wie kommt Ihr auf Luther?«, fragte Enderlin.

Der Apotheker räusperte sich. »Das war es doch, was man dem Sohn des Laternenmachers vorgeworfen hatte.«

»Was hat das mit der Schule zu tun?«, hakte Enderlin nach.

Geppinger atmete tief durch. Er rang sichtlich nach Worten. »Ich wollte Euch nur erklären, dass ich den Inquisitor nicht in bester Erinnerung habe.«

»Gebt es zu. Die Mädchen lernen das Lesen anhand von Lutherschriften.«

»Das weiß ich nicht. Was ich aber weiß, ist, dass meine Mechthild dort das Lesen und Schreiben lernt. Das ist wichtig, denn bald muss sie meine Geschäfte führen können.«

Er trat zu einem Fenster und sah hinaus, ließ die Schultern hängen. »Sie ist meine einzige Tochter. Zwei Söhne sind im Kindesalter gestorben, zwei Töchter habe ich vor Kurzem verloren, genauso wie meine geliebte Frau. Mechthild ist die Einzige, die mir geblieben ist. Und ich … Sie muss bald allein zurechtkommen.« Er strich sich über den Nacken und drehte sich zu ihm um. Seine Augen waren trüb geworden.

»Seid Ihr krank?«, fragte Enderlin. Der stattliche Mann wirkte weder gebrechlich noch alt.

Geppinger nickte. »Ich kann es mir nicht leisten, darauf zu warten, bis der Garten der Beginen gepflegt ist.«

»Dann sagt mir, wo ich diese andere Schule finde, und ich werde die Magistra zur Gottesfürchtigkeit ermahnen.«

Er verschränkte die Arme vor der Brust. »Und dann lasst Ihr sie schließen.«

»Das werde ich nicht. Ihr habt mein Wort.«

»Euer Wort ist nichts wert, wenn der Prior die Entscheidungen trifft«, entgegnete Geppinger schroff.

Enderlin ballte die Hand. Hatte keiner mehr Respekt vor einem Gottesmann? »Ich werde ihm beratend zur Seite stehen.«

»Das reicht mir nicht.« Von draußen ertönte eine Stimme. Jemand verlangte nach Arzneien. »Nun verschwindet!«

»Ihr könnt Euch nicht mit Ketzern verbünden«, mahnte Enderlin. Er war so nah dran. Geppinger musste ihm verraten, wo sich diese Schule befand.

»Ich weiß nichts von Ketzern. Wenn Ihr mich dennoch vors Inquisitionsgericht zerren wollt, ist es mir einerlei. Ich fürchte keine Strafe, die Ihr mir auferlegt.«

Enderlin biss die Zähne zusammen. Bei Geppinger war jede Drohung sinnlos. Er konnte nur an sein Gewissen appellieren. »Wenn Ihr vor den Schöpfer tretet, solltet Ihr sicher sein, dass Ihr keine Schuld auf Euch geladen habt.«

Der Apotheker lachte schallend. »Ich trage viel zu viel Schuld, als dass es darauf noch ankäme.«

»Meister Geppinger«, rief eine ungeduldige Stimme von draußen.

»Verschwindet jetzt«, sagte der Apotheker und trat zum Fenster.

Enderlin zögerte, doch als Geppinger ihn mit hochgezogenen Brauen ansah, trat er zur Tür. Er stolperte über eine Kante auf der Schwelle und stieß gegen eine Person, die vor der Tür vorbeischlich. Die Person hatte die Kopfbedeckung so tief ins Gesicht gezogen, dass er nicht erkennen konnte, ob es sich um eine Frau oder einen Mann handelte. Eilends lief sie davon. Irgendwas an ihrem Gang kam ihm bekannt vor.

»Wollt Ihr ebenfalls Arzneien kaufen?«, fragte ihn ein junger Mann mit geschorenen Haaren. Er musste vor Kurzem am Pranger gestanden haben. War diese Stadt eigentlich voller Sünder?

»Nein.« Enderlin wehrte mit den Händen ab und wich zurück.

KAPITEL 16

Jonata rannte um die nächste Straßenecke und lehnte sich an die Hauswand. Ihr Herz pochte so schnell wie eine Horde wild gewordener Pferde. Enderlin! Sie war mit ihrem Bruder zusammengestoßen. Aus dem Nichts hatte er sie wie ein Dämon der Hölle angefallen.

Sie blickte die Straße hinunter. Gott sei Dank war er ihr nicht gefolgt. Wahrscheinlich hatte er sie nicht erkannt. Das war knapp. Sie hatte doch nur neue Arznei für Agnes kaufen wollen. Was hatte Enderlin bei dem Apotheker zu schaffen gehabt? Das Kloster verfügte doch über einen eigenen Kräutergarten.

Die Gassen Kölns waren wahrhaft zu gefährlich für sie. Sie musste zusehen, dass sie bald zurück nach Wittenberg kam, sonst würde Enderlin ihr noch auf die Schliche kommen, und dann drohte ihr der Scheiterhaufen. Sie bekam eine Gänsehaut, als sie an die züngelnden Flammen dachte. Sie wartete noch eine halbe Ewigkeit, bis sie sich zurückwagte und beim Apotheker in die Schlange stellte.

Sie reichte dem Mädchen den Zettel durch das Fenster, ohne den Kopf zu heben. Sobald Jonata ihm das Geld gereicht hatte, gab es ihr die Kräuter.

Geschwind lief Jonata zum Waisenhaus. Immer wieder drehte sie sich um und hielt nach ihrem Bruder Ausschau, doch sie konnte keine schwarz-weiße Dominikanerkutte ausmachen. Was hatte sie sich nur dabei gedacht, durch die Stadt zu laufen?

Aber sie konnte ihre Freundin nicht ihrem Schicksal überlassen. Was sollte aus Agnes werden, wenn sie keine Arznei bekam, nur weil Jonata die Gefahr zu groß war? War Agnes' Leben weniger wert als das ihre? Niemals. Doch der Gedanke an ihre Familie schnürte ihr die Kehle zu. Durfte sie ihr Leben riskieren, um den Mörder ihres Vaters zu finden? Das würde ihn auch nicht wieder lebendig machen. Jonata krallte die Hände in den Stoff der Gugel. Ein Wirrwarr in ihrem Kopf, das sie auf dem Weg nicht entzerrt bekam.

Agnes lag in der Bettstatt, sah blass aus, doch der Haufen aus blutigen Leinentüchern war verschwunden. Sie zwang sich zu einem Lächeln. »Wenn ich dich sehe, weiß ich, dass die Welt da draußen nicht stehen bleibt.«

»Was macht dein Husten?«, fragte Jonata und reichte ihr das Säckchen mit den Kräutern.

Agnes zuckte mit den Schultern. »Er lässt mich zumindest nachts wieder schlafen.« Sie berichtete, wie ihr die Kinder zur Seite standen und die Größeren die wichtigen Aufgaben übernahmen. Doch die Worte rauschten an Jonata vorbei, die innere Unrast nagte an ihr wie Mäuse an einem Laib Brot. »Und was ist mit dir?«, fragte ihre Freundin.

Jonata stand auf. »Ich muss jetzt gehen.«

Agnes zog die Stirn in Falten. »Was verschweigst du mir?«

Jonata hatte ihrer Freundin nicht erzählt, dass sie kurz davorstanden, das Haus zu verlieren. Agnes hatte eigene Sorgen, doch irgendwas musste sie ihr preisgeben. »Ich bin gerade mit Enderlin zusammengestoßen.«

Agnes riss die Augen auf. »Was ist passiert?«

Jonata hob die Hände. »Er hat mich nicht erkannt, aber der Schreck steckt mir noch in den Knochen.« Sie sehnte sich nach starken Armen und einer tröstenden Umarmung. Simon! Doch Mathes war noch nicht aus Wittenberg zurückgekehrt. Sie musste in der Stadt bleiben und sich solange im Haus aufhalten.

Aber was, wenn es bald keine schützenden vier Wände mehr gab, in die sie sich zurückziehen konnte? Ihr altes Leben, das sie hier in Köln zurückgelassen hatte, zerfloss wie Butter in der heißen Sommerglut. Tränen brannten in ihren Augen, doch sie wollte sie vor Agnes nicht zeigen. »Und ich möchte so schnell wie möglich nach Hause.«

»Lass mit deinem nächsten Besuch nicht zu lange auf dich warten.«

Jonata drückte ihre Freundin lange. Ob sie wiederkommen

würde, wusste sie nicht, doch sie behielt ihre Gedanken lieber
für sich.

✽✽✽

Jonata fand Margret weder in ihrer Kammer noch in der Stube
oder Küche. »Wo ist Margret?«, fragte sie Elisabeth, die im
Gemüsegarten Unkraut jätete. Bis auf das grüne Gestrüpp gab
es hier nichts mehr zu ernten.

Ihre Ziehmutter zeigte auf die Brauerei. Die Tür war nur
angelehnt, also ging Jonata hinein. Margret saß am Schreibtisch
und rieb sich gedankenverloren über den Bauch. Auf den leeren
Fässern hatte sich eine Staubschicht gebildet. Ein Korb, in dem
ihr Vater früher Hopfen gelagert hatte, lag wie weggeworfen
zwischen zwei Bottichen.

»Hier hat Bechtolt seine letzten Tage verbracht.«

Jonata trat näher, befühlte das Leinenhemd, das auf dem
Tisch lag. Es hatte ihrem Vater gehört. Sie nahm es und roch
daran, doch der vertraute Geruch ihres Vaters war bereits verflogen.

»Ich war böse darüber, dass er sich hier ein Lager eingerichtet
hatte und noch nicht mal mehr nachts ins Haus kam«, sagte
Margret, den Blick in die Ferne gerichtet, als könne sie dort
ihren Gatten sehen.

Jonata zog sich einen Schemel heran und setzte sich zu ihr.
Hektisches Herumgelaufe, Rufe ihres Vaters, ein Knecht mit
einem Korb voller Hopfen, der süßliche Malzgeruch. Wie geschäftig es hier früher zugegangen war. »Ich wünschte, ich hätte
ihm früher einen Brief zukommen lassen.«

»Das wünschte ich auch.« Margrets Blick aus den blauen
Augen durchbohrte sie wie ein Pfeil, der Jonata mitten ins Herz
traf. Ja, sie fühlte sich schuldig, aber sie wollte sich nicht schon
wieder diese Vorwürfe anhören.

»Hast du mit Rattenpeck gesprochen?«, fragte sie.

Margret zupfte an ihrem Leinenkleid. Jemand hatte es an
den Seiten aufgetrennt und zusätzlich Stoff eingenäht, dennoch

spannte sich das Kleid um ihren Bauch. Ein Schneider schien dort nicht am Werk gewesen zu sein, und das Kleid hatte nichts zu tun mit den edlen Gewändern, die Margret bei Jonatas Ankunft getragen hatte. Der Bauch hatte in den letzten Tagen an Umfang gewonnen. Wenn Jonata raten müsste, würde sie glauben, Margret stände kurz vor der Niederkunft.

»Ja, das habe ich. Er ist nicht der Mörder.«

»Bist du sicher?«

Margret nickte. »Ganz sicher. Er würde niemals das Messer gegen einen anderen Mann erheben.«

»Hast du ihn auf den Streit angesprochen?«

»Das habe ich.«

»Worum ging es?«

»Geschäfte.«

»Und deswegen haben sie sich geprügelt?« Jonata konnte es nicht glauben, doch ihr Vater schien sich in letzter Zeit gewandelt zu haben. Sie musste sich eingestehen, dass sie den Mann, zu dem ihr Vater geworden war, nicht mehr kannte. Sie sollte auf Margrets Urteil vertrauen.

»Bechtolt wollte ihm das Geld für ein Wams nicht bezahlen.«

»Aber dann hätte doch der Schneider wütend sein müssen.« Dabei hatte ihr Vater *ihm* einen Zahn ausgeschlagen. Das ergab keinen Sinn. Oder etwa doch? »Hatte mein Vater solche Not, dass er Rattenpeck unbedingt davon abhalten wollte, seine Schulden einzufordern?«

»Für ein paar Pfennige?«, fragte Margret mit hochgezogenen Brauen.

Das war viel Geld, wenn in der Münzschatulle Leere herrschte. Unwillkürlich sah Jonata unter den Schreibtisch. Die Klappe war geschlossen, die Schatulle befand sich bestimmt darin. »Gewiss.«

»Der Schneider hat mir glaubhaft dargelegt, dass es nur ein kleiner Streit war und ihm das Geld nicht so wichtig war.«

»Und der Zahn? Er muss doch wütend gewesen sein. Hat er meinem Vater deshalb den Garaus gemacht?«

Margret zuckte mit den Schultern. »So ein Mann ist er nicht.«

»Wie kannst du dir so sicher sein? Wie gut kennst du ihn denn?«

Margret senkte kurz den Blick und sah sie dann entschlossen an. »Gut genug. Vertrau mir.« Sie stand auf, rückte den Stuhl zurecht und ging zur Tür. »Er ist nicht der Mörder.« Sie verließ die Brauerei.

Wieso war Margret sich so sicher? Jonata hätte selbst mit dem Mann sprechen sollen. Es war besser, den Menschen direkt ins Gesicht sehen zu können, wenn man Wahrheit oder Lüge aus den Zügen ergründen wollte. Vielleicht sollte sie dem Schneider auch einen Besuch abstatten. Oder machte sie sich damit nur lächerlich?

Sie brauchten unbedingt mehr Zeit. Wenn ihnen Sebalt nur nicht im Nacken säße.

✳✳✳

Erneutes Klopfen an der Pforte. Figen streckte die zittrige Hand aus, zögerte. War es jetzt zu Ende? Ihr Dasein als Magd, die Schule, ihr gewohntes Leben? Die stete Ungewissheit zehrte an ihr und hatte ihr die Freude aus dem Herzen gestohlen. Sogar ihre Zöglinge hatten ihre Bedrücktheit gespürt, auch wenn sie sich zusammengerissen hatte. Sie waren auffällig folgsam gewesen, selbst Anna und Berbelin hatten ihr Geschwätz nicht ausarten lassen. Sie würde ihre Schülerinnen vermissen.

Figen gab sich einen Ruck und löste den Eisenhaken. Sie war überrascht, als sie in das faltige Gesicht des Gewaltrichters blickte. Er trug einen wollenen Mantel mit Pelzbesatz am Kragen. Er rang sich ein Lächeln ab.

»Ihr seid es. Habt Ihr den Mörder gefunden?« Figens Hand krallte sich an das Türblatt, ein Holzsplitter bohrte sich in ihren Daumen.

Das Lächeln entglitt ihm. »Ist deine Herrin zugegen?«

Sie schluckte, senkte den Blick und trat zur Seite. Natürlich. Warum sollte er mit einer Magd sprechen? Margret kam unbeholfen die steile Stiege hinabgetrampelt, hielt dabei eine Hand schützend um ihren Bauch. Nicht dass sie in den letzten Wochen ihrer Schwangerschaft stürzte und das Kind Schaden nahm.

»Schön, dass Ihr es einrichten konntet«, sagte sie und führte ihn in die Stube. »Figen, bring uns Bier.«

Figen ging in den Vorratskeller und füllte zwei Krüge mit dem gekauften Gesöff. Sie hatten kein eigenes Hausbier anzubieten, eine Schande für eine Brauerei, doch das war ihr kleinstes Problem.

Als sie die Stube betrat, verstummte der Gewaltrichter und lehnte sich zurück. Figen stellte die Bierkrüge auf den Tisch und setzte sich an den Kamin. Sie streichelte Pauli, der es sich dort gemütlich gemacht hatte, auch wenn kein Scheit im Ofen glomm. Die letzten Holzscheite brauchten sie für die Küche. Erst wenn der Winter seine kalten Krallen ausstreckte, würden sie die Stube beheizen. Falls sie dann noch hier wohnten …

Der Gewaltrichter warf ihr einen argwöhnischen Blick zu, hatte wohl erwartet, dass sie den Raum wieder verließ, doch Margret ließ sie gewähren. Er seufzte und fuhr fort. »Eure Magd hat mir von den Forderungen des Fassbinders von Blankenberg erzählt.« Figen erntete von dem Gewaltrichter einen beiläufigen und von Margret einen strafenden Blick.

»Und? Glauben Sie, dieser Halunke hat meinen Mann ermordet?« Margret legte die Unterarme auf den Tisch.

Der Gewaltrichter nippte an dem Bier, runzelte die Stirn und sah in den Krug, bevor er weitersprach: »Nein. Er war auf Reisen, als Euer Ehemann ermordet wurde.«

»Auf Reisen?«, fragte Margret überrascht.

»Bei seinem Bruder in Frechen, der nach dem Ableben seiner ersten Frau erneut geheiratet hat.«

»Seid Ihr da sicher?«

Der Gewaltrichter nickte. »Meine Diener haben es sich von mehreren Personen bestätigen lassen. Ihr könnt sicher sein, dass er Euren Gatten nicht auf dem Gewissen hat.«

Figens Fingernägel bohrten sich in ihre Handflächen. Ob von Blankenberg schon am Kloster gewesen war? Von Enderlin würde er sicherlich kein Geld bekommen. Würde der

Fassbinder seine Drohung wahr machen und sie seine Fäuste spüren lassen? So viele Probleme wären gelöst gewesen, wenn sich herausgestellt hätte, dass er der Mörder war.

»Dann sagt mir lieber, wer es war, anstatt mir zu berichten, wer es nicht war«, forderte Margret den Gewaltrichter auf.

»Ich kann noch keinen in den Frankenturm sperren lassen, aber ich habe einen Hinweis bekommen. Ein Mann soll sich am Tag des Unglücks hier in der Nähe aufgehalten haben.«

»Wer?«

»Bevor ich Euch den Namen preisgebe, möchte ich erwähnen, dass noch nichts bestätigt ist. Ich möchte von Euch erfahren, ob es eine Verbindung zwischen ihm und Bechtolt gegeben haben könnte.«

Margret nickte. »Nun sagen Sie schon!«

»Sebalt Magnus.«

Unwillkürlich hielt Figen die Luft an. Sie sah, dass Margret es ebenfalls tat und den Gewaltrichter mit großen Augen ansah.

»Kennt Ihr ihn?«, fragte er.

»Und ob. Er will uns aus dem Haus jagen.« Margrets Augen funkelten.

»Wie kommt er dazu?« Der Gewaltrichter runzelte die Stirn.

»Der Schreinsmeister hat Enderlin, einem Sohn meines Mannes, das Haus zugeschrieben, obwohl er im Kloster lebt. Er hat angeblich das Haus an Sebalt Magnus verkauft.«

Die Augen des Gewaltrichters verengten sich zu Schlitzen, und er strich sich über den Bart. »Beim Henker! Möglich wäre es.«

»Glauben Sie, er war es?« Margret keuchte.

Er zuckte mit den Schultern. »Das werde ich herausfinden.«

Figen betastete die Bonner Münze in ihrem Beutel. War die womöglich der Schlüssel zum Mörder von Bechtolt? Sollte sie dem Gewaltrichter das Geldstück überreichen? Vielleicht würde ihm das helfen. Aber wie sollte sie begründen, dass sie es so lange behalten hatte? Kuntz! Schließlich hatte er sie gefunden.

»Ihr habt mir geholfen. Ich unterrichte Euch, sobald ich etwas herausgefunden habe.« Der Gewaltrichter erhob sich.

»Aber wie sollen wir uns gegen Sebalt behaupten?«, fragte Margret.

»Seid versichert, dass er Euch das Haus nicht streitig macht, bis der Mörder von Bechtolt gefunden ist. Dafür werde ich sorgen.«

Das war zumindest eine gute Nachricht. Es würde ihnen Zeit verschaffen.

Aber wenn es doch nicht Sebalt gewesen war? Woher sollte er schließlich gewusst haben, dass Enderlin ihm das Haus verkaufen würde. Oder hatten sich die beiden abgesprochen? Doch sie konnten nicht geahnt haben, dass der Schreinsmeister Enderlin das Erbe zuschreiben würde. Da passte doch etwas nicht zusammen.

Figen erhob sich ebenfalls, holte tief Luft, ließ die Münze zwischen den Fingern tanzen. Sollte sie? Verzweifelt suchte sie nach den richtigen Worten.

Margret begleitete den Gewaltrichter zur Tür. Figen folgte ihnen. Er bedankte sich für das Bier und nickte Margret zu. Jetzt oder nie.

»Auf ein Wort …« Weiter kam Figen nicht. Ihre Stimme war nur ein Krächzen, und als sie sich geräuspert hatte, da war der Gewaltrichter schon zur Tür raus.

Margret drehte sich zu ihr um. »Sebalt, dieser Hundskopf! Wenn er noch ein Mal dieses Haus betritt, werde ich ihm persönlich das Messer in den Leib rammen.« Ohne eine Antwort abzuwarten, rauschte sie an ihr vorbei.

Figens Nackenhaare stellten sich auf, und sie fasste sich unwillkürlich an den Unterleib. Sie lehnte sich an die Wand und stellte sich Sebalt mit einem Messer vor, wie er es an Bechtolts Kehle ansetzte, durchzog, wie das Blut spritzte und ihr alter Herr zu Boden fiel. Sie sah die seelenlosen Augen, das fahle Gesicht, den Tod. Ihr wurde schlecht, und sie rannte in den Hinterhof.

＊

Jonata musste sich am Tisch abstützen, als Figen ihr vom Gespräch mit dem Gewaltrichter berichtete. Der Tisch schien zu schwanken, der ganze Raum sich zu drehen. Sie schmeckte saure Galle in ihrer Kehle. Sebalt. Ihr Peiniger. Ihr ehemaliger Verlobter. Hatte er das Messer gegen ihren Vater erhoben?

Sie schloss die Lider, sah die Knollennase, die Narbe und die vor Lust glühenden Augen vor sich. Sie wollte das Bild von sich schieben. Hatte geglaubt, Sebalt in Köln aus dem Weg gehen zu können, doch alles entglitt ihr. Erst rannte sie direkt in Enderlin hinein, und nun schien ihr Peiniger auch noch für den Tod ihres Vaters verantwortlich zu sein. Am liebsten wollte sie ihn für seine Taten leiden lassen, ihn sterben sehen … Nein. Sie würde sich nicht versündigen. Der Gewaltrichter tat seine Arbeit. Sebalt würde seine gerechte Strafe erhalten.

»Der Gewaltrichter hat versprochen, dass Sebalt keinen Anspruch auf das Haus erheben kann, solange der Mörder Bechtolts nicht überführt ist«, fuhr Figen fort.

Jonata atmete tief durch. »Dann hat es wenigstens einen Vorteil.« Und doch waren die guten Neuigkeiten ein Dämon mit einem Engelsgesicht, ein ambivalentes Wesen, das sowohl Freud als auch Leid brachte. Die Galle reizte ihre Kehle, sie musste schlucken. Simon. Die Sehnsucht nach ihrem Mann und ihrer Tochter wurde übermächtig.

Hoffentlich kam Mathes bald, um mit ihr nach Wittenberg zu reisen. Sie hatte genug von Kölner Sorgen, von erbarmungslosen Erinnerungen und Dämonen der Vergangenheit, die wie Henkersknechte die Finger nach ihr ausstreckten. Simon, ich komme nach Hause. Bald.

✻✻✻

Enderlin presste sich an das Haus und lugte um die Ecke. Wenn Geppinger ihm keine Auskunft geben wollte, würde er selbst herausfinden, wo sich die Schule befand. Ausnahmsweise hatte er vor den Laudes die Klostermauern verlassen und beobachtete seit der Morgendämmerung den Hauseingang der Apotheke. Mittlerweile war die Sonne aufgegangen, einige Menschen liefen in den Gassen herum und begannen mit dem Tagwerk. Ein Junge zog einen Karren mit Säcken durch den Matsch. Die Hose war an den Beinen mehrmals umgeschlagen, das Leinenhemd von Motten löchrig gefressen. Aus einem Haus stolperte ein breitschultriger Mann. Er torkelte, stöhnte und rieb sich die Stirn. Er trug blaue Gewänder. Wahrscheinlich war das der Blaufärber, und er hatte gestern einen neuen Bottich angesetzt. Wenn die Färber blau machten, brauchten sie so viel Urin für den Sud mit dem Färberwaid, dass sie an den Tagen besonders viel Bier tranken. Was für ein sündhaftes Gewerk.

Enderlin sah zum Apothekerhaus. Eine Magd öffnete ein Fenster und schüttelte ein Laken aus, sah sich auf der Gasse um. Enderlin zog den Kopf zurück und verbarg sich hinter der Hauswand. Jäh nahm er eine Bewegung aus dem Augenwinkel wahr. Bevor er reagieren konnte, kniete eine magere Frau vor seinen Füßen und befingerte seinen Mantel. Ihre roten Haare hingen ihr strähnig über die Schultern. Warum trug sie nicht wie jedes anständige Weib eine Bundhaube?

»Bitte«, flehte sie, »vergib mir meine Sünden.«

Er drückte sich zur Seite, versuchte, von ihr zu weichen, doch sie ließ ihn nicht los. »Bitte Gott, dass er mir meine Sünden vergeben möge. Ich habe Ehebruch begangen, und seitdem treibt es mich um.« Sie blickte ihn aus stechend grünen Augen an. Warum nahm sie nicht ihre sündhaften Finger von ihm?

»Kauf einen Ablass, um dir die Zeit im Fegefeuer zu verkürzen«, presste er hervor. Warum sollte er für diese Frau beten? Er hatte andere Sorgen. Er wich zurück, zog an dem Mantelstoff und befreite ihn aus ihren dreckigen Klauen. »Und nun lass ab von mir.«

»Wie kannst du eine arme Sünderin so abspeisen?«, jammerte sie. Ihr Gesicht verzerrte sich zu einer Fratze, als sei sie direkt der Hölle entstiegen. Und dorthin würde sie wohl auch fahren.

Enderlin blickte um die Ecke und erkannte, dass die Tochter

des Apothekers das Haus verließ. Wegen dieses Weibes hätte er sie fast verpasst. Aber es war die ideale Möglichkeit, zu verschwinden. »Verzeih«, sagte er und stürmte davon.

Die Frau kreischte, als ob ihr der Teufel im Nacken säße. Sei doch still, flehte er sie in Gedanken an. Womöglich wurde die Tochter des Apothekers nun auf ihn aufmerksam, doch sie wandte sich nicht um, schlug die Kopfbedeckung der Gugel über ihr Haupt und eilte davon. Sie wich einem Fuhrwerk aus und sprang in einen Hauseingang. Für einen Sekundenbruchteil glaubte er, sie verloren zu haben, doch dann kam sie wieder hervor. Sie war schnellfüßig unterwegs, und er hatte Mühe, Schritt zu halten, ohne ihr zu nahe zu kommen. Nun würde er endlich erfahren, wo sich diese Mädchenschule befand.

Sie bog rechts ab, Richtung Weyerpforte. Der Weg war ihm vertraut, sie kamen seinem Elternhaus immer näher. War die Schule etwa so nah an seinem Haus? Doch dann bog sie wieder rechts ab in Richtung Sankt Mauritius.

Zu ihrer Rechten lagen Felder, nur wenige Menschen waren unterwegs, sodass er den Abstand zu ihr vergrößern musste. Ein Kribbeln erfasste ihn. Gott würde ihm gleich zeigen, wo die Ketzer zu finden waren, und er könnte seinem Prior Bericht erstatten.

Die Tochter des Apothekers steuerte Sankt Aposteln an. Sie waren fast im Kreis gelaufen. Warum hatte das Mädchen nicht den direkten Weg gewählt? Sie blieb stehen und blickte sich um. Enderlin verbarg sich hinter einem Mann mit wehendem Mantel, schlenderte langsam und tat, als würde er die imposanten Türme der Kirche bewundern. Er zwang sich, mehrere Augenaufschläge abzuwarten, bevor er hinter dem Mantelträger hervorlugte.

Sie war verschwunden. Sein Herz schien ins Bodenlose zu stürzen. Hatte er sie etwa verloren? War das frühe Verlassen des Klosters umsonst gewesen? Er eilte an dem Mann vorbei, konnte einer Pfütze nicht mehr ausweichen, Matsch spritzte an seine Kutte. Nur mit Mühe unterdrückte er einen gotteslästerlichen Fluch.

»Pass doch auf«, rief der Mantelträger und sah verärgert an sich hinunter.

Enderlin lief weiter, hatte keine Zeit für eine Entschuldigung. Sein Blick hetzte hin und her, betrachtete jeden Menschen, hielt nach Verstecken Ausschau. Sie war weder hinter einem Fass noch hinter einem Baum oder dem kaputten Zuber versteckt. Er eilte um einen Turm herum, und nach ein paar Schritten fand er sich auf dem Neumarkt wieder. Es stank bestialisch nach Kot und Urin. Enderlins Blick hetzte weiter. Wo war das Mädchen nur?

Viehverkäufer schafften ihre Tiere herbei. Ein Knecht trieb eine Schar Hühner in ein Gatter. Ein schwarzer Gaul wieherte laut, stieg auf die Hinterbeine und trabte quer über den Hof.

Enderlin spürte eine Hand auf der Schulter und fuhr jäh herum. Er blickte in zwei wütende Augen, die ihm Teufelsgenossen gleich Hass und Abscheu entgegensprühten.

»Was verfolgst du mich?« Die Tochter des Apothekers hatte die Gugel zurückgeschlagen, was ihre bestickte grüne Haube zum Vorschein brachte. Die braunen langen Haare hatte sie nicht zu einem ordentlichen Zopf gebunden, sondern sie lugten unten hervor. Sie hatte mehrere Male vor dem rechten Ohr, die ihm in der Apotheke nicht aufgefallen waren. Das sah verdächtig nach Hexenmalen aus.

Er wich zurück und schlug das Kreuzzeichen. HERR, behüte mich vor dem Bösen. Sie hatte ihn angefasst, mit der Hand seinen Hals gestreift. Haut auf Haut. *Manus cito nemini inposueris neque communicaveris peccatis alienis te ipsum castum custodi*, forderte die Heilige Schrift: Lege keinem schnell die Hände auf, um gemeinsame Sache mit fremden Sünden zu machen, halte dich selbst rein. Hatte sie das Unheil über ihn gebracht? Er würde sich heute Nacht selbst kasteien und um Gnade und Vergebung flehen.

»Du stehst mit dem Leibhaftigen im Bunde«, zischte er.

»Was?« Sie riss die Augen vor Erstaunen auf. »Was für ein unerhörtes Geschwätz!«

»Es stimmt doch. Dein Vater hat es mir bestätigt. Du gehst zu dieser Winkelschule.«

»Was sollte einen Mönch das interessieren?«

»Diese Schulen müssen von den Geistlichen überprüft werden.«

»Ich weiß von keiner Schule. Ich bin auf dem Weg zum Bäcker.« Sie hob den Korb hoch, der an ihrem Arm hing. Darüber war ein Tuch gespannt, sodass er den Inhalt nicht sehen konnte.

»Zeigt mir, was sich in dem Korb befindet.«

»Warum sollte ich?«, keifte sie.

»Weil ich für die Inquisition tätig bin und dich bei einem Verdacht zum Inquisitor vorladen kann.«

Er sah die Angst in ihren Augen, aber nur einen Augenaufschlag lang. Dann wurde ihr Gesicht wieder trotzig. Dieses törichte Ding! Konnte sie nicht verstehen, dass ihre Seele Schaden nehmen würde, wenn sie der Ketzerin folgte?

»Mein Vater wird das zu verhindern wissen.« Sie trat einen Schritt auf ihn zu und baute sich vor ihm auf. Sie meinte wohl, damit Eindruck zu schinden, dass sie ein paar Fingerbreit größer war als er. Dennoch trat er einen Schritt nach hinten. Dieser Hexe wollte er nicht zu nahe kommen.

»Dein Vater wird dir nicht mehr lange helfen können«, platzte es aus ihm heraus.

Ihr Blick wurde fragend. »Was meinst du damit, Pfaffe?«

Enderlin lächelte innerlich. Also hatte der Apotheker ihr nicht erzählt, dass er todkrank war. Wie konnte er diesen Wissensvorsprung für sich nutzen? Er musste es geschickt angehen. »Er hat mir von seiner Krankheit erzählt.«

»Welcher Krankheit?« Ihre Pupillen tanzten nervös hin und her wie Gaukler, die über Feuer liefen.

»Du solltest ihn selbst fragen. Aber es wäre besser für dich, wenn du dich von Ketzern fernhältst. Wer soll sonst die Apotheke deines Vaters übernehmen, wenn er nicht mehr unter den Lebenden weilt?«

»Was redest du da?« Sie fasste sich an die Brust und schreckte zurück.

»Daher musst du mir verraten, wo sich die Schule befindet, damit ich die Magistra zur Gottesfürchtigkeit anhalten kann.

Vielleicht ist die Krankheit eine Strafe Gottes, und wenn ihr gottesfürchtige Texte zum Unterrichten nehmt, lässt sich das Unheil noch abwenden.«

Sie schnappte nach Luft, öffnete den Mund und schloss ihn wieder. Unruhig blickte sie sich um, als wolle sie die Flucht ergreifen. Das musste er verhindern.

»Dein Vater hat den Blick für das Richtige verloren. Er schickt dich auf eine Schule, die nur Unheil über dein Haus bringt. Hilf mir, dies zu ändern, damit Gott euch wieder segnen kann.«

Sie trat noch weiter nach hinten, schien ihn gar nicht gehört zu haben. Er musste sie wachrütteln, doch er würde sie nicht anfassen. Er würde sich nicht mit dem Teufel verbünden, und doch musste er sie zum Reden bringen. »Sag mir«, begann er nachdrücklich, »wo ... befindet ... sich ... diese ... Schule?« Er betonte jedes einzelne Wort.

Gehetzt wie eine Verfolgte blickte sie sich um, dann machte sie auf dem Absatz kehrt. Der Zipfel ihres Mantels berührte seine Hand. Geschwind zog er sie zurück. Zu spät! Sie brannte wie Feuer. Der Teufel hatte seine Feuerpeitsche nach ihm ausgestreckt und ihn getroffen. Er musste sofort ins Kloster.

Wehmütig sah er ihr nach. Die Schule war zum Greifen nah gewesen und rückte wieder in weite Ferne. Es war zum Auswachsen.

＊＊＊

Mechthild kam in die Schulstube gestrauchelt. Endlich! Das Mädchen war viel zu spät. Doch anstatt sich auf ihren Platz zu setzen, kam sie nach vorn. Schweißperlen glänzten auf ihrer Stirn, ihre Augen sahen gehetzt aus, als sei sie dem Leibhaftigen begegnet.

»Was ist los?«, fragte Figen.

»Die Inquisition ist uns auf den Fersen.«

»Was?« Figen sprang auf. Ihr Herz galoppierte, ihre Hände begannen zu zittern.

»Ein Dominikaner ist mir gefolgt. Er wollte wissen, wo sich die Schule befindet.«

Figen ballte die Hand. »Hast du ihn abgehängt?«

Mechthild nickte. »Er ist mir nicht gefolgt. Ich war erst zu Hause und habe mich versichert, dass er sich nicht vor unserem Haus herumtreibt.«

Figen atmete tief durch. Das konnte nur Enderlin gewesen sein. Er war ihr näher gekommen, als sie gedacht hatte. Woher wusste er, dass Mechthild diese Schule besuchte? Dann würde er sicherlich bald hier auftauchen. Was sollte sie nur tun?

»Aber er hat mir noch etwas anderes erzählt.« Mechthild sah zu Boden, strich mit den Fingern über die Tischplatte. »Er hat mir erzählt, dass mein Vater mir seine Krankheit verschwiegen hat.«

Sie blickte auf, Tränen standen in ihren Augen. »Und es stimmt. Mein Vater ist krank. Er hat es mir gerade bestätigt. Er ist dünner geworden, und ich habe dem keine Beachtung geschenkt. Er verliert …« Sie wischte sich mit dem Handrücken eine Träne fort. »… Blut beim Austreten. Der Medicus sagt, dagegen sei kein Kraut gewachsen, und auch der Aderlass würde nicht mehr helfen.«

Mechthild schniefte. In ihren Augen lag die Angst, die Figen selbst einmal gespürt hatte. Den Verlust des eigenen Vaters erleben zu müssen war, als wenn jemand einem ein Stück des Herzens aus dem Körper reißen würde. Ein Teil fehlte für immer, begraben in der Erde, mit Tränen der Hoffnungslosigkeit benetzt. Ein Loch tat sich auf, in das man hineinfiel und dessen Rand man, verschwommen wie unter Dämmerschlaf, nicht mehr erkennen konnte. Unfähig, sich zu bewegen, zu atmen oder das Leben fortzusetzen – zumindest für den Augenblick.

Figen trat um den Tisch und nahm Mechthild in den Arm. »Geh zu ihm und steh ihm bei. Er braucht dich jetzt.«

Mechthilds Oberkörper bebte. Sie nickte und löste sich von ihr. »Danke«, wisperte sie, wandte sich um und verließ die Schulstube.

Figen rieb sich über die Stirn. Was sollte sie tun? Die Schule schließen, bis Enderlin sich wieder ins Kloster zurückgezogen hatte? Doch sie musste für ihre Überzeugungen einstehen. So hatte auch Seitz es ausgedrückt.

Sie sah in die erwartungsvollen Gesichter der Mädchen. Sie machte das hier für sie. Sie sollten sich von den Pfaffen nicht hintergehen und übervorteilen lassen. Sie sollten selbst ihr Leben in die Hand nehmen dürfen. Nein, Figen würde sich nicht unterkriegen lassen.

Ihr Herz blutete, als sie an Seitz dachte. So gern wollte sie zu ihm gehen und sich in seine Arme sinken lassen. Wieso hatte er sich nur, ohne ein Wort an sie zu richten, für seine Verlobte entschieden? Sie brauchte ihn doch so sehr.

***

Jonata rührte in der Suppe. Elisabeth war zum Rhein aufgebrochen, um die Wäsche auszuwaschen. Eine Arbeit, die früher die jüngeren Mägde übernommen hatten. Der Gedanke, dass sie ihre Ziehmutter bald verlassen musste, gab ihr einen Stich ins Herz. Am liebsten hätte Jonata sie mit nach Wittenberg genommen, doch Elisabeth hatte diesen Vorschlag zunichtegeredet.

Die Hintertür ging auf, und Figen kam herein. Was machte sie zu dieser Stunde hier? Hatte sie ihre Schülerinnen sich selbst überlassen? Sie ließ die Schultern hängen und verzog das Gesicht, als hätte der Tod ihr das Liebste der Welt genommen. Sie ließ sich auf einen Schemel sinken und nahm ihre Haube vom Kopf. Sie löste die Schnürung und strich die pechschwarzen Haare über ihre Schultern. »Ich brauche deinen Rat«, sagte sie.

Jonata zog an der Kette und hängte den Topf ein paar Zähne höher. »Was ist los?«

»Enderlin ist einer meiner Schülerinnen gefolgt und hat sich nach der Schule erkundigt.«

Jonatas Herz zog sich zusammen. Wieso konnte ihr Bruder keine Ruhe geben? »Ist er ihr bis hierher gefolgt?«

Figen schüttelte den Kopf.

Jonata schnaubte zornig. Ihr Bruder war gewitzt. »Wahrscheinlich wird es nicht mehr lange dauern, bis er hier vor der Tür steht.«

»Aber was soll ich tun? Ich kann die Mädchen doch nicht nach Hause schicken. Sie haben bezahlt und sind so voller Hoffnung ...«

Sie konnten Enderlin nicht ihr Leben zerstören lassen. Erst war er eine Gefahr für das Haus gewesen und nun auch für die Schule. Jonata verabscheute ihn. Wo war der Junge geblieben, mit dem sie früher im Hinterhof Fangen gespielt hatte? Wo war der Mönch, der christliche Milde walten ließ? »Wir müssen ihm das Handwerk legen«, dachte sie laut. Nur wie?

»Wir? Ihm?«, fragte Figen überrascht. »Was hast du vor?«

Das wusste Jonata noch nicht. »Irgendwas muss passieren, damit der Prior ihn unter Beobachtung hält und nicht mehr aus dem Kloster lässt.« Eventuell eine Liebschaft mit einem Weibe. Nur wie sollten sie das anstellen? Enderlin würde sich nicht auf eine Frau einlassen.

Möglicherweise reichte es, wenn man ihn zusammen mit einer anzüglich gekleideten Frau sah. Doch wer würde das übernehmen? Sofort fiel ihr Brid ein. Sie hatte sich auf der damaligen Reise nach Wittenberg den Männern leichtfertig hingegeben. Aber sie würde ihnen nur helfen, wenn sie selbst Nutzen davontrug. Und dafür brauchten sie Geld, was sie nicht hatten.

Möglicherweise genügte auch ein Brief an den Prior. Ein Gedanke durchzuckte ihren Kopf: Simons Mutter. Ein Mann hatte ihr damals die Ehe versprochen und ein Kind in den Leib gepflanzt, sie anschließend verlassen und war ins Kloster eingetreten. Konnte Jonata diese Geschichte verwenden?

»Wir könnten einen Brief schreiben«, sagte sie. »Wir geben uns als eine arme Magd aus und klagen Enderlin der Unzucht an. Sagen, dass wir sein Kind im Leib tragen.«

»Du willst dich vor Gott versündigen?«, fragte Figen mehr überrascht als empört.

Nein. Das wollte sie nicht. Aber gab es einen anderen Weg? Wenn Figen die Schülerinnen nach Hause schickte, hatte Enderlin gewonnen. »Wie wäre es mit einem anderen Ort für deine Schule?«, gab sie zu bedenken.

Figen lächelte traurig. »Aber wo?«

»Was ist mit der Scheune bei den Rosenbergs? Sie sind der Lehre Luthers doch wohlgesonnen. Und Seitz –«

»… ist verlobt«, platzte es aus Figen heraus, und jäh wurden ihre Augen noch trauriger.

»Aber ich dachte …« Jonata sah zu Boden. Ja, was hatte sie sich gedacht? Das Glück, dass sie den Mann ihres Herzens hatte heiraten können, stand den wenigsten Frauen offen. Und selbst sie hatte sich diese Verbindung teuer erkauft. Sie hatte aus Köln fliehen und ihre Familie verlassen müssen. Und ihr Vater war daran zerbrochen und nun aus der Welt gerissen. Der Gedanke an ihn ließ ihr Herz schwer werden.

Sie sah die niedergeschlagene Figen an. Ihr Vater war im Jenseits. Ihre Freundin stand vor ihr und brauchte ihre Hilfe. Jonata musste sich um sie kümmern und durfte nicht im Selbstmitleid versinken. »Aber bestimmt hilft er dir trotzdem.«

Figen zuckte wortlos mit den Schultern, schien nicht zufrieden mit diesem Vorschlag.

»Vielleicht fällt uns auch noch eine andere Möglichkeit ein.« Sie fasste nach Figens Händen. »Verzage nicht. Geh zurück in die Schule, und ich überlege mir etwas. Heute Abend besprechen wir, was wir tun werden.«

Figen nickte und erhob sich. Dann schlang sie die Arme um Jonata und drückte sie fest an sich. »Ich bin so froh, dass du hier bist. Müsstest du doch nicht bald wieder fortziehen.«

»Auch ich will euch nicht verlassen, aber ich kann nicht bleiben.«

Sie hielten einander wie zwei Ertrinkende, die sich krampfhaft an den Halm der letzten Rettung klammerten.

***

Vana locuti sunt unusquisque ad proximum suum; labia dolosa, in corde et corde locuti sunt. – Ein jeder spricht eitel, um seinen

Nächsten zu betrügen; ihre Lippen sind Betrug, da ein jeder ein doppeltes Herz hat.

Enderlin rieb sich über die Stirn. Er konnte sich kaum auf die Worte der Heiligen Schrift konzentrieren. Die Buchstaben tanzten vor seinen Augen wie eine Vogelschar in der Höhe. Das Gesicht von Geppingers Tochter tauchte immer wieder vor ihm auf. Diese Hexe! Die Male hatten sie entlarvt, bevor es ihr Verhalten bestätigt hatte.

Wie sollte er nun diese Schule finden? Sollte er dem Mädchen noch mal folgen? Doch sie war misstrauisch geworden, würde immer wieder den Blick über die Schulter lenken, seiner sofort gewahr werden, wenn er sich an ihre Fersen heftete. Enderlin sah an sich herab. Sollte er sich in die Kleidung eines Knechts zwängen? Er schüttelte sich, er konnte doch die Mönchskutte nicht ablegen. Sein Prior würde das ohnehin nicht dulden.

Disperdat Dominus universa labia dolosa, et linguam magniloquam. – Der HERR vertilge diese trügerischen Lippen und großsprecherischen Zungen.

Wer mochte ihm wohl die Wahrheit sagen? Vielleicht konnte die Magd Geppingers ihm Auskunft geben. Er lächelte innerlich. Man brauchte nur die Eingebung Gottes, die einem den Weg wies.

Bruder Fritz kam durch den Kreuzgarten herbeigeeilt. »Jemand fragt an der Pforte nach dir.«

»Wer?« Wie ungewöhnlich, dass Fritz ihn bei der Schriftlesung störte.

»Von Blankenberg. Ich habe ihn fortschicken wollen, doch er poltert ohne Unterlass gegen die Pforte.«

»Der Fassbinder?«, fragte Enderlin.

Fritz zuckte mit den Schultern.

Er musste ein alter Geschäftspartner seines Vaters sein. Aber was wollte er von ihm? Enderlin klappte das Buch zu und erhob sich. Der Stoff kratzte über die Striemen an seinem Rücken, und Enderlin unterdrückte einen Aufschrei. Er hatte sich gestern Nacht gegeißelt, um sich von den Verführungen dieser Hexe

Geppingers loszusagen. Nun fühlte er sich befreit und leicht. Die Schmerzen würden vergehen.

Er folgte Fritz zur Pforte. Schon von Weitem hörte er das aufgeregte Klopfen und die Rufe. Das konnte nichts Gutes bedeuten.

»Wo bleibt Ihr Pfaffensäcke?«, rief der Fassbinder.

Und für so einen hatte Fritz ihn geholt? Er hätte sich lieber Knechte dazuholen und den Schreihals verscheuchen sollen. Enderlin warf Fritz einen vernichtenden Blick zu, doch der zuckte wieder nur mit den Schultern.

Neben der Pforte stand der Schemel nah an der Mauer, ein Buch lag daneben auf dem erdigen Boden. Eine Schande für so ein kostbares Stück. Enderlin schätzte, dass Fritz über der Lektüre mal wieder eingeschlafen war.

Fritz entriegelte die Pforte und zog sie auf. Mit seiner zierlichen Gestalt musste er viel Kraft aufwenden und lehnte sich mit seinem Körper dagegen. Diese Tür war ein Schutz gegen die Widrigkeiten der Außenwelt, ein Bollwerk gegen alle Teufelsgenossen. Doch nun stand ein Geselle des Leibhaftigen direkt davor und wollte ausgerechnet ihn sprechen.

Der Fassbinder war alt geworden, hatte seine letzten Haare eingebüßt, seine Haut war wettergegerbt und faltig, und unter den Augen lagen dunkle Ringe. »Na endlich«, keifte er.

»Was wollt Ihr?«, fragte Enderlin.

»Man sagte mir, Ihr seid der Erbe des Hauses an der Hopfenschenke.«

Enderlin schluckte trocken. Worauf wollte dieser Schreihals hinaus? »Das ist richtig.«

»Also seid Ihr der Erbe von Bechtolt?«

Enderlins Hand verkrampfte sich, er ahnte, dass dies keine Frage war, die er bestätigen sollte. Doch konnte er es bestreiten? Du sollst nicht falsch Zeugnis reden wider deinen Nächsten. Er würde das achte Gebot nicht für diesen Kerl missachten. Außerdem schien er bereits Bescheid zu wissen. Also nickte Enderlin.

»Wunderbar«, zischte er, wobei ein paar Speicheltropfen Enderlin an den Wangen trafen. Angewidert wischte er sie mit dem Ärmel fort. »Bechtolt schuldete mir noch Geld. Einen Gulden und fünf Schillinge, um genau zu sein. Für so einen Betrag muss ich mich lange krummmachen. Ich bin hier, um es einzufordern. Ich brauche es, um mein Fuhrwerk reparieren zu lassen.«

»Was?« Enderlin verschluckte sich an seiner eigenen Spucke und musste husten. Was fiel dem Galgenschwengel ein?

»Ihr habt recht gehört. Ich will es zurück. Sofort!« Seine Augen glühten, und er kam einen Schritt auf ihn zu.

Enderlin wich zurück. Es wäre besser gewesen, wenn sie die Pforte niemals geöffnet hätten. Irgendwann hätte von Blankenberg das Klopfen aufgegeben. »Ich weiß nichts davon.«

»Dann solltet Ihr in den Büchern Eures Vaters nachsehen. Dort hat er es vermerkt. Er hat das Kerbholz verschmäht, aber auf Papier hat er sich alles notiert.«

»Das Haus ist verkauft. Ich habe keinen Zugriff mehr auf die Bücher«, gab er zurück.

Die Augen des Fassbinders leuchteten auf. »Umso besser. Dann habt Ihr genug Geld, um mich auszuzahlen. Also her damit.«

Enderlin schluckte, merkte erst jetzt, dass er einen Fehler begangen hatte. »Das Geld gehört nicht mir. Als Geistlicher darf ich keinen Besitz haben. Es ist des Klosters, und auch darauf habe ich keinen Zugriff.«

»Dann bittet Euren Bursarius.«

»Nur der Prior kann dem Bursarius Anweisungen geben.«

»Dann geht in Gottes Namen zum Prior«, schrie der Fassbinder und hob drohend die Hand. »Aber kommt mir nicht ohne Münzen wieder.«

Enderlin trat zurück und drückte die schwere Tür zu. Keuchend lehnte er sich dagegen und verschnaufte einen Moment. Dann öffnete er die Guckluke. »Ich kann Euch nicht helfen. Vom Kloster werdet Ihr kein Geld erhalten.« Geschwind zog er das Schiebeholz zurück und hakte die Verankerung ein.

Der Fassbinder polterte gegen die Pforte. »Ihr hinterhältiger Hundsfott! Ihr könnt Euch doch nicht einfach verdrücken.«

Oh doch, er konnte und er würde. Wer hatte dem Fassbinder nur erzählt, dass er das Haus geerbt hatte? Das konnten nur Margret oder ihre Mägde gewesen sein. Diese Weiber! Sie würden bald ihre gerechte Strafe bekommen, wenn sie aus dem Haus gejagt wurden. Oder hatte Sebalt sie schon auf die Straße geschickt? Er musste lächeln. Alles schien sich zu fügen.

Der Fassbinder polterte weiter gegen die Tür. Es hörte sich so an, als würde er nicht nur dagegenschlagen, sondern auch seine Füße benutzen. »Bekackter! Du elender Galgenschwengel«, brüllte Blankenberg. »Hurenknecht!«

Enderlin hatte genug gehört, das musste er sich nicht mehr antun, und eilte davon.

»Was soll ich tun?«, rief Fritz ihm hinterher.

Enderlin drehte sich im Laufen um, wobei ihm ein Schmerz durch den Rücken fuhr. »Nichts. Irgendwann wird er aufgeben.«

Er lief zurück in den Kreuzgarten und schlug das Buch auf. Er widmete sich wieder seiner Lektüre, doch auch diesmal konnte er sich nicht auf die Worte konzentrieren. Sie zogen an ihm vorbei wie Wolken im Wind. Diesmal ging ihm der Fassbinder nicht mehr aus dem Kopf. Immer wieder kochte Wut in ihm hoch. Was fiel den Weibern ein, dem Kerl zu verraten, dass er das Erbe seines Vaters angetreten hatte!

Er klappte das Buch wieder zu und begab sich zur Kapelle. Er brauchte göttliche Unterstützung – jetzt mehr denn je. Doch so weit kam er nicht. Schon wieder kam Fritz herbeigeeilt.

»Was soll ich schon ausrichten?«, rief Enderlin ihm zu. »Hol dir die Knechte aus der Brauerei oder den Ställen zu Hilfe.«

»Der Kerl ist verschwunden«, sagte Bruder Fritz atemlos.

»Was belästigst du mich dann schon wieder?« Verweilte er mal einen Tag im Kloster, ließ man ihm keine Zeit für sein Studium oder Gebete.

»Nun wünscht dich ein anderer zu sprechen.« Fritz verzog unwillig das Gesicht.

»Wer?«

»Sebalt Magnus.«

Enderlins Laune hob sich schlagartig. Sicherlich wollte der

Brauerssohn seine ersten Schulden begleichen. Er nickte und begleitete Fritz abermals zur Pforte. Das nächste Mal würde Enderlin den Torhüter anweisen, die Münzen entgegenzunehmen und dem Bursarius zu geben.

Als Enderlin dem Prior die Botschaft überbracht hatte, dass er das Haus verkauft habe und das Geld in Raten an das Kloster gehen würde, hatte dieser zufrieden gelächelt. Die Zeiten, in denen Enderlin Böden und Latrinen säubern musste, waren vorbei. Zudem hatte er dem Prior versichert, dass er der Mädchenschule nahe gekommen war und ihm bald offenbaren könnte, wo sie sich befand.

Hoffentlich entsprach dies der Wahrheit. Doch mit Gottes Beistand konnte ihm das gelingen, und dazu würde er auch herausfinden, wo sich Jonata befand. Wenn Margret und die Mägde kein Haus mehr hatten und das Leid sie erdrückte, würden sie reden.

Als Enderlin abermals das Holztor öffnete, erschrak er. Sebalts Augen blickten ihn genauso feindselig an wie die des Fassbinders. Was war bloß geschehen? »Seid Ihr hier, um mir die erste Zahlung zu bringen?«, fragte er vorsichtig.

»Ihr seid des Teufels!« Sebalt machte einen Satz auf ihn zu und packte ihn am Kragen. Er drückte ihn gegen die geschlossene Seite der Flügeltür und presste ihn unsanft gegen das Holz.

Enderlins Rücken brannte wie Feuer, der Stoff seiner Kutte fraß sich in die Wunden. Er schloss die Augen und biss die Zähne zusammen, um die Schmerzen nicht hinauszuschreien. »Was fällt Euch ein? Lasst ab von mir«, keuchte er.

»Ihr habt mich betrogen.«

»Was habe ich?« Er verstand nicht, was Sebalt ihm sagen wollte, seine Gedanken waren von der Pein benebelt. Er öffnete die Lider und sah die glühenden Augen vor sich. Die Narbenfratze drückte ihn mit neuer Kraft gegen das Holz. Ein Stöhnen entfuhr Enderlin. »Ich ... habe ... Euch ... nicht ... betrogen«, presste er hervor.

»Ihr habt einen Schuldigen gesucht und wollt es mir in die Schuhe schieben.«

»Wovon redet Ihr?«

»Jetzt spielt nicht das Unschuldslamm.«

»Ihr müsst mir … schon sagen … was Ihr mir … zur Last legt«, keuchte er.

»Der Gewaltrichter war da und hat mir unendlich viele Fragen gestellt. Er glaubt, ich hätte Euren Vater auf dem Gewissen, weil ich das Haus gekauft habe.«

»Was?« Seine Schmerzen waren mit einem Mal vergessen. Hatte er das Haus an einen Mörder verkauft?

»Ich muss zum Verhör. Wisst Ihr, was das bedeutet?«

Das wusste er nur zu gut. Vielleicht würde es zur peinlichen Befragung kommen. Spätestens dann würde Sebalt die Wahrheit ausspucken.

»Und alles nur, weil Ihr mir das Haus verkauft habt. Nur deswegen ist der Gewaltrichter auf die Idee gekommen, mich zu beschuldigen. Oder habt Ihr ihn etwa auf mich angesetzt?« Sebalt drückte noch kräftiger.

Feuerblitze zogen vom Rücken durch Enderlins ganzen Körper, und er schrie auf. Sebalt ließ ihn los. Endlich schwächte die Pein ab.

»Was ist mit Euch? Habt Ihr Schmerzen?«, fragte der Brauerssohn.

»Wenn Ihr mich so grob gegen das Holz presst.« Enderlin rieb sich über den Nacken. Sebalt blieb so nah vor ihm stehen, dass er ihm nicht entkommen konnte. »Ich habe den Gewaltrichter nicht auf Euch angesetzt, ich wollte Euch nur Gutes. Und wieso sollte ich das auch tun? Auch ich hätte einen Nachteil, wenn man Euch in den Turm sperrt. Von wem würde ich dann mein Geld bekommen? Sicherlich nicht von Eurem Vater.«

»Vielleicht wolltet Ihr es gar nicht verkaufen und wart nur darauf aus, mich dem Scharfrichter auszuliefern«, zischte Sebalt.

»Warum sollte ich das tun?«

»Weil ich Euch nicht geholfen habe, Eure Schwester zu suchen, damit Ihr Euch an ihr rächen könnt.«

Enderlin lachte auf. »Ihr glaubt, ich sei auf Euch angewiesen. Außerdem verkennt Ihr mich. Ich bin ein Mönch und nicht auf Rache aus.«

»Und warum sucht Ihr dann nach Jonata?« Sebalts Stirn kräuselte sich.

»Weil sie eine Ketzerin ist und die gerechte Strafe verdient hat. Das hat nichts mit Rache zu tun.«

Sebalt schien zu überlegen und wich dabei einen Schritt zurück. Enderlin konnte endlich wieder richtig durchatmen.

»Ich kann zum Gewaltrichter gehen und ihm versichern, dass ich Euch das Haus nach dem Ableben meines Vaters angeboten habe und dass Ihr sogar überlegt habt, mein Angebot abzulehnen.«

»Das wäre hilfreich. Und überzeugt ihn davon, dass es nun mein Haus ist.«

»Warum sollte es das nicht sein?«

»Der Gewaltrichter hat mir verordnet, das Haus nicht zu betreten, solange der Mörder Eures Vaters nicht gefunden wurde.«

»Wie kann er das?« Enderlin zupfte an seiner Kutte, sodass der Stoff nicht mehr an seinem Rücken kratzte, doch das Brennen auf seiner Haut nahm nicht ab.

»Er hat mir deutlich gemacht, dass er mich direkt zur peinlichen Befragung bestellt, wenn ich nicht Folge leiste.«

Wieso hielt der Gewaltrichter Sebalt für verdächtig? Nur wegen des Hauses, oder gab es andere stichhaltige Hinweise? Das musste er in Erfahrung bringen, bevor er Sebalt entlastete.

»Und Ihr solltet mal im Haus Eures Vaters nach dem Rechten sehen.«

»Wieso?«

Die Miene von Sebalt änderte sich schlagartig, er lächelte verschmitzt. »Wenn ich Euch das jetzt sage, erwarte ich, dass Ihr den Gewaltrichter von meiner Unschuld überzeugt.«

»Was ist es?«

»Versprecht es zuerst.«

Sollte er etwas versprechen, das er womöglich nicht halten

konnte? Und doch konnte er dem Gewaltrichter die Wahrheit erzählen und berichten, dass es seine Idee gewesen war, das Haus an Sebalt zu verkaufen. Der Richter würde seine eigenen Schlüsse daraus ziehen. Er nickte. »Also gut. Ich verspreche es.«

»Gut. Denn das dürfte Euch interessieren.« Sein Lächeln wurde breiter. »Die ehemalige Schenke. Ich habe gesehen, dass dort drin erstaunlich viele Mädchen verschwinden.« Er zwinkerte ihm zu. »Und als ich näher kam, habe ich gehört, dass sie die Heilige Schrift lesen. Auf Deutsch. Das dürfte Eurem Prior nicht gefallen.«

Enderlins Herz machte einen Freudensprung. Das konnte nur die Mädchenschule sein. Wie hatte er so blind sein können? Sie war direkt vor seiner Nase gewesen, und er hatte sie nicht gesehen. In seinem eigenen Haus!

Nun musste er auch lächeln. »Habt Dank. Und Ihr könnt Euch auf ein gutes Wort von mir beim Gewaltrichter verlassen.« Er hatte doch gewusst, dass Gott ihm helfen würde, die Schule zu finden. Und nun hatte der HERR ihm den Boten direkt zum Kloster geschickt. Bald würde er sich die Gunst des Priors vollends zurückgeholt haben.

Enderlin klopfte an die Pforte des Priorhauses. Bruder Walter öffnete ihm und sah ihn fragend an.

»Ich möchte zum Prior.«

Bruder Walter schüttelte den Kopf und wies mit dem Finger auf ein Gebäude hinter Enderlin. »Schule?«

Erneutes Kopfschütteln. Walter tippte Zeigefinger und Daumen zusammen und machte mit der Hand Bewegungen, als würde er schreiben.

»Skriptorium?«

Bruder Walter nickte und lächelte.

Enderlin bedankte sich mit einem Handzeichen. Er bewunderte, dass Walter sich jederzeit an das Schweigegebot hielt. Oder hatte ihn die Stimme gar verlassen? Er hatte den jungen Bruder noch nie reden hören.

Enderlin lief zum Skriptorium. Jakob Hochstraten stand hinter Melchior und lugte über dessen Schulter. Der Skriptor ließ eine Feder über das Papier kratzen. Beide blickten auf, als Enderlin den Raum betrat. Es roch nach Wachskerzen und Büchern. Melchior hatte drei Kerzen entzündet, obwohl sein Schreibpult neben dem Fenster platziert war. Diese Verschwendung. »Ich muss Euch sprechen«, sagte Enderlin zum Prior.

»Wir gehen gerade die Einnahmen des Klosters durch.« Er senkte wieder den Kopf und blickte auf das Buch.

»Ich weiß, wo sich die Mädchenschule befindet.«

Der Prior hob den Kopf, seine Augen leuchteten auf, und er trat hinter dem Pult hervor. »Komm.« Er legte Enderlin eine Hand auf die Schulter und drehte ihn Richtung Tür. Er bekam noch mit, wie Melchior ihm einen vernichtenden Blick zuwarf, aber es gab wichtigere Dinge als die Einnahmen des Klosters.

»Wo ist sie?«, fragte der Prior, als sie das Skriptorium verlassen hatten.

»Sie hat sich im Haus meines Vaters eingenistet. Genauer gesagt in der dortigen Schenke. So zumindest hat es mir der Käufer meines Hauses berichtet.« Dass Sebalt vom Gewaltrichter des Mordes an seinem Vater verdächtigt wurde, musste er dem Prior nicht unbedingt erzählen.

Der Prior hob die Brauen. »Deine Familie ist daran beteiligt?«

Enderlin straffte die Schultern. »Meine Familie sind die Klosterbrüder. Und von meiner leiblichen Familie ist keiner mehr übrig. Das zweite Eheweib meines Vaters und ihre Mägde wohnen nur noch in dem Haus.«

»Hast du nicht noch einen Bruder?«

»Ja. Einen Halbbruder und Bastard. Gott hat ihn mit einem einfältigen Verstand gestraft.«

Der Prior nickte wissend. »Dann hat Gott recht getan, indem ich dir diese Aufgabe übertragen habe. Nur du konntest die Schule so schnell ausfindig machen.«

»Wie soll ich nun vorgehen?«

»Du wirst dorthin gehen und dich überzeugen, dass der

Käufer die Wahrheit spricht. Finde heraus, wer der Magister ist.«

»Es soll eine Magistra sein.«

Das Gesicht des Priors verfinsterte sich. »Das ist Blasphemie!« Er rieb sich über das Grübchen im Kinn und verzog nachdenklich seine Stirn. »Ich werde mit dem Erzbischof reden.«

Enderlin verstand nicht recht. »Aber weshalb? Sollte diese Winkelschule nicht so schnell wie möglich geschlossen werden?«

Der Prior nickte. »Besser gestern als heute, aber Hermann von Wied möchte ein neues Gesetz verkünden.«

»Was für ein Gesetz?«

»Er will das Lesen und Verbreiten der Schriften Martin Luthers verbieten. Irrgläubige sollen verhaftet oder ausgewiesen werden. Vielleicht möchte er den Erlass abwarten und dann ein Exempel an der Ketzerin statuieren.«

Enderlin musste lächeln. Die gerechte Strafe für diese Sünderin.

»Geh und kundschafte diese Schule aus. Nach der Vesper erwarte ich dich im Priorhaus.«

Enderlin nickte. Er war gespannt darauf, wer sich hinter der Ketzerin verbarg.

KAPITEL 17

Enderlin warf einen Blick in den Hof. Elisabeth hängte Wäsche an die Leine, die zwischen Haus und Apfelbaum gespannt war. Er wartete ab, bis sie fertig war, und betete in Gedanken zwei Paternoster, bis er sich in den Hof wagte. Es war ruhig, aber die Tür zur Küche war nur angelehnt. Würde Elisabeth jeden Moment wieder herauskommen? Sie durfte ihn nicht entdecken.

Hinter ihm quietschte eine Tür, und er fuhr herum. Hatte das geheime Auskundschaften ein jähes Ende genommen? Doch es war nur Pauli. Der Kater rannte fauchend an ihm vorbei und verschwand in der Küche. Die Stalltür prallte gegen die Wand. Dieses Mistvieh! Geschwind schlich Enderlin weiter zur Schenke.

Die Hintertür war ebenfalls nur angelehnt. Was für ein Segen! Fünf Ellen neben der Tür standen zwei alte Bierfässer – ein wunderbares Versteck, wenn er sich verbergen musste. Er presste sich an die Hauswand und lugte durch den Türspalt hindurch. Er sah nur die Wand im Inneren, doch er hörte ein Kratzen, ein Husten und ein Schaben, als führe jemand mit dem Holzschuh über den Boden. Sollte er die Tür weiter öffnen, um hineinspähen zu können?

»Dorell, deine Hand muss ruhiger werden. Der Buchstabe ist kaum zu erkennen«, sagte eine Frauenstimme, dann ertönten Schritte.

Enderlins Herz pochte. Es war Figens Stimme. Im nächsten Moment kam sie in sein Blickfeld. Er wich zurück und presste sich an die Wand, um nicht von ihr gesehen zu werden.

Er hatte sie tatsächlich gefunden – die Schule. Hatte er es doch geahnt, dass Figen ihn belog. Sie hatte ja auch ein Teufelsmal auf der Nase. Er hätte wissen können, dass sie des Teufels Gespielin war. Wieso hatte er nicht schon früher nach dem Rechten gesehen? Seine Gedanken waren vom Verkauf des

Hauses vernebelt gewesen, sodass die Ketzerin vor seiner Nase schalten und walten konnte, wie es ihr beliebte. Damit war nun Schluss!

»Zum Abschluss lesen wir noch einmal den Text. Wer möchte es versuchen?«, fragte Figen.

Das Wort »Abschluss« machte ihm deutlich, dass er verschwinden sollte, doch er musste unbedingt hören, welche Art Text sie für den Unterricht verwendete.

»Ja, Mechthild. Komm nach vorne und lies uns vor.«

Enderlin wagte sich ein Stück vor und öffnete die Tür noch etwas weiter, um das Mädchen zu sehen, das vortrat und sich an das Pult setzte. Es war die Tochter des Apothekers. Diese Hexe! Dieses Haus brachte bloß teuflische Weiber hervor. Es war gut, dass es bald in fremden Besitz kam.

Mechthild beugte sich über das Buch. »Zu … der Zeit … kam … Johannes … der Täufer«, begann sie stotternd. Sie hatte Mühe, die Worte zu formen. Kein Wunder. Frauen waren nicht dafür geschaffen, die Schrift zu lesen. »Und … predigte in … der Wüste … von Jud… Jud… Judäa.«

Doch eins war unverkennbar. Es war die Bibel auf Deutsch. Genauer gesagt: das Matthäusevangelium. Ketzerei! Jonata hatte Figen bestimmt mit diesen häretischen Gedanken angesteckt. Er war sich sicher, dass sie genau wusste, wo sich seine Schwester versteckte. Wenn Figen vor dem Inquisitionsgericht stand, würde sie es schon verraten.

Er lächelte. Irgendwann würde er wieder Subprior sein und die Geschicke des Klosters mit lenken können.

Die Tür sprang auf, und er schreckte zurück. Figen war herausgestürmt und sah ihn mit weit aufgerissenen Augen an. Bei allen Heiligen und der Jungfrau Maria! Er war in seine Gedanken versunken gewesen und hatte nicht mehr zugehört, was sich in der Schule abspielte.

Nun hatte er die Gelegenheit vertan, in ein paar Tagen überraschend mit den Bütteln zurückzukommen. Doch er hatte die Ketzerin auf frischer Tat ertappt. Sie würde der gerechten Strafe nicht mehr entgehen können.

»Ketzerin! Dafür wirst du in der Hölle schmoren«, zischte er, sprang auf und lief davon. Er wagte noch einen Blick über die Schulter. Figen war wie versteinert, rührte sich nicht von der Stelle und starrte ihm mit schreckgeweiteten Augen nach.

❋❋❋

Figens Glieder fühlten sich an, als seien sie zu Eis gefroren. Wie hatte Enderlin so schnell der Schule auf die Schliche kommen können?

Seine Worte klangen in Figens Ohren nach. »Ketzerin! Dafür wirst du in der Hölle schmoren.« Ihr Atem ging schnell und heftig. Was hatte das zu bedeuten? Würde sie auf dem Scheiterhaufen landen? Nein, sie konnte immer noch widerrufen.

Aber Seitz konnte das nicht. Er war bereits als Ketzer an den Pranger gestellt und aus der Stadt getrieben worden. Wenn er noch mal der Ketzerei beschuldigt werden würde, drohte ihm die Hinrichtung. Ob mit einer anderen verlobt oder nicht, sie musste ihn warnen.

Geschwind ging sie zur Latrine – der Grund, warum sie so eilig aus der Schulstube gestürmt war. Ansonsten hätte sie Enderlin wohl nicht bemerkt, und er wäre verschwunden. Sie dankte Gott für diese glückliche Fügung.

Als sie zurückkehrte, hatten ihre Zöglinge die Schulstube verlassen. Das Neue Testament Luthers lag auf dem Pult. Sie nahm es und brachte es in ihre Kammer. Ihre Gedanken überschlugen sich. Waren die Mädchen womöglich auch in Gefahr? Und wenn Figen ihre Zöglinge nicht mehr unterrichtete, würden sie das Lesen woanders erlernen? Sie waren noch nicht so weit, um entlassen zu werden.

Schon wieder machte ein Geistlicher Figen das Leben schwer. Sollten sie nicht den Menschen helfen und Hoffnung bringen, anstatt sie im Unwissenden zu lassen, ihnen zu drohen und sie zu verfolgen?

»Wo willst du hin?«, fragte Jonata.

Figen wandte sich um, hatte nicht gemerkt, dass ihre Freundin aus der Kammer getreten war. »Enderlin hat mir vor der Schule aufgelauert.«

»Jetzt schon?« Jonata riss die Augen auf.

Figen nickte. Ihr Herz pochte wild. »Seitz ist in Gefahr. Ich muss zu ihm.«

Jonata sah genauso erschreckt aus, wie Figen sich fühlte. Doch sie konnte jetzt nicht mit ihr reden, sondern musste so schnell wie möglich los.

Eilig lief sie durch die Gassen, beachtete weder den Karrenknecht, der sie beschimpfte, weil sie nicht schnell genug zur Seite gesprungen war, noch das Bettelweib, das ihr die dreckige Hand entgegenstreckte. Hoffentlich war Seitz zu Hause und sie wurde nicht schon wieder von dem Vater empfangen.

Energisch betätigte sie den Türklopfer. Das Eisenteil, das mit mehreren Nieten am Türblatt angebracht war, hatte die Form eines Kreuzes. Das war ihr noch nie aufgefallen. Sie flehte innerlich, dass dieses Zeichen Gott dazu bewegte, das Haus und alle Bewohner zu bewachen.

Frau von Rosenberg öffnete die Tür. Sie trug eine schmutzige Schürze und brachte den Geruch aus der Küche mit.

»Ich muss mit Seitz sprechen«, sagte Figen bestimmt.

»Geht es um die Versammlung oder um etwas anderes?« Frau von Rosenberg zwang sich zu einem Lächeln, doch es kam kein Zwinkern, keine neckische Bemerkung. Figen spürte, dass etwas zwischen ihnen stand. Die Verlobte. Seitz schien sich also entschieden zu haben. Figens Herz wurde schwer. Sie hätte ihn gebraucht, seinen Rat, seine Unterstützung, seine Aufmunterung.

»Seitz ist in Gefahr. Enderlin war bei uns. Der Mönch. Jonatas Bruder. Er weiß von meiner Schule. Er ist für die Inquisition tätig«, platzte es aus ihr heraus.

Das Gesicht von Katharina von Rosenberg verdüsterte sich. »Er ist die rechte Hand des Inquisitors«, wisperte sie.

»Er hatte mich bereits nach Seitz gefragt. Er glaubt, dass er etwas mit der Schule zu tun hat. Wenn er noch mal der Ketzerei verdächtigt wird ...«

Frau von Rosenberg atmete tief ein. »Ich danke dir. Ich werde mit meinem Sohn beratschlagen, was zu tun ist.«

Figen schnappte nach Luft. Sie wollte ihn noch einmal sehen, und nun wurde sie an der Tür abgespeist wie eine Bittstellerin. »Ich würde gerne selbst mit ihm sprechen.«

Frau von Rosenberg wirkte traurig. »Das ist leider nicht möglich.«

Schritte polterten auf der Treppe. »Wer ist da, Mutter?«

Figens Herz machte einen Satz. Seitz tauchte hinter seiner Mutter auf und schob sich an ihr vorbei. Er lächelte, als er Figen erblickte, seine Augen leuchteten. Er schien sich zu freuen, sie zu sehen, und griff nach ihren Händen. »Endlich! Ich dachte schon, du kommst gar nicht mehr.«

Ihre Haut kribbelte, doch sie zog die Hände zurück. Wieso musste er sie so quälen? Er musste doch ahnen, was sie für ihn empfand. Der Kuss, die Annäherungen … Und nun war alles vorbei. Wieso tat er dann immer noch so vertraut?

»Dein Vater hat mir gesagt … Also ich dachte …« Sie blickte zwischen Seitz und seiner Mutter hin und her, wusste nicht, wie sie es ausdrücken sollte.

»Was hat er dir gesagt?«, fragte Seitz und zog die Stirn in Falten.

»Wir sollten reingehen«, ging Frau von Rosenberg dazwischen und wollte ihren Sohn nach drinnen drängen, doch er schob ihre Hand weg.

»Na, dass du bei deiner Verlobten warst«, sagte Figen.

Verwirrt sah er sie an. »Was? Ich dachte, du hättest meinem Vater gesagt, dass ich dich vorerst nicht besuchen soll.«

Fragend sah sie Frau von Rosenberg an. Die verdrehte die Augen und hob die Schultern. »Ihr habt es herausgefunden. Nun gut. Aber kommt in Gottes Namen herein. Seitz, du schwebst in Gefahr.«

»Was?« Seitz wich zurück und sah seine Mutter wütend an. »Was habt ihr getan?«

Frau von Rosenberg winkte sie herein. »Du kennst doch deinen Vater. Und nun komm endlich rein.«

»Mutter, wie konntet ihr nur?«, fuhr Seitz sie an und baute sich vor ihr auf.

Sie zuckte mit den Schultern. »Es war die Idee deines Vaters, euch etwas vorzumachen. Er will, dass du dich an die Verlobung hältst.«

Seitz schloss die Tür hinter ihnen. »Das gibt euch noch lange nicht das Recht, mich anzulügen.«

Sie nickte betreten. »Es tut mir so leid. Ich habe deinen Vater nicht überzeugt bekommen und musste ihm versprechen, nichts zu verraten.«

Seine Augen blitzten zornig auf. »Mutter, ich kann es einfach nicht fassen! Ich hatte immer geglaubt, auf dich könnte ich mich verlassen.«

Frau von Rosenberg schloss die Augen und seufzte. »Vergib mir, Sohn.«

»Ach«, stieß er aus und wandte sich Figen zu. »Ich werde noch mit meinem Vater reden. Versprochen.«

»Tu das. Aber zuerst muss ich dir etwas erzählen. Enderlin ist vor der Schulstube aufgetaucht.«

»Was?« Seine Augen weiteten sich vor Schreck.

»Und er hat uns einmal zusammen gesehen. Er wusste nicht, wer du bist. Aber wie lange noch? Vielleicht hat er es bereits herausgefunden und steht gleich vor der Tür. Du schwebst in großer Gefahr.«

Seitz atmete tief durch. »Dieser Mistkerl! Der wird mir schon nichts anhaben.«

Seine Mutter sah ihn mahnend an. »Du darfst die Inquisition nicht unterschätzen.«

»Dieser Pfaffe ist viel kleiner als ich. Den werde ich schon zu bändigen wissen.« Seitz' Nasenflügel bebten.

»Du musst die Stadt verlassen. Sofort«, sagte seine Mutter.

»Nein! Kommt nicht in Frage! Ich lasse Figen nicht allein.«

Die Worte klangen in Figens Ohren wie der Gesang von Engelsstimmen. Er liebte sie doch! Es gab noch Hoffnung. Aber nun war er in Gefahr, und es war ihre Schuld. Wenn er Köln verlassen musste, wie lange würde sie ihn nicht sehen?

Er griff nach ihren Händen. »Komm mit mir«, flehte er.

Figen schluckte. Jonata. Margret. Elisabeth. Sie konnte sie nicht zurücklassen. Die Sache mit dem Haus war noch nicht überstanden. »Ich bleibe. Mir wird nichts geschehen.« Sie sah in Seitz' braune Augen. »Wir sollen uns doch von den Pfaffen nicht einschüchtern lassen.«

Er schüttelte vehement den Kopf. »Ich lasse dich nicht alleine zurück.«

»Du hast selbst gesagt, dass mir nichts geschehen und man mich höchstens zum Verhör bringen wird. Dort kann ich immer noch widerrufen.« Ihre Knie zitterten bei diesem Gedanken, aber sie konnte nicht einfach verschwinden so wie Jonata damals. Sie wusste genau, wie viel Leid es den Zurückgelassenen brachte. Sie musste sich zumindest verabschieden. »Sag mir, wohin du gehst, dann komme ich nach.« Sie sah an seinem Gesichtsausdruck, dass er nicht begeistert war.

Es klopfte an der Haustür. Sie sahen sich alle drei entsetzt an. Seitz umarmte seine Mutter und flüsterte ihr etwas ins Ohr. Dann packte er Figens Hand, legte ihr einen Finger auf den Mund, um ihr zu bedeuten, leise zu sein, und zog sie hinter sich her.

Sie liefen durch die Küche, in der zwei seiner Schwestern mit dem Tagwerk beschäftigt waren, und stiegen eine steile Leiter hinab in den Vorratskeller. Mehrere Fässer, gefüllte Säcke und reichlich Äpfel, Quitten, Weintrauben und gedörrte Pflaumen konnte sie ausmachen. In diesem Haus musste niemand Hunger leiden.

Durch eine Klappe verließen sie den Keller und gelangten in den Hinterhof. Neben der Scheune, in der die Versammlungen stattfanden, war ein abgezäunter Bereich, in dem zwei Hühner umherliefen und auf dem Boden pickten. An der Hauswand hingen ein Dutzend Laternen in verschiedenen Größen und aus unterschiedlichen Materialien. Es sah aus wie eine Schauparade für mögliche Käufer. Seitz zog sie hinter die Scheune. Sie kletterten über einen Zaun und liefen durch die Hinterhöfe der Nachbarn bis zur Gasse.

Fünf Weiber kamen ihnen entgegen, sie lachten und tratschten. Figen wich ihren Blicken aus, ließ sich von Seitz weiterziehen. Wo wollte er mit ihr hin? Sie wagte nicht, ihn zu fragen. Bald bog er in einen Hof ein. Überall Gerümpel: Fässer, Kisten, Strohballen, ein Zuber mit allerlei Werkzeug gefüllt, ein Tisch mit Ästen und Holzstückchen, und ein Korb mit dreckiger Wäsche lag umgekippt neben dem Brunnen. Sie musste aufpassen, wohin sie ihre Schritte setzte, aber Seitz sprang leichtfüßig hindurch bis zur Hintertür.

Auf sein Klopfen öffnete ihm ein junger Mann. Die beiden redeten, doch Figen konnte ihre Worte nicht verstehen, sie war noch nicht nah genug. Sie hielt sich an einem Balken fest, um über ein Fass zu steigen, dabei rutschte der Balken ab und krachte auf einen Tisch, von dem scheppernd ein paar Töpfe runterfielen. Bei allen Heiligen, wie konnte man so eine Unordnung veranstalten?

Sie sah die beiden Männer schuldbewusst an, doch der Fremde machte eine wegwerfende Handbewegung und lächelte. Seitz kam ihr zu Hilfe, damit sie sich durch den Unrat hindurchbalancieren konnte. »Komm. Hier sind wir ungestört.«

Der Fremde winkte ihm zu, bevor er wieder nach drinnen verschwand. Seitz zog sie zu einem verborgenen Eingang hinter einem Busch. Es ging steil hinunter bis in einen Gewölbekeller, in dem sich an den Wänden Fässer stapelten.

»Ist das Bier?«, fragte sie.

»Nein. Das ist Wein.«

»Ist dein Freund Weinhändler?«

»Nein. Er verdingt sich als Weinröder.«

Dieser Weinröder schien seiner eigenen Vorliebe für Wein mehr zu frönen als seiner Aufgabe, die Qualität des Weines, der in die Stadt gelangte, zu prüfen und zu erfassen. Seitz nahm ihre Hand und drückte einen Kuss auf ihre Finger. Ihr wurde heiß.

»Ich muss mich für meine Eltern entschuldigen. Ich kann nicht fassen, dass sie uns beide angelogen haben.«

»Deiner Mutter solltest du nicht böse sein.«

Er nickte. »Und mein Vater wird schon einsehen, dass ich die Verlobung nicht einhalten werde. Mich so zu belügen und zu hintergehen. Unglaublich!« Er verzog wütend das Gesicht. »Aber reden wir nicht mehr darüber.« Er blickte sie liebevoll an. »Wir sollten zusammen die Stadt verlassen.«

Köln war ihre Heimat. Sie wollte nicht mehr aufs Land hinaus. Dort hatte sie ihre Eltern verloren, dort war sie allein gewesen, und dort hatte das Unheil seinen Anfang genommen. »Und wo willst du hin?«, fragte sie unsicher.

»Erst mal zu meinem Oheim aufs Land.«

»Und dann?«

»Keine Ahnung. Wir könnten in eine andere Stadt gehen, egal, wohin. Wenn du möchtest, reise ich mit dir auch nach Rom.«

Sie lächelte. »Nein, dann lieber Wittenberg.«

»Zu Luther? Von mir aus. Wenn wir nur zusammen sind.« Er strich ihr über die Wange. Seine Haut war sanft und warm, ein wohliger Schauer lief ihr über den Rücken. Und doch fürchtete sie sich davor, schon wieder an einem neuen Ort anfangen zu müssen, niemanden zu kennen, wieder auf Abwehr zu stoßen.

»Können wir nicht hierbleiben? Die Schülerinnen brauchen mich.« Sie wollte noch nicht akzeptieren, dass sie die Schule aufgeben musste. Vielleicht gab es noch eine Möglichkeit, sie weiterzuführen. Möglicherweise waren die Worte Enderlins nur leere Drohungen. Es konnte doch nicht sein, dass die Kirche den Mädchen verbot, das Lesen und Schreiben zu erlernen.

Seitz lächelte. »Wir können warten, bis dieser Mönch Ruhe gibt, und dann kommen wir zurück.«

So gern sie ihn begleiten wollte, sie konnte Köln jetzt nicht verlassen. »Margret und Elisabeth brauchen mich, die Zöglinge, und Jona…« Sie verstummte.

»Jonata?«, fragte er erstaunt.

Sie biss sich auf die Unterlippe. »Das darf keiner wissen.« Wie hatte sie sich nur verplappern können!

»Jonata ist in der Stadt, und du hast es mir nicht gesagt?«, fragte er beleidigt.

»Es sollte keiner erfahren. Sie wird immer noch wegen Ketzerei gesucht.«

»Du glaubst doch nicht, dass ich sie verraten hätte? Ich, der selbst von der Inquisition aus der Stadt gejagt wurde.« Er klopfte sich gegen die Brust.

Sie schluckte trocken. »Das habe ich nie angenommen. Wir wollten nur vorsichtig sein. Bitte sei nicht böse«, flehte sie und griff nach seiner Hand.

»Das bin ich nicht, nur ... überrascht.«

»Sie wollte zur Beerdigung ihres Vaters kommen, doch sie hat es nicht rechtzeitig geschafft. Sie will den Mörder finden, und seitdem Enderlin Margret das Haus streitig macht, steht sie uns bei. Ich glaube, sie hegt Schuldgefühle, weil sie uns vor vier Jahren überstürzt verlassen hat. Und deswegen kann ich nicht einfach gehen. Ich kann nicht den gleichen Fehler begehen wie sie.«

»Dann bleibe ich auch.«

Sie spürte einen Stich im Herzen. »Das darfst du nicht. Du bist in größter Gefahr.«

»Ich habe versprochen, dir zu helfen.«

»Wenn ich dich nicht in Sicherheit weiß, dann treibt es mich um. Bitte«, flehte sie, »geh zu deinem Oheim. Wir werden dich holen, sobald die Inquisition nicht mehr nach dir fragt.«

Er schüttelte entschieden den Kopf. »Nein.«

»Aber –«

»Psch.« Er legte ihr einen Finger auf die Lippen. »Ich werde mich hier verstecken. Hier wird mich keiner vermuten, und du kannst mich jederzeit besuchen.« Er zwinkerte ihr zu. »Oder mich holen, falls du Hilfe brauchst.«

Ihr war nicht wohl bei dem Gedanken, und doch fühlte es sich gut an, dass er nahe bei ihr blieb.

»Vorher musst du etwas versprechen«, sagte er mit einem verschmitzten Lächeln.

»Was denn?«

Er zog sie so nah an sich heran, dass ihre Nasenspitzen sich berührten. Figen hielt die Luft an. Sie spürte seinen warmen Atem auf den Lippen, seine Hand streichelte über ihren Rücken. Ihre Beine wurden weich, sie war froh, dass er sie hielt.

»Sobald das überstanden ist, heiratest du mich, Figen Winters.«

Ihr Herz tanzte wie ein Schmetterling über eine Blumenwiese. »Du hältst tatsächlich um meine Hand an?«

»War das ein Ja?«

Sie lächelte, Freudentränen stiegen in ihre Augen. »Und ob das ein Ja ist.«

Seitz drückte sie an sich und küsste sie. Seine Lippen waren weich und schmeckten süß wie Honigkuchen. Es fühlte sich an, als flögen in ihrem Bauch Hunderte fröhlicher Bienen. Figen ließ sich fallen, in seine Küsse und die Sorglosigkeit, die sie mit ihm durchleben wollte. Eine Zukunft an seiner Seite, des Mannes, der sie verstand, sie ermutigte, sie selbst zu sein, und mit ihr die Heilige Schrift studieren würde. Der Himmel erschien ihr hier und jetzt näher als irgendwo sonst.

»Ich liebe dich«, wisperte sie zwischen den Küssen und fuhr mit der Hand über seinen Nacken bis in seine Haare.

Er lächelte, ließ dabei die Zunge über ihre Lippen wandern. »Ich liebe dich auch, Figen Winters.«

KAPITEL 18

Jonata klopfte an der Kammer. »Figen? Bist du da?« Es kam keine Antwort. Sie schob die Tür auf und sah hinein. Die Decke lag unordentlich in der Bettstatt, darüber das Nachtgewand. Auf der Kiste das Neue Testament. Figen war so in Eile gewesen, dass sie es nicht mehr weggeräumt hatte.

Jonata fuhr mit den Fingern über den ledernen Einband, öffnete den Buchdeckel und schlug wahllos eine Seite auf. Sie strich über die Buchstaben, glaubte, die Druckerschwärze zu riechen. Ob Simon diese Lettern und Zeilen gesetzt hatte? Sie schloss die Lider und ließ sich von ihrer Erinnerung in die Vergangenheit entführen. Sie spürte Simons Hand auf der ihren, als er ihr zeigte, wie die Blätter in die Druckapparatur eingelegt wurden, sah seine leuchtenden Augen vor sich, als sie zum ersten Mal die Lutherschrift gemeinsam gedruckt hatten: »Ein Sermon von Ablass und Gnade«. Der Auslöser für die Verfolgung durch die Inquisition und ihre Flucht aus Köln. Und doch hatten sie das Richtige getan.

Die Lügen der Pfaffen waren unerträglich, brachten den Menschen keinen Seelenfrieden, sondern zogen ihnen mit den Ablässen nur die Münzen aus den Beuteln. Und nun wollte die Inquisition den Mädchen verbieten, das Lesen zu lernen. In dieser Stadt hatte sich nichts geändert. Die Geistlichkeit hatte Angst davor, die Menschen selbst die Heilige Schrift lesen zu lassen, denn dann würde sie ihrer Lügen entlarvt. Sie verabscheute Enderlin für das, was er tat. Wie konnten sie ihn bloß aufhalten?

Im Hof knarzte eine Tür. Jonata trat ans Fenster und spähte hinaus. Sie konnte erkennen, wie Margret in der Brauerei verschwand und einen Mann hinter sich herzog. Ludke Rattenpeck. Was für eine Vertrautheit zwischen den beiden. Der Schneider schaute sich um, bevor er die Tür hinter sich zuzog. Das durfte doch nicht wahr sein!

Jonata eilte nach unten in den Hinterhof und schlich zur

Brauerei. Wenn sie die Tür öffnete, würden Margret und ihr Begleiter auf sie aufmerksam. Also ging sie um das Gebäude herum, zog sich ein leeres Fass heran. Sie kletterte hinauf und schob langsam das Stroh zur Seite, um durch das Fenster blicken zu können. Margret lehnte an Bechtolts Schreibtisch, eine Kerze spendete flackerndes Licht. Der Schneider schmiegte sich an sie und küsste sie leidenschaftlich.

Deswegen schien sich Margret sicher zu sein, dass Rattenpeck nicht der Mörder war! Sie liebte ihn. Waren die beiden einander schon vertraut gewesen, als ihr Vater noch gelebt hatte? Hatte sich Margret gegen Bechtolt und Gott versündigt und einen Bastard mit diesem Schneider gezeugt? Das machte Rattenpeck erst recht verdächtig. Stand dort der Mörder an der Stelle, an der ihr Vater oft den Gesellen und Lehrlingen Anweisungen gegeben hatte? Eine eiskalte Hand umschloss Jonatas Herz.

Rattenpeck nestelte an Margrets Kleid und fuhr mit der Hand unter den Stoff.

»Ich will nicht«, wehrte Margret ab und griff nach seiner Hand.

»Das glaube ich dir nicht, meine Holde«, sagte er und küsste ihren Hals. »Wann kommst du endlich in mein Haus?«

Halbherzig schob sie ihn weg. »Das geht nicht.«

»Du willst, ich will. Ist das nicht genug?«

»Noch nicht. Wir können noch nicht heiraten, und das weißt du.«

Jonata hielt den Atem an. Deswegen war Margret nicht um das Haus besorgt. Sie würde bald des Schneiders Frau.

»Ich will aber nicht mehr warten.« Er flüsterte ihr etwas ins Ohr. Sie lachte auf und reckte den Kopf in den Nacken. Er überdeckte ihren Hals mit Küssen und zog erneut an dem Kleid. Diesmal ließ sie ihn gewähren und stöhnte lustvoll auf. Jonata hatte genug gesehen, sie stieg von dem Fass und hastete in die Küche, in der Elisabeth den Boden schrubbte.

»Könntest du nach Clara sehen, wenn sie wach wird?«, fragte Jonata.

»Und was machst du?« Ihre Ziehmutter richtete sich auf und warf den Lappen in den Wascheimer.

Jonata atmete tief durch. »Ich muss jemandem eine Frage stellen.«

»Bleib doch bitte im Haus.« Besorgnis zerfurchte Elisabeths Gesicht.

»Bete für mich. Wohl möglich, dass ich gleich den Mörder entlarve.«

Elisabeth krallte die Finger in den Stoff über ihrer Brust. »Bist du lebensmüde? Gib dem Gewaltrichter Bescheid, anstatt dich in Gefahr zu bringen.«

Jonata schüttelte den Kopf. »Du weißt genau, dass ich mich dort nicht blicken lassen kann. Außerdem darf ich die Gelegenheit nicht verstreichen lassen.«

»Welche Gelegenheit?«, rief Elisabeth ihr hinterher.

Jonata zog sich die Gugel über den Kopf und trat nach draußen. Ein Knecht zog einen Karren vorbei. Sie presste sich in einen Hofeingang und wartete.

Es dauerte lange, bis Rattenpeck erschien. Als er sie fast erreicht hatte, sprang sie aus ihrem Versteck hervor, sodass sie aufeinanderprallten. »Oh verzeiht«, sagte sie.

Er murrte und strich sich das rote Wams glatt. Es war aus zwei unterschiedlichen Stoffen genäht, die Ärmel waren ausgestellt und mit Schlitzen versehen.

Sie tat überrascht. »Seid Ihr nicht der Schneider, der meiner Herrin ein Kleid nähen wollte?«

Er lächelte zwanghaft. »Ganz recht.«

»Habt Ihr es schon fertiggestellt? Ich habe es noch gar nicht bewundern können.«

»Bald.«

»Meine Mutter benötigt ebenfalls ein neues Kleid. Meint Ihr, Ihr könntet Euch bald Zeit für sie nehmen?«

Sein Gesicht erhellte sich. »Natürlich.«

Ihr kam eine Idee. »Sie hat Tuch von einem Händler aus Bonn erstanden. Feinste Ware.« Ob er den Köder schlucken würde?

»Ich bin oft in Bonn«, sagte er. »Welcher Händler ist es? Vielleicht kenne ich ihn.«

Ein Blitz durchfuhr Jonatas Glieder. Hatte die Bonner Münze ihm gehört? Es gab nicht allzu viele Bürger der Stadt, die auch in Bonn verkehrten. Durch das Stapelrecht bekamen die Kölner hier zahlreiche Güter angeboten. Jeder Händler musste – sobald er mit dem Schiff oder zu Land an Köln vorbeikam – die Waren drei Tage ausladen und zum Verkauf anbieten, deshalb verließen nur wenige Bewohner die Stadt. Und nun gab der Liebhaber Margrets zu, sich öfter in Bonn aufzuhalten. Das konnte kein Zufall sein. Er war der Mörder!

Jonata versuchte jedoch, sich nichts anmerken zu lassen, und zuckte mit den Schultern. »Ich war nicht dabei und kenne den Namen nicht.«

»Schick deine Mutter zu mir, dann werde ich sie selber fragen.«

Jonata nickte. »Das werde ich.« War eine Münze Beweis genug? Wohl kaum. Sie musste ihm noch mehr entlocken. »Kanntet Ihr den Ehemann meiner Herrin? Bechtolt von Menden?«

Sein Gesicht wurde ernst, und er blinzelte mehrmals. »Ja.«

»Wir haben noch ein altes Wams von ihm mit einigen Löchern. Könntet Ihr es flicken?«

»Das kann deine Herrin gern mit mir besprechen, wenn ihr viel daran liegt.«

»Oh, ich denke schon. Es ist ihr das liebste Andenken an ihren verstorbenen Gatten.«

»Andenken«, schnaubte er. »Sie soll doch froh sein, dass sie ihn endlich los ist.« Er strich sich ein paar schwarze Strähnen hinter die Schulter.

»Was wollt Ihr damit sagen?«

»Hast du denn nicht mitbekommen, wie er deine Herrin behandelt hat?« Seine Augen blitzten auf.

»Doch natürlich.« Sie senkte den Blick, atmete tief durch. Und mit einem Mal verstand sie: Er liebte Margret und hatte sie vor Bechtolt beschützen wollen. Wahrscheinlich war es sein Kind, das sie unter dem Herzen trug. Vielleicht hatte er Angst gehabt, es würde Schaden nehmen, und dann hatte er zum Messer gegriffen.

Es lief ihr heiß und kalt den Rücken runter. Hatte ihr Vater so viel Leid in dieses Haus gebracht? Sie wollte es sich nicht vorstellen.

»Nun hat sie es besser«, sagte er. »Bestell ihr einen Gruß.« Er deutete eine Verbeugung an. »Ich erwarte deine Mutter bald.« Dann ging er davon.

Jonata sah ihm lange nach. Durfte sie einen Mann verurteilen, der eine Schwache und sein Kind hatte beschützen wollen?

Ja, er hatte Unrecht getan und durfte nicht ungestraft davonkommen. Aber wie sollte sie vorgehen? Dem Gewaltrichter einen Hinweis zukommen lassen? Dann würde Rattenpeck seine gerechte Strafe erhalten.

Aber in dem Fall würde Sebalt erneut Anspruch auf ihr Elternhaus erheben. Sollte sie sich bis zu Margrets Niederkunft gedulden? Für einen möglichen männlichen Nachkommen konnten sie das Erbe beantragen. Doch wollte sie so lange warten und den Mörder ihres Vaters weiterhin in ihrem Haus ein und aus gehen sehen?

Geschrei eines Säuglings aus weiter Ferne holte sie aus ihren Gedanken. Sie musste zurück zu Clara.

***

»Ich habe die Mädchenschule ausfindig gemacht. Sie ist wahrhaftig in der Schenke meines Elternhauses«, sagte Enderlin zum Prior, als sie nach der Vesper im Kreuzgarten ein paar Schritte gingen. Es raschelte in einem Busch, eine Maus kam heraus und flitzte über den Weg.

»Gott hat deine Familie und dein Haus sehr gestraft.« Die Miene von Jakob Hochstraten wurde ernst. Kein Wort des Lobes oder der Anerkennung. Aber er hatte recht. Enderlins Eltern und sein Bruder Lucas weilten nicht mehr im Diesseits, seine Schwester war eine Ketzerin und sein Bastardbruder ein Schwachkopf. Und nun lebten die Ketzerweiber unter dem

Dach seines Elternhauses, in dem die Schriften Luthers gelehrt wurden. Welche Sünden hatten seine Vorfahren begangen, dass Gott seine Familie so strafte?

»Und die Magistra?«, fragte der Prior.

»Eine Magd meiner Stiefmutter. Ihr Name ist Figen.«

»Hast du gehört, welche Texte sie für den Unterricht benutzt hat?«

»Mir graut es noch, wenn ich daran denke. Das Matthäusevangelium auf Deutsch. Eindeutig Luthers Übersetzung.«

»Der Leibhaftige streckt seine Krallen sogar nach den unschuldigen Mädchen dieser Stadt aus.« Jakob Hochstraten strich gedankenverloren über den steinernen Brunnen, den sie passierten. Das Wasser plätscherte, und ein paar Spritzer landeten auf der Kutte des Priors.

»Was hat der Erzbischof gesagt?«, fragte Enderlin.

»Am Sonntag wird das neue Gesetz in allen Kirchen verkündet und nächste Woche auf den Märkten verlesen.«

»Und was soll mit der Magistra geschehen?«

»Ich will sie vor dem Richterstuhl! Du wirst beim Verhör bezeugen, was du gesehen und gehört hast.«

Enderlin lächelte innerlich. Sie war des Todes! Und bei dem Verhör würde er Figen nach Jonata fragen. Beim Schwur auf die Heilige Schrift würde sie es nicht mehr wagen, ihn anzulügen. Jonata, bald finde ich dich! Aber es gab noch einen Ketzer, der vors Gericht gehörte. »Figen Winters hatte Unterstützung von einem Mann, der uns nicht unbekannt ist.«

»Wer?« Der Prior blieb stehen und sah ihn überrascht an.

»Seitz von Rosenberg.«

Die Augen von Jakob Hochstraten blitzten auf. »Unerhört!«

»Womöglich hat er sie zu dieser Mädchenschule angestiftet.«

»Ich will beide zusammen im Ketzerprozess sehen.«

Enderlin nickte. Wunderbar! Er freute sich schon auf den Moment, wenn beide vor ihnen knien und um Gnade flehen würden.

»Aber wir warten die Bekanntmachung des neuen Gesetzes ab. Jeder Kölner soll daran erinnert werden, dass das Lesen und

Verbreiten von Luthers Texten unter Strafe steht. Und nächste Woche kannst du sie aufspüren.«

Ein Vogel flog meckernd über ihre Köpfe hinweg und ließ sich auf dem Dach des Klosters nieder. Es war, als posaunte das Tier seine Gedanken aus. Enderlin wollte nicht warten. Sie mussten für ihre Ketzerei büßen. »Ich könnte sie in den Frankenturm bringen lassen.«

Der Prior schüttelte den Kopf. »Es muss rechtens sein. Sie müssen die Ankündigung hören und die Möglichkeit haben, auf ihrem falschen Weg umzukehren.«

Als ob diese Ketzer sich von einer Bekanntmachung beeindrucken lassen würden. »Was, wenn sie fliehen?« So wie Jonata und ihr Drucker.

Der Prior legte ihm eine Hand auf die Schulter. »Das werden sie nicht. Vertrau auf Gott.«

Natürlich vertraute er auf Gott, daran brauchte ihn der Prior nicht zu erinnern. Aber die Vergangenheit hatte gezeigt, dass auch der Teufel seine Finger im Spiel hatte. Doch anscheinend ließ Jakob Hochstraten sich nicht umstimmen.

»Nächste Woche brauche ich dann die Hilfe der Büttel. Ein Schreiben von Euch, das mich als Gehilfen der Inquisition ausweist, wird sie bereitwilliger machen, mir zu helfen.«

Jakob Hochstraten nickte. Der Vogel zwitscherte nun fröhlich und hüpfte auf der Dachspitze umher. Schickte Gott Enderlin durch das Federvieh ein Zeichen? Vielleicht sollte er genauso sorglos sein. Drei Tage waren nicht lang. Er würde Figen Winters und Seitz von Rosenberg fassen, und dann würden sie bald auf dem Scheiterhaufen brennen. Zwei Ketzer weniger in dieser gottlosen Stadt.

KAPITEL 19

Figen beobachtete die Mädchen, wie sie sich gegenseitig die Zeilen aufsagten, die sie auswendig gelernt hatten. Auch wenn es nicht dem eigentlichen Zweck der Schule entsprach, fand Figen es wichtig, damit ihre Schülerinnen anderen Teile aus der Heiligen Schrift erzählen und ihren Familien zeigen konnten, was sie in der Schule lernten.

»Joseph aber yhr man ... war ... nit frum ...«, stotterte Berbelin. Sie prustete los, und ihre Schwester fiel in das Gelächter mit ein.

»*War* fromm, natürlich«, sagte Anna und schlug Berbelin neckisch gegen den Arm.

Als Berbelin sich von ihrem Lachanfall erholt hatte, fuhr sie fort. »vnd ... wolt sie ... nit rugen, gedacht aber sie tzuuerlassen ...‹«

»Es heißt: gedacht aber, sie *heimlich* zu entlassen«, berichtigte sie Anna.

Figen musste lächeln, obwohl ihr nicht nach Lachen zumute war. Die Mädchen waren ihr in der kurzen Zeit ans Herz gewachsen. Was sollte sie nur tun? Sie hatte sich noch nicht entschieden, ob sie ihren Zöglingen für einige Zeit freigeben sollte.

»Wir sind fertig«, sagte Dorell mit einem breiten Lächeln und hakte sich bei Mechthild unter, mit der sie geübt hatte.

Figen kniete sich neben die beiden und flüsterte: »Dann lass mal hören. Aber leise, wir wollen die anderen nicht stören.«

Dorell begann, den Text aufzusagen, zweimal musste sie überlegen, einmal hatte sie einen Versprecher.

»Sehr gut.« Figen klopfte ihr anerkennend auf die Schulter.

»Was bedeutet denn: ›Josef erkannte sie nicht, bis sie ihren ersten Sohn gebar‹? Sie waren doch miteinander vertraut, wie kann er sie da nicht kennen?«, fragte Dorell mit glühenden Augen.

Figen zögerte. Das war eine Frage für einen Geistlichen,

aber in den Kirchenmessen würde Dorell keine Antwort erhalten, die Priester predigten nur in Latein. Dabei dürsteten die Menschen, sogar diese Mädchen, nach Erkenntnis und nach jemandem, der ihnen die Schrift erklärte. Figen entschloss sich, ihr zu sagen, wie sie es verstand.

»Wir finden die Antwort in der Bibel. Schau, zuerst wird gesagt, dass sie vertraut waren, Maria aber schwanger wurde, ehe sie zusammenkamen. Das muss bedeuten, dass sie sich gut kannten, vielleicht waren sie einander sogar versprochen. Doch sie hatten noch nicht das Lager geteilt, und sie ward schwanger.«

Dorell nickte. »Also kannten sie sich.«

»Im wörtlichen Sinne ja. Und Josef tat das, was ihm der Engel befohlen hatte, und nahm Maria zu sich. Er kannte sie nicht, bis sie einen Sohn gebar, bedeutet also, dass er sie nicht als Eheweib kannte, also nicht bei ihr gelegen hat, bis sie Jesus zur Welt brachte.« Hoffentlich hatte sie die Stelle richtig gedeutet.

Dorells Augen strahlten. »Wieso steht das da nicht so, wie du es erzählt hast?«

Darauf hatte sie keine Antwort. Sie hatte bisher zu wenig in der Schrift gelesen, um sie beurteilen zu können. »Es ist die Schrift Gottes. Es ist keine einfache Lektüre wie die Flugblätter oder Verkündigungen der Obrigkeit. Wir müssen sie studieren und gewissenhaft lesen.«

Dorell nickte eifrig, schien sich mit dieser Antwort zufriedenzugeben. Die Tür der Schulstube schlug krachend auf. Figens Herz setzte einen Schlag aus, und sie blickte erschrocken hoch. Sie hatte erwartet, in das Gesicht Enderlins zu blicken, doch es war nur Kuntz, der in die Schulstube gestolpert kam.

Figen erhob sich, ihr Herz beruhigte sich. »Was machst du hier?«

»Pauli?«, fragte er und blickte sich suchend um.

Figen seufzte. »Der Kater ist nicht hier.«

Kuntz zuckte mit den Schultern und sprang wieder hinaus. Anna und Berbelin kicherten. Es war klar, dass ihnen diese

Unterbrechung gefiel. Doch bei Figen saß der Schock noch tief. Sie fällte eine Entscheidung, aber zunächst ließ sie eine Schülerin nach der anderen die erlernten Zeilen vortragen.

»Jetzt kennt ihr eine Bibelstelle, die ihr euren Familien aufsagen könnt. Beim Tischgespräch könnt ihr darüber diskutieren, falls eure Väter das für angemessen erachten.«

Eifriges Nicken.

»Nun habe ich leider eine schlechte Nachricht für euch. Die Schule muss für die nächsten zwei Wochen geschlossen werden. Es gab einen Trauerfall in der Familie meiner Herrin, und ich muss ihr beistehen.« Das war zumindest nicht ganz gelogen.

»Schade«, flüsterte Dorell und senkte den Blick.

Kettlin, die Tochter des Goldschmiedes, lächelte verstohlen. Sie schien sich wohl zu freuen.

»Wer ist denn gestorben?«, fragte Berbelin. »Meint Ihr Bechtolt von Menden?«

Figen überlegte. Was sollte sie darauf antworten? Bechtolts Ableben war schließlich schon fast zwei Monate her.

»So etwas fragt man nicht«, rügte Anna ihre Schwester und schlug sie leicht gegen die Schulter, als würde eine Mutter ihren Sprössling rügen.

Figen warf Anna einen dankbaren Blick zu und verzichtete auf eine Antwort. Hoffentlich würden zwei Wochen ausreichen, bis sich der Sturm der Inquisition gelegt hatte.

✻✻✻

Jonata schrubbte die Böden in den Kammern. Die körperliche Arbeit tat ihr gut, dennoch glitten ihre Gedanken immer wieder zu Rattenpeck. Sie hatte Margret noch nicht auf ihn angesprochen, wusste nicht, ob es klug war. Wie würde sie reagieren? Ihr Geliebter der Mörder ihres Ehemannes … Oder wusste sie sogar davon?

War es vielleicht ihr Einfall gewesen? Jonatas Finger krampften sich um den Lappen, und sie schrubbte umso energischer. War die Wesensveränderung ihres Vaters gar Margret geschuldet, und sie hatte ihn in den Tod getrieben, wie der Schreinsmeister gesagt hatte? Hatte Bechtolt von dem anderen Mann gewusst?

Als sie Stimmen vernahm, hielt sie inne. Ein Mann war im Haus. Jonata ließ den Lappen in den Eimer gleiten, schlich zur Tür und lauschte.

»Wo ist Jonata?«, hörte sie die männliche Stimme fragen. Sie bekam einen Schreck, doch im nächsten Augenblick erkannte sie die Stimme des Buchführers Mathes Roht. Er war zurück. Endlich!

Sie stürzte die Stufen hinunter und fiel ihm in die Arme. »Da bist du endlich.« Sie war den Tränen nahe und hätte sich am liebsten an seiner Schulter ausgeweint, aber sie hielt sich zurück.

Mathes zögerte kurz, dann klopfte er ihr auf die Schulter. »Hätte ich geahnt, dass ich so vermisst werde …« Er lachte.

Jonata löste sich von ihm. Sie hatte sich äußerst unschicklich verhalten, doch sie wusste, dass Mathes damit umgehen konnte. Elisabeth bedachte sie mit einem skeptischen Blick. Mathes hingegen grinste sie an. »Simon habe ich dir leider nicht mitgebracht, auch wenn er gerne mitgekommen wäre.«

Nun würde es nicht mehr lange dauern, bis sie zurück nach Wittenberg reisen und Simon und Ells in die Arme schließen konnte. »Ich kann es kaum erwarten, nach Hause zurückzukehren«, platzte sie heraus, bevor sie darüber nachdenken konnte, was das in ihrer Ziehmutter auslöste.

Die ließ die Schultern hängen und sah plötzlich aus, als sei sie um Jahre gealtert. Jonata griff nach ihrer Hand. »Natürlich verlasse ich dich ungern wieder. Willst du mich nicht doch nach Wittenberg begleiten?«

Elisabeth zuckte mit den Schultern. »Wir werden sehen.« Dann verschwand sie in der Küche.

»Du hast bestimmt Hunger«, sagte Jonata an Mathes gewandt. Sie musste sofort erfahren, wie es Simon und Ells erging.

Mathes schüttelte den Kopf. »Ich war schon in meiner Herberge. Dort gab es Hammel mit Salbei und Fenchel.« Er rieb sich über den Bauch. Sie gönnte ihm das gute Essen. So etwas Schmackhaftes konnte sie ihm nicht anbieten.

»Aber gegen ein Bier wirst du nichts einzuwenden haben, oder?«

»Da sag ich nicht Nein.«

Sie zeigte zur Stube, und Mathes folgte ihrer Aufforderung. Jonata füllte in der Vorratskammer zwei Krüge. Sie hatten immer noch nicht gebraut, mussten erst mal Gerste und Hopfen erstehen. Mathes würde von dem Gesöff sicherlich nicht begeistert sein. Sie ging zu ihm und setzte es ihm vor. »Es löscht den Durst, doch die Blüte der Brauerei ist vorbei.«

Er zog die Stirn in Falten und probierte. »Gruitbier? Wer braut denn so etwas?«

»Von Gronberger. Halte dich also von seiner Schankstube fern.« Sie zwinkerte ihm zu und trank einen Schluck. Auch sie konnte sich nicht an den Geschmack gewöhnen.

»Das werde ich tun.«

»Und nun erzähl. Wie geht es Simon und Ells?«

Er lehnte sich zurück. »Simon wollte dich an den Ohren zurück nach Wittenberg schleifen, doch ich habe ihn überreden können, dass ich das übernehme.« Er lachte. »Und Ells hat andauernd nach dir gefragt. Sie hatte mit mir kommen wollen, aber als deine Magd einen Honigkuchen backen wollte, hat sie ihre Pläne geändert.«

Jonata unterdrückte die aufkommenden Tränen. Wie gern würde sie durch Ells' wuscheliges Haar streichen und mit ihr am Bach spielen.

Mathes nahm das Fuchsfell von den Schultern und hängte es über die Lehne des Stuhls, auf dem ihr Vater früher gesessen hatte. »Und? Hast du den Mörder gefunden?«

»Ich denke schon.«

Er zog die Augenbrauen hoch. »Wirklich?«

Sie erzählte ihm von Rattenpeck und der Liebschaft mit Margret, davon, dass sie ihn auf der Straße angesprochen hatte, und von der Münze.

Mathes runzelte die Stirn. »Aber das ist noch kein Beweis.«

Jonata atmete tief durch. »Der Gewaltrichter glaubt, dass es Sebalt Magnus war.«

Mathes' Augen weiteten sich vor Überraschung. »Dein ehemaliger Verlobter? Wie kommt es dazu?«

Zum Glück wusste der Buchführer nichts von jenem Tag, an dem sie sich diesem Widerling hingegeben hatte, um Simon aus dem Kerker zu befreien. Ansonsten wäre sie vor Scham im Boden versunken.

Jonata berichtete, wie der Schreinsmeister Enderlin das Haus übertragen hatte, von dem Verkauf an Sebalt und dass dieser am Tag des Mordes in der Nähe gesehen worden sein sollte.

Mathes strich sich eine Haarsträhne aus dem Gesicht. »Hast du dem Gewaltrichter von Margrets Liebhaber erzählt?«

Jonata schüttelte den Kopf. »Wie denn? Ich kann schlecht bei ihm auftauchen. Außerdem will ich mir sicher sein, bevor ich ihn beschuldige.«

Mathes trank einen großen Schluck Bier und zupfte sich am Bart. »Und wie willst du das anstellen?«

»Ich könnte Margret auf ihn ansprechen.«

»Würde ich nicht tun.« Mathes trank den Krug leer, knallte ihn auf den Tisch und erhob sich.

»Was hast du vor?«

»Überlass das mir.«

»Aber du wirst Rattenpeck doch nicht einfach fragen, oder? Vielleicht flieht er dann und entgeht seiner Strafe. Ich will nicht, dass er davonkommt.« Wofür war sie dann all die Wochen in Köln geblieben, fern von ihrem Mann und ihrer Tochter?

Er lächelte sie an. »Für wie dumm hältst du mich?«

»Verzeih. Ich –«

»Die Zungen der Männer lockern sich mit gutem Dickbier. Ich werde dem Schneider mal ein paar Getränke ausgeben. Vertrau mir.« Er legte sich das Fuchsfell wieder über die Schultern und stapfte hinaus.

Hoffentlich würde er von Rattenpeck die Wahrheit erfahren.

***

Auf dem Weg zur Kirche war Figen in Gedanken versunken. Sie bereute es, ihren Schülerinnen für zwei Wochen schulfrei gegeben zu haben. Würden sie alle wiederkommen, oder zürnten ihre Eltern ihr und schickten die Mädchen lieber in die Schule der Beginen?

Margret blieb neben ihr stehen und hielt sich den Bauch. Sie atmete tief durch, bevor sie weiterging. Das Kind schien ihr zu schaffen zu machen.

Ein Mann tippte Figen an die Schulter, und sie zuckte zusammen. Dann erkannte sie Seitz. Ihr Herz machte einen Sprung. »Was machst du denn hier?«

»Ich wollte dich sehen.« Er zog die Kopfbedeckung der Gugel etwas zurück.

»Ich dachte, du wolltest dich im Verborgenen halten«, sagte sie gedämpft und blickte sich um, doch niemand schien sich für sie zu interessieren.

»Und ich dachte, wir könnten gemeinsam die Sonntagsmesse besuchen. In der Apostelkirche wird mich keiner erkennen.« Er griff nach ihrer Hand. Das Blut schoss in ihre Wangen. Erst jetzt wurde Figen wieder Elisabeth und Margret gewahr, die ihr feindselige Blicke zuwarfen.

»Was willst du mit dem Ketzer?«, zischte Margret.

»Psst.« Figen legte einen Finger auf die Lippen. Wie konnte sie so etwas herausposaunen?

»Ich habe dir doch gesagt, du sollst dich von ihm fernhalten«, keifte Margret weiter.

»Er ist in der Stadt wieder geduldet, also nenn ihn nicht so.« Dass Enderlin ihn verfolgte, brauchte Margret nicht zu wissen.

»Hat er dich etwa zu der Schule angestiftet?«

Figens Nacken verspannte sich. Was hatte sie plötzlich gegen die Schule? »So verdiene ich wenigstens ein paar Münzen.«

»Jetzt seid doch still«, ermahnte Elisabeth sie.

Margret wollte zu einer Erwiderung ansetzen, als sie sich den Bauch hielt und keuchte. »Dieses Kind ist so stark.« Sie stützte sich an einer Mauer ab und strich sich eine Haarsträhne aus dem Gesicht.

»Also hoffentlich ein Junge«, sagte Elisabeth und trat zu ihr, doch Margret wehrte ab.

»Es geht schon.«

Sie gingen weiter. Margret sagte nichts mehr, aber sie warf Seitz einen weiteren feindseligen Blick zu. Seitz flüsterte Figen zu: »Sie muss mich nicht mögen. Hauptsache, deiner Zuneigung bin ich mir sicher.«

Figen stellte sich vor, wie es sein würde, seine Frau zu sein und jeden Sonntag gemeinsam die Messe zu besuchen.

Die Kirche war bereits gut gefüllt, sie waren spät dran. Der Gottesdienst rauschte an Figen vorbei. Sie wagte immer wieder Blicke über die Schulter und beäugte die Menschen um sie herum, aber keiner schien Notiz von Seitz zu nehmen. Außerdem, wer sollte schon wissen, dass er von der Inquisition gesucht wurde?

»Zum Schluss gibt es noch eine Verkündigung des Erzbischofs Hermann von Wied«, rief der Priester von der Kanzel. Es wurde still in der Kirche, als ob alle Kirchenbesucher die Luft anhielten.

»Der Kampf gegen den Ketzer Martin Luther geht weiter«, rief er, und Figens Herz setzte einen Schlag aus. »Wer Texte von ihm vorliest oder verbreitet, macht sich der Ketzerei schuldig. Die Irrgläubigen werden eingesperrt oder aus der Stadt verwiesen.«

Ein Raunen ging durch die Menge.

»Winkelprediger werden ohne Gnade bestraft, also haltet Euch von Luthers Lehre und seinen Anhängern fern.«

Figen sog scharf die Luft ein. Gut, dass sie die Schule für zwei Wochen geschlossen hatte. Seitz drückte ihre Hand. Sie sah in sein besorgtes Gesicht. Jetzt lächelte sie ihm aufmunternd zu. Es würde schon alles gut werden.

***

Der Regen platschte auf die morastige Gasse, und Enderlin sank knöcheltief in den stinkenden Schlamm. Er wünschte sich ebensolche hölzernen Trippen, wie sie die Büttel unter die Schuhe geschnallt hatten. Damit würde er nicht so tief einsinken. Der Mantel und seine Kutte waren durchweicht, der Saum seines weißen Habits war schlammbesudelt. Am liebsten wäre er heute im Kloster geblieben, doch Jakob Hochstraten hatte ihm das aufgesetzte Schreiben in die Hand gedrückt und ihn zum Rathaus geschickt.

Sechs der korpulenten Büttel begleiteten ihn nun. Figen und Seitz von Rosenberg sollten beide in Gewahrsam genommen werden. Enderlin hatte entschieden, erst den Ketzer abzuholen. Nicht dass er noch gewarnt wurde.

Er war froh, als sie endlich das Haus erreichten. Als er an die Pforte klopfte, verschwand eine Maus raschelnd im verblühten Rosenbusch. Eine beleibte Frau mit einer dreckigen Schürze öffnete ihm. Sie trug ein braunes Leinenkleid, die Ärmel waren mit einer Stickerei versehen. Jetzt erkannte er ihr Gesicht wieder. Vor vier Jahren, als Seitz seine gerechte Strafe am Kax erhalten hatte, hatte sie gejammert und gezetert. Es musste sich um die Mutter handeln.

»Was wollt Ihr?« Sie stemmte eine Hand in die Hüfte.

»Zu Eurem Sohn Seitz von Rosenberg.«

»Er ist nicht da.«

»Wo ist er?« Regentropfen liefen an seinem Gesicht hinab und tropften in den Kragen. Sie konnte sie doch wenigstens reinbitten.

»Was schert es Euch?«

Diese Hochnäsigkeit widerte ihn an. Das würde ihr noch vergehen. »Der Inquisitor erwartet ihn zum Verhör.«

»Was wird ihm vorgeworfen?«, fragte Frau von Rosenberg trotzig.

»Ketzerei«, zischte er.

»Und was genau?«

Was fiel ihr ein, solche unverschämten Fragen zu stellen? Sie sollte sich lieber um das Seelenheil ihres Sohnes sorgen. »Das wird er im Verhör erfahren. Also sagt schon! Wo finden wir ihn?«

»Ich weiß nicht, wo er sich befindet. Vor zwei Tagen ist er verschwunden, und seitdem mache ich mir Sorgen. Wahrscheinlich ist er auf der Flucht vor Euch«, zischte sie und zeigte mit dem Finger auf ihn.

Enderlin wich zurück, damit sie ihn nicht berührte. Das war doch eine Lüge. »Durchsucht das Haus. Und vergesst den Keller und die Scheune nicht«, befahl er den Bütteln.

Die Stadtdiener drängten sich an ihr vorbei.

»Das könnt Ihr nicht machen«, zeterte sie.

»Oh doch, wir können und wir werden«, entgegnete Enderlin.

Frau von Rosenberg lief den Bütteln hinterher. Enderlin wartete im Eingangsbereich und betrachtete den Regen, wie er die Pfützen in Bewegung brachte. Er rieb sich über die Arme, wünschte sich eine Stube, in der er sich aufwärmen konnte. Er lehnte die Tür an, dennoch pfiff der Wind durch den Spalt. Als die Büttel zurückkamen, zitterte er.

»Wir haben bloß den Vater, einen Bruder und einige Schwestern angetroffen«, gab einer Auskunft.

»Das habe ich doch schon gesagt«, keifte Frau von Rosenberg, die wutentbrannt hinter den Bütteln hergestapft war.

Das durfte doch nicht wahr sein! Hatte die Mutter tatsächlich die Wahrheit gesprochen und Seitz war geflüchtet? Das Zittern seiner Glieder wurde stärker. »Habt ihr im Keller nachgesehen?«

Der Büttel nickte. »Und in der Scheune, in der Werkstatt, im Stall und auf dem Dachboden. Glaubt uns, hier ist er nicht.«

Enderlins Kiefer mahlten. Das konnte doch nicht angehen! Figen musste ihn gewarnt haben. Wieso legte ihm Gott solche Steine in den Weg?

Ein stattlicher Mann kam aus dem hinteren Teil des Hauses gehumpelt. »Hab ich Euch nicht gesagt, Ihr sollt verschwinden?«, brüllte er und hob drohend die Hand. Das musste der Hausherr sein. Auf seiner Hose hatten sich winzige Sägespäne verfangen.

»Der Inquisitor schickt uns«, entgegnete Enderlin.

»Das ist mir egal. Ihr verlasst sofort mein Haus!« Er baute

sich vor ihnen auf, er war ebenso groß wie der größte seiner Büttel. Die Stadtdiener bewegten sich nicht und warteten auf Anweisungen.

»Wisst Ihr, wo sich Euer Sohn aufhält?«, fragte Enderlin.

Der Mann schüttelte den Kopf. »Nein, und wenn ich es wüsste, würde ich es Euch sicher nicht verraten.«

»Falls Ihr einen Ketzer versteckt, macht Ihr Euch ebenfalls schuldig.«

»Es reicht. Verschwindet«, rief von Rosenberg. Sein Gesicht hatte sich zu einer wütenden Fratze verzogen.

Hier gab es nichts mehr für sie zu tun. Enderlin gab den Bütteln mit einer Kopfbewegung zu verstehen, dass sie gehen sollten. Draußen erwartete sie ein regelrechter Wolkenbruch. Der Unmut stand den Stadtdienern ins Gesicht geschrieben.

»Wir müssen zu Figen Winters. Sie darf uns nicht auch noch entwischen.«

Grimmiges Nicken bekam er als Antwort. Enderlin lief schnellen Schrittes voran, so wurde ihm wenigstens warm. Er durfte nicht mit leeren Händen ins Kloster zurückkehren. Bald schnaufte er, auch die Büttel waren außer Atem, doch sie durften keine Zeit verlieren.

Als sie an seinem Elternhaus ankamen, hatte zumindest der Regen aufgehört. Enderlin führte die Stadtdiener in den Hinterhof und steuerte die Hintertür der Schenke an. Sie war wieder nur angelehnt. Ruckartig zog er sie auf und stockte. Leer. Keine Mädchen, keine Figen. Enderlin stand einen Augenblick wie erstarrt. Der Gedanke durchzuckte ihn wie ein Blitz. Figen war auch geflohen. Der Prior würde ihn dafür verantwortlich machen, obwohl es seine Anweisung gewesen war, auf die Verkündigung des neuen Gesetzes vom Erzbischof zu warten. So hatte er wertvolle Tage verloren.

»Wir sollten es im Wohnhaus probieren«, sagte ein Büttel.

Enderlin nickte, obwohl er nicht glaubte, dass sie Figen dort antreffen würden. »Lasst uns durch die Hintertür in die Küche, so können wir sie überraschen.«

Die Tür war tagsüber nie verschlossen, da die Bewohner

des Hauses dort ein und aus gingen. Es war der kürzeste Weg zur Brauerei, den sein Vater, die Knechte und Gesellen oft beschritten hatten. Außerdem kam man durch die Tür zum Brunnen, Abtritt, Stall und in den Garten.

Enderlin hielt es genauso wie bei der Schenke: Ohne zu klopfen, zog er mit Schwung die Tür auf und sah in zwei überraschte Gesichter. Gott hatte ihn doch nicht verlassen. Hoffentlich würde der Prior sich milde zeigen, wenn er zumindest die Ketzerin gefasst hatte.

✽✽✽

Figen hatte in der Suppe gerührt, sich über den Topf gebeugt und tief durch die Nase eingeatmet. Am Morgen hatte sie von dem Schulgeld Speck erstanden, der nun einen köstlichen Duft verströmte. »Endlich mal wieder Fleisch. Ich denke, Margret wird begeistert sein und nichts mehr gegen die Schule einzuwenden haben«, sagte sie zu Elisabeth.

Die ältere Magd hielt ihr Messer hoch und betrachtete es im Lichtschein am Fenster. »Die Scharte muss ausgewetzt werden, kannst du mir Münzen für den Schmied geben?«

Figen trat einen Schritt zur Seite. Musste Elisabeth dieses Ding so durch die Lüfte schwingen?

In dem Moment war die Hintertür krachend aufgeflogen.

Figen wandte sich ruckartig um. Ihre schlimmste Befürchtung war wahr geworden. Enderlin betrat die Küche mit sechs breitschultrigen Bütteln im Schlepp.

»Figen, du hast dich der Ketzerei schuldig gemacht und wirst zum Inquisitionsverhör gebracht«, polterte Enderlin.

»Was habe ich getan?« Sie presste die Hand auf die Brust und versuchte sich zu beruhigen. Sie musste nur dementieren und abschwören, dann würde ihr nichts geschehen, dennoch kroch die Angst in jeden Teil ihres Körpers.

»Ihr unterrichtet in der alten Schenke Mädchen und lehrt die unschuldigen Seelen das Lesen anhand der Heiligen Schrift in der Lutherübersetzung.«

»Habt Ihr mich dort heute angetroffen?« Sie stemmte die Hand in die Hüfte und hoffte, überzeugend zu wirken.

»Leugnet es nicht. Ich habe es am Freitag mit eigenen Augen gesehen.« Er forderte die Büttel mit einem Blick auf. »Ergreift sie.«

Der Schrecken floss ihr durch den Leib wie ein Blitz. »Nein!«, rief sie, doch bevor sie etwas entgegenzusetzen hatte, packten zwei der Stadtdiener sie bei den Handgelenken. Zu fest! Sie krümmte sich und schrie auf. Tränen schossen ihr in die Augen. Die Büttel lockerten den Griff. Figen richtete sich wieder auf und blinzelte die Tränen fort. Sie wollte keine Schwäche zeigen.

»Enderlin, was fällt dir ein?«, zeterte Elisabeth. »Denk an deinen Vater und hab Erbarmen.«

»Bei einer Ketzerbraut kann ich kein Erbarmen zeigen.«

Figen schluckte trocken. Kein Erbarmen? Was hatte das zu bedeuten?

Elisabeth fasste ihn am Arm. »Enderlin! Lass doch einmal Milde walten!«

Elisabeth würde umkommen vor Sorge, dabei musste Figen nur das Verhör durchstehen. Das würde sie schaffen. Sie musste es. Sie wollte sich von der Geistlichkeit nicht ihr Leben zerstören lassen. »Sorge dich nicht«, sagte Figen. »Der Inquisitor will mich nur verhören.«

»Das glaubst du. Hast du die Ankündigung des neuen Gesetzes in der Sonntagsmesse nicht gehört?«, entgegnete Enderlin.

»Das habe ich.« Was sollte dieser Erlass schon ändern?

»Der Erzbischof will den Kölnern zeigen, dass er es ernst meint. Die erste Ketzerin wird auf dem Scheiterhaufen landen.« Seine Stimme klang bedrohlich wie die eines Teufelsgehilfen.

Nein! Sie wollte schreien, doch ihr Brustkorb schnürte sich zu, als hätte ihr jemand eine Eisenkette umgelegt und würde diese fest zuziehen. Scheiterhaufen? Sie sah Flammen. Züngelnde Flammen. Knisternd. Erbarmungslos. Sie hörte Schreie. Schmerzensschreie, die ihr durch Mark und Bein zogen. Nein! Das wollte sie nicht erleben.

»Das kannst du doch nicht zulassen. Enderlin, hast du denn kein Herz?«, hörte Figen Elisabeth schreien. Aber es war, als wäre die ältere Magd weit entfernt.

Figens Beine knickten weg, doch sie berührte den Boden nicht. Jemand zog sie hoch und stützte sie. Sie verließen das Haus, traten auf die matschige Gasse. Als ob ihre Füße einer Fremden gehörten, taten sie einen Schritt nach dem anderen. Scheiterhaufen. Sie war verloren!

Würde sie wirklich den Flammen zum Opfer fallen? Was hatte sie schon getan? Was war so schlimm daran, dass sie die Bibel auf Deutsch für den Unterricht benutzte? Was konnte an Gottes Wort ketzerisch sein, dass man den Menschen umbringen musste, der es verbreitete? Streckte der Tod seine Krallen nach ihr aus, oder gab es noch Hoffnung für sie auf Leben?

Vielleicht warteten ihre Eltern im Himmel auf sie. Aber sie wollte noch nicht sterben! Sie war noch nicht bereit, aus dem diesseitigen Leben zu scheiden. Sie wollte heiraten und Kinder bekommen, lieben und lachen, die Sommersonne auf ihrer Haut spüren, durch Schnee waten und den Duft des Lebens in sich aufnehmen. Sie wollte Seitz noch mal sehen, ihn in die Arme schließen und seine Lippen kosten. Hoffentlich war er in Sicherheit. Aber er würde nicht für sie einstehen, sie nicht retten können. Ja, sie war verloren!

»Hier trennen sich unsere Wege«, sagte Enderlin.

Figen sah zu ihm auf. Seine Kleidung war durchweicht und verschmutzt. Wenn man von der schwarz-weißen Farbe absah, konnte man ihn auf den ersten Blick für einen Bettler halten. Doch ein Teufelsgenosse steckte in diesen Gewändern.

Er stellte sich vor sie. »Wo ist Seitz von Rosenberg?«

Also hatten sie ihn nicht gefunden. Dem HERRN sei Dank. Innerlich atmete sie auf, doch sie ließ sich nichts anmerken. »Ich weiß es nicht.«

»Lüg mich nicht an«, zischte er.

»Ich lüge nicht«, sagte sie und bat Gott in Gedanken um Vergebung. Sie presste die Lippen zusammen, sprach kein Wort mehr, ließ Enderlin wüten und schimpfen.

Sein Kopf war hochrot geworden. »Bringt sie in den Turm«, befahl er den Bütteln.

»Wohin?«, japste sie. Wieso wurde sie nicht sofort ins Kloster zum Verhör gebracht?

»In den Frankenturm. Das wird deine Zunge schon lockern.«

Vielleicht war es gut, wenn sie nicht direkt zum Inquisitionsprozess musste. Es gab ihr Zeit zum Nachdenken, dennoch bebte sie am ganzen Körper. Der Gedanke an das unbarmherzige Feuer nahm ihr die Luft zum Atmen. Lodernde Flammen, ein unheilvolles Rauschen, die Pein, die erst ihre Füße und dann ihren Körper erfassen würde. Sie hörte sich schreien, aus tiefster Seele, voller Verzweiflung und Todesangst. Doch es war nur ein kurzer Aufschrei, der ihre Lippen verließ, als der Büttel mit einem festen Ruck an ihren Armen riss und sie wieder hinter sich herzog.

※※※

Jonata musste sich an der Wand abstützen, als Elisabeth ihr erzählte, was passiert war. Die Worte waren wie die Strudel des Rheins: Die Verwirbelungen zogen sie in die finsteren Tiefen und raubten ihr die Luft zum Atmen. Figen drohte der Scheiterhaufen. Wie konnten Enderlin und die Inquisition so grausam sein?

Sie mussten Figen aus der eisernen Hand des Klerus befreien. Nur wie? Der Henker würde ihr kein zweites Mal einen Gefallen tun, und die Dominikanermönche würden sich die Hände reiben, wenn sie vor dem Kloster auftauchte. Köln war ein Unheilsort! Der Schrecken für jeden, der den Lehren Luthers folgte und für die Verbreitung der Frohen Botschaft Gottes einstehen wollte. Ihr schwindelte, und sie japste nach Luft.

Es klopfte an der Haustür. Jonata erwartete weiteres Unheil und wusste nicht, wie sie noch mehr ertragen sollte. Sie verbarg sich in der Küche, während Elisabeth die Pforte öffnete. Als Jonata die Stimme des Buchführers hörte, purzelte ein Stein von ihrem Herzen.

Sie trat aus ihrem Versteck hervor. »Schön, dass du da bist.« Sie fiel ihm wieder in die Arme, ob es nun schicklich war oder nicht. Sollte er denken, was er wollte, sie brauchte eine Umarmung.

»Was ist geschehen?«, fragte er.

»Enderlin hat Figen geholt. Sie wird der Ketzerei beschuldigt und soll auf dem Scheiterhaufen brennen.« Sie schniefte und versuchte, die Tränen zu unterdrücken.

»Wofür?«, fragte er entsetzt.

»Sie hat eine Mädchenschule eröffnet«, gab Elisabeth zur Antwort.

»Und sie hat das Septembertestament für den Unterricht benutzt«, ergänzte Jonata.

»Und dafür will man sie brennen sehen? Diese Feiglinge von Pfaffen haben nur Angst, dass sie bald überflüssig werden, wenn jeder selbst die Heilige Schrift lesen kann.« Mathes schlug die Faust gegen die flache Hand.

»Davon sind wir doch noch weit entfernt«, sagte Jonata.

»Und trotzdem scheißen sie sich in ihre Kutten.«

»Wir müssen sie be…frei…en.« Jonatas Stimme brach.

Mathes packte sie bei den Schultern. »Jetzt beruhige dich. Wann wurde sie geholt?«

»Gerade eben.«

»Dann haben wir noch Zeit. Wir überlegen uns was.«

Jonata nickte, fühlte sich jedoch nicht besser. Der Gedanke, ihre Freundin auf dem Scheiterhaufen zu sehen, zog sie immer tiefer in den Strom der Finsternis, die über sie hereinbrach.

»Vorher muss ich mit dir noch über etwas anderes reden«, sagte Mathes.

»Am besten, wir setzen uns in die Stube«, schlug Elisabeth vor und verschwand in der Küche, um Getränke zu holen.

Jonata sah Mathes fragend an. Was meinte er nur? Als sie mit den Schultern zuckte, zeigte er in Richtung Kochstube und flüsterte: »Weiß sie es? Rattenpeck.«

»Noch nicht. Aber sie darf es ruhig erfahren.« Sie war froh, wenn sie das Wissen um die Liebelei in diesem Haus nicht mehr allein mit sich trug.

»Willst du deiner Ziehmutter vorher erklären, worum es geht?«

Jonata rieb sich über die Stirn, konnte kaum einen klaren Gedanken fassen. Margret, Rattenpeck – die Probleme mit dem Haus waren seit der Nachricht von Figen so weit entfernt wie ihr trautes Heim in Wittenberg. Doch sie riss sich zusammen, wartete, bis Elisabeth das Bier gebracht hatte, und erzählte ihr von Margret und dem Schneider.

»Das darf doch nicht wahr sein«, stieß Elisabeth hervor. »Und ich habe nichts bemerkt.«

»Und was hast du herausgefunden?«, fragte Jonata an Mathes gewandt.

»Nachdem ich ein teures Wams in Auftrag gegeben und ihn zu Suppe und Bier eingeladen habe, wurde er sehr gesprächig.« Er strich sich durch die rötlichen Haare. »Jonata, Rattenpeck ist der Mörder deines Vaters. Er hat es mir ziemlich deutlich zu verstehen gegeben.«

Jonata keuchte, ihr Magen zog sich schmerzhaft zusammen. Elisabeth stieß einen gequälten Laut aus, der zwischen Schrei und Aufheulen lag. Sie schlug sich die Hand vor den Mund, um ihre laut gewordene Qual zu ersticken.

»Was hat er dir erzählt?« Jonata wollte genau wissen, warum der Schneider das Messer gegen ihren Vater erhoben hatte.

»Er hat Margret kennengelernt, als sie ein Kleid bei ihm in Auftrag gegeben hat. Bei der Anprobe ist es dann geschehen, sie haben …« Er strich sich verlegen über den Nacken. »Und dann haben sie sich regelmäßig getroffen.«

Jonata ballte die Hand. Margret hatte ihren Vater hintergangen, Unzucht getrieben und sich gegen Gott versündigt. Hatte ihr Vater davon gewusst, und war es ihm deswegen so schlecht gegangen?

»Rattenpeck hatte Margret zu überreden versucht, Bechtolt zu verlassen und mit ihm in eine andere Stadt zu ziehen, doch sie wollte nicht. Als er erfahren hat, dass sie sein Kind unter dem Herzen trägt und dass Bechtolt sie geschlagen hat, hat er die Nerven verloren.«

»Und hat ihn ermordet«, sagte Jonata.

Mathes nickte. »Rattenpeck hat gesagt, er hatte Bechtolt zur Vernunft bringen wollen. In der Schenke.« Er machte ein vielsagendes Gesicht.

»Die Schlägerei«, folgerte Jonata.

»Genau. Doch Bechtolt habe Margret weiter geschlagen, sie wollte ihren Mann nicht verlassen, und Rattenpeck hatte Angst um sein ungeborenes Kind, so sagt er. Und da habe er keine andere Möglichkeit gesehen, als das zu tun, was nötig war. Er wollte sein Weib endlich von ihrem Ehemann erlösen und sie und sein Kind zu sich holen.«

Jonata lief ein eiskalter Schauer über den Rücken. Also hatte ihre Ahnung sie nicht getäuscht.

»Rattenpeck hat behauptet, Margret habe Bechtolt nie geliebt, sondern nur ihn.« Mathes zuckte mit den Schultern. »Ob das stimmt …«

Jonata atmete tief durch. Wieso hatte ihr Vater die Magd zur Frau genommen? Sicherlich wäre er noch am Leben, wenn er es nicht getan hätte. Sie hätte so gern noch ein letztes Mal mit ihm gesprochen und sich entschuldigt. »Und jetzt?«, fragte sie.

»Wir müssen es Margret sagen«, erklärte Elisabeth.

Ein Gedanke durchfuhr Jonata erneut. »Vielleicht wusste Margret nicht, wie sie Bechtolt entkommen konnte, und hat Rattenpeck dazu –«

»Nein«, sagte Elisabeth entschieden. »Dann wäre sie eher davongelaufen.«

»Auch mit dem Wissen, dass sie ein Kind unter dem Herzen trägt?«, wandte Mathes ein.

»Zudem, wenn es von einem anderen Mann war? Und sie Kuntz hätte zurücklassen müssen?«, ergänzte Jonata. Für einen Moment war sie nicht in der Lage, sich zu rühren. Hatte Margret ihren Geliebten dazu angestiftet?

»Ich bleibe dabei. Das hätte sie nicht gewollt«, beharrte Elisabeth. »Wir müssen mit ihr sprechen.«

Da hatte ihre Ziehmutter wohl recht. Sie würden an Margrets Reaktion erkennen, ob sie davon wusste oder nicht. »Also gut.«

Elisabeth nickte. »Ich werde sie holen.«

Jonata knetete die Hände. Sie hörte ein Poltern, Gezeter, Margrets Stimme. Kurze Zeit später kam Elisabeth mit Margret zurück. Margret sah verschlafen aus, das Kleid war knittrig. Sie hielt sich den Bauch. »Was kann so wichtig sein, dass ihr mich wecken musstet?« Schwerfällig ließ sie sich auf die Bank nieder und lehnte sich an die Wand.

»Glaub uns, das möchtest du erfahren«, sagte Jonata.

»Wirklich?« Sie gähnte und rieb sich über das Gesicht.

»Du hast gesagt, Rattenpeck ist nicht der Mörder meines Vaters«, fuhr Jonata fort.

»Genau.«

»Er hat dich angelogen. Er war es.«

»Was? Nein!« Margret schlug die flache Hand auf den Tisch.

»Margret, ich habe euch beide vorgestern in der Brauerei gesehen.«

Margret öffnete den Mund und schloss ihn wieder. Sie war sichtlich erstaunt.

»Und ich habe mit ihm gesprochen«, fuhr Mathes fort. »Er hat mir klar und deutlich zu verstehen gegeben, dass er sein Weib, die ein Kind von ihm erwartet, von ihrem Ehegatten erlösen musste. Und sie bald zu sich holen würde.«

Margret sah Mathes mit großen Augen an. Jonata konnte förmlich sehen, wie sich ihre Gedanken überschlugen. »Das hat er gesagt?«, fragte sie.

Der Buchführer nickte. »Er liebt Euch und hat für Euch getötet. Er wollte Euch endlich für sich haben, wie er sagte.«

»Bei allen Heiligen.« Margret hielt sich die Hand vor den Mund. »Das hat er also gemeint … Aber er kann doch nicht … Er ist doch …« Sie senkte den Kopf und atmete tief ein und aus. Jäh hob sie ihn wieder. »Ich muss mit ihm reden.« Entschlossen stand sie auf.

»Nein«, widersprach Jonata, »du wirst ihn nur warnen, und dann wird er die Flucht ergreifen.«

»Ich muss es aus seinem Mund hören.« Sie presste die Lippen zusammen, in ihren Augen bildeten sich röte Äderchen.

»Und was wirst du tun, wenn er es dir bestätigt?«, fragte Elisabeth. »Läufst du ihm dann direkt in die Arme?«

»Natürlich nicht.« Sie stockte, sah auf ihre Hände, knetete sie. »Bechtolt war der Vater von Kuntz. Mein Ehemann. Mein Leben. Ludke war doch nur … Ich hatte es beenden wollen, aber er hat mich nicht in Frieden gelassen. Hat mich überreden wollen, Bechtolt zu verlassen. Aber das hätte Bechtolt ganz zerbrochen.« Sie seufzte tief.

»Als ich erfuhr, dass ich ein Kind unter dem Herzen trage, wusste ich nicht mehr, was ich machen sollte.« Sie schüttelte gedankenverloren den Kopf. »Aber das Messer gegen ihn erheben? Was für ein hinterlistiger Hundsfott.«

»Du gehst nicht zu ihm zurück?«, fragte Jonata.

»Was? Nein! Ich bin doch keine Mördersbraut.« Sie wandte sich zur Tür. In dem Moment platschte eine Menge Flüssigkeit auf den Boden. Schockiert sah Margret an sich hinunter.

Die Geburt ging los. War es nicht noch viel zu früh? Hoffentlich würde das Neugeborene überleben. Margret stützte sich an der Wand ab und keuchte. Jonata spürte ebenfalls ein Ziehen im Unterleib, als würde sich der Schmerz auf sie übertragen.

»Holt die Wehmutter.« Elisabeth sprang auf und half Margret, sich auf den Beinen zu halten.

Die Wehmutter lebte in einem heruntergekommenen Haus, das mehr an einen alten Stall erinnerte. Die Fensterläden hingen schief in den Angeln, die Wände waren aus maroden Brettern zusammengezimmert, die an zahlreichen Stellen dem Wind Einlass gewährten. Die Haustür war morsch und verwittert. Mathes klopfte an die Tür.

Die Frau, die ihnen öffnete, war gut gekleidet und brachte einen Duft von Rosenwasser mit.

»Margret aus dem Haus an der Hopfenschenke schickt uns«, sagte Jonata. Sie hatte ihre Kopfbedeckung bis tief in die Stirn gezogen. Sie schlug sie nicht zurück, wie es sich geschickt hätte. »Sie hat viel Wasser verloren.«

»Bei allen Heiligen! Was will das Kind schon auf der Welt? Der Advent ist noch weit entfernt.« Sie lief ins Haus und kam kurz darauf in einen Mantel gehüllt und mit einem Bündel über der Schulter zurück. Sie schloss die Tür hinter sich und rauschte an ihnen vorbei, hatte noch nicht mal ein Wort des Abschiedsgrußes auf den Lippen. Diese Frau würde sich nicht für Jonata interessieren.

»Und jetzt?«, fragte sie.

»Gehen wir zum Kloster. Ich werde dort nach Figen fragen«, sagte Mathes.

Jonata folgte Mathes. Der Weg bis zur Stolkgasse war ihr immer noch vertraut. Dort lag nicht nur das Dominikanerkloster, sondern auch das Elternhaus von Simon. Ob sein Bruder noch die Druckerei betrieb? Er hatte sich äußerst ungeschickt beim Drucken angestellt. Und wie ging es seiner Mutter? Zu gern hätte sie sich für Simon danach erkundigt, doch in dem Haus konnte sie sich nicht blicken lassen.

Ein Mann versuchte, ein Schwein anzutreiben, das sich in einer schlammigen Pfütze wälzte. Ein Paradies für die Tiere, der Schrecken für die Bewohner Kölns. Der Saum ihres Kleides war bereits nach wenigen Schritten schlammbesudelt.

Bevor sie in die Gasse einbogen, blieb Jonata stehen. »Ich werde hier warten.«

»Glaubst du, dass man dich erkennen wird?«

»Enderlin geht im Kloster ein und aus. Ich will nicht riskieren, ihm zu begegnen.«

»Wie du meinst. Bis gleich«, sagte Mathes und wandte sich um. Er stapfte den Pfützen ausweichend die Gasse entlang. Jonata verbarg sich in einem Hofeingang, tippelte von einem Fuß auf den anderen und beobachtete die Straße.

Sie wartete eine gefühlte Ewigkeit. Dann sah sie einen Mönch vorbeihuschen. Er war klein, die Schritte hastig, die Hakennase schaute hervor. Enderlin! Er kam aus Richtung des Klosters. Für einen Moment war sie nicht in der Lage, sich zu rühren, dann wich sie einen Schritt zurück.

Jäh spürte sie eine Hand auf der Schulter und fuhr herum.

Ein großer Mann packte sie und drückte sie an die Hauswand. »Was lungerst du vor unserem Haus herum?«

»Ich …«, stotterte sie und blickte zur Gasse. Hatte Enderlin sie entdeckt? Nein, er war nicht mehr zu sehen. »Verzeiht. Ich wollte Euch nicht –«

»Mach, dass du verschwindest!« Er packte sie am Mantel und gab ihr einen Stoß, sodass sie auf die Gasse stolperte.

Sie konnte Enderlin ein paar Karrenlängen vor sich erkennen. Er wandte sich um und sah in ihre Richtung. Unwillkürlich hielt sie die Luft an.

***

»Finde diesen Ketzer«, hatte ihm der Prior zugeraunt und war durch den Kreuzgarten zum Priorhaus gelaufen.

Enderlin hatte ihm nachgestarrt. Wie sollte er das anstellen? Figen musste Seitz von Rosenberg gewarnt haben. Es war doch nicht seine Schuld, dass der Ketzer verschwunden war.

Er atmete tief durch, musste nachdenken und sich Beistand holen. Er ging in die Kapelle und spürte sofort eine innere Ruhe. Unter der steinernen Figur der Mutter Maria mit dem Jesuskind im Arm lag ein vertrockneter Strauß Blumen. Enderlin ließ die Fingerknöchel knacken. Was für eine Nachlässigkeit.

Er sank auf die Knie und neigte den Kopf. Bitte HERR, zeig mir, wie ich diesen Ketzer finden werde. Er ließ mehrere Ave-Maria und Paternoster folgen. Dann erhob er sich und sah zum Kreuz. Es lag im Dunkeln. Das Licht, das an Sonnentagen den Altar erhellte und das Kruzifix in ein geheimnisvolles Licht hüllte, fehlte heute. Zumindest aber hatte es aufgehört zu regnen, und Enderlin hatte wieder trockene Kleidung am Leib.

Er holte sich aus der Kleiderkammer die Trippen, damit er nicht wieder so stark in den Morast einsinken würde. Als er an der Klosterpforte ankam, sprach Bruder Fritz mit jemandem durch die Guckluke.

»Gut, dass du kommst«, sagte der Bruder. »Es fragt jemand nach Figen Winters.«

»Wer?«

»Ein Buchführer.«

Enderlin entriegelte die Pforte und öffnete sie. Vor ihm stand ein großer Mann mit rötlichen Haaren und einem Fuchsfell um die Schultern. Das war der Buchführer, der vor Jahren die Lutherschriften auf dem Markt feilgeboten hatte. »Ihr!«, stieß er hervor. »Was wollt Ihr hier?«

Er sollte ihn direkt dem Prior melden. Auf der anderen Seite wusste er nicht mehr, ob er die Lutherdrucke vor oder nach der damaligen Ankündigung verkauft hatte. Und das war nun vier Jahre her. Wenn der Buchführer wieder in der Stadt war, würde Enderlin ihn auf frischer Tat ertappen und vors Ketzergericht bringen. Außerdem war er ein Vertrauter von Jonata. Vielleicht war aus ihm herauszubekommen, wo sich seine Schwester aufhielt.

»Wird Figen Winters verhört?«, fragte der Buchführer.

»Noch nicht.«

»Wann wird ihr der Ketzerprozess gemacht?«

Warum interessierte sich der Buchführer so für diese Ketzerin? »Was schert es Euch?«

»Und was schert es Euch, was es mich schert?«

Enderlin ballte die Hand. Dieser Hundsfott sollte seine Zunge zügeln. »Beantwortet einfach meine Frage!«, stieß er hervor.

»Ihr braucht doch nicht zornig werden«, sagte der Buchführer ruhig.

Und dennoch brachte er ihn zur Weißglut. Am liebsten wäre es Enderlin gewesen, wenn Figen noch heute verhört würde, aber der Prior wollte unbedingt beide zusammen einem Verhör unterziehen. Und er sollte diesen Ketzer von Rosenberg innerhalb von zwei Tagen aufspüren. »Ich habe keine Zeit für Euer Geschwätz.«

»Lasst mich zu ihr.«

Was fiel dem Buchführer ein? Das Kloster war doch kein Besucherhaus. »Sie ist nicht hier.«

»Wo ist sie dann?«, fragte der Buchführer überrascht.

»Dort, wo eine Ketzerbraut hingehört. Im Frankenturm. Und nun lasst mich vorbei.« Er ließ den Buchführer stehen und rauschte an ihm vorbei. Um den würde er sich kümmern, aber alles zu seiner Zeit.

Er würde sich nun in den Schenken in der Nähe des Hauses der Rosenbergs umhören, ob jemand wusste, wo sich Seitz von Rosenberg aufhielt. Er würde sich in die Höhle der Teufelsgenossen wagen.

Er hörte ein Geschrei hinter sich und wandte sich um. Eine Frau stolperte auf die Gasse. Ein Mann schrie ihr etwas hinterher und hob drohend die Hand. Irgendwas an dieser Frau kam Enderlin bekannt vor, doch sie hatte die Gugel so tief ins Gesicht gezogen, dass er sie nicht erkannte. Dann versperrte ihm ein Fuhrwerk die Sicht. Als das Gefährt vorbeigefahren war, war das Weib verschwunden. Er sollte sich nicht mit solchen Nichtigkeiten aufhalten.

✳✳✳

Es stank bestialisch nach Urin und Kot. Figen kauerte sich zusammen, presste die Beine an den Körper und wiegte sich vor und zurück. Die Kälte fraß sich vom Steinboden in ihre Glieder. Sie zitterte am ganzen Leib. In einer Ecke lag ein bisschen altes Stroh als Lager. Sie vermutete darin nicht nur Läuse und Flöhe, sondern auch anderes Ungeziefer und die Exkremente eines Delinquenten, der vor ihr in dieser Zelle festgehalten wurde. Wo war er jetzt? War er bereits hingerichtet oder wieder freigelassen worden?

Ein Tropfen platschte neben ihr auf den Steinboden. Figen rückte ein Stück zur Seite. Wieso hatte man sie in den Frankenturm gebracht? Sie hatte geglaubt, man würde sie nur verhören und, wenn sie widerrufen hätte, wieder auf freien Fuß setzen. Wie hatte sie sich getäuscht! Enderlin hatte gesagt, ihr würde der Scheiterhaufen drohen. War ihr Todesurteil schon beschlossene Sache? Sie schluchzte auf und ließ den Kopf auf die Knie sinken.

Nur noch wenig Licht fiel durch das winzige vergitterte Fenster. Bald würde sie in völliger Dunkelheit sitzen. Und man hatte ihr weder Brot noch Wasser gebracht. Würde sie in Gefangenschaft zugrunde gehen, bevor man sie auf den Scheiterhaufen zerrte?

Das Zittern ihres Körpers ging in ein unkontrolliertes Beben über. Sie wollte noch nicht sterben. Sie wollte leben! Sie spürte einen Stich im Unterleib. Der unsichtbare Dämon stieß ihr einen Dolch in den Bauch. Blut quoll heraus, die Luft und jedes Leben. Nein. Nein! Sie presste die Hände auf ihren Bauch und schrie. Ein Schrei voller Seele und Qual.

··*

Ein Schrei weckte Jonata. Margret! Sie lag immer noch in den Wehen, und draußen wurde es bereits hell. Sie nahm Clara auf den Arm und lief die Treppen hinunter. Die Schreie erfüllten das ganze Haus. Das Kind würde nicht mehr lange auf sich warten lassen.

Als Jonata die Stube betrat, schlug ihr warme Luft entgegen. Im Kamin knisterte ein Feuer. Margret hockte auf einem Schemel, hinter ihr saß Elisabeth und stützte ihren Rücken. Die Wehmutter kniete auf dem Boden, hatte Tücher ausgebreitet, neben ihr dampfte Wasser in einer Schüssel. Allen drei Frauen stand der Schweiß auf der Stirn, doch Margrets Gesicht war schmerzverzerrt.

Elisabeth warf Jonata einen erleichterten Blick zu. »Da bist du ja endlich. Löst du mich mal ab?«

»Clara will sicher gleich ihre Milch haben.«

»Nur für einen kurzen Moment. Ich nehme sie dir ab.« Elisabeth winkte sie heran. Jonata zögerte erst, dann gab sie Clara ihrer Ziehmutter auf den Arm und setzte sich.

Margret japste. »Jetzt«, keuchte sie und begann zu pressen. Jonata musste sich anstrengen dagegenzuhalten. Jetzt wusste sie, warum Elisabeth eine Pause brauchte.

»Weiter pressen«, rief die Wehmutter.

Margret schrie.

»Weiter«, forderte die Hebamme Margret auf.

Jonata dachte an die Geburt im Wald bei den Wegelagerern und war froh, dass diesmal eine Geburtskundige anwesend war.

Elisabeth verschwand derweil mit Clara. Jonata harrte hinter Margret mindestens zwanzig Wehen aus. Mittlerweile stand ihr ebenfalls der Schweiß auf der Stirn. Dann ging ein Ruck durch Margret.

Im nächsten Moment legte die Wehmutter ihr den Säugling auf die Brust. Er schrie seinen Unmut in die Welt hinaus. Jonata sah Margret über die Schulter. War es ein Junge oder ein Mädchen? Sie konnte es nicht erkennen, so schnell hatte die Wehmutter ein Leinentuch über das Neugeborene gelegt. Schwerfällig erhob sie sich und drückte den Rücken durch.

Die Wehmutter untersuchte den Säugling eingehend. »Gottes Segen für Euch. Es ist ein Junge. Klein, aber gesund.«

»Ein Junge«, wisperte Margret und betrachtete ihren Sohn liebevoll.

»Habt Ihr schon einen Namen?«

»Pertolt.« Margret lächelte.

»Ein schöner Name«, bestätigte Jonata. Er klang so ähnlich wie Bechtolt.

Die Wehmutter rieb sich über die Stirn. »Ich habe mich wohl mit der Geburtszeit verschätzt. Der Junge ist klein, aber er wäre niemals bis Dezember im Mutterleib geblieben.«

»Ein Geschenk Gottes«, sagte Jonata. Pertolt war ihr Hoffnungsträger. Hoffentlich würde der Schreinsmeister ihn als Erben anerkennen und ihm das Haus übertragen.

KAPITEL 20

Als Jonata die Stimme des Buchführers hörte, lief sie direkt nach unten. Er sah niedergeschlagen aus.

»Und?«, fragte Elisabeth, die ihm die Tür geöffnet hatte.

»Figen ist immer noch im Frankenturm. Der Burggreven lässt mich nicht zu ihr.«

Jonata lehnte sich gegen die Wand. War das ein gutes oder ein schlechtes Zeichen? Wieso hatte die Inquisition Figen noch nicht verhört? Und wie erging es ihrer Freundin in dem kalten, finsteren Gemäuer? War sie dem Feuer geweiht? Der Boden tat sich unter ihr auf und drohte sie zu verschlucken. »Wir müssen ihr doch irgendwie helfen.«

»Du hast damals Simon befreit, obwohl jeder wusste, dass es aus der Turmhaft kein Entkommen gab. Wie hast du das geschafft?«, fragte Elisabeth.

Jonata bekam eine Gänsehaut, als sie an diesen Tag dachte, an die Pein, die Demütigung. Sie hatte sich Sebalt hingeben müssen, damit er bei dem Henker eine Schuldigkeit einlöste. Das blieb ihr Geheimnis. Und Sebalt würde ihr nicht noch einmal einen Gefallen erweisen, egal, was sie für ihn tat. »Das wird uns diesmal nicht helfen.«

»Vielleicht doch«, beharrte Elisabeth und richtete ihre Haube. Ein Schwall Lavendelduft stieg Jonata in die Nase. Sie wollte ihrer Ziehmutter gern die Wahrheit sagen, aber sie konnte nicht.

Sie schüttelte entschieden den Kopf. »Jemand schuldete mir noch einen Gefallen, der uns heute nicht helfen kann.«

»Bitte, erkläre es uns.« Elisabeth strich über ihren Oberarm, wie sie es schon immer getan hatte, wenn sie Jonata trösten wollte.

»Ich kann nicht. Bitte dräng mich nicht!« Jonata atmete tief durch. »Jetzt gehe ich erst mal mit Margret zum Schreinsmeister. Passt du auf Clara auf?«

Elisabeth nickte.

Jonata lief die Stufen hinauf. Zum Henker, wie konnten sie Figen nur befreien?

Margret saß auf der Bettstatt und hielt Pertolt in den Armen.

»Bist du bereit?«, fragte Jonata.

Margret nickte. Jonata half ihr, den Kleinen mit einem langen Tuch vor die Brust zu binden. Er hatte winzige dunkle Haare. Zweifellos der Einfluss des Vaters, denn Margrets Haare waren blond. Doch ob es Bechtolt oder Rattenpeck war, vermochte sie nicht zu erraten. Durfte sie Margret danach fragen? Wollte sie es überhaupt wissen? Wenn sie beim Schreinsmeister das Erbe für Pertolt einforderten, wäre es Gotteslästerung, wenn er der Sohn des Schneiders war.

Als sie die Haustür öffneten, kam ihnen Rattenpeck entgegen. Jonata hielt die Luft an.

Er strahlte über das ganze Gesicht und breitete die Arme aus. »Mein Engel. Du hast das Kind bekommen und hast nicht nach mir schicken lassen?« Er tat gespielt beleidigt, doch sein Antlitz erstrahlte in wahrer Freude. Er zumindest glaubte, dass das Kind von ihm war.

Margret lächelte und drehte sich so, dass Rattenpeck das Gesicht des Kleinen sehen konnte. Oh nein! Sie würde sich von ihm doch nicht um den Finger wickeln lassen. Sie hatte doch gesagt, dass sie nicht zu ihm zurückwollte.

»Wir haben jetzt keine Zeit«, sagte Jonata.

»Für meinen Sohn muss immer Zeit sein.« Er grinste breit und nahm Margrets Hände in die seinen. »Jetzt ist es an der Zeit, dass du es allen erzählst und mit in mein Haus kommst.«

Nein, wollte Jonata schreien. Er ist der Mörder deines Ehemannes! Doch sie brachte kein Wort heraus.

✳✳✳

»Ich will diesen Ketzer vor mir um Gnade winseln sehen!« Der Prior schlug mit der Hand auf die Stuhllehne und stand auf. So außer sich hatte Enderlin Jakob Hochstraten nur ein

Mal gesehen. Das war, als der Ketzer Simon von Werden aus der Turmhaft geflohen war.

»Lasst uns Figen Winters verhören, dann werden wir erfahren, wo sich Seitz von Rosenberg aufhält«, gab Enderlin zurück.

»Wir werden beiden den Ketzerprozess machen.« Der Prior ging vor dem Kamin auf und ab.

Enderlin lag eine Erwiderung auf den Lippen, doch die Augen des Priors blitzten ihn an. »Du hast vor vier Jahren schon versagt und jetzt erneut.«

Nun konnte Enderlin nicht mehr an sich halten. »Was ist denn so schlimm daran, wenn wir erst die Ketzerin und später den Ketzer vors Gericht bringen?«

»Weil ich es mit dem Erzbischof so besprochen habe«, fauchte er.

Daher wehte also der Wind. »Ich muss trotzdem mit ihr sprechen«, sagte Enderlin.

»Tu, was du für nötig erachtest, aber bring den Ketzer her. Nicht nur der Erzbischof sitzt mir im Nacken – auch Rom verlangt, dass wir unsere Stadt sauber halten.« Der Prior umfasste das Kreuz um seinen Hals, trat ans Fenster und blickte hinaus.

Enderlin hielt die Luft an. Wenn Jakob Hochstraten dem Papst Bericht erstatten musste, würde er keine Milde walten lassen. Figen musste ihm endlich erzählen, wo sich Seitz aufhielt. Dafür würde er sorgen.

✳✳✳

»Wir werden ihn nach meinem Vater benennen«, sagte Rattenpeck, als er den Kleinen betrachtete.

»Ich habe ihn Pertolt genannt«, erwiderte Margret.

»Was? Wieso besprichst du so etwas nicht mit mir?«

Sie zuckte mit den Schultern. Jonata erkannte in ihrem Gesicht, dass sie zwischen Freude und Abwehr schwankte. Sie war anscheinend noch nicht gänzlich überzeugt, dass Rattenpeck der Mörder von Bechtolt war.

»Margret, komm«, drängte Jonata. Sie wollte nicht, dass Margret es sich anders überlegte.

»Wo wollt ihr denn hin?«, fragte Rattenpeck.

»Zum Schreinsamt«, antwortete Margret.

»Was interessiert dich noch dieses Haus? Komm zu mir!« Margret wich zurück. Endlich! »Es gehört meinem Sohn.«

»Unserem Sohn! Aber er wird mein Haus erben.«

»Das noch deinem Vater gehört«, entgegnete Margret. »Sag mir, hast du Bechtolt den Garaus gemacht?« Sie trat einen Schritt zurück und hielt die Hand vor Pertolts Kopf, als müsse sie ihn vor seinem Vater beschützen.

»Was denkst du denn von mir?« Er machte ein entsetztes Gesicht. Hoffentlich fiel Margret nicht darauf herein.

»Wir gehören zusammen.« Er griff nach ihrer Hand und sah sie beteuernd an. »Hör nicht auf sie. Sie will mich nur schlechtmachen«, sagte er und zeigte auf Jonata. »Wer ist sie überhaupt, dass du auf sie hörst? Du solltest dein Gesinde besser unter Kontrolle haben.«

Jonatas Kiefer mahlten. Am liebsten hätte sie ihm entgegengeschrien, dass es ihr Vater war, den er ermordet hatte. Aber es war besser, wenn er nicht wusste, wer sie war. Zumindest vorerst. Und er sollte sich in Sicherheit wiegen, bevor die Gewaltdiener ihn festnehmen würden. »Ich will Euch nicht schlechtmachen, doch was schadet es, wenn dieses Kind für Margret das Haus erben wird? Ihr könntet es vermieten und bekämet jeden Monat Geld.«

»Ist es das, was du möchtest?« Der Schneider sah Margret liebevoll an.

Sie nickte. »Ich komme später zu dir.« Sie gab ihm einen Kuss.

Was tat sie nur! Musste Jonata Mathes zum Gewaltrichter schicken, damit er von Rattenpeck erfuhr?

Endlich konnte sich Margret von ihrem Geliebten losreißen.

»Du willst doch nicht wirklich zu ihm gehen«, sagte Jonata, als sie sich weit genug von ihm entfernt hatten.

Margret strich Pertolt über das Köpfchen. »Ich möchte, dass er mit einem Vater aufwächst.«

»Ist er der Vater?«

Margret nickte. Dann stand diesem Kind das Haus nicht zu.

»Und das Haus?«, fragte Jonata.

»Vielleicht werde ich es tatsächlich vermieten.«

Doch an wen? Figen drohte der Tod. Elisabeth würde nicht alleine dort leben wollen. Und wenn Jonata Rattenpeck dem Gewaltrichter meldete, würde dieses Kind ohne Vater aufwachsen. Könnte sie sich das verzeihen? Sie dachte an Clara, die ihre Mutter nie kennenlernen würde. An Simon, der von einem Mann aufgezogen worden war, der nicht sein Vater war. Sie spürte eine unendliche Leere in ihrem Inneren. Sie wünschte sich zurück nach Wittenberg zu ihrer Familie.

Als sie beim Schreinsamt ankamen, hatte sie ihre Gedanken immer noch nicht geordnet. Sie hielt den Kopf gesenkt, als sie eintraten, auch wenn sie nicht glaubte, dass der Schreinsmeister sie erkennen würde. Er war ein alter Mann, hatte kaum noch Haare. Seine Haut war von der Zeit gezeichnet, die Finger knöchrig, an der rechten Hand trug er einen Ring aus Gold.

Er sah von seinen Büchern auf. »Euch kenne ich doch!« Er zog die Stirn in Falten, man sah ihm an, dass er angestrengt nachdachte, woher er Margret kannte.

»Ich bin Margret von Menden, und ich beanspruche das Haus an der Hopfenschenke für meinen Sohn und rechtmäßigen Erben Pertolt. Mein verstorbener Ehemann Bechtolt von Menden ist der Vater.« Sie hatte ihre Zuversicht und Bestimmtheit zurückerlangt.

»Von Menden«, grummelte er und rieb sich übers Kinn. Er schien mit sich zu ringen, wie er die Gelegenheit handhaben sollte. »Ich habe das Haus dem Sohn Enderlin über–«

»Ja, aber er ist ein Mönch und ist normalerweise vom Erbe ausgeschlossen. Nun ist Pertolt der rechtmäßige Erbe«, sagte sie.

»Ihr meint also, Ihr kennt Euch im Erbrecht aus?«, keifte er.

»Ich weiß, was recht und was unrecht ist. Und Ihr scheint irgendwas gegen mich zu haben.« Sie trat vor den Tisch und stützte sich darauf ab. »Ich will, dass Ihr meinem Sohn gebt, was ihm zusteht, was eigentlich mir zustehen würde. Ich verzichte, doch ich nehme nicht hin, dass dieser Mönch ein Haus erben soll, das er sowieso nicht besitzen darf.«

Sie zog ein Pergament aus ihrem Beutel und reichte es ihm. »Hier. Die Bestätigung der Wehmutter. Es ist mein Sohn und der rechtmäßige Erbe von Bechtolt, meinem verstorbenen Ehemann.«

Der Schreinsmeister betrachtete lange das Schreiben und seufzte. »Ist ja gut, Ihr habt ja recht«, knurrte er.

»Und wieso habt Ihr ihm dann das Haus überschrieben?«, fragte Jonata. Sie konnte nicht mehr still sein, auch wenn der Schreinsmeister auf sie aufmerksam werden würde.

Er beäugte sie misstrauisch, doch anstatt sie zu fragen, wer sie sei, antwortete er: »Weil jemand hier war und mir dafür Geld geboten hat.« Seine Augen blitzten trotzig auf.

»Wer?«, fragte Margret.

Er machte eine abwiegelnde Handbewegung. »Ach, so ein Schneider. Er hieß Rattenschwanz oder so.«

»Rattenpeck«, echote Margret leise.

»Ja, genau. Der war hier. Hat gesagt, Ihr seid für das Ableben von Bechtolt verantwortlich und es nicht wert, dass Ihr das Haus erbt. Ich solle es lieber diesem Mönch vermachen. Der würde es wenigstens dem Kloster zukommen lassen, und dann hätte das Haus noch einen Nutzen.«

Jonata konnte es nicht fassen! Sie wandte sich an Margret. »Glaubst du jetzt, dass er der Mörder ist? Er wollte dich für sich. Er wollte, dass du das Haus verlierst, damit du zu ihm gehst.«

In Margrets Gesicht stand der Schrecken. Sie wurde bleich, die Augen hatte sie weit aufgerissen. »Was habe ich mich nur getäuscht«, krächzte sie.

※※※

Lange schwarze Haare umwehten das ebenmäßige Gesicht. Der Wind gab das Antlitz frei. Ihre Mutter. Ein Lächeln auf den

Lippen, die Arme weit ausgebreitet. Figen war zu Hause. Sie wollte einen Fuß nach vorne setzen, aber ihre Beine waren wie festgenagelt. Ein Schritt kostete sie solche Kraftanstrengung, und sie kam doch nicht vorwärts. Sie sehnte sich nach dieser Umarmung. Wie lange war sie nicht mehr hier gewesen? Sie hörte ein klackendes Geräusch und dann eine Männerstimme. War ihr Vater vom Feld zurückgekehrt? Figen wollte nach ihm rufen, aber aus ihrem Mund drangen nur kalte Luft und ein Schwall Schneeflocken, die vor ihrem Gesicht tanzten.

»Figen Winters«, hörte sie eine Stimme über sich. Sie blickte nach oben. Dort war der Himmel mit den Wolken. Wer sprach mit ihr? Ein heißer Schmerz auf ihrer Wange. Langsam öffnete sie die Augen. Ein Gesicht, nein, eine Fratze. Wo war sie? Nicht vor ihrem Elternhaus? Ihre Mutter war … selig – genauso wie ihr Vater. Sie war im Frankenturm. Die Kälte fraß sich in ihr Inneres. Der Hunger zog ihren Magen zusammen wie die Sonne einen ausgedörrten Apfel. Sie hatte den vergammelten Kanten Brot nicht angerührt. Wie lange hatte sie schon hier ausgeharrt? Wochen, Tage oder nur Stunden? Alle Kraft war aus ihrem Körper gewichen.

»Steh auf, Ketzerin.«

Es war Enderlin! Er packte sie am Kleid und zerrte sie auf die Füße. Ihre Beine knickten ein, doch er hielt sie. »Wo ist Seitz von Rosenberg?«, zischte er.

Deswegen war er hier. Sie lächelte innerlich. Wenigstens Seitz hatte sich vor den Klauen der Inquisition verstecken können. Er war schlauer gewesen als sie. Wie wünschte sie sich in diesen Keller mit den vielen Weinfässern zurück, als er sie darum gebeten hatte, mit ihm die Stadt zu verlassen.

Mit einem Ruck drückte Enderlin Figen gegen die Wand. Ihr Kopf schlug hart gegen die Mauer, und ein stechender Schmerz zog durch ihren Körper. »Sag es mir jetzt«, verlangte er.

Figen presste die Lippen aufeinander und sah ihn an. Seine Augen blitzten feindselig, die Stirn war ärgerlich in Falten gezogen. Die Hakennase stand hervor, als wolle sie auf sie zeigen.

»Sag es mir endlich«, schrie er. Sein Gesicht verwandelte sich in eine wutverzerrte Fratze. Das konnte doch kein Mann Gottes sein!

»Ich weiß es nicht«, stieß sie hervor. Und es stimmte. Woher sollte sie wissen, wo sich Seitz in diesem Moment aufhielt? Vielleicht war er doch aus der Stadt geflohen, oder er überlegte sich, wie er sie aus dem Turm retten könnte.

»Lüg mich nicht an! Ich weiß doch, dass du es weißt.«

»Und wenn ich es wüsste …« Sie spuckte auf den Boden.

»Das wirst du büßen!«

»Was soll mir denn noch geschehen? Mir droht der Scheiterhaufen. Was kann noch schlimmer sein?«

»Die Finger des Henkers, wenn er sein Handwerk beginnt«, zischte er so nah vor ihrem Gesicht, dass sich ihre Nasenspitzen beinahe berührten.

Figen schloss die Augen und versuchte, die Worte an sich abprallen zu lassen. Sie würde sich nicht von ihm einschüchtern lassen.

»Sprich endlich«, kreischte er.

Wenn seine Stimme die eines Teufelsgenossen war, kam sie nun aus den Tiefen der Hölle, mit dem Hall der Erbarmungslosigkeit. Figen öffnete die Augen und sah in das Antlitz des Beelzebub persönlich.

Er drückte ihr gegen den Hals und nahm ihr den Atem. »Sag es jetzt, oder deine letzte Stunde hat geschlagen.«

Ihr Kopf fühlte sich an, als würde er zerplatzen. Ihre Lunge verlangte nach Luft, ihre Seele schrie nach Leben. Enderlin drückte so fest zu, dass der Schmerz in ihren ganzen Körper schoss. Sie zappelte und ruderte mit den Armen. Sie kam nicht frei. Mit beiden Händen umfasste sie seinen Arm, wollte ihn wegzerren, doch ihr fehlte jegliche Kraft. Sie strampelte mit den Beinen, trat ihn. Enderlin ließ dennoch nicht von ihr ab. Sein Gesicht so nah vor ihrem. Sein heißer, unheilvoller Atem auf ihren Wagen. Luft. Sie brauchte Luft!

Sein Gesicht verschwamm vor ihren Augen, ihre Sinne schwanden. Sie hatte geglaubt, noch ein paar Tage zu leben, und ihr letztes Gebet noch nicht gesprochen! Nun glitt der Hauch des Lebens aus ihr heraus. Ihre Glieder wurden schlapp. Mit letzter Kraft versuchte sie, Enderlin von sich zu schieben. Jäh ließ er von ihr ab.

Sie fiel auf den Boden und sog gierig die Luft ein. Sie atmete schnell und heftig, fasste sich an den Hals. Sie war noch am Leben.

»Nun sag schon«, wütete er. Erneute Pein durchfuhr sie, und sie schrie auf. Er packte sie an den Haaren und knallte ihren Kopf gegen die Steinmauer. »Jetzt! Ich habe keine Geduld mehr.«

Heißer Schmerz zog vom Kopf bis in jede Faser ihres Körpers. »Ich ... weiß ... es ... nicht«, krächzte sie.

»Hurenweib!« Er ließ sie los, und sie prallte zurück.

Sie hustete, japste nach Luft.

Enderlin hämmerte gegen die Tür. »Aufmachen!«

Scharrend öffnete sich die schwere Holztür. Ließ er tatsächlich von ihr ab? Sie würde leben!

Mit einem Satz war Enderlin durch die Tür. Sein Schatten wirkte übergroß im flackernden Licht einer Fackel. »Her damit«, rief er dem Wachmann zu. »Jetzt troll dich. Ich brauche keinen Aufpasser.«

Er wirbelte herum, zog hinter sich die Tür ins Schloss. »Du wirst reden, glaub mir. Und wenn es das Letzte ist, was ich erreiche«, zischte er und trat langsam auf sie zu. Was hatte er da in der Hand? Ein Messer! Figen krabbelte rückwärts an der Wand entlang. Nein! Sie sah ihre Mutter vor sich, dann Bechtolt. Blut, überall Blut. Die rote Flüssigkeit auf dem Boden. Das Lebenswasser war aus ihnen rausgeflossen. Nun würde sie auch durch ein Messer ins Jenseits gelangen.

Enderlin stürzte auf sie zu und packte ihren Arm, zog sie wieder auf die Beine. Ihr Kopf ratschte über die Steinmauer, und sie kreischte.

»Du Metze! Sag mir endlich, wo Seitz von Rosenberg steckt!« Er drückte ihr die Klinge gegen den Hals. Sie atmete flach, wagte nicht, sich zu bewegen. Ihr Oberkörper bebte.

Bitte nicht, flehte sie innerlich und suchte seinen Blick, doch fand statt Barmherzigkeit nur kalte Wut.

»Sag es schon!«, schrie er und presste das Messer fester gegen ihren Hals. Figen hielt die Luft an. Seine Augen blitzten hasserfüllt auf. Sie konnte weder sprechen noch denken, spürte nur die eisige Klinge an ihrer Haut. Erwartete jeden Moment, dass sich das Messer in ihr Fleisch bohrte und der Tod sie einhüllte.

Dann ließ Enderlin wieder von ihr ab. Figen fasste sich an den Hals und atmete erleichtert auf. Doch Enderlin krampfte seine Hand um den Griff des Messers, dass seine Knöchel weiß hervortraten, hielt es auf Hüfthöhe. Jäh ließ er die Klinge nach vorne schnellen. Figen schrie auf.

* * *

Jonata saß am oberen Absatz der Treppe und beobachtete den Eingangsbereich. Der Gewaltrichter war mit Margret, Pertolt, Elisabeth und Kuntz in der Wohnstube. Sie wäre gern dabei gewesen.

Margret sollte dem Gewaltrichter erzählen, dass der Schneider ihr nachgestellt habe und sie für sich haben wollte. Dass er ihr das Haus nehmen wollte, dies könne er beim Schreinsmeister erfragen und sich bestätigen lassen. Die Liebelei sollte Margret verheimlichen. Nicht dass der Gewaltrichter sie wegen Unzucht zur Rechenschaft zöge.

Schritte wurden lauter, dann kam der Amtmann in ihr Blickfeld, stand vor der Tür und wandte sich zu Margret um, die ihm gefolgt war. »Das sind neue Entwicklungen.« Er strich sich über den Nacken. »Da habe ich Sebalt Magnus wohl unrecht getan.«

»Er ist nicht unschuldig. Er wollte uns ohne Rücksicht aus dem Haus jagen.«

»Ihr könnt Euch darauf verlassen, dass der Mörder Eures Gatten seine gerechte Strafe erhält.«

»Das will ich hoffen«, sagte sie mit fester Stimme. Wie selbstbewusst sie auftreten konnte. Wie es in ihrem Inneren aussah, konnte Jonata nur erahnen.

Als der Gewaltrichter verschwunden war, ging Jonata nach unten. »Und?«

Margret nahm die Haube vom Kopf und strich sich ein paar Strähnen hinters Ohr. »Er wird Ludke heute noch verhaften.« Ihre Augen ein Meer aus Schwermut.

»Was ist mit Sebalt?«

»Seit einem Tag sitzt er im Frankenturm, wurde schon zwei Mal verhört. Ihm hätte morgen die peinliche Befragung bevorgestanden.« Margret lächelte gequält. »Er hat Glück gehabt, aber den Schreck hat er wohl verdient.«

Jonata atmete tief durch. Sie hatte ihr Ziel erreicht und den Mörder gefunden. Er würde bald seine gerechte Strafe erhalten, und ihr Elternhaus würde in der Familie verbleiben.

Sie trat mit Margret in die Stube. Kuntz hatte sich zwei Stöcke auf den Boden gelegt und hüpfte darüber.

»Jetzt müssen wir Figen befreien«, sagte Jonata.

»Wie sollen wir das anstellen?« Elisabeth setzte sich auf einen Schemel und ließ die Schultern hängen. »Sie ist verloren.«

Das wollte Jonata nicht akzeptieren. »Ich muss darüber nachdenken. Kümmerst du dich um Clara?«

Elisabeth seufzte. »Natürlich.«

Jonata zog ihren Mantel über und stolperte aus dem Haus. Sie musste allein sein und brauchte doch jemanden, der ihr beistand. Ihre Füße trugen sie auf die andere Seite der Stadt. Sie zog die Kopfbedeckung über ihr Haupt, als sie die Stadt beim Holzmarkt durch die Pforte verließ und den Hafen ansteuerte.

Viele Händler und Knechte waren unterwegs. Ein Oberländer wurde mit Hilfe eines städtischen Krans, der an der Kaimauer befestigt war, mit Fässern beladen. Die flachen Schiffe fuhren nur auf dem südlichen Rheingewässer. Ein stattlicher Mann rief den Räderknechten und Kranarbeitern Anweisungen zu.

Eine Schalde, ein Kahn mit wenig Tiefgang, transportierte einen Karren und zwei Pferde an die gegenüberliegende Uferseite. Jonata lief Richtung Süden, ließ das geschäftige Treiben hinter sich und gelangte zu einer ruhigen Stelle am Rheinwasser.

Unterhalb der Hafenmauer auf einem Stückchen schlammiger Erde thronte eine Weide. Es sah so aus, als beuge sich der Baum über den Fluss. Er ließ seine Äste bis tief ins Wasser hängen. Im unteren Geäst hatte sich ein Hut verhakt. Sie schluckte. Vor vier Jahren hatte man ihren Bruder Lucas hier gefunden. Tot!

Jonata sank an der Mauer auf den Boden und schlang die Arme um die Beine. Lucas hätte Rat gewusst. Er hatte ihr immer zur Seite gestanden, hatte sie stets aufmuntern können. Wie konnte sie Figen nur aus den Fängen der Inquisition retten? Sie brauchten einen Leumund, der Figens Unschuld bezeugen würde. Am besten zwei. Doch wer würde bei der Inquisition für sie falsch Zeugnis sprechen und sich gar selbst in Gefahr bringen? Oder gab es noch eine andere Möglichkeit?

»Wen treffe ich denn hier?«, fragte eine fauchende Stimme.

Jonata sah auf, und ihr Herz setzte einen Schlag aus. Zwei feindselige Augen blitzten sie bedrohlich an.

***

Diese Metze! Bis zum Schluss hatte sie ihm nicht erzählen wollen, wo sich der Ketzer aufhielt. Und nun hatte Enderlin einen Fehler begangen. Wie sollte er erklären, dass Figen blutend am Boden lag? Nachdem er zugestochen hatte, hatte er fluchtartig den Turm verlassen, dem Burggreven nur zugeraunt, dass er einen Medicus holen müsse. Sie hatte noch geatmet, als er geflohen war, doch er glaubte nicht, dass sie den Tag überleben würde.

Was war nur in ihn gefahren? Das hätte nicht passieren dürfen. Und doch hatte diese Ketzerin es nicht anders verdient. Lügen mussten bestraft werden. Und wenn der Prior nicht das Richtige tat, musste er es tun.

Aber es hatte ihm nichts gebracht. Er wusste immer noch nicht, wo sich Seitz von Rosenberg aufhielt. Was sollte er tun? Er brauchte einen klaren Kopf.

Enderlin war zum Hafen gelaufen. Der frische Wind, der

über den Rhein fegte, tat ihm gut. Dort an der Weide hatte man seinen Bruder leblos aufgefunden. Wie wäre das Schicksal seines Elternhauses verlaufen, wenn Lucas noch leben würde?

Was machte er sich nur für Gedanken? Lucas war ein Sünder gewesen. Der übermäßige Biergenuss hatte ihm das Leben genommen. Enderlin stockte. Dort kauerte jemand, wippte vor und zurück. Die Gestalt kam ihm bekannt vor. Wer war es? Als er näher trat, traf ihn die Erkenntnis wie ein Blitz.

Jonata. So lange hatte er nach ihr gesucht, und nun hatte Gott ihn direkt zu ihr geführt. Danke, oh HERR! Er schlich sich heran, doch sie schien ihn nicht zu bemerken.

»Wen treffe ich denn hier?«, fragte er.

Diese Ketzerbraut! Sie sah ihn mit angsterfüllten Augen an. Sollte sie sich nur fürchten. Ein zweites Mal würde sie ihm nicht entkommen!

✳ ✳ ✳

Jonata sprang auf. Ihre Beine wurden weich, drohten gleich ihren Dienst aufzugeben. Enderlin hatte sie nun doch gefunden. Langsam wich sie zurück, aber er folgte ihr Schritt für Schritt.

»Wie lange ich nach dir gesucht habe!« Er lachte hämisch auf. Hatte sie ihn je lachen sehen?

Sie sah sich um. Es war keiner in der Nähe, den sie um Hilfe bitten konnte. Und wenn sie schrie, würden die Hafenarbeiter sie sicherlich nicht hören. Sie waren zu weit entfernt, und der Wind verschluckte die Geräusche im Nu. Sie hatte vorhin nicht bemerkt, wie windig es war.

Das Wasser platschte gegen die Hafenmauer. Sie stolperte über ein Netz und geriet ins Straucheln, fand am Rand eines Fasses Halt und erlangte das Gleichgewicht wieder.

»Wo bist du all die Zeit gewesen?«, zischte er.

»Weit weg.« Ihr Atem beschleunigte sich. Wie konnte sie ihm entkommen? Sie konnte versuchen wegzulaufen, doch wenn sie sich umdrehte, wäre er mit einem Satz bei ihr. Vielleicht sollte sie ihn ablenken, Zeit gewinnen. »Der Schreinsmeister hat das Haus nun Margrets Sohn überschrieben. Sie hat einen Brief erhalten, der dies belegt.«

»Er hat es *mir* übertragen.« Enderlin wirkte überrascht, hatte es also noch nicht gewusst.

»Der Schreinsmeister wird es dir bestätigen.«

»Schwachsinn! Ich habe es bereits verkauft«, polterte er.

»Der Verkauf ist nichtig. Deine unlauteren Machenschaften haben nun ein Ende.«

Sie warf einen Blick über die Schulter. Hinter ihr schwankte ein Ruderboot auf dem Fluss. Es war mit dem Seil an einem Pfosten festgebunden. War das ihre Rettung? Doch von der Mauer bis zum Wasser ging es mindestens drei Ellen runter, und die Wellen schlugen hoch gegen das Boot.

Zwei Paddel lagen auf der Sitzfläche. Wie steuerte man damit? Sie schluckte. Sie allein auf einem Boot? Niemals! Der Rhein war erbarmungslos, das Wasser eiskalt, sie konnte nicht schwimmen. Der Fluss würde sie in die dunklen Tiefen ziehen. Gab es keine andere Möglichkeit? Jeden Schritt, den sie zurückwich, folgte ihr Enderlin.

»Schweig, Schwester. Ich will deine Lügen nicht hören.«

»Du verbietest mir nicht den Mund!« Ihre Gedanken rasten. Was sollte sie tun?

»Wir beide werden jetzt zum Kloster gehen. Der Prior wird sich freuen, dich zu sehen.« Er grinste, ein hämisches Grinsen, das direkt der Hölle zu entspringen schien.

»Nein! Du wirst mein Leben nicht noch einmal ruinieren.« Sie drehte sich um und rannte los. Weit kam sie nicht. Er packte ihre Schulter, riss sie zu Boden. Sie fiel der Länge nach hin, spürte einen Schmerz am Knie und am Kinn. Egal. Aufstehen. Weiter. Doch er griff nach ihrem Handgelenk und hinderte sie daran.

»Du wirst mir nicht noch einmal entwischen«, raunte er. »Du kannst deiner Freundin bald im Fegefeuer Gesellschaft leisten. Sie wird wohl schon dort sein.«

»Was meinst du damit?« Es war, als zöge jemand den Boden unter ihren Füßen weg.

Er kam ihr so nahe, dass sie seinen sauren Atem riechen konnte. »Sie hat mir nicht erzählen wollen, wo sich Seitz von Rosenberg aufhält, da musste ich nachhelfen.«

»Was soll das heißen?« Eine eiskalte Hand umfasste ihr Herz. Hatte er Figen ermordet? Er? Der Leibhaftige in der Kutte eines Mönches? »Was hast du mit ihr gemacht?«

»Sie hat ihre Strafe für ihre Starrsinnigkeit erhalten.«

»Ist … sie … tot?«, kreischte sie, ihre Stimme gehorchte ihr kaum.

Er bekreuzigte sich bei diesem Wort. Glaubte wohl, die Erwähnung des Todes würde Unheil heraufbeschwören und gleich sie beide heimsuchen.

»Wenn sie es noch nicht ist, dann wird sie es bald sein.« Er grinste.

Jonata beugte sich zur Seite, saure Galle kratzte ihren Hals. Ihr Magen rebellierte, ihr Innerstes schrie. Wieso hatten sie sich nicht alle in Sicherheit gebracht, solange noch Zeit gewesen war?

»Und nun komm mit.« Enderlin streckte die Hand nach ihr aus.

Jonata sprang zur Seite, geriet gefährlich nah an den Abgrund, ein Fuß rutschte ab, und sie verlor das Gleichgewicht. Das Boot weiter unten wurde vom Wind zur Seite getrieben, sie würde es nicht erreichen. Sie sah nur noch das Wasser, die Wellen, die unbarmherzige Finsternis.

Panisch streckte sie die Hand nach dem Pfahl aus, doch sie bekam ihn nicht zu fassen. Sie fiel weiter nach vorne. Oh nein! Gott, bitte nicht. Dann bekam sie etwas Festes zu greifen. Der Pfahl. Sie krampfte ihre Hand darum, blieb mit einem Bein auf der Mauer stehen. Das andere hing in der Luft, sie strampelte und versuchte verzweifelt, mit dem Fuß den Boden zu finden.

Das Rauschen des Flusses dröhnte in ihren Ohren. Die Strömung war stark. Es war, als würde der Rhein sie willkommen heißen, sie in sich aufnehmen wollen. Sie zog sich um den Pfahl herum und hatte wieder beide Füße auf festem Untergrund.

»Der Prior wartet schon auf dich.« Enderlin packte ihre freie Hand und zog sie zu sich.

Sie griff mit der anderen Hand nach seiner Kutte, vergrub ihre Finger in dem Stoff und zog ihn mit Schwung Richtung Fluss. Sie hatte für einen Moment das Gefühl, sie würden beide in die Tiefen des Rheins stürzen. Enderlins Augen weiteten sich schreckerfüllt, seine Beine hatten den schützenden Untergrund verloren, und er schwebte in der Luft. Jonata hielt sich am Pfahl fest und zog die andere Hand zurück, sodass Enderlin nicht nach ihr greifen konnte.

»Hilf mir doch«, schrie er, seine Augen schreckgeweitet, die Erkenntnis stand ihm ins Gesicht geschrieben. Dann platschte er ins Wasser, traf mit einem Bein die Kante des Bootes. Er schrie auf. Jonata keuchte und ließ sich auf die Knie sinken. Sie zitterte am ganzen Körper.

Enderlins Arme fuchtelten durch die Luft, suchten einen Rettungsanker. Durch den Aufprall trieb das Boot von ihm weg. »Schwester, so hilf mir doch!«, brüllte er.

Auch wenn sie gewollt hätte, der Schreck saß ihr so tief in den Knochen, dass sie sich nicht bewegen konnte.

Die Strömung trieb Enderlin hinaus auf den Fluss. Die Kleidung hatte sich vollgesogen und zog ihn nach unten. Sein Kopf geriet halb unter Wasser, er spuckte aus, es blubberte, er japste nach Luft. Seine Hände wedelten umher, wollten nach irgendwas greifen, doch da war nichts. Eine größere Welle schwappte über ihn und begrub ihn.

Jonata erhob sich langsam und starrte lange auf das dunkle Wasser. Sie konnte nichts mehr erkennen. Die dämonischen Tiefen hatten den Teufel in sich aufgenommen.

KAPITEL 21

Gräser und Blumen kitzelten Figen an den Füßen. Bienen summten umher und sangen ihr Frühlingslied. Das Wasser in ihrem Eimer schwappte hin und her. Ihre linke Seite tat ihr weh. Sie hatte den Bottich zu voll gemacht. Ein stechender Schmerz. Von wegen Frühlingslied, die Bienen griffen sie an.

»Ganz ruhig«, hörte sie eine weit entfernte Stimme.

Figen sah sich um. Hier war niemand. Sie war doch auf dem Weg zu … wohin eigentlich? Und wie war sie hierhergekommen? Sie konnte sich nicht erinnern, aber der Schmerz kam zurück. Ihre Lider waren schwer, sie versuchte, sie zu öffnen. Es gelang ihr ein wenig. Sie sah verschwommen einen Mann über sich, dunkle Wände. Wo war die Wiese geblieben?

Endlich konnte sie die Augen vollends öffnen und sah das Gesicht deutlich. Es war der Scharfrichter. Ein breitschultriger Mann mit kräftigen Armen, dem man immer aus dem Weg zu gehen versuchte. Es brachte Unheil, ihn nur anzusehen, geschweige denn zu berühren. Und nun war er ihr so nah. Er hatte einen buschigen Bart und leuchtend blaue Augen.

»Ich muss den Verband wechseln.«

Der stechende Schmerz kam zurück, als er das Leinen von ihrer Haut entfernte. Sie zuckte zusammen, als er sie berührte, dabei ging er sehr behutsam vor. »Ihr habt einen Schutzengel gehabt, das Messer ist nicht tief ins Fleisch eingedrungen.«

Enderlin. Das Messer. Der Frankenturm. Die Erinnerung kam zurück wie das unbarmherzige Henkersbeil. Ihr Magen rebellierte. Sie lebte, doch was nützte es ihr, wenn sie bald auf dem Scheiterhaufen enden sollte?

Der Scharfrichter holte einen Tiegel hervor, grub zwei Finger hinein und förderte eine Paste zutage. »Das wird wehtun, aber es heilt die Wunde.« Er sah sie eindringlich an.

Figen biss die Zähne zusammen und schloss die Augen. Der Schmerz fuhr ihr durch den ganzen Körper. Sie unterdrückte einen Schmerzensschrei, doch nach dem ersten Schock war es zu ertragen.

»Der Prior ist außer sich«, fuhr der Scharfrichter fort. Er nahm seine Finger von der Wunde, und Figen atmete erleichtert auf. »Er will dich so schnell wie möglich sehen.«

»Um mich brennen zu sehen«, flüsterte sie.

Der Henker zuckte mit den Schultern. »Wer weiß. Man sagte mir, deinen Angreifer hat man seitdem nicht mehr gesehen.«

»Wie lange ist es her?«

»Vier Tage.«

Figen schluckte. So lange war sie nicht bei Bewusstsein gewesen? Also war die Verletzung schlimmer, als der Henker ihr zu verstehen gegeben hatte.

»Es heißt, es gibt keinen anderen Zeugen für deine Anklage. Vielleicht bist du doch nicht des Todes.« Er zwinkerte ihr zu. Sie erschauerte. Der Henker schien nicht zu glauben, dass die Benennung des Todes ebenjenen heraufbeschwor.

Er legte ein neues Tuch auf ihre Wunde und verband sie um den Bauch herum. Sie sah zu, wie geschickt seine Hände das Handwerk eines Medicus beherrschten. Wieso half er ihr? Eine Hinrichtung brachte ihm das Henkersgeld, nicht die Pflege einer Delinquentin. Lag ihm die Gutherzigkeit auf der Seele, die Enderlin und allen Pfaffen fehlte? War der Engel in der Gestalt des Teufels und der Beelzebub im Gewand der Gottesboten unterwegs?

»Fühlst du dich in der Lage, aufzustehen? Dann bringe ich dich direkt zum Kloster. Vielleicht kannst du dann heute noch nach Hause. Es wäre ein besserer Ort für eine Genesung als der Turm.«

Gab es für sie noch ein Zuhause, oder lebte Sebalt bereits im Haus an der Hopfenschenke? Das war ihr im Moment gleichgültig. Alles war besser als diese kalten Mauern. Sie würde schon eine Bleibe finden. Vielleicht wartete Seitz auf sie. Dieser Gedanke spendete ihr ein wenig Wärme. »Ich will es versuchen.«

Der Scharfrichter half ihr beim Aufstehen. Sie war wackelig auf den Beinen, und ihr schwindelte, doch nach den ersten Schritten ging es besser, als sie geglaubt hatte. Die Aussicht, hier herauszukommen, gab ihr neue Kraft.

Die Sonne schien, als sie den Turm verließen. Sie schloss die Augen und atmete gierig die frische Luft ein. Sonnenstrahlen kitzelten auf ihren Wangen. Dafür lohnte es sich zu kämpfen. Sie würde nicht aufgeben und sich vom Inquisitor nicht einschüchtern lassen. Ohne Zeugen konnte sie nicht weiter festgehalten werden.

Auch wenn es vom Frankenturm bis zum Kloster nicht so weit war, war sie völlig entkräftet, als sie dort ankamen. Der Henker übergab sie einem kleinen Mönch und zwinkerte ihr zum Abschied zu. Hatte der Engel sie am Tore der Teufelsburg abgeliefert?

Der Dominikaner brachte sie in eine winzige Kammer. Ein alter Strohballen lag in der Ecke. Durch das kleine Fenster fiel fahles Licht. Hatte man sie ins nächste Gefängnis gebracht? Figen ließ sich auf den Ballen sinken und wartete.

An der rechten Seite hing ein Kruzifix. An der Wand bröckelte der Putz. Jemand hatte versucht, etwas einzuritzen, doch man konnte nicht erkennen, was es war. Figen fröstelte. Jedenfalls stank es hier nicht so entsetzlich wie im Frankenturm.

Sie hörte ein Klacken, dann öffnete sich die Tür. Ein hochgewachsener Mönch mit tief liegenden Augen bedeutete ihr mit einem Handzeichen, ihm zu folgen. Er brachte sie in die Abteikirche. Vor dem Altar thronte der Inquisitor auf einem Lehnstuhl, seine Hände ruhten auf den Armlehnen. Sein Blick war finster und abschätzig. Der Schein der Kerzen brach sich im Kreuz an der Kette um seinen Hals.

Ein alter Mönch lehnte an einem Pult, eine Schreibfeder in der Hand. Ihr Begleiter drückte Figen vor dem Lehnstuhl auf die Knie. Wurde nun ihr Leben besiegelt, oder hatte sie noch eine Möglichkeit, das Kloster als freie Kölnerin wieder zu verlassen? Die Worte des Henkers hatten ihr Hoffnung gegeben.

Der Inquisitor nickte einem jungen Mönch zu. Der schleppte eine Bibel heran und machte ihr mit einer Kopfbewegung deutlich, dass sie die Hand auf das Buch legen sollte.

Als sie der Aufforderung nachgekommen war, forderte der Inquisitor: »Schwöre bei den Heiligen und dem HERRN, dass du die Wahrheit sagen wirst.«

Sie schluckte und blickte zu Boden. Würde Gott sie strafen, wenn sie nun auf die Bibel schwor und anschließend log? War die Strafe des HERRN schlimmer als der Scheiterhaufen?

»Hat es dir die Sprache verschlagen?«

Was blieb ihr für eine Wahl? Sie musste dem Inquisitor Folge leisten, wenn sie hier rauswollte. »Ich schwöre es«, antwortete sie leise.

»Ich kann dich nicht hören. Setzt du darauf, dass auch der Allmächtige deiner Worte nicht gewahr wird und Lügen ungestraft lässt?«

Figen atmete tief durch und wiederholte den Satz mit der ganzen Kraft ihrer Stimme. Ihre Hände zitterten. Sie krampfte die Finger zusammen und ließ sie wieder locker. Sie musste das Verhör überstehen, doch wie lange würde sie durchhalten können?

»Sag uns deinen Namen.«

»Figen Winters.«

Der Mönch am Pult führte die Feder, beobachtete sie aus wachen Augen. Eine Wachskerze spendete ihm Licht, die Flamme flackerte im Luftzug.

»Du bist hier zum Ketzerprozess, da man dich beschuldigt hat, die Magistra in einer Mädchenschule zu sein, in der du Lutherschriften zum Unterrichten verwendest.«

Jetzt musste sie geschickt vorgehen und standhaft bleiben. »Wer behauptet das?«

Der Inquisitor befingerte sein Kreuz und warf dem Schreiber einen Seitenblick zu. War er unsicher, oder was hatte diese Geste zu bedeuten? »Bruder Enderlin.«

»Enderlin von Menden hat mir ein Messer in den Leib gestochen, weil er glaubte, so von mir etwas zu erfahren, das ich nicht weiß. Er hat sich aufgeführt wie ein Henkersknecht und sich vor Gott versündigt.«

»Du sprichst nur, wenn ich dich dazu auffordere«, sagte er scharf.

Figen presste die Lippen zusammen. Er wollte es nur nicht hören.

»Bekennst du dich schuldig, was die Schule und die Lutherschrift angeht?«

Figen schüttelte den Kopf. »Nein«, sagte sie mit fester Stimme. Ich bin nicht schuldig, weil ich keine Schuld auf mich geladen habe, rechtfertigte sie sich in Gedanken.

Wieder ein Seitenblick zum Schreiber. »Besitzt du eine Lutherschrift?«

»Nein.« Zumindest trage ich im Moment keine bei mir. »Wo ist Enderlin? Muss er die Anschuldigung nicht vor Gericht bezeugen?«

Die Kiefer des Inquisitors verspannten sich, er schaute sie gequält an. »Er kann an dem Prozess nicht teilnehmen.«

»Warum nicht?«, fragte sie.

»Hab ich dir nicht gesagt, du darfst nur antworten, wenn du gefragt wirst?«, zischte er. Rote Flecken bildeten sich an seinem Hals.

War es gut, den Inquisitor gegen sich aufzubringen? Doch sie schien auf dem richtigen Weg zu sein. »Wie mir scheint, habt Ihr nichts gegen mich in der Hand. Ich verlange, dass Ihr mich sofort freilasst.«

»Mir ist zudem zu Ohren gekommen, dass du Umgang mit dem Ketzer Seitz von Rosenberg hast. Stimmt das?«

»Mir wurde gesagt, er habe seine Strafe bekommen und darf sich wieder in der Stadt aufhalten.«

»Antworte auf meine Frage«, herrschte sie der Inquisitor an.

»Nein.« Ich habe Umgang mit Seitz, aber nicht mit einem Ketzer, fügte sie in Gedanken hinzu.

Die Finger des Inquisitors krallten sich um die Armlehnen. »Kennst du andere Ketzer, die Luthertexte verlesen oder verbreiten?«

»Nein«, antwortete sie mit fester Stimme. Sie kannte Menschen, die Luthertexte verbreiteten, doch auch sie waren keine Ketzer.

Die Flecken am Hals des Inquisitors wurden größer.

»Lasst Ihr mich nun frei?«

Er starrte sie einen Moment feindselig an. Glühende Augen, die einem Dämon gehören mussten. Teufelsburg! Sie wusste es doch! »Bei allen Heiligen, ja!«, rief er. »Du darfst gehen.«

Ein riesiger Stein wälzte sich von ihrem Herzen. Sie war frei! Sie durfte leben. Dem HERRN sei Dank! Und dem Henker.

»Aber vorher schwörst du der Ketzerei und allen Verlockungen des Leibhaftigen ab.«

Sie nickte. Natürlich würde sie das tun.

Der junge Mönch kam mit der Bibel zurück. Sie wiederholte die Worte des Inquisitors folgsam, blickte ihn nicht an, der Eid, den ihre Lippen formten, rauschte an ihr vorbei wie ein Blatt im Wind, ein Kribbeln nahm Besitz von ihr. Sie war frei.

Figen schwankte durch die Gassen. Ihre Beine fühlten sich bleischwer an. Ihre Seite schmerzte so sehr, dass sie immer wieder stehen bleiben und verschnaufen musste. Wo sollte sie hin? Nach Hause, zu Seitz' Versteck oder zum Heim der von Rosenbergs?

»Figen!« Jemand kam hinter einem Fass hervor und stürzte auf sie zu. Instinktiv hielt sie die Luft an und wich zurück. Dann erkannte sie den Mann in den Lumpen: Seitz. Sie fiel ihm in die Arme. Er umarmte sie stürmisch, und sie stöhnte auf.

»Was ist mit dir?« Er sah sie besorgt an. »Hat man dir etwas angetan?«

Sie zeigte auf die Wunde. »Enderlin. Er wollte mich umbringen, hat mich mit dem Messer verletzt, aber es sei nicht tief ins Fleisch gedrungen, hat der Henker gesagt.« Sie zwang sich zu einem Lächeln. »Es wird schon wieder.«

»Dieser Mistkerl!«

Sie legte den Finger auf seine Lippen. »Enderlin ist verschwunden. Da es keine Zeugen beim Verhör gab, hat der Inquisitor mich laufen lassen.«

»Das ist gut.« Seitz drückte ihr einen Kuss auf die Stirn.

»Ich wüsste zu gerne, was mit Enderlin geschehen ist.« Hatte ihn das schlechte Gewissen geplagt, oder war er vor dem Inquisitor geflohen?

Seitz sah sie ernst an. »Enderlin ist nicht mehr in dieser Welt.«

»Was?« Ihr stockte der Atem. »Woher weißt du das?«

»Jonata hat es mir gesagt. Er hat sie ebenfalls zum Inquisitor schleifen wollen. Bei einem Gerangel ist er in den Rhein gestürzt und ertrunken.«

Enderlin. Tot?

Figen horchte in sich hinein. Fühlte sie sich nun besser? Sie wusste es nicht. Den Tod hatte sie ihm nicht gewünscht, aber nun ging von ihm keine Gefahr mehr aus.

»Was ist mit dem Haus an der Hopfenschenke? Enderlin hatte es geerbt und –«

Seitz schüttelte den Kopf. »Margret hat einen Jungen zur Welt gebracht und das Erbe für ihn erwirkt.«

Figen fiel ein Stein vom Herzen. Sie brannte darauf, mit Margret und Jonata zu sprechen. Was alles geschehen war, als sie im Frankenturm gesessen hatte!

Sie lehnte den Kopf an Seitz' Schulter. »Enderlin wollte übrigens von mir mit aller Macht erfahren, wo du dich aufhältst. Ich bin so froh, dass es dir gut geht.«

Behutsam legte er einen Arm um sie und drückte sie an sich. »Und ich bin froh, dass du wieder frei bist.«

Sollte sie ihm erzählen, dass Enderlin das Messer gegen sie erhoben hatte, weil sie Seitz nicht verraten hatte? Nicht jetzt.

»Nun sind wir in Sicherheit«, sagte er.

Sie wich einen Schritt zurück. »Ich glaube nicht. Der Inquisitor wird einen neuen Mönch dafür abstellen, die Schule zu suchen. Und noch mal werde ich den Frankenturm nicht überstehen.«

»Willst du dich aus Köln vertreiben lassen?«

Der Gedanke war verlockend, so süß. Mit Seitz in einer anderen Stadt neu anzufangen, vor einem kleinen Haus zu sitzen und seinen Arm um ihre Hüften zu spüren, sich frei zu fühlen. Keine Bedrängnis, kein Zusammenzucken, wenn es an der Tür klopfte. Doch um welchen Preis?

Sie schluckte, griff seine Hand und drückte sie zart. »Nein«, flüsterte sie, »wir bleiben. Was ist das für eine Welt, in der man sich verstecken muss, weil man etwas lernen will? In der man stirbt, weil man unwissend ist?«

Nur mit Mühe gelang es Figen, die Ohnmacht zu unterdrücken, die sie in Erinnerung an das Heilkräuterbuch ihrer Mutter überfiel.

»Ich will nicht, dass unsere Kinder in so einer Welt aufwachsen.« Sie blickte Seitz fest an. Der Glanz in seinen braunen Augen ermutigte sie. »Ich werde die Mädchen weiter unterrichten. Wozu eine Schule? Es reicht ein Küchentisch – mal hier, mal dort, kein fester Raum. Wer will uns dann nachweisen, dass wir eine Schule betreiben, wer die Schriften kontrollieren, wenn er nicht weiß, wo er danach suchen soll?«

Würde Seitz sie dabei unterstützen, hinter ihr stehen und ihr Halt geben? Sie fürchtete sich vor der Frage und spürte doch, dass sie ohne sein Ja keine gemeinsame Zukunft haben würden. Sie verstärkte den Druck ihrer Hand. »Lass uns gemeinsam dafür kämpfen. Ich will nicht ohne dich sein.«

Er umschloss ihre Hände, drückte sie gegen seine Brust, schenkte ihr ein warmes Lächeln, das seine Augen strahlen ließ. Das Lächeln eines Engels, das Hoffnung versprach. Ihr Herz machte einen Freudensprung. Sie wollte immer bei ihm sein, und er wollte das anscheinend auch.

»Ich gehörte in den Frankenturm, wenn ich von deiner Seite weiche«, sagte er. »Wir gehören zusammen, und was in meiner Macht steht, dich zu schützen, werde ich tun. Und wenn ich meine Meisterprüfung abgelegt habe, heiraten wir.« Er strich über ihre Wange. Ihre Haut kribbelte unter der Berührung.

Sie schloss die Augen und legte den Kopf in seine Handfläche. »Dann lass nicht mehr zu lange auf deine Meisterprüfung warten«, sagte sie leise.

Er zog sie zu sich heran, und sie spürte seinen Atem auf ihrem Gesicht. Wollte er sie küssen? Sie wagte nicht, die Lider zu öffnen, hoffte darauf, dass er es als Aufforderung sehen würde. Als sie seine Lippen auf den ihren spürte, durchfuhr sie ein wohliger Schauer. Die Berührung war zart wie das Streicheln einer Feder. Ihre Lippen trafen sich wieder und wieder, tasteten sich vorsichtig vor. Er ließ seine Hand ihren Nacken hochwandern und vergrub die Finger unter der Haube in ihren Haaren.

Seitz zog ihren Kopf näher zu sich und küsste sie leidenschaftlich. Hunderte Liebesbienen wirbelten durch ihren Bauch. Sie verlor sich in dem Kuss, wollte ihn niemals mehr loslassen. Sie würde seine Frau werden und ihm hoffentlich viele Kinder schenken, die frei und ohne Furcht aufwachsen würden.

KAPITEL 22

Ludke Rattenpeck wurde auf dem Armsünderkarren vorbeigefahren, und die Menge der Schaulustigen folgte ihm. Er war an einen Pfahl gebunden, die Hände auf dem Rücken gefesselt. Eine alte Frau schleuderte ihm eine Pflaume ins Gesicht. Rattenpeck schrie und wütete.

Jonata warf Margret einen Seitenblick zu. Ihr standen die Tränen in den Augen. »Ich muss hier weg«, sagte sie und bahnte sich einen Weg durch die Menschenmenge. Mathes hob die Schultern und machte ein mitleidiges Gesicht. Auch Elisabeth sah ihr bedauernd hinterher. Figen war gar nicht erst mitgekommen. Sie hatte dem Tod schon zu oft ins Auge geblickt.

Auch Jonata erfasste eine Unruhe, als sie sich dem Strom der Schaulustigen anschlossen. Sie wollte sehen, wie der Mörder ihres Vaters seine gerechte Strafe erhielt, aber hätte man ihn nicht an den Galgen hängen können? Ihm drohte die Strafe der schwersten Verbrecher. Der Gewaltrichter hatte ihn an das Hohe Gericht überstellt, da ihm selbst die Blutgerichtsbarkeit fehlte. Der Greve, der Gerichtsvorsteher des Hohen Gerichts, hatte Rattenpeck im Auftrag des Erzbischofs nach einer Woche Turmhaft zum Rädern verurteilt.

Jonata hatte vor Jahren miterlebt, wie ein Mann dieser Prozedur unterzogen wurde. Sie hatte geschwankt zwischen Faszination und Grauen, die Augen immer wieder abgewandt, sich aber doch nicht dazu durchringen können, die Hinrichtungsstätte vorzeitig zu verlassen. Danach hatte sie sich übergeben müssen und nächtelang mit einem Nachtmahr zu kämpfen gehabt. Dennoch musste sie diese Hinrichtung mit eigenen Augen sehen.

Ludke Rattenpeck wurde zum Hinrichtungsplatz am Rabenstein gegenüber dem Hof Melaten gebracht. Ein Henkersknecht band ihn los und zerrte ihn auf das Rondell, um das sich die Menge versammelt hatte. Jonata sah zum dreischläfrigen

Galgen hinüber, an dem die Seile im Wind wehten. Gegen die Aussicht aufs Rädern wirkte der Gedanke an die Urteilsvollstreckung durch den Strick wie ein Engelsversprechen.

Ludke Rattenpeck schrie um Hilfe und strampelte mit den Beinen, sodass es drei Henkersknechte benötigte, um ihn zu bändigen und an das Schafott zu binden. Ein Schauer durchfuhr Jonata. Beinahe hätte ihr ebenfalls die Todesstrafe gedroht – durch das Feuer, für eine Ketzerin. Sie zog die Kopfbedeckung tiefer ins Gesicht. Doch Enderlin konnte ihr nichts mehr anhaben. Morgen würde sie mit Mathes die Stadt verlassen. Sie hatte schon viel zu lange in Köln verweilt. Es war mittlerweile Anfang November, und sie sehnte sich nach Simon und Ells.

Der Scharfrichter betrat das Rondell, und die Menge jubelte dem Hünen mit der bedrohlichen Henkersmaske zu. Jonata wusste es besser: Er war ein gutmütiger Mensch. Sie hatte es selbst erfahren, und die Erzählungen von Figen hatten diesen Eindruck bestätigt. Er musste nur ausführen, was das Gericht beschlossen hatte. Dennoch war er derjenige, der dem Schneider gleich die Hölle auf Erden bereiten würde.

Als der Greven das Rondell betrat und ein Papier auseinanderrollte, verstummte die Menge. »Der Schneider Ludke Rattenpeck hat sich des Mordes an Bechtolt von Menden schuldig gemacht. In besonders heimtückischer Weise hat er ihm die Kehle durchgeschnitten, um die Gunst des Eheweibes von Bechtolt von Menden zu erlangen. Er hat ihrem Leumund geschadet, um ihr das Erbe ihres Gatten zu verwehren, und ist nicht vor Bestechung zurückgeschreckt. Das Hohe Gericht hat ihn zu zwanzig Radhieben verurteilt.«

Ein Jubel ging durch die Menge. »Fangt endlich an!«, schrie jemand. Faules Gemüse traf Rattenpeck im Gesicht.

»Es sollen neunzehn Schläge auf Beine und Arme fallen, den Gnadenstoß soll der Henker auf den Hals richten«, fuhr der Greven fort.

»Wenigstens lassen sie ihn nicht noch Stunden leiden«, flüsterte Jonata Mathes zu. Sie wünschte ihm den Tod, aber nicht die grausame Qual.

Die Henkersknechte brachten dem Scharfrichter das eisenbeschlagene Rad und verschwanden von dem Rondell.

»Nicht! Habt Erbarmen! Ich flehe Euch an!«, schrie Rattenpeck.

Es jagte Jonata eine Gänsehaut über den Körper. Der Scharfrichter positionierte sich vor den Beinen und hob das Rad zum ersten Schlag hoch. Jonata sah ihm an, wie viel Kraft es ihn kostete, es zu halten. Die Schaulustigen verstummten, warteten gespannt, nur Rattenpecks jammernde Schreie waren zu hören.

Dann ließ der Henker das Rad fallen. Es knackte, der erste Knochen war gebrochen. Rattenpeck schrie qualvoll auf. Der Ton hatte sich von grausiger Erwartung in abgrundtiefe Pein verwandelt.

Ein Jubel ging durch die Menge. Jonata wandte den Blick ab und schloss die Augen. Was tat sie sich nur an? Sie hörte den nächsten Schlag, die Schreie, Jubel. Was für ein makabres Schauspiel. Wie wäre es gewesen, wenn sie auf dem Scheiterhaufen gestanden hätte? Die Menge hätte ebenfalls gejubelt. Es war ihnen egal, wer dort oben stand, wenn sie nur unterhalten wurden.

Die Schreie Rattenpecks gingen in Weinen und dann in leises Wimmern über. Der Jubel der Menge wurde immer lauter.

»Jetzt kommt der Gnadenstoß«, flüsterte Mathes.

Jonata hob den Kopf. Rattenpecks Körper war deformiert, Blut besudelte das Rondell. Jetzt würde er sterben. Der Scharfrichter hob zum letzten Mal das Rad und ließ es auf den Hals des Schneiders niedersausen. Dessen Augen verdrehten sich, und der Kopf kippte nach hinten. Der Mörder ihres Vaters war nicht mehr in dieser Welt.

Ihr Atem ging flach und schnell. Sie fühlte keine Genugtuung. Es brachte ihren Vater nicht zurück. War das rechtens?, fragte sie Gott in Gedanken. Sie wusste es nicht, aber die Entscheidung über das Strafmaß hatte nicht in ihrer Hand gelegen.

»Lasst uns gehen«, sagte sie zu Mathes und Elisabeth.

»Wie geht es Margret und dem Neugeborenen?«, fragte eine fremde Stimme.

Jonata wandte sich um. Die Wehmutter war zu ihnen getreten.

»Sie hat sich gut von der Geburt erholt«, antwortete Elisabeth. »Und der Kleine trinkt eifrig.«

Die Wehmutter lächelte. »Das höre ich gerne.« Sie blickte Jonata ins Gesicht und fasste sie an der Schulter. Unwillkürlich hielt Jonata die Luft an. Was wollte sie? Sie würde sie doch nicht verraten? Nein. Die Geste war zärtlich. »Und dir wünsche ich alles Gute für dein Kind. Falls du eine Wehmutter brauchst, stehe ich dir gerne zu Diensten.«

»Was?«

Das Lächeln wurde breiter. »Du weißt es noch nicht? Ich sehe es an deinem Gesicht. Du erwartest ein Kind.«

Jonata stockte der Atem. Ein Kind? In ihrem Bauch? Sie horchte in sich hinein. Ihre Gedanken überschlugen sich. Die Blutung war ausgeblieben, aber sie hatte es auf den Umstand des Stillens von Clara geschoben. Nie hätte sie daran gedacht, dass sie selbst schwanger sein könnte.

Eine Woge der Freude überkam sie. Was für eine Neuigkeit! Am liebsten hätte sie es sofort Simon erzählt. Sie konnte seine Freude schon spüren, und eine unbändige Sehnsucht überkam sie.

***

Als die Türme der Stadtkirche Wittenbergs in Sicht kamen, schlug Jonatas Herz höher, und sie trieb ihr Pferd zur Eile an. Jetzt konnte sie es kaum noch erwarten, bis sie Simon und Ells in die Arme schließen würde. Mathes lachte und trieb seine Stute vorwärts, um mitzuziehen.

»Lach du nur!«, rief sie ihm zu. »Wenn wir uns nicht beeilen, lässt uns der Torwächter nicht mehr in die Stadt.«

»Dir würde schon ein Weg einfallen, auch wenn es bereits mitten in der Nacht wäre«, sagte er lachend.

Die Sonne stand bereits tief, und sie hatte keine Lust, die Nacht außerhalb der Stadtmauern verbringen zu müssen. Sie überquerten die Elbe über die Holzbrücke und gelangten zu dem Wegzollposten, an dem eine Gauklertruppe mit einem Knecht diskutierte. Jonata wollte nicht warten, dirigierte ihr Pferd an den Karren vorbei.

»Könnt Ihr Euch nicht gedulden?«, rief ihr der Zollknecht zu. Nein, das konnte sie nicht. Jonata warf ihm eine Münze zu, die er auffing und begutachtete. In seinem Gesicht stand nun ein Grinsen, und er gab ihr mit einer Geste zu verstehen, dass sie passieren durfte. Sie ließen den Stadtgraben hinter sich und kamen zum Elbtor.

»Ihr seid spät dran«, keifte der junge Torwächter.

Jonata hatte schon einmal Bekanntschaft damit gemacht, dass der Torwächter seine Aufgabe sehr genau sah. »Wir haben eine weite Reise hinter uns«, antwortete sie.

»Und was wollt Ihr in der Stadt?«

Ein älterer Herr trat hinter den Jüngling. »Lass die beiden herein. Ich kenne sie.«

Nun gab es für Jonata kein Halten mehr. Auf den Gassen waren nur noch wenige Menschen unterwegs, und sie konnte im leichten Trab nach Hause reiten. Zwei Goldgräber kamen ihnen mit den stinkenden Eimern entgegen. Sie leerten die Aborte in der Stadt und waren heute früh dran. Meist gingen sie erst an die Arbeit, wenn sich die Nacht über die Häuser gelegt hatte. Jonata rümpfte die Nase und ließ ihre Stute einen Bogen um die Männer machen.

Als ihr Heim in Sicht kam, pochte Jonatas Herz heftig. Sie sprang vom Pferd, und noch bevor sie die Zügel hatte festbinden können, ging die Tür auf, und Simon kam herausgestürmt. Er rannte auf sie zu und schlang die Arme um sie. Seine wirren Haare kitzelten sie im Gesicht. Wie sehr sie ihn vermisst hatte.

Erst auf den zweiten Blick sah er Clara, die sie sich vor die Brust gebunden hat. Er runzelte die Stirn. »Wer ist das?«

Jonata strich der Kleinen über das Köpfchen und atmete tief durch. Hoffentlich würde Simon Clara als eine Tochter annehmen. »Ich habe auf dem Weg nach Köln einer Mutter bei der Geburt geholfen. Leider ist sie verstorben. Sie hat mir das Versprechen abgenommen, mich um das Kind zu kümmern.«

Er sah sie skeptisch an. Sie fasste ihn am Arm. »Die genauen Umstände erkläre ich dir in Ruhe. Ich hoffe nur, dass du sie nicht direkt wegschicken wirst. Sie ist mir wie eine eigene Tochter geworden.«

Simon seufzte. Jonata wusste, was er dachte. Noch eine Tochter, die nicht sein eigen Fleisch und Blut war. Ein schwerer Stand für einen Mann, der in seiner Heimatstadt selbst als Bastard bezeichnet wurde.

»Wenn sie für dich eine Tochter ist, kann ich sie nicht fortschicken. Aber darüber müssen wir reden.«

Sie nickte. Mathes Roht stieg von der Stute und band sie an dem Pfahl fest. Die beiden Männer umarmten sich. Ells kam im Nachtgewand aus dem Haus gestürmt und quietschte vergnügt. Dieses Engelslachen, die wirren Locken! Jonata lief ihr entgegen, packte sie unter den Armen und drehte sie im Kreis. Sie überdeckte ihre Tochter mit Küssen und setzte sie sich auf die Hüfte. »Ich dachte, du schläfst schon.«

Ihre Magd Cristina kam aus dem Haus und pustete sich eine Haarsträhne aus dem Gesicht. »Als sie dich gehört hat, konnte ich sie nicht aufhalten.«

»Ist das ein kleines Kind?«, fragte Ells und zeigte auf Clara. Jonata nickte. »Das ist Clara.«

»Habe ich endlich eine Schwester?«, fragte sie aufgeregt.

»Wenn Vater nichts dagegen hat.«

»Ja, ja, ja.« Ells klatschte in die Hände. Sie strampelte, und Jonata ließ sie auf den Boden. Ells lief zu Simon und redete auf ihn ein, wie sehr sie sich über eine Schwester freute, dann begrüßte sie Mathes, der sie auf den Arm nahm. »Hast du mir was mitgebracht?«, fragte sie ihn. Er lachte schallend und kitzelte sie.

Simon kam zu Jonata und legte einen Arm um sie. »Ich bin froh, dass du wieder da bist.«

»Und ich bin so froh, hier zu sein.« Sie küsste ihn. Ein warmes Gefühl zog von ihrer Brust bis in ihren Bauch, wo sich ihre Liebe zu einem neuen Wesen geformt hatte.

»Hast du den Mörder deines Vaters gefunden?« Er hob eine Augenbraue. »Ich war nicht begeistert, als Mathes das letzte Mal alleine nach Wittenberg kam. Meine Frau. Ein Weib mit einem eigenen Kopf.« Er rügte sie mit seinem Blick, konnte sich aber ein Grinsen nicht verkneifen.

Sie lächelte. »So hast du es dir ausgesucht.« Sie wurde ernster. »Aber ja. Der Mörder hat für die Tat mehr als gebüßt. Ich erzähle es dir, wenn Ells im Bett ist.«

Mathes, Ells und ihre Magd gingen ins Haus. Jonata hielt Simon an der Hand zurück. »Ich muss dir noch etwas sagen.« Sie legte seine Hand auf ihren Bauch. »Auch wenn ich dir noch ein fremdes Kind ins Haus bringe, habe ich eine Überraschung für dich. Wenn Gott will, haben wir bald drei Kinder. Wie klingt das für dich?«

Simon lächelte breit. »Wirklich?«

»Ja«, sagte sie lachend. Eine Freudenträne lief ihr über die Wange.

Er nahm sie hoch und drehte sie im Kreis, wie sie es zuvor mit Ells gemacht hatte. Sie lachte vergnügt auf.

»Du machst mich zum glücklichsten Mann in Wittenberg.« Er küsste sie lange und innig. Ein Wirbel entstand in ihrem Bauch. »Und ich verzeihe dir sogar deinen Dickkopf.« Er drückte sie an sich. Sie war zu Hause!

Dichtung und Wahrheit

Die meisten Menschen im 16. Jahrhundert waren Analpha-
beten – vor allem auf dem Lande, doch im frühneuzeitlichen
Köln, mit 40.000 Einwohnern die bevölkerungsreichste Stadt
des deutschen Reiches, gab es eine Vielzahl von Schulen. Es
gab Kloster-, Latein-, Schreib- und Rechenschulen, das Gymnasium und die Universität. Das Bürgertum und vor allem
Kaufleute erkannten die Wichtigkeit der Bildung.

In dieser Zeit entstanden Winkelschulen, die als Hausschu-
len von unabhängigen Menschen geführt wurden. Kleinere
Klassen boten einen schnelleren Lernfortschritt, weshalb sie
beliebt waren und die Schulen ein höheres Schulgeld fordern
konnten. Der Obrigkeit und der Kirche waren diese Schulen
ein Dorn im Auge, sie sahen ihr Lehrprivileg und ihre Einfluss-
nahme gefährdet, sodass sie gegen diese Schulen vorgingen.
Über eine Kölner Mädchenschule im 16. Jahrhundert gibt es
keine Zeugnisse, allerdings gibt es Urkunden, die von Frauen
verfasst wurden und damit eine Lese- und Schreibfähigkeit von
Frauen belegen. Eine Mädchenschule ist also zumindest eine
plausible Möglichkeit gewesen, was ich zum Anlass für meine
Geschichte genommen habe.

Martin Luthers Septembertestament (das Neue Testament
auf Deutsch) entstand wie im Roman in Melchior Lotters
Druckerei in Wittenberg in einer Auflage von 3.000 Stück. Es
kostete eineinhalb Gulden, was für die meisten Menschen ein
Vermögen war. Dennoch war die Auflage nach drei Monaten
vergriffen. Es gab schon frühere deutsche Bibelübersetzungen,
jedoch waren sie meist Wort-zu-Wort-Übertragungen und daher kaum verständlich.

In meinem Roman gibt es historische Persönlichkeiten wie
zum Beispiel Michael Lotter (Sohn des Druckers Melchior
Lotter) und Jakob Hochstraten. Letzterer war Prior, Inquisitor und päpstlicher Richter für die Erzbistümer Köln, Mainz

und Trier. 1516 wurde er vom Ordenskapitel seines Postens als Inquisitor enthoben und 1520 vom Papst erneut eingesetzt. Bereits im April 1519 ging er gegen Martin Luther vor und schrieb mehrere Streitschriften gegen ihn. Den Namen Jakob van Hoogstraten findet man häufiger, doch in der ältesten Quelle, die ich herangezogen habe, fand ich die Schreibweise Hochstraten, die ich im Roman übernommen habe.

Das Bierbrauen kommt im Gegensatz zum ersten Band »Die Reformatorin von Köln« nur am Rande vor, dennoch möchte ich dazu ein paar Worte verlieren. Den Bierbrauern kam in der Zeit große Bedeutung zu. Da die Brunnen meist in der Nähe der Latrinen lagen, wurden die Menschen krank, wenn sie daraus tranken, deshalb griffen sie auf Wein oder Bier zurück. Dass es der Vorgang des Abkochens war, der das Bier genießbar machte, wussten die Menschen damals nicht. Es gab Keutebier, Gruitbier (mit Gewürzen versetztes Bier) und Hopfenbier, das sich aufgrund von Geschmack, Haltbarkeit und Preis bald durchsetzte. Unterschieden wurde je nach Alkoholgehalt zwischen Dickbier und Dünnbier. Jeder Bürger trank im Durchschnitt zwei bis drei Liter Dünnbier am Tag.

Danksagung

Zuallererst möchte ich mich bei Ihnen, liebe Leserinnen und Leser, bedanken! Ohne Sie wäre es sinnlos für uns Autorinnen und Autoren, Figuren zum Leben zu erwecken und Geschichten zu erzählen. Ich hoffe, es hat Ihnen Freude bereitet, mir ins 16. Jahrhundert zu folgen.

Ich danke meiner literarischen Agentur Kossack für ihren Einsatz und die tolle Zusammenarbeit.

Mein besonderer Dank gilt auch dem Emons Verlag, der nun meinen dritten Roman verlegt.

Als Nächstes möchte ich dem Autorenkreis »Waldstadtstifte« danken, der mir bei verschiedenen Fragen immer mit Rat zur Seite steht – und insbesondere meinen Testleserinnen Susanne Brandt und Sandra-Maria Erdmann.

Vielen Dank, Margret Lehmkühler, dass du mir immer meine medizinischen Fragen beantwortest.

Bettina Lausen
DIE REFORMATORIN VON KÖLN
Broschur, 448 Seiten
ISBN 978-3-7408-0062-8

Mit dem Kauf eines Ablassbriefes glaubt Brauerstochter Jonata, ihren toten Bruder vor dem Fegefeuer retten zu können. Doch als sie Martinus Luther kennenlernt, begreift sie: Allein der Glaube kann vor den Höllenqualen bewahren. Beseelt von dieser Idee will sie Luthers Schriften in Köln verbreiten – und macht sich mächtige Feinde, die das um jeden Preis verhindern wollen …

»*Spannende Zeitreise.*« Westdeutsche Zeitung

www.emons-verlag.de

Bettina Lausen
DAS VERMISSTE MÄDCHEN
Broschur, 208 Seiten
ISBN 978-3-95451-278-2

Das beschauliche Menden im Sauerland ist in Aufruhr: Tshala, die siebenjährige Tochter afrikanischer Immigranten, ist spurlos verschwunden. Ist sie einem Mädchenmörder zum Opfer gefallen, oder gibt es einen fremdenfeindlichen Hintergrund? Als die Polizei nicht weiterkommt, bitten Tshalas Eltern die junge Detektivin Helena Briest um Hilfe. Die stürzt sich voller Elan in ihren ersten Fall und gerät dadurch selbst in höchste Gefahr.

»Mit ihrem Buch ›Das vermisste Mädchen‹ hat die Mendenerin alles richtig gemacht.« MK lifetime

www.emons-verlag.de